DÉMONS INTIMES

COLLECTION TERREUR
dirigée par Patrice Duvic

DEAN KOONTZ

DÉMONS INTIMES

Traduit de l'américain par
Claude Califano

POCKET

Ce volume constitue la seconde partie de l'édition américaine *Strange Highways,* comprenant le roman *Chase* (une première version de ce roman est parue dans la Série Noire sous le titre « La peau des héros », sous le pseudonyme de K.R. Dwyer), ainsi que les nouvelles :

ISBN : 02-266-07282-X

CHASE

1

1971.

Bruce Springsteen, en 1971, n'était pas encore célèbre. Tom Cruise non plus, qui n'était à l'époque qu'un petit garçon. Julia Roberts ne hantait pas les rêves des adolescents. Robin Williams, Steve Martin, Arnold Schwarzenegger – leur carrière n'avait même pas commencé.

Le président des Etats-Unis d'Amérique, c'était Richard Milhous Nixon. Au Viêt-nam, la guerre faisait rage. A Wilmington, en Caroline du Nord, on assistait, en janvier, à une explosion de violence dirigée contre les citoyens noirs – des incendies criminels, des attentats, des fusillades. Dans l'Etat de New York, on dénombrait dans la prison d'Attica quarante-trois morts, tués au cours des émeutes les plus sanglantes de toute l'histoire américaine.

La liste des best-sellers du *New York Times* retenait des titres tels que *The Winds of War* de Herman Wouk, et *Another Roadside Attraction* de Tom Robbins.

Les films : « *French Connection, Orange Mécanique, Klute, Ce plaisir qu'on dit charnel, La Dernière Séance.*

La musique : Carole King, John Denver, John Lennon sans les Beatles, Led Zeppelin, et les débuts d'Elton John.

Cette année-là, les ventes de cigarettes aux Etats-Unis atteignirent un total de cinq cent quarante-sept milliards d'unités. J.C. Penney mourut à l'âge de quatre-vingt quinze ans. Pendant ces douze mois, 500 000 citoyens soviétiques périrent dans les goulags – sur les ordres du gouvernement.

L'époque était différente. Le monde était différent.

On ne connaissait pas encore l'expression « tueur en série ».

Ou « psychopathe ».

2

A sept heures, on servait à Chase, installé à la place d'honneur, un rosbif trop cuit, tandis que les notables, de part et d'autre, lui faisaient la conversation, postillonnant à l'occasion sur son assiette de salade et sur ce qu'il restait de ses fruits au sirop.

A huit heures, le maire se leva et se lança dans un panégyrique parfaitement ennuyeux à la gloire de l'héroïque vétéran du Viêt-nam, qu'il interrompit une demi-heure plus tard pour remettre à Chase un parchemin détaillant ses faits d'armes, et l'assurant officiellement de la fierté qu'il procurait ainsi à la ville.

On remit également à Chase les clés d'une Mustang décapotable, à laquelle il ne s'attendait pas, un cadeau qui lui était offert par l'association locales des commerçants.

Vers neuf heures et demie, tout le monde quitta le restaurant et on escorta Benjamin Chase jusqu'au parking où l'attendait sa nouvelle voiture. Un modèle sport, équipé d'un moteur à huit cylindres, avec boîte automatique et levier au plancher, sièges baquets, rétroviseurs latéraux, pneus à flanc blanc. La carrosserie était d'un noir étincelant, que rehaussaient les bandes rouges peintes sur le coffre et sur le capot à la façon des voitures de rallye.

A dix heures dix, après avoir posé, en compagnie du maire et des représentants de l'association des commerçants, pour les photographes dépêchés sur place par les journaux locaux, et après avoir exprimé sa gratitude à toutes les personnes présentes, Chase prit place au volant de son cadeau.

A dix heures vingt, roulant à plus de cent soixante kilomètres à l'heure dans une zone où la vitesse était limitée à soixante-cinq, il traversa à toute allure un quartier de la ville connu sous le nom de Ashside. En dépit du feu rouge, il franchit les trois voies de Galasio Boulevard et prit le virage si vite qu'il perdit un instant le contrôle de son véhicule, pliant au passage un panneau de signalisation.

A dix heures et demie, il s'engagea dans la longue montée de Kanackaway Ridge Road, avec l'intention avouée d'essayer de rester à cent-soixante jusqu'en haut. Le jeu était plutôt dangereux, mais il se fichait éperdument de sa propre existence.

Peut-être parce que la voiture n'était pas encore rodée, ou peut-être parce qu'elle n'avait pas été conçue pour ce genre de conduite, la Mustang ne réagit pas comme Chase l'aurait voulu. Il avait le pied au plancher, mais, parvenu aux deux tiers du parcours sinueux, le compteur n'indiquait plus que cent trente ; au sommet, la Mustang ne roulait plus qu'à cent-dix.

Chase enleva son pied de l'accélérateur – sa colère s'était éteinte – et laissa la voiture noire glisser sur le goudron de la route qui suivait la crête dominant l'agglomération.

La vue sur les lumières de la ville aurait fait fondre le cœur de tous les amoureux. A gauche, la route était bordée par la falaise et, à droite, par un grand parc qu'entretenait la municipalité. Quatre cent cinquante mètres de pelouse et d'arbustes séparaient la chaussée de la barrière de sécurité qui longeait le bord de la falaise. Au-dessous, l'éclairage électrique des rues dessinait une carte miniature, avec des concentrations de lumière dans le cœur de la ville et vers Gateway Mall, le centre commercial.

Des couples d'amoureux, des ados pour la plupart, venaient garer leur voiture ici tous les soirs, parmi les sapins et les ronces sauvages. Leur appréciation personnelle du panorama, pourtant éblouissant, se résumait dans la plupart des cas à la simple appréciation des plaisirs de la chair.

Chase, lui aussi, venait ici. Avant.

Il gara la Mustang au bord de la route, tira le frein à main, et coupa le moteur. La nuit lui parut d'abord parfaitement calme. Puis il entendit les criquets, le cri d'une chouette, tout près, et les rires étouffés des couples d'amoureux à l'abri de leurs voitures.

Jusqu'à ce qu'il entende les rires, Chase n'avait même

pas cherché à comprendre pourquoi il était venu ici. Il s'était senti étouffé par le maire, par l'association des commerçants et tout le reste. Il n'avait jamais eu envie de participer à ce banquet, il n'avait pas réclamé de voiture, et il avait été contraint d'accepter l'invitation, sous peine de passer pour un mufle. Confronté à leur patriotisme revanchard et à leur vision angélique de la guerre, il s'était senti oppressé par un poids indéfinissable, et comme asphyxié. Peut-être à cause du passé qu'il traînait derrière lui ; avant, il avait partagé avec eux cette innocence.

Quelle que fût la raison de son geste, dès qu'il avait réussi à se libérer d'eux, il avait foncé vers le seul endroit de la ville qui représentait le plaisir, c'est-à-dire le coin des amoureux, là-haut à Kanackaway, un lieu qui faisait l'objet des plaisanteries de tous.

Mais voilà que le silence qui l'entourait à présent ne réussissait qu'à lui donner envie de se mettre à hurler. Et le plaisir, où était-il ? Pas de plaisir pour lui non plus, puisqu'il n'avait pas de fille avec lui – d'ailleurs, eût-il été accompagné, il ne se serait pas senti mieux.

Tout le long du parc, à l'ombre des quelques arbres plantés là, une demi-douzaine de voitures étaient garées près des buissons. Le clair de lune faisait étinceler les pare-chocs et les vitres embuées. Si Chase n'avait pas été au courant des activités qui se déroulaient par ici, il aurait pu penser que tous les véhicules étaient abandonnés. Mais la buée trahissait la présence de leurs occupants.

De temps en temps, une silhouette remuait vaguement dans l'un des habitacles, déformée par la vapeur d'eau qui couvrait l'intérieur des vitres. Rien d'autre ne bougeait que ces ombres et les feuilles qui bruissaient sous le vent.

Soudain, quelque chose sauta d'un point assez bas de la falaise et traversa en courant la chaussée plongée dans l'obscurité, pour se réfugier sous un énorme saule pleureur, à une trentaine de mètres de la voiture de Chase. Bien que se déplaçant penché en avant et avec toute la grâce nerveuse d'un animal effrayé, le nouvel arrivant était un homme.

Au Viêt-nam, Chase avait acquis un sens du danger particulièrement développé et son alarme interne se déclencha aussitôt.

La seule chose qui n'avait aucune raison de se trouver, la nuit, dans le coin des amoureux, c'était bien un homme à pied. Pour les adolescents, les voitures étaient des lits mobiles, des accessoires indispensables aux conquêtes amoureuses, le prolongement nécessaire des séducteurs, au point qu'aucun Casanova moderne n'aurait connu le moindre succès auprès des filles sans disposer d'un véhicule personnel.

Évidemment, il était concevable que l'intrus fût un voyeur en train de se livrer à son activité favorite, qui consistait à repérer et à épier un couple en pleine action, histoire de satisfaire ses fantasmes, à la grande honte des couples piégés. Lorsqu'il était lui-même au lycée, Chase avait été à plusieurs reprises victime de ce genre d'individu. Une telle pratique était généralement le fait de gamins immatures ou se sentant socialement rejetés, et qui n'avaient pas la possibilité de se trouver *à l'intérieur* des voitures, où se déroulait l'action. Pour autant que Chase ait pu en juger, ce n'était pas un jeu pratiqué généralement par les adultes. Mais l'homme qui se déplaçait dans l'obscurité mesurait plus d'un mètre quatre-vingts, et son allure, qui n'avait rien d'emprunté, était indéniablement celle d'un adulte. De plus, le voyeurisme local se pratiquait surtout en groupe, afin de se protéger d'une éventuelle contre-attaque de la part des couples surpris dans leur intimité.

Bizarre.

Toujours courbé en deux, le type s'éloigna en courant du saule pleureur et se réfugia près d'un buisson, non loin d'une Chevrolet garée à côté de la barrière de sécurité qui longeait le bord de la falaise.

Ne sachant pas vraiment ce qui se passait, ni ce qu'il devait faire, Chase entreprit alors d'ôter la protection en plastique du plafonnier. Après avoir dévissé la minuscule ampoule, il la plaça dans l'une des poches de sa veste. Lorsqu'il se retourna, le voyeur n'avait pas bougé : le regard rivé sur la Chevrolet, il ne paraissait pas souffrir du contact prolongé avec les épines du buisson de ronces.

Dans l'une des voitures, une fille éclata de rire, et des notes cristallines s'élevèrent dans la nuit. Les amoureux devaient sans doute trouver qu'il faisait trop chaud pour garder les vitres fermées.

Du côté des ronces, le type s'était décidé à bouger. Il se rapprochait à présent de la Chevrolet.

Comme l'homme aux aguets ne se trouvait qu'à une cinquantaine de mètres, Chase sortit de la Mustang dans le plus grand silence, laissant la portière ouverte derrière lui afin de ne pas attirer l'attention de l'intrus. Contournant sa voiture, il s'approcha à son tour de la Chevrolet, sentant sous ses pas l'herbe humide, récemment tondue, et légèrement glissante.

A l'intérieur de la Chevrolet, une lumière s'alluma, illuminant les vitres couvertes de buée. Quelqu'un cria, et une jeune fille poussa un hurlement. Puis un deuxième.

Percevant le bruit d'une bagarre, Chase, qui marchait normalement, se mit alors à courir. Lorsqu'il arriva près de la Chevrolet, il constata que la portière du côté du conducteur était ouverte et que le type aperçu quelques minutes auparavant était à genoux sur le siège, en train de rouer de coups un des occupants. Derrière les vitres opaques, de vagues silhouettes se débattaient.

– Ne bougez plus! cria Chase. Il était maintenant juste derrière l'homme.

Comme celui-ci s'extirpait de la Chevrolet, Chase aperçut le couteau qu'il tenait à la main. Le voyeur le brandit aussitôt dans sa direction. La main et le couteau étaient couverts de sang.

En un éclair, Chase parcourut l'espace qui le séparait encore de la Chevrolet et plaqua l'agresseur contre la carrosserie. Passant son bras autour du cou du type, il essaya de l'immobiliser.

La fille, elle, hurlait toujours.

Le type abaissa violemment le bras sur la jambe de Chase, tentant d'enfoncer la lame du couteau dans sa cuisse. Mais c'était un amateur.

D'un mouvement de hanche, Chase esquiva le coup et, simultanément, il serra encore plus fort, écrasant de son bras replié la trachée de l'inconnu.

Autour d'eux, les voitures démarraient. La scène qui était en train de se dérouler dans le parc avait soudain libéré la culpabilité qu'en matière de sexe tous les adolescents présents ressentaient. Aucun n'avait envie de savoir ce qui se passait réellement.

– Lâche ça, dit Chase.

L'inconnu devait pourtant commencer à manquer d'air, mais il tenta à nouveau de planter son couteau dans la cuisse de Chase, en vain.

Soudain furieux, Chase fit basculer son adversaire en avant et resserra son étreinte, dans un dernier effort pour le réduire à l'impuissance.

Mais, au même instant, l'herbe humide le trahit. Ses pieds glissèrent, et il tomba à la renverse, l'inconnu s'écroulant à son tour sur lui.

Cette fois, le couteau se planta dans le gras de la cuisse de Chase, juste au-dessous de la hanche. Cependant, Chase désarçonna l'assassin, lui arrachant son arme des mains par la même occasion.

Roulant sur lui-même, l'homme parvint à se relever, et fit quelques pas en direction de Chase. Il parut vouloir récupérer son arme, mais comprenant tout à coup à qui il avait affaire, il préféra prendre la fuite.

– Arrêtez-le ! s'écria Chase.

La plupart des voitures avait déjà disparu. Les conducteurs des véhicules encore garés au bord de la falaise réagirent de la même façon que les timorés qui s'étaient enfuis dès les premiers cris : les phares s'allumèrent, les moteurs démarrèrent, les pneus crissèrent. Quelques minutes plus tard, les deux seules voitures qui restaient dans le coin des amoureux étaient la Chevrolet et la Mustang de Chase.

La douleur que ce dernier ressentait dans sa jambe gauche était intense, mais elle n'était pas pire que toutes celles qu'il avait déjà endurées par le passé. À la lueur du plafonnier de la Chevrolet, il s'aperçut que sa blessure était peu profonde – rien à voir avec le flot de sang qu'aurait provoqué la rupture d'une artère. Il essaya de se relever, et constata qu'il était capable de marcher sans trop de problèmes.

Il s'approcha de la voiture, jeta un coup d'œil à l'intérieur, et regretta aussitôt sa curiosité. Le corps d'un jeune homme, âgé de dix-neuf ou vingt ans, gisait sur le siège du conducteur. Sanguinolent. La bouche ouverte. Les yeux vitreux.

A côté de la victime, recroquevillée contre la portière, une petite brune, d'un ou deux ans plus jeune que son amant assassiné, gémissait doucement. Ses mains agrippaient ses genoux avec tellement de force qu'on aurait dit les serres d'un rapace autour de sa proie. Elle portait une mini-jupe rose, mais n'avait ni chemisier ni soutien-gorge, et le bout de ses petits seins, tachés de sang, pointaient hardiment.

Chase se demanda pourquoi, devant cette scène macabre, c'était précisément ce détail qui retenait son attention.

Il se croyait pourtant au-dessus de ce genre de considérations. Du moins s'était-il cru au-dessus de ce genre de considérations, jadis.

– Ne bougez pas, lança Chase, penché par la portière du côté du conducteur. « Je vais m'occuper de vous. »

Continuant à gémir, la fille ne répondit pas.

Chase faillit refermer la portière, avant de se rendre compte qu'il allait ainsi éteindre le plafonnier de la Chevrolet, laissant la petite brune seule dans la voiture avec le cadavre. Il fit le tour du véhicule en boitant, et il ouvrit la portière de la passagère.

Apparemment, ces jeunes ne croyaient pas aux serrures et autres systèmes de sécurité. C'était dû, supposa Chase, à l'optimisme caractéristique de leur génération, à leurs théories sur l'amour libre, la confiance mutuelle, et la fraternité entre humains. Ils appartenaient à une génération qui était censée vivre si pleinement qu'ils finissaient par en oublier jusqu'à la réalité de la mort elle-même.

Leur génération. Chase n'avait guère que quelques années de plus que ces adolescents, mais il ne se considérait pas comme faisant partie de cette génération, ni d'aucune autre, d'ailleurs. Il était seul, seul dans le grand flot du temps qui passe.

– Où est votre chemisier ? demanda-t-il à la jeune fille.

Elle n'avait plus le regard rivé sur le cadavre, mais elle ne regardait pas Chase non plus. Elle fixait ses genoux et les articulations blanchies de ses mains, tout en prononçant des mots incohérents.

Passant le bras entre les jambes de la fille, Chase chercha à tâtons sous son siège et trouva le chemisier, roulé en boule sur le plancher.

– Vous feriez mieux de vous rhabiller.

Elle ne fit pas un geste pour se saisir du vêtement, mais elle poursuivit sa litanie de mots incompréhensibles.

– Allez, calmez-vous, lui dit-il d'une voix aussi douce que possible.

Après tout, le tueur n'était peut-être pas vraiment parti.

Bien que sa voix fût presque inaudible, la jeune fille se mit à parler de façon plus cohérente, plus pressante. Chase se pencha vers elle, et découvrit alors qu'elle était en train de répéter : « S'il vous plaît, ne me faites pas de mal, s'il vous plaît, ne me faites pas de mal. »

Chase se redressa et la rassura.

– Je ne vous veux aucun mal. Ce n'est pas moi qui ai attaqué votre ami. Mais l'homme qui a fait ça se trouve peut-être encore dans le coin. Ma voiture est à côté. Je vous en prie, venez avec moi, d'accord ?

Elle cligna des yeux, hocha la tête, puis se décida à sortir de la Chevrolet. Il lui tendit son chemisier. Elle le déplia, le secoua, sans paraître vouloir l'enfiler. Elle était encore sous le choc de l'agression.

– Vous pourrez vous habiller dans ma voiture, lui conseilla Chase. Vous y serez plus en sécurité.

Sous les arbres, la pénombre était plus obscure que jamais.

Passant le bras autour des épaules de la jeune fille, il la conduisit jusqu'à la Mustang. La portière du côté du passager étant verrouillée, ils firent ensemble le tour de la voiture, et il l'aida à s'installer à l'intérieur. Elle semblait s'être ressaisie. Elle enfila un bras dans l'une des manches du chemisier, puis l'autre, et elle entreprit, lentement, de le boutonner.

Chase ferma sa portière et démarra.

– Qui êtes-vous ? lui demanda alors la jeune fille.

– Je me promenais dans le coin. J'ai vu un type qui se planquait derrière un buisson, et je me suis dit que quelque chose clochait.

– Il a tué Mike, souffla-t-elle d'une voix éteinte.

– C'était votre petit ami ?

Sans répondre, elle s'appuya contre le dossier de son siège et se mordilla la lèvre inférieure, d'un air absent, essuyant machinalement le sang qui maculait son visage.

– Nous allons téléphoner – ou prévenir directement la police. Comment vous sentez-vous ? Vous avez besoin d'aller à l'hôpital ?

– Non.

Chase fit demi-tour et redescendit Kanackaway Ridge Road aussi vite qu'il était venu. Il prit le virage si rapidement que la jeune fille fut projetée contre la portière.

– Mettez votre ceinture de sécurité, lui conseilla-t-il.

Elle s'exécuta, mais elle semblait absente, le regard fixé sur le ruban d'asphalte qui se déroulait devant la voiture.

– Qui était ce type ? lui demanda Chase, tandis qu'ils traversaient le carrefour de Galasio Boulevard, sans griller de feux rouges, cette fois.

– Mike, lui répondit-elle.

– Pas votre ami.

– Quoi ?

– L'autre.

– Je n'en sais rien, fit-elle.

– Vous n'avez pas vu son visage ?

Elle fronça les sourcils.

– Son visage ?

– Oui.

– Son visage.

Comme si les mots n'avaient pour elle aucune signification.

– Vous aviez pris quelque chose ? » s'enquérit Chase.

– Quelque chose ?

– De la drogue ?

– Un peu d'herbe. Avant.

Plus qu'un peu, songea Chase.

Il fit une nouvelle tentative.

– Vous avez vu son visage ? Vous l'avez reconnu ?

– Son visage ? Non. Oui. Enfin, pas vraiment. Un peu, quoi.

– Je me suis dit qu'il s'agissait peut-être d'un de vos anciens petits copains, un prétendant évincé, un truc comme ça.

Elle ne dit rien.

Son mutisme donna à Chase le loisir de reconsidérer la situation. En se remémorant l'arrivée du tueur sur les lieux du crime, il commença à se demander si l'homme savait à l'avance quelle voiture il avait l'intention d'attaquer, ou si n'importe quel véhicule garé là aurait fait son affaire. Il pouvait s'agir d'une vengeance dirigée spécifiquement contre Mike, ou d'un acte de démence. Même avant son départ pour le Viêt-nam, les journaux étaient remplis de faits divers relatant des tueries absurdes. Depuis qu'il avait quitté l'armée, il ne lisait plus les journaux, mais il se doutait que ce genre de meurtre aveugle connaissait encore beaucoup de succès.

L'hypothèse d'un homicide sans mobile, dû au simple

fait du hasard, le rendait furieux. La ressemblance avec le Viêt-nam, avec l'opération Jules Verne à laquelle il avait personnellement participé, remuait en lui de mauvais souvenirs.

Un quart d'heure plus tard, Chase garait la Mustang devant les locaux de la police, sur Kensington Avenue.

– Vous vous sentez suffisamment bien pour leur parler ? s'enquérit alors Chase.

– Pour parler aux flics ?

– Ouais.

Elle haussa les épaules.

– Oui, je crois.

Elle s'était ressaisie remarquablement vite. Elle eut même la présence d'esprit de prendre le peigne de Chase, qui dépassait de la poche de sa veste, et de le passer dans ses cheveux bruns.

– De quoi j'ai l'air ?

– Ça va.

Finalement, il valait peut-être mieux être célibataire que mourir en laissant derrière soi une femme capable de se consoler aussi rapidement.

– Allons-y, annonça-t-elle.

Elle ouvrit sa portière et sortit de la Mustang, laissant apparaître, dans un bruissement d'étoffe, deux jambes fines et ravissantes.

Dans la petite pièce grise, une porte s'ouvrit, et un petit homme gris entra. Son visage était ridé, et ses yeux, profondément enfoncés dans leur orbite, donnaient l'impression qu'il n'avait pas dormi depuis deux ou trois jours. Ses cheveux châtains, en désordre, auraient bien eu besoin d'une bonne coupe. Il s'avança jusqu'au bureau devant lequel Chase et la fille avaient pris place, et s'assit sur la seule chaise vacante, s'installant comme s'il avait l'intention de ne plus jamais se relever.

– Je suis l'inspecteur Wallace.

– Enchanté, répondit Chase, qui pensait précisément le contraire.

La fille ne dit rien, se contentant d'examiner attentivement ses ongles.

– Alors, qu'est-ce qui se passe ? leur demanda Wallace en croisant les mains sur le bureau. Il posa sur eux un regard las, comme s'il avait déjà entendu leur histoire un nombre incalculable de fois.

– J'ai déjà pratiquement tout raconté au policier qui nous a reçus, dit Chase.

– C'est moi qui suis chargé des affaires d'homicide, fit Wallace.

– Il faudrait envoyer quelqu'un là-bas. Le corps...

– Une de nos voitures est partie là-bas. On est en train de vérifier vos dépositions. C'est comme ça qu'on procède. Pas toujours très bien, peut-être, mais c'est comme ça que les choses se déroulent, ici. Donc, d'après vous, quelqu'un a été assassiné.

– Son petit ami s'est fait poignarder, confirma Chase.

Wallace observa la jeune fille, qui s'examinait les ongles.

– Elle est muette ?

– Il se peut qu'elle soit encore sous le choc.

– A notre époque ? ironisa Wallace, faisant preuve à l'égard des sentiments de la fille d'un mépris que Chase trouva plutôt déconcertant.

La fille se décida à parler.

– Non, je ne suis pas muette.

– Comment vous appelez-vous ? lui demanda Wallace.

– Louise.

– Louise quoi ?

– Allenby. Louise Allenby.

– Vous habitez ici ? s'enquérit Wallace.

– Oui, à Ashside.

– Quel âge ?

Un éclair de colère passa alors dans les yeux de la fille, puis elle baissa le regard et recommença à s'intéresser à ses ongles.

Dix-sept.

– Lycéenne ?

– J'ai réussi l'examen de sortie en juin, dit-elle. Je vais à l'université à la rentrée. L'université de Pennsylvanie.

– Qui était le jeune homme qui se trouvait avec vous ?

– Mike.

– C'est tout ?

– Comment ça ?

– Mike, simplement ? Comme Liberace ? Comme Picasso ? C'est son nom ?

– Michael Karnes, précisa-t-elle.
– Votre petit copain, ou votre fiancé ?
– Mon petit copain. On sortait ensemble depuis un an, à peu près. C'était mon petit copain officiel, quoi.
– Que faisiez-vous là-bas ? lui demanda Wallace.
Elle lui lança un regard effronté.
– A votre avis ?
Bien que le ton employé par Wallace fût pour le moins étonnant, Chase trouvait le détachement de la fille si irritant qu'il éprouvait une envie irrésistible de ficher le camp.
– Ecoutez, Inspecteur, intervint-il brusquement, c'est vraiment nécessaire, tout ça ? Cette fille n'a rien à voir là-dedans. Je pense que si je ne l'en avais pas empêché, le type l'aurait tuée également.
Wallace se tourna vers lui.
– Et vous, comment expliquez-vous votre présence là-bas ?
– Je me baladais, c'est tout, répliqua Chase.
Une lueur d'intérêt s'alluma alors dans les yeux de l'inspecteur.
– Comment vous appelez-vous ?
– Benjamin Chase.
– Je me disais aussi que je vous avais déjà vu quelque part. Le ton du policier s'adoucit aussitôt, et il parut sortir de sa torpeur. « Vous étiez en photo dans le journal, aujourd'hui. »
D'un hochement de tête, Chase aquiesça.
– Vous avez vraiment fait du bon boulot au Viêtnam, le félicita Wallace. Fallait vraiment avoir des tripes.
– Les journalistes en rajoutent pas mal, vous savez, fit Chase.
– Mais oui, c'est ça ! s'exclama Wallace.
De toute évidence, l'inspecteur était convaincu que la conduite de Chase pendant la guerre avait été encore plus héroïque que les journaux ne le rapportaient.
La fille, elle, sembla soudain s'intéresser à Chase, et elle entreprit de le dévisager ouvertement.
Le ton de Wallace, lorsqu'il s'adressa à elle, n'était plus le même.
– Vous voulez bien me raconter ce qui s'est passé, et comment c'est arrivé ?
Elle s'exécuta, perdant au cours de son récit un peu

de l'attitude détachée qu'elle avait adoptée. A deux reprises, Chase eut même l'impression qu'elle allait se mettre à pleurer, et il se prit à souhaiter qu'elle le fît réellement. La froideur qu'elle arborait si vite après tout le sang répandu lui fichait les jetons. Peut-être était-elle encore sous le choc du meurtre, refusant d'admettre ce qui venait de se passer. Elle ravala ses larmes, et lorsqu'elle eut achevé son histoire, elle avait repris possession de ses moyens.

– Vous avez vu son visage ? lui demanda Wallace.

– Je l'ai entrevu, c'est tout, répondit-elle.

– Vous pouvez me le décrire ?

– Pas vraiment.

– Essayez quand même.

– Il avait les yeux marron, je crois.

– Pas de moustache, ni de barbe ?

– Non, je ne pense pas.

– Des pattes longues ou courtes ?

– Courtes, je crois.

– Pas de cicatrices sur le visage ?

– Non.

– Rien de particulièrement frappant dans son apparence physique ?

– Non.

– La forme de son visage, ou...

– Non.

– Comment ça, non ?

– Je n'ai vu qu'un visage, sans forme précise.

– Beaucoup de cheveux, ou chauve ?

– Je ne m'en souviens pas, dit-elle.

Chase intervint.

– Quand je suis arrivé près d'elle, elle était en état de choc. Je doute qu'elle ait pu mémoriser quoi que ce soit.

Au lieu d'approuver ce qu'il venait de dire, et de lui en être reconnaissante, Louise lui lança un regard furieux.

Chase comprit alors, mais trop tard, que la plus grande honte, pour quelqu'un de l'âge de Louise, c'était de ne plus assurer. Il avait révélé le moment de panique qu'elle avait ressenti à un flic, ce qui était encore pire. Et même s'il lui avait sauvé la vie, elle n'allait plus guère éprouver de gratitude à son égard, à présent.

Wallace se leva.

– Allons-y, dit-il.

– Où ça? questionna Chase.
– On retourne là-bas.
– C'est vraiment indispensable? Vous avez aussi besoin de moi? insista Chase.
– Eh bien, je dois prendre vos dépositions à tous les deux, et il me faut davantage de détails. Lorsque vous me décrirez à nouveau ce que vous avez vu, monsieur Chase, il sera utile que vous soyez sur les lieux du crime. Ça ne va pas durer longtemps, je vous rassure. Nous aurons besoin de la fille plus longtemps que de vous.

Assis à l'arrière de la voiture de police, à une dizaine de mètres de l'endroit où le crime avait été commis, Chase était en train de répondre aux questions de l'inspecteur Wallace quand l'équipe du *Press-Dispatch* débarqua. Deux photographes et un reporter s'approchèrent.

Pour la première fois, Chase comprit que la presse et la télévision locales allaient couvrir le meurtre. Les journalistes allaient faire de lui un héros. Un héros malgré lui. Une fois de plus.

– S'il vous plaît, dit-il à Wallace, serait-il possible de ne pas donner aux journalistes le nom du type qui a sauvé la fille?
– Pour quelles raisons?
– J'en ai marre, lâcha Chase.
– Mais c'est pourtant vous qui lui avez sauvé la vie. Vous devriez en être fier, s'étonna Wallace.
– Je n'ai pas envie de parler aux journalistes, répéta Chase.
– C'est comme vous voulez. Ils auront quand même l'identité de l'homme qui a mis en fuite l'assassin. Elle est mentionnée dans le rapport de police.

Quelque temps plus tard, Wallace ayant terminé son interrogatoire, Chase s'apprêtait à rejoindre la voiture d'un autre policier chargé de le reconduire en ville, lorsqu'il sentit sur son épaule la main de la jeune fille. Il se tourna vers elle.
– Merci, lui dit-elle.

Peut-être l'avait-il simplement imaginé, mais il eut l'impression que le geste de la fille avait eu la douceur d'une caresse. Les doigts de Louise s'étaient attardés un peu trop longuement. Qu'une telle attitude fût seulement possible lui donna envie de vomir.

Leurs yeux se croisèrent. Et Chase détourna immédiatement le regard.

Au même instant, l'un des deux photographes déclencha son appareil. Le flash illumina toutes les personnes présentes. La lueur fut brève – mais la photo devait le hanter à jamais.

Dans la voiture de police, pendant le trajet du retour, le flic en uniforme qui le raccompagnait dit à Chase qu'il s'appelait Don Jones, qu'il avait lu les journaux, et qu'il aurait bien aimé avoir un autographe pour ses gosses. Chase signa donc au dos d'un formulaire d'homicide vierge, et, à la demande de Jones, inscrivit au-dessus de son nom une dédicace à l'intention des enfants du policier. « A Rick et à Judy Jones ». Le flic posa à Chase tout un tas de questions sur la guerre et le Viêt-nam, auxquelles il répondit aussi brièvement que l'y autorisait la politesse.

De retour dans la Mustang qu'on lui avait offerte, il roula plus calmement que quelques heures auparavant. A présent, aucun sentiment de colère ne l'habitait, et il ne ressentait qu'une lassitude infinie.

A une heure et quart du matin, soulagé de voir que toutes les fenêtres étaient éteintes, il gara la Mustang devant la maison de Mme Fielding. Il ouvrit la porte d'entrée aussi silencieusement que possible, malgré le vieux verrou dont elle était équipée, gravit les marches de l'escalier en évitant soigneusement celles qui grinçaient, et rejoignit enfin l'appartement qu'il occupait sous les combles et qui consistait en une grande pièce unique, faisant office de cuisine, de chambre à coucher et de salon, à laquelle s'ajoutaient un petit cagibi et une salle de bains.

Il ferma la porte à clé.

Il se sentit alors en sécurité.

Bien sûr, il savait qu'il ne le serait jamais plus. Personne n'était jamais en sécurité. La sécurité était un sentiment illusoire.

Au moins, ce soir-là, il n'avait pas été obligé de faire poliment la conversation à une Mme Fielding en train de l'aguicher et de poser devant lui dans l'une de ses robes d'intérieur à moitié déboutonnée, exhibant la chair blafarde de son opulente poitrine. Il n'avait pas encore réussi à comprendre pourquoi elle choisissait, à son âge, de faire preuve d'autant d'impudeur

Il se déshabilla. Il se lava le visage et les mains. En fait, il se lava successivement les mains trois fois. Ces temps derniers, il se lavait beaucoup les mains.

Puis il examina la blessure, peu profonde, causée par le coup de couteau qu'il avait reçu à la cuisse. Elle ne saignait plus, le sang étant déjà coagulé. Il nettoya la plaie, la désinfecta avec de l'alcool, avant d'y étaler une pommade cicatrisante et de la recouvrir d'un pansement.

De retour dans la grande pièce, il acheva le traitement qu'il venait de s'administrer en versant une bonne dose de Jack Daniel's dans un verre où il avait préalablement jeté deux glaçons. Le verre à la main, il s'allongea sur son lit. Sa consommation moyenne de Jack Daniel's tournait autour d'une demi-bouteille par jour, minimum. Mais à cause de ce fichu banquet, il avait essayé de rester sobre toute la journée. Ce n'était plus la peine, à présent.

Tout en buvant, il sentit qu'il redevenait propre. Seul avec une bouteille de bon whisky – il n'y avait que dans ces moments-là qu'il se sentait propre.

Il était en train de se servir un deuxième verre quand le téléphone sonna.

Lorsqu'il avait emménagé, il avait d'abord refusé d'avoir une ligne à son nom. Jamais personne ne l'appelait. Et il n'avait aucune envie d'entrer en contact avec quiconque.

Mme Fielding avait commencé par refuser de croire qu'il lui était possible de vivre sans cette commodité. Se voyant déjà transformée en service de messagerie, elle avait alors insisté, imposant l'installation d'une ligne privée comme condition préalable à son entrée dans l'appartement.

C'était bien avant qu'elle ne sût qu'il était un héros de la guerre du Viêt-nam. C'était même longtemps avant qu'il ne le sût.

Pendant des mois, il n'avait pas reçu d'autre appel que ceux de Mme Fielding elle-même, l'informant qu'il avait du courrier, ou l'invitant à dîner.

Depuis l'annonce de la Maison-Blanche, toutefois, depuis l'excitation provoquée par la médaille, il recevait des appels tous les jours, provenant de parfaits inconnus qui lui offraient des félicitations qu'il ne méritait pas, ou qui lui réclamaient des interviews pour des publications qu'il n'avait jamais lues. La plupart du temps, il abrégeait. Jusque-là, personne n'avait encore eu assez de culot pour l'appeler à une heure aussi tardive, mais il se dit qu'il ne retrouverait jamais la solitude à laquelle il s'était habitué au cours des premiers mois qui avaient suivi son retour à la vie civile.

Il envisagea alors la possibilité de laisser le téléphone sonner indéfiniment, et se concentra sur son Jack Daniel's. Mais à la seizième sonnerie, il comprit que la personne qui l'appelait ne renoncerait pas, et il décrocha.

– Allô ?

– Chase ?

– Oui.

– Vous me connaissez ?

– Non, répondit Chase, incapable de mettre un nom sur la voix qui résonnait dans son oreille. L'homme semblait fatigué mais, à part cet unique indice, il pouvait s'agir d'un individu mâle entre vingt et soixante ans, gros ou maigre, grand ou petit, au choix.

– Comment va votre jambe, Chase ?

Il y avait à présent dans la voix comme une pointe d'humour, dont la raison échappait totalement à Chase.

– Pas mal, répondit-il. Plutôt bien.

– Vous êtes très fort de vos mains.

Soudain incapable de parler, Chase ne dit rien. Il venait de comprendre le motif de l'appel téléphonique.

– Très fort de vos mains, répéta le voyeur. Je parie que vous avez appris tout ça dans l'armée.

– Oui.

– Vous avez sans doute appris un tas de choses très utiles dans l'armée, et vous vous croyez sans doute tout à fait capable de prendre soin de votre personne.

– C'est vous ? dit soudain Chase.

A l'autre bout de la ligne, l'homme éclata de rire. Sa voix perdit aussitôt le ton fatigué qu'elle avait au début de leur conversation.

– Oui, c'est moi. Je suis moi. Tout à fait exact. Ma gorge me fait terriblement souffrir, Chase, et je sais que je vais avoir une voix très enrouée demain matin. Mais, à part ce détail, je m'en suis tiré aussi facilement que vous.

Avec une lucidité réservée aux moments particulièrement intenses, Chase se souvint alors de la lutte qui l'avait opposé au tueur, à côté de la Chevrolet, et de son pied glissant sur l'herbe humide. Il tenta d'obtenir une image mentale plus précise du visage de l'homme, mais il n'y réussit pas mieux pour lui qu'il n'y était parvenu pour la police.

– Comment avez-vous su qui j'étais?

– J'ai vu votre photo dans le journal. Vous êtes un héros du Viêt-nam. Votre photo était partout. C'est quand je vous ai vu allongé par terre à côté du couteau que je vous ai reconnu, et j'ai aussitôt pris mes jambes à mon cou.

– Qui êtes-vous?

– Vous vous attendez vraiment à ce que je vous le dise?

Chase avait complètement oublié son verre de Jack Daniel's. Dans sa tête, ces fichues sirènes d'alarme s'étaient mises à hurler à plein volume.

– Qu'est-ce que vous voulez?

L'inconnu garda le silence si longtemps que Chase faillit poser la question une seconde fois. Puis, soudain, le tueur reprit la parole. Cette fois, il n'y avait plus la moindre trace d'amusement dans sa voix.

– A cause de vous, mon plan a foiré. Vous n'avez aucun droit sur moi. Vous ne savez pas le mal que je me donne pour choisir les bonnes cibles parmi tous ces jeunes fornicateurs, pour sélectionner ceux d'entre eux qui méritent de mourir. Ça fait des semaines que je prépare cette action, Chase, et j'ai donné une juste punition à ce jeune pécheur. Il ne restait plus que la jeune putain, et vous l'avez sauvée avant que j'aie le temps d'accomplir mon devoir. Vous avez sauvé une petite pute qui n'avait pas le droit d'être épargnée. Ce n'est pas bien.

– Vous êtes malade.

Chase se rendait compte de l'absurdité du commentaire, tout à fait inadéquat, mais le tueur – comme tout le reste dans ce monde moderne – l'avait contraint à formuler un cliché.

Le tueur n'avait pas entendu ce qu'avait dit Chase, ou du moins, il fit comme si de rien n'était.

– Je voulais simplement vous dire, monsieur Chase, que cette affaire n'est pas terminée. Vous ne facilitez pas la tâche de la justice.

– Qu'est-ce que ça veut dire?

– Je vais me livrer à quelques recherches concernant votre passé, Chase, et je vais rassembler les informations nécessaires afin de porter sur vous un jugement correct, puis je m'occuperai de vous. Ensuite, lorsque vous aurez payé votre dette, je m'occuperai de la petite pute.

– Vous vous occuperez de moi ? répéta Chase.

L'euphémisme lui rappela les dérapages de vocabulaire auxquels il avait fini par s'habituer au Viêt-nam. Brusquement, il se sentit beaucoup plus vieux, et beaucoup plus fatigué qu'il ne l'était quelques instants auparavant.

– Je vais vous tuer, Chase. Je vais vous punir, pour tous les péchés à inscrire à votre crédit, quels qu'ils soient, parce que vous avez interféré dans le plan prévu. Vous ne facilitez pas l'action de la justice.

L'homme garda le silence un instant.

– Vous comprenez ? reprit-il.

– Pas trop mal.

– C'est tout ce que vous avez à dire ?

– Qu'est-ce que je pourrais ajouter de plus ? s'étonna Chase.

– Je vous rappellerai.

– Quel est l'intérêt de tout ça ?

– Faciliter la justice, lança le tueur – et il raccrocha.

Chase reposa à son tour le combiné et s'adossa contre la tête de lit. Sentant dans sa main quelque chose de froid, il baissa les yeux et eut la surprise de découvrir son verre de whisky. L'approchant de ses lèvres, il avala une petite gorgée de liquide. Le goût en était légèrement amer.

Il ferma les yeux.

C'était si facile de se moquer de toute cette histoire...

Ou pas si facile que ça, tout compte fait. Si ça l'avait été, il aurait pu poser son verre de whisky et s'endormir. Ou, au lieu d'attendre que l'assassin vienne le chercher, il aurait pu se faire sauter la cervelle.

Trop facile de ne pas s'en moquer.

Il ouvrit les yeux.

Il fallait qu'il décide ce qu'il convenait de faire à propos de ce coup de fil.

La police serait intéressée, naturellement, parce qu'il représentait une piste sérieuse susceptible de mener jusqu'à l'homme qui avait tué Michael Karnes. Les flics voudraient probablement mettre sa ligne sur écoute, dans l'espoir que le tueur rappelle – d'autant plus que ce dernier avait prévenu Chase qu'il se manifesterait à nouveau. Il se pouvait même que la police décide de poster l'un de ses hommes chez Chase, et qu'elle entreprenne de le suivre constamment, à la fois pour assurer sa protection et pour tenter de coincer l'assassin.

Pourtant, Chase hésitait encore à téléphoner à l'inspecteur Wallace.

Au cours des dernières semaines, depuis que le gouvernement avait décidé de lui donner la Médaille d'honneur, la routine quotidienne de Chase avait été détruite. Or, il abhorrait le changement.

Il s'était habitué à une solitude profonde interrompue seuement par les indispensables échanges avec les vendeurs des magasins où il se rendait, et avec Mme Fielding, sa logeuse. Tous les matins, il allait en ville et prenait son petit déjeuner chez Woolworth's. Il achetait un livre dans une collection de poche, de temps en temps un magazine – mais jamais de quotidiens – ainsi que les divers produits dont il avait besoin, il s'arrêtait deux fois par semaine chez le caviste où il se fournissait en bourbon, il passait l'heure du déjeuner dans le parc municipal à regarder les secrétaires en mini-jupes qui se promenaient pendant leur pause, puis il rentrait chez lui, pour y passer le reste de la journée. Il lisait pendant de longs après-midis, tout en buvant du Jack Daniel's. Le soir venu, ne distinguant plus très bien les caractères imprimés sur les pages de son livre, il se tournait alors vers sa petite télévision et regardait de vieux films dont il connaissait par cœur pratiquement tous les plans. Vers onze heures du soir, ayant fini sa bouteille de whisky, ou sa ration quotidienne, sans rien manger ou presque il se mettait au lit et dormait le plus longtemps possible.

Ce n'était pas vraiment la belle vie, et certainement pas celle dont il avait rêvé, mais c'était supportable. Cette vie-là était simple, elle était également solide, sûre, débarrassée des doutes et des incertitudes, sans aucun choix à faire ni aucune décision à prendre, susceptibles de provoquer en lui une nouvelle rupture.

Mais l'*Associated Press* et l'*UPI* avaient divulgué l'histoire d'un héros du Viêt-nam qui avait décliné l'invitation de la Maison Blanche, alors qu'il était convié à assister à la remise de la Médaille d'honneur du Congrès. Il n'avait pas refusé la médaille elle-même, estimant que ce geste lui apporterait plus de notoriété qu'il ne pouvait en supporter mais il avait perdu tout espoir de mener une vie ordinaire.

Il avait réussi à surmonter la tourmente en accordant aussi peu d'interviews que possible, et en répondant par monosyllabes aux appels téléphoniques. Il n'avait quitté son appartement que pour se rendre au banquet, et il n'avait eu la force de s'y rendre que parce qu'il savait qu'une fois la corvée accomplie, il lui serait enfin possible de retourner chez lui, sous les combles, pour reprendre le cours paisible d'une existence à laquelle on l'avait arraché.

Ce qui s'était passé dans le coin des amoureux, là-haut sur Kanackaway, avait modifié ses plans et retardé ses retrouvailles avec la stabilité. Les journaux allaient profiter de sa récente et stupide intervention pour ressortir l'histoire de la Médaille d'honneur, et toutes les photos... Et les coups de téléphone allaient se multiplier, on allait recommencer à le féliciter, et à lui proposer d'autres interviews, qu'il serait à nouveau forcé de refuser.

Puis les choses se tasseraient. Dans une semaine ou deux – en admettant qu'il puisse tolérer d'être sous les feux des projecteurs pendant tout ce temps – tout redeviendrait comme avant, calme et tranquille. Supportable.

Il avala une autre gorgée de Jack Daniel's. Celle-ci lui parut meilleure que la précédente.

Il y avait des limites à ce qu'il pouvait endurer. Deux semaines supplémentaires d'articles dans la presse, d'appels téléphoniques, de propositions professionnelles, de demandes en mariage ne feraient qu'épuiser ses maigres ressources. Et si, pendant cette même période, il lui fallait en plus partager son appartement avec un représentant de la loi et être suivi partout où il irait, il ne tiendrait pas le coup.

Déjà, il sentait grandir en lui ce même vide flou qui l'avait envahi si totalement lorsqu'il était à l'hôpital. C'était ce puissant manque de motivation qu'il devait à tout prix combattre. Même si cela signifiait qu'il devait cacher à la police certaines informations.

Il ne dirait pas aux flics qu'il avait reçu un coup de fil du tueur.

Il but à nouveau une bonne rasade de Jack Daniel's.

De biens braves gens, ces gars du Tennessee qui distillaient le Jack Daniel's destiné à réconforter le monde entier. Un bon produit, ça. Meilleur que la gloire, les louanges ou l'amour. Et bien moins cher.

Il se leva et se dirigea vers le placard, afin de rafraîchir son verre d'une nouvelle dose de whisky.

Il s'inquiétait de dissimuler à la police des indices importants, mais les flics étaient malins. Ils trouveraient le coupable sans l'aide de Chase. Ils allaient découvrir des empreintes sur la poignée de la portière de la Chevrolet et sur l'arme du crime. Il savait qu'ils avaient déjà fait circuler l'information concernant les meurtrissures sur le cou de l'assassin et les difficultés à parler qu'il devait à présent éprouver.

De toute façon, ce que Chase leur cachait n'aurait pas une grande incidence sur l'efficace machine judiciaire qui s'était déjà mise en place.

Il savait qu'il se mentait à lui-même.

Ce n'était pas la première fois.

Il finit son verre. Le whisky glissa suavement jusqu'au fond de sa gorge.

Il se resservit et retourna se coucher. Après s'être glissé sous le drap, il fixa l'œil vide et noir de la télé.

D'ici quelques jours, tout serait redevenu normal. Aussi normal que ce monde pouvait l'être, en tout cas. Il pourrait reprendre ses vieilles habitudes, et continuer à vivre confortablement grâce à sa pension d'invalidité et les quelques revenus qu'il avait reçus en héritage de ses parents.

Il n'avait absolument pas besoin de chercher du boulot, ni de parler à qui que ce fût ni de prendre la moindre décision. L'unique tâche à laquelle il devait se consacrer, c'était de consommer suffisamment de bourbon pour pouvoir dormir sans faire trop de cauchemars.

Il n'était pas seul : il communiait tous les jours avec son Jack Daniel's.

Il regardait la télé éteinte.

A plusieurs reprises, il eut l'impression que la télé le regardait aussi.

Le temps passa. Le temps passe toujours.

Il s'endormit.

Chase se leva très tôt le lendemain matin, tiré de son sommeil par des visions de cadavres en train de lui parler, la bouche remplie de terre. Le reste de la journée s'en trouva plutôt perturbé.

Son erreur, c'était d'essayer de continuer à mener son existence comme si les événements de la nuit précédente n'avaient jamais existé. Il se leva, fit sa toilette, se rasa, s'habilla, puis descendit au rez-de-chaussée, pour voir s'il avait du courrier. Il n'en avait pas, mais Mme Fielding l'entendit, et elle se hâta de sortir de son salon, dont l'éclairage était perpétuellement tamisé, afin de lui montrer la première édition du *Press-Dispatch*. La photo de Chase s'étalait à la une du journal local : on le voyait en train de se tourner vers Louise Allenby sortant d'une voiture de police. La fille paraissait en larmes, la main serrée sur le bras de Chase, et elle avait l'air beaucoup plus éprouvée sur la photo qu'elle ne l'avait été en réalité.

– Je suis si fière de vous! s'exclama Mme Fielding.

Elle lui parlait comme si elle était sa mère. Effectivement, elle avait l'âge du rôle – bien que l'instinct maternel qu'elle déployait lui semblât forcé, et peu sincère. Ses cheveux, artificiellement bouclés, étaient décolorés en blond platine, et le rouge qu'elle mettait sur ses joues et sur ses lèvres la vieillissait plus qu'il ne la rajeunissait.

– Les choses ne se sont pas du tout déroulées comme ils le racontent, et c'était loin d'être aussi passionnant qu'on pourrait le croire, lui dit Chase.

– Comment pouvez-vous le savoir? Vous n'avez même pas lu l'article.

– Ils exagèrent toujours. Les journalistes.

– Oh, vous êtes vraiment trop modeste, le flatta Mme Fielding.

Elle portait une robe d'intérieur bleue et jaune, dont les deux premiers boutons n'étaient pas en place. Chase avait une vue plongeante sur le renflement charnu de ses seins et sur la dentelle jaune de son soutien-gorge.

Il était beaucoup plus fort et beaucoup plus jeune que Mme Fielding, mais elle l'effrayait. Peut-être parce qu'il ne comprenait pas quelles étaient ses intentions à son égard.

Elle semblait désirer autre chose que le seul paiement du loyer, plus qu'une simple compagnie. Il y avait du désespoir en elle – peut-être parce qu'elle-même ne savait pas ce qu'elle attendait de lui.

– Je parie que cet article va vous valoir deux fois plus de propositions d'emploi que le précédent !

Mme Fielding était beaucoup plus intéressée que lui par une éventuelle proposition d'embauche. Il avait d'abord cru qu'elle craignait qu'il n'ait des difficultés à payer son loyer, mais il avait fini par comprendre qu'elle ne s'inquiétait pas seulement de sa situation professionnelle.

– Comme je vous l'ai souvent répété, commença-t-elle, vous êtes jeune et costaud, et vous avez toute la vie devant vous. Pour un gars comme vous, ce qu'il faut, c'est du boulot, un vrai boulot, une possibilité de faire quelque chose et de réussir. Ce n'est pas que vous n'ayez rien fait jusqu'à maintenant, comprenez-moi bien, mais enfin, traîner comme vous le faites toute la journée, sans but véritable, ce n'est pas bon pour vous. Depuis que vous vous êtes installé ici, vous avez perdu au moins six kilos.

Chase ne réagit pas.

Mme Fielding se rapprocha et lui prit le journal des mains. Les yeux rivés sur la photo qui occupait le centre de la première page, elle poussa un soupir.

– Il faut que j'y aille, annonça Chase.

Elle leva les yeux vers lui.

– J'ai vu votre voiture.

– Oui.

– Elle vous plaît ?

– C'est une voiture.

– L'article parle de la voiture.

– Ça ne m'étonne pas.

– C'était quand même gentil de leur part, non ?

– Oui. Très gentil.

– Ils ne publient jamais rien sur les garçons qui sont allés à l'armée sans en faire toute une histoire. On lit toujours des tas de trucs sur les voyous, mais personne ne lève le petit doigt pour les bons gars comme vous. Ce n'est pas trop tôt, et j'espère que la voiture vous plaît.

– Merci.

Tâchant de ne pas avoir l'air de la fuir, Chase ouvrit la porte et sortit.

Il roula jusqu'à Woolworth's pour y prendre son petit déjeuner.

Le plaisir que lui avait procuré sa Mustang neuve était déjà épuisé. En fait, il aurait préféré marcher. Le fait de conduire une voiture impliquait de prendre beaucoup trop de décisions. La marche à pied, c'était plus simple. En marchant, c'était plus facile de faire le vide dans son esprit et de se laisser porter par ses propres jambes.

D'habitude, à cette heure-là, on était assuré de trouver un coin tranquille dans le restaurant de Woolworth's, même s'il était plein. Des hommes d'affaires lisaient les pages financières des grands quotidiens, des secrétaires buvaient du café en faisant des mots croisés, des ouvriers descendaient de larges portions d'œufs au bacon – tous recherchaient un instant de solitude avant d'entamer une nouvelle journée de travail. Bizarrement, la promiscuité engendrait le respect de l'intimité individuelle. Ce mardi-là, pourtant, Chase ne tarda pas à se rendre compte que la plupart des clients, les yeux rivés sur lui, ne cherchaient même pas à dissimuler leur curiosité.

Le journal local, avec la photo de Chase à la une, l'avait trahi.

Il cessa aussitôt de manger, laissa un pourboire près de son assiette, régla l'addition, et sortit du restaurant. Ses mains tremblaient et ses genoux se dérobaient sous lui, comme si ses jambes n'arrivaient plus à le porter.

Il n'aimait pas qu'on le regarde. Il ne supportait même pas le sourire commercial d'une vendeuse ou d'un employé. Sa seule ambition, c'était de vivre comme l'un de ces hommes insignifiants, que le regard des autres traversait sans y prêter autrement attention.

Lorsqu'il se rendit au kiosque à journaux qui se trouvait à l'angle de la rue, à côté de Woolworth's, pour y acheter de la lecture, il fut soudain confronté à une telle multiplicité de photos de son propre visage, imprimé sur tous les exemplaires, qu'il fit aussitôt volte-face, sans même prendre la peine d'entrer.

Dans le magasin de spiritueux qui se trouvait à proximité, pour la première fois depuis de longs mois le vendeur s'autorisa un commentaire sur le nombre de bouteilles de whisky que Chase avait l'intention d'acheter. De toute évidence, il avait le sentiment qu'un homme comme Chase ne devait pas boire autant d'alcool. A moins, évidemment, que le whisky n'ait été destiné à une fête entre amis.

– Vous préparez une petite fête ? s'enquérit le vendeur.

– Ouais.

Chase n'avait plus qu'un seul désir : retrouver au plus vite la solitude et le dénuement de sa chambre, sous le toit de la maison de Mme Fielding, et il se mit en route. Il parcourut une centaine de mètres avant de se souvenir qu'il était à présent propriétaire d'une voiture, et il revint sur ses pas, terriblement gêné à l'idée que quelqu'un ait pu s'apercevoir de son trouble.

Au volant de la Mustang, il se sentit trop tendu pour prendre la route immédiatement. Pendant un quart d'heure, il resta assis dans sa voiture, à feuilleter le manuel technique et à relire le certificat de propriété, avant d'oser enfin démarrer et quitter sa place de parking.

Comme il craignait d'être reconnu, il ne se rendit pas au parc municipal pour regarder passer les filles : si l'une d'elles s'était avisée d'engager la conversation, il aurait été incapable d'aligner une phrase.

De retour chez lui, il mit deux glaçons au fond d'un verre, qu'il remplit de Jack Daniel's, mélangeant le tout avec l'index.

Il alluma ensuite la télévision qui passait un vieux film avec Wallace Beery et Marie Dressler. Il l'avait déjà vu une bonne demi-douzaine de fois, mais il le regarda quand même. La répétition des scènes, l'ordre rassurant des plans – il avait assisté à des milliers de séances, au cinéma et à la télévision – lui donnaient une impression de stabilité qui calmait sa tension nerveuse. Il suivit donc la cour romantique que Wallace Beery faisait maladroitement à Marie Dressler, et sa familiarité avec les balourdises de Beery, qu'il connaissait par cœur, agit comme un baume sur sa confusion mentale.

A onze heures cinq, le téléphone se mit à sonner. Il finit par se décider à répondre, déclina l'offre d'un journaliste qui voulait l'interviewer, et raccrocha.

A onze heures vingt-six, le téléphone se remit à sonner.

Cette fois, il s'agissait de la compagnie d'assurances auprès de laquelle l'association des commerçants avait souscrit un contrat d'un an. L'employé voulait savoir si les termes du contrat convenaient à Chase, et, dans le cas contraire, s'il ne préférait pas assurer son véhicule pour une somme plus avantageuse. Il se montra plutôt bavard au début de la conversation, mais Chase lui ayant confirmé que la police d'assurances lui convenait, il ne jugea pas utile d'insister.

A midi moins dix, la sonnerie du téléphone résonna à nouveau, pour la troisième fois. Quand Chase décrocha, il reconnut immédiatement la voix de l'assassin.

– Salut, vous avez passé une bonne matinée ?

La voix de l'homme était rauque, à peine plus audible qu'un chuchotement.

– Pas vraiment.

– Vous avez lu les journaux ?

– J'en ai lu un.

– Une affaire très bien couverte par la presse.

Chase ne fit aucun commentaire.

– Pour la plupart, les gens veulent être connus, reprit l'homme.

– Pas moi.

– Pour un peu de gloire, certains iraient même jusqu'à tuer.

– Vous, par exemple ?

– Ce n'est pas la gloire que je recherche, fit le tueur.

– Que cherchez-vous, alors ?

– La signification des choses. Leur sens.

– Tout ça n'existe pas.

Le tueur resta un instant silencieux.

– Vous êtes un drôle de bonhomme, monsieur Chase.

Chase ne répondit pas.

– Soyez près de votre téléphone à six heures, ce soir, monsieur Chase. C'est important.

– Cette histoire commence à me fatiguer.

– A *vous* fatiguer ? Mais c'est *moi* qui fais tout le boulot ! J'ai passé toute la matinée à chercher des informations sur vous et sur votre passé, et j'ai l'intention de recommencer cet après-midi. A six heures, je vous dirai ce que j'ai trouvé.

– Pourquoi ? s'étonna Chase.

– Il m'est difficile de porter un jugement sur vous si je ne sais pas de quel genre de transgressions vous êtes coupable, n'est-ce pas ?

Sous l'énervante protestation rauque des cordes vocales maltraitées, on distinguait la même sorte d'intonation amusée que Chase avait remarquée lors du premier appel de l'homme.

– Vous comprenez sans doute que je n'ai pas sélectionné au hasard les deux fornicateurs de Kanackaway que j'ai décidé de punir.

– Ah bon ?

– Non, bien sûr. J'ai préalablement effectué des recherches à leur sujet. Je me suis rendu sur les lieux tous les soirs pendant deux semaines, et j'ai recopié les numéros d'immatriculation des véhicules. Ensuite, j'ai comparé les différentes listes, afin de repérer le numéro qui se répétait le plus fréquemment.

– Pourquoi ?

– Pour découvrir l'identité des pécheurs les plus méritants, lança l'inconnu. Dans l'état de Pennsylvanie, pour deux dollars, le Bureau des véhicules à moteur se charge de retrouver l'identité de tous ceux qui sont titulaires d'un permis de conduire. J'ai ainsi eu connaissance du nom du jeune homme à qui appartenait la voiture en question. A partir de là, il m'était facile de mener mon enquête et d'apprendre le nom de la partenaire avec laquelle il se livrait à ce genre d'activités.

Le ton formel du discours amenait l'interlocuteur de Chase à utiliser d'étranges tournures de phrases.

– Elle n'était pas la seule jeune femme qu'il emmenât se divertir avec lui à Kanackaway, bien qu'elle eût été convaincue de sa fidélité envers elle. De son côté, elle faisait preuve de légèreté, elle aussi. A deux reprises, je l'ai suivie alors qu'elle avait rendez-vous avec d'autres garçons, et chaque fois, elle s'est donnée à eux.

– Pourquoi ne restez-vous pas chez vous à regarder les vieux films qui passent à la télé ? s'étonna Chase.

– Quoi ?

– Faites-vous soigner, vieux.

– Je n'ai nullement besoin de me faire soigner. C'est ce monde écœurant qui a besoin de soins, pas moi.

La colère qui s'était emparée de l'inconnu déclencha une quinte de toux. Puis il reprit la parole :

– C'étaient tous les deux des petites putes, le garçon comme la fille. Ils méritaient leur punition – sauf que, par votre faute, elle n'a pas eu la sienne.

Chase attendit la suite.

– Vous comprenez, poursuivit l'homme, je dois effectuer des recherches sur votre compte aussi soigneusement que je l'ai fait sur les deux autres. Sinon, je ne pourrai jamais savoir avec certitude si vous méritiez de mourir, ou si j'aurais dû vous éliminer parce que vous aviez contrarié mes plans et qu'il me fallait assouvir ma vengeance. Bref, je ne tue personne, je me contente d'exécuter ceux qui le méritent.

– Je ne veux plus que vous m'appeliez, dit Chase.
– C'est faux.
Chase garda le silence.
– Je suis la motivation qu'il vous faut, dit le tueur.
– Ma motivation ?
– Nous avons tous un destin, ici-bas.
– Ma motivation pour quoi faire ?
– Ça, rétorqua le tueur, c'est à vous de le décider.
– Je vais faire placer ma ligne téléphonique sur écoute.
– Ce n'est pas ce qui m'arrêtera, s'esclaffa l'inconnu, qui paraissait beaucoup s'amuser. « Il me suffira de vous appeler de cabines publiques différentes, n'importe où en ville, et d'être assez bref pour ne pas permettre à la police de me localiser.
– Et si je refuse de répondre au téléphone ?
– Vous répondrez. Ce soir, six heures », rappela-t-il à Chase, avant de raccrocher.
Chase lâcha le combiné, réalisant avec un certain malaise que le tueur le connaissait mieux qu'il ne se connaissait lui-même. Il allait décrocher chaque fois que le téléphone sonnerait, c'était évident. Et c'était exactement pour les mêmes raisons qu'il avait répondu à tous ceux qui l'avaient harcelé au cours de ces quelques dernières semaines, au lieu de demander à ce que son numéro soit placé sur liste rouge. Le seul problème, c'était justement qu'il ne savait pas vraiment quelles étaient ces raisons.
Impulsivement, il saisit le combiné et composa le numéro de la police. C'était la première fois depuis plus de dix mois qu'il prenait l'initiative d'un coup de téléphone.
Le policier de garde décrocha, et Chase demanda l'inspecteur Wallace.
Wallace fut au bout du fil un instant plus tard.
– Oui, monsieur Chase, en quoi puis-je vous aider ?
Chase ne mentionna pas les appels du tueur – qui étaient pourtant, croyait-il, à l'origine de son coup de téléphone à Wallace – se contentant de demander au policier comment se déroulait la suite de son enquête.
Wallace ne se fit pas prier.
– On avance lentement, mais sûrement. On a trouvé des empreintes sur le couteau. S'il lui est déjà arrivé d'être arrêté pour un délit sérieux, ou s'il a déjà travaillé pour le gouvernement, on ne va pas tarder à le coincer.

– Et si ses empreintes ne figurent dans aucun fichier ?
– On le coincera quand même, lui assura Wallace. On a également trouvé une alliance dans la Chevrolet, qui n'appartenait pas à la victime, et qui me paraît trop petite d'une taille ou deux pour correspondre à la taille de vos doigts. Au fait, vous n'avez pas perdu d'alliance, récemment ?
– Non, confirma Chase.
– C'est bien ce que je me disais. J'aurais dû vous appeler pour vous en parler, mais j'avais comme une intuition. C'est l'alliance du type qu'on recherche, j'en suis sûr.
– Et à part les empreintes et l'alliance ?
– On surveille en permanence la fille et sa famille, mais j'avoue que je vous serais reconnaissant de garder ça pour vous.
– Vous croyez qu'il va essayer de la tuer ?
– Possible. Mais uniquement s'il pense qu'elle peut l'identifier. Vous savez, une idée m'a traversé l'esprit : il serait peut-être préférable de vous mettre également sous la protection de la police, qu'est-ce que vous en dites ?
Eprouvant soudain une inquiétude que la suggestion de l'inspecteur ne suffisait pas à justifier, Chase se hâta de répliquer : « Non. Je ne vois vraiment pas l'intérêt d'une telle surveillance.
– Eh bien, l'histoire a fait la une de tous les journaux ce matin. Il craint sans doute moins d'être identifié par vous que par la fille, mais il se pourrait fort qu'il ait une dent contre vous.
– Une dent contre moi ? Il faudrait qu'il soit dingue. »
Wallace partit d'un gros rire.
– Ben... s'il n'est pas dingue, il est comment, à votre avis ?
– Vous voulez dire que l'interrogatoire de la fille ne vous a pas indiqué de piste possible ? Pas le moindre ex-petit copain qui aurait pu...
– Non, le coupa Wallace Pour l'instant, on se base sur l'hypothèse qu'il n'y a pas d'explication rationnelle, et qu'on a affaire à un psychopathe.
– Je vois.
– Eh bien, fit Wallace, vous m'excuserez, mais je n'ai pas de nouvelles plus édifiantes à vous donner.

– C'est moi qui m'excuse de vous avoir dérangé, dit à son tour Chase.

Il raccrocha sans avoir parlé à Wallace des appels du tueur, alors que c'était précisément dans l'intention de cracher le morceau qu'il lui avait téléphoné. La fille était placée sous surveillance permanente. Si les flics apprenaient qu'on l'avait contacté, ils feraient de même avec lui.

Les murs de la grande pièce se mirent alors à osciller, semblant alternativement se refermer sur lui à la façon d'un énorme étau, et s'ouvrir largement, comme l'auraient fait les deux battants d'un grand portail gris imaginaire. Le sol se souleva, puis retomba, tel un soufflet – du moins en eut-il l'étrange impression.

Un sentiment d'extrême instabilité le submergea alors, le persuadant intimement que le monde s'était dilué comme un mirage, et qu'il n'avait plus rien de solide : c'était précisément ce même sentiment qui l'avait expédié à l'hôpital, avant de finir par lui valoir son retour à la vie civile et sa pension d'invalidité partielle. Il était hors de question de laisser cette sensation s'emparer de lui à nouveau, et il savait que le meilleur moyen de la combattre, c'était de restreindre encore le périmètre de son monde, de puiser un peu de force dans la solitude. Il se servit un autre verre.

La sonnerie du téléphone le réveilla juste au moment où les cadavres à la bouche remplie de terre commençaient à poser sur lui la chair molle de leurs mains blafardes et putréfiées.

Se relevant d'un seul élan, il poussa un hurlement, les bras tendus, comme pour se protéger de leur contact glacé.

Constatant qu'il était seul chez lui, il s'allongea à nouveau, épuisé, et commença à compter les sonneries. Au bout de la trentième, il n'avait plus d'autre choix que de décrocher le combiné.

– Oui.

– J'étais sur le point de monter chez vous, s'exclama Mme Fielding. Vous êtes sûr que tout va bien ?

– Ça va, merci.

– Vous avez mis si longtemps à répondre...

– Je dormais.

La voix de Mme Fielding se fit hésitante, comme si elle réfléchissait à ce qu'elle allait dire.

– J'ai préparé des steaks, des champignons, du maïs au four et de la purée de pommes de terre pour le dîner de ce soir. Peut-être auriez-vous envie de vous joindre à moi ? Il y a trop de choses à manger pour une seule personne.

– C'est que...

– Un grand garçon costaud comme vous a besoin de se nourrir correctement.

– J'ai déjà mangé.

Mme Fielding resta silencieuse un instant. « Très bien. Mais croyez bien que je le déplore, parce que je vais avoir un tas de restes...

– Je suis désolé, mais je n'ai vraiment plus faim.

– Demain soir, peut-être ?

– Peut-être. »

Et il raccrocha avant qu'elle n'ait le temps de suggérer qu'il vienne grignoter un morceau chez elle, plus tard dans la soirée.

Les glaçons avaient fondu dans son verre, diluant ce qu'il restait de Jack Daniel's. Après avoir vidé le tout dans le lavabo de la salle de bains, il prit deux cubes de glace dans le réfrigérateur et se servit largement de whisky. Malgré une première gorgée particulièrement amère, il descendit le contenu de son verre en un clin d'œil. Exception faite de quelques pommes, il n'y avait rien à manger chez lui, ni dans le placard à provisions ni dans le frigo.

Il ralluma la petite télévision noir et blanc et fit lentement défiler sous ses yeux les émissions des chaînes locales. Rien, à part de sempiternels bulletins d'information et des dessins animés. Il regarda les dessins animés.

Aucun ne parvint à le dérider.

Après les dessins animés, il regarda un vieux film.

Excepté le coup de téléphone qu'on lui avait dit d'attendre à six heures, il avait toute la soirée pour lui.

A six heures pile, le téléphone se mit à sonner.

– Allô ?

– Bonsoir, Chase, dit l'assassin. Sa voix n'avait pas complètement perdu son voile rauque.

Chase s'assit sur son lit.

– Comment allez-vous, ce soir ? s'enquit l'inconnu.

– Ça va.

– Vous savez ce que j'ai fait, aujourd'hui ?

– Des recherches.
– C'est exact.
– Dites-moi ce que vous avez trouvé, lui dit alors Chase, comme si son interlocuteur allait lui donner des informations sur lui-même auxquelles il n'avait jamais eu accès. Et c'était peut-être ce qui allait se produire.
– Pour commencer, vous êtes né dans cette ville, il y a un peu plus de vingt-quatre ans, le 11 juillet 1947, à l'hôpital de la Miséricorde. Vos parents ont trouvé la mort dans un accident de la route, il y a deux ans. Vous êtes allé au lycée, où vous avez suivi un cours de formation accélérée de trois ans, dont vous êtes sorti avec un diplôme d'administration économique. Vous étiez un bon élément dans toutes les matières, excepté quelques-unes, principalement la physique, la biologie, la chimie, et la dissertation littéraire.
L'assassin continua à chuchoter pendant deux ou trois minutes, récitant à Chase sa biographie personnelle, y compris certains faits qu'il avait toujours cru être le seul à connaître. Les archives du tribunal, les dossiers universitaires, les rubriques nécrologiques de divers journaux locaux, ainsi qu'une demi-douzaine de sources différentes avaient fourni au tueur beaucoup plus d'informations concernant la vie privée de Chase que ce qu'il aurait pu tirer des articles récemment parus dans le *Press-Dispatch*.
– Je crois que je suis resté trop longtemps en ligne, annonça alors le tueur. Il est temps pour moi de changer de cabine téléphonique. Vous êtes sur écoute, Chase ?
– Non.
– Peu importe, je vais quand même raccrocher, et je vous rappellerai dans quelques minutes.
Il raccrocha.
Cinq minutes plus tard, le téléphone recommença à sonner.
– Les informations que je viens de vous donner ne sont pas d'un grand intérêt, Chase, mais laissez-moi ajouter à cette liste quelques détails supplémentaires, et permettez-moi d'échafauder quelques hypothèses. Voyons si je peux mettre le feu à tout ça.
– Faites ce que vous avez à faire.
– D'abord, commença l'inconnu, vous avez hérité une grosse somme d'argent, mais vous n'avez pas dépensé grand-chose.

– Pas grand-chose, c'est exact.

– Votre revenu annuel net s'élève à quarante mille dollars, mais vous vivez d'une façon tout à fait frugale.

– Comment pouvez-vous savoir ça ?

– Je suis passé en voiture, aujourd'hui, devant la maison que vous habitez, et j'ai découvert que vous vivez en fait dans un appartement meublé, au deuxième étage. Lorsque je vous ai vu rentrer, il m'a paru évident que vous ne dépensiez pas beaucoup en frais vestimentaires. Jusqu'à cette Mustang flambant neuve, vous ne possédiez même pas de voiture. J'en déduis donc qu'il doit encore vous rester l'essentiel de la somme que vous avez héritée de vos parents, puisque c'est grâce à la pension d'invalidité que vous verse le gouvernement que vous payez la plupart, voire la totalité, de vos factures.

– Je veux que vous cessiez immédiatement de rassembler des renseignements à mon sujet !

L'homme éclata de rire. « Je ne peux pas m'arrêter. Souvenez-vous qu'il m'est nécessaire d'évaluer à présent vos biens moraux, avant d'être en mesure de prononcer un jugement sur vous, monsieur Chase. »

Cette fois, ce fut Chase qui raccrocha le premier. Le fait d'avoir pris l'initiative lui remonta un peu le moral, et lorsque le téléphone se remit à sonner, il sc força à ne pas décrocher le combiné. La trentième sonnerie fut la dernière.

Mais quand l'inconnu rappela, dix minutes plus tard, il finit par répondre.

Le tueur était furieux, et de sa gorge endommagée sortit une voix plus rocailleuse que jamais.

– S'il devait vous prendre l'idée de recommencer, je peux déjà vous assurer que votre mort sera lente, et extrêmement douloureuse, je vous le garantis. Vous m'avez bien compris ?

Chase ne répondit pas.

Monsieur Chase ?

Un temps.

– Qu'est-ce qui ne va pas, chez vous ?

– J'aimerais bien le savoir, répliqua Chase.

L'inconnu décida alors d'oublier sa colère, et il reprit le ton ironique qu'il s'était déjà forcé d'adopter précédemment : « C'est la mention *Blessé au combat* qui m'intrigue franchement, monsieur Chase. Cette partie-là de votre biographie. Parce que vous ne m'avez pas paru suffisamment handicapé pour recevoir une pension, alors que vous vous êtes comporté en authentique héros pendant la guerre. C'est ce qui m'a donné à réfléchir, et qui me fait croire à présent que les plus graves de vos blessures n'avaient rien de physique.

– Qui peut se targuer du contraire ?

– Par conséquent, je pense que vous avez connu de sérieux problèmes psychologiques, qui vous ont conduit de l'armée à l'hôpital, et de l'hôpital au retour à la vie civile. »

Chase ne dit rien.

– Et vous prétendez que c'est moi qui ai besoin de me faire soigner. Il va me falloir un peu plus de temps pour vérifier ma théorie. Très intéressant, n'est-ce pas ? Eh bien, dormez en paix, cette nuit, monsieur Chase. Votre mort n'a pas encore été programmée.

– Attendez.

– Oui ?

– Il faut que je puisse vous donner un nom. Pas question de penser à vous dans des termes aussi impersonnels que *l'homme*, ou *l'inconnu*, ou encore *l'assassin*. Vous voyez de quoi je veux parler ?

– Oui, admit l'homme au bout du fil.

– Vous avez un nom ?

L'autre prit un temps de réflexion, puis il dit : « Vous pouvez m'appeler le Juge.

– Le Juge ?

– Oui, comme dans *Le Juge, le jury et le bourreau.* »

Il se mit alors à rire jusqu'à ce qu'une quinte de toux lui déchire la gorge, puis il raccrocha, comme s'il n'était qu'un petit plaisantin s'amusant à passer des coups de fil anonymes.

Chase se dirigea vers le réfrigérateur pour y prendre une pomme. Après l'avoir soigneusement pelée, il la partagea en huit morceaux égaux, qu'il entreprit de mâcher consciencieusement. Un bien maigre dîner. Mais songeant qu'un verre de whisky contenait beaucoup de calories dispensatrices d'énergie, il versa une bonne dose de Jack Daniel's sur deux glaçons au fond d'un verre, en guise de dessert.

Il se lava ensuite les mains, que le jus de la pomme avait rendues poisseuses.

D'ailleurs, même si elles n'avaient pas été poisseuses,

il les aurait lavées tout aussi énergiquement. Il se lavait les mains très souvent. Depuis qu'il était revenu du Viêt-nam. Il arrivait parfois qu'il les lavât un si grand nombre de fois dans une seule journée qu'elles en devenaient toutes rouges, et desquamées.

Puis il se mit au lit, non sans s'être accordé un autre Jack Daniel's, et il regarda un film à la télévision, tout en s'efforçant de ne penser qu'aux gratifiantes habitudes quotidiennes qu'il s'était fixées : le petit déjeuner à Woolworth's, les livres de poche, les vieux films en noir et blanc, les quarante mille dollars stockés sur son compte d'épargne, sa pension mensuelle, et tous ces braves gens qui distillaient du bon Jack Daniel's au fin fond du Tennessee. Telles étaient les choses importantes, celles qui comptaient vraiment et qui faisaient de son petit monde un endroit gratifiant, dans lequel il se sentait parfaitement en sécurité.

4

Les cauchemars de Chase furent si terribles, cette nuit-là, qu'il ne parvint qu'à dormir sporadiquement, se réveillant continuellement au bord du gouffre de l'horreur, encerclé par un rang serré d'hommes morts, qui commençaient à l'accuser tout en se rapprochant de lui, les mains tendues.

Laissant tomber tout espoir de sommeil, il se leva de bonne heure. Il prit un bain, il se rasa, puis il se lava les mains, portant tout spécialement son attention sur la saleté qui noircissait ses ongles.

Après avoir pris place à la table, il pela une pomme, qu'il mangea en guise de petit déjeuner. Maintenant qu'il n'était plus seulement un habitué parmi d'autres, il n'avait pas envie d'affronter les clients du Woolworth's, bien qu'il fût incapable d'imaginer un seul lieu public où il aurait pu se réfugier sans craindre d'être reconnu.

Il n'était que neuf heures trente-cinq, ce qui était un peu tôt pour commencer à boire. Il respectait un minimum de règles, et le fait de ne jamais boire avant le déjeuner en était une qu'il n'enfreignait que rarement. Il buvait l'après-midi et le soir. Le matin était réservé aux remords, aux regrets, et au silence du repentir.

Mais qu'allait-il donc pouvoir faire pour occuper les longues heures précédant celle du déjeuner ? Trouver un moyen de passer le temps sans avoir recours à ce bon vieux Jack Daniel's devenait de plus en plus difficile.

Il alluma la télévision, puis il l'éteignit : aucun des vieux films qu'il aimait n'était programmé à cette heure-là.

Finalement, n'ayant rien d'autre à faire, il commença à se souvenir des détails du cauchemar qui l'avait réveillé, et ça, ce n'était pas bien du tout. C'était même dangereux.

Décrochant son téléphone pour la deuxième fois, il composa un numéro.

La sonnerie retentit trois fois avant que la voix vive d'une jeune femme ne réponde.

– Le cabinet du Docteur Fauvel, Miss Pringle à l'appareil, je vous écoute.

– J'aimerais voir le docteur, lui annonça Chase.

– Vous êtes l'un de ses patients ?

– Oui. Mon nom est Benjamin Chase.

– Oh oui !

Miss Pringle laissa échapper une sorte de gloussement d'aise, comme si le fait d'entendre la voix de Benjamin Chase déclenchait en elle une petite crise de joie.

– Bonjour, monsieur Chase, lança-t-elle dans un bruissement de feuilles de papier. « Vous avez rendez-vous avec le docteur Fauvel vendredi après-midi, à trois heures.

– Il faut que je voie le docteur Fauvel avant cette date.

– Demain après-midi, il se trouve justement qu'une demi-heure est libre... »

Chase l'interrompit.

– Aujourd'hui.

– Je vous demande pardon ?

Le plaisir que Miss Pringle avait manifesté en entendant la voix de Chase paraissait considérablement amoindri.

– Je veux un rendez-vous aujourd'hui, répéta Chase.

Miss Pringle l'informa alors que le docteur Fauvel travaillait énormément et qu'il était obligé de réserver de surcroît une partie de son temps à l'étude des cas de ses nouveaux patients.

– S'il vous plaît, appelez le docteur Fauvel, lui dit Chase, et demandez-lui de me consacrer un peu de son temps.

– Mais le docteur Fauvel est justement en rendez-vous... et...

– Je reste en ligne.

– Il ne m'est pas possible de...

– J'attends.

Poussant un soupir d'exaspération, elle le mit en attente. Une minute plus tard, Miss Pringle, quelque peu chagrinée, annonça à Chase que le docteur le recevrait l'après-midi même, à quatre heures. De toute évidence, l'entorse faite règlement la perturbait. Elle savait probablement que c'était le gouvernement qui réglait le prix des consultations de Chase, et que Fauvel gagnait ainsi moins d'argent qu'avec l'un des riches névrosés inscrits sur le carnet de rendez-vous du cabinet.

Si l'on était psychologiquement perturbé, il était préférable de souffrir d'un dérangement mental unique, et donc susceptible de retenir l'attention du docteur Fauvel – tout comme il était préférable d'être suffisamment connu, ou particulièrement atteint, si l'on voulait avoir l'assurance de recevoir un traitement spécial.

A onze heures trente, tandis que Chase s'habillait pour aller déjeuner, le Juge lui téléphona. L'état de sa voix s'était amélioré, mais il était encore loin d'avoir retrouvé l'usage normal de ses cordes vocales.

– Comment allez-vous, ce matin, monsieur Chase ?

Chase attendit la suite.

– Attendez-vous à recevoir un appel ce soir, à six heures, lui annonça le Juge.

– Un appel de qui ?

– Très drôle. A six heures précises, monsieur Chase.

Le Juge s'exprimait sur un ton suavement autoritaire, caractéristique de ceux qui ont l'habitude qu'on leur obéisse. « Il y a plusieurs points dont j'aimerais discuter avec vous, qui devraient vous intéresser aussi, j'en suis sûr. Passez une excellente journée, monsieur Chase. »

Le bureau du docteur Fauvel se trouvait dans la suite qu'il occupait au huitième étage du Kaine Building, en plein cœur de la ville. Il ne ressemblait pas au cabinet de psychiatre tel que le représentaient d'innombrables films et romans. Ainsi, la pièce, qui n'était ni petite ni intime, ne faisait en rien penser à la matrice originelle ni à la douceur maternelle. Au contraire, il s'agissait d'un vaste espace, de dix mètres sur douze environ, dont le haut plafond était noyé dans la pénombre. Deux des murs étaient entièrement recouverts de rayonnages supportant d'innombrables livres, un troisième était décoré de tableaux d'inspiration champêtre, et le quatrième consistait uniquement en une immense baie vitrée. Sur les étagères, se trouvaient exposés quelques ouvrages de valeur, magnifiquement reliés – et pas moins de trois cents chiens en cristal, dont aucun n'excédait la taille d'une paume humaine, et dont le plus grand nombre était encore beaucoup plus petit. Collectionner des miniatures en cristal représentant des chiens était le passe-temps favori du docteur Fauvel.

Tout comme la décoration de la pièce – un grand bureau fatigué, des fauteuils rembourrés, une table basse sur laquelle apparaissaient des traces laissées par des semelles de chaussures – ne correspondait pas à sa fonction, le docteur Fauvel lui-même, intentionnellement ou pas, était différent du stéréotype du psychiatre. C'était un homme de petite taille à la charpente robuste, d'aspect athlétique, dont les cheveux retombaient sur le col de sa chemise, d'une façon suggérant davantage la négligence qu'une quelconque affectation. Il portait toujours un costume bleu, dont le pantalon était coupé trop long et qui aurait eu grandement besoin d'une visite au pressing.

– Asseyez-vous, Ben, lui proposa Fauvel. Vous voulez boire quelque chose – un café, un thé, un Coca ?

– Non, merci.

Il n'y avait pas de divan dans le bureau du psychiatre. Le docteur Fauvel n'était pas de ceux qui cajolent leurs patients. Chase s'installa dans un fauteuil.

Fauvel prit place sur une chaise placée à droite de Chase, et allongea les jambes devant lui, posant les pieds sur la table basse. Il invita Chase à faire de même. Lorsque les deux hommes furent tous deux apparemment détendus, le docteur Fauvel prit la parole.

– Pas de préliminaires, alors ?

– Non, pas aujourd'hui, confirma Chase.

– Vous êtes tendu, Ben.

– Oui.

– Il s'est passé quelque chose.

– Oui.

– Mais c'est la vie, Ben. Il se passe toujours quelque chose. Nous ne vivons pas dans un cocon, nous ne sommes pas des insectes fossiles inclus dans l'ambre.

– Il s'est passé une chose qui dépasse les aléas ordinaires de la vie.

– Racontez-moi.

Chase observa le silence.

– Vous êtes venu me voir pour m'en parler, non ? le pressa Fauvel.

– Ouais. Mais... Parfois, parler d'un problème ne fait que l'aggraver.

– Voilà une affirmation totalement fausse.

– Pour vous, peut-être, mais pas pour moi.

– Pour tout le monde.

– Pour en parler, il faut que j'y pense, et rien qu'y penser me rend nerveux. J'aime le calme. Le calme et la tranquillité.

– Vous voulez que nous passions au jeu des associations de mots ?

Chase réfléchit, puis il hocha la tête en guise d'assentiment. Il redoutait ce jeu qu'ils pratiquaient fréquemment dans le but de lui délier la langue, et au cours duquel ses réponses dévoilaient souvent bien plus de choses sur lui-même qu'il n'aurait souhaité en révéler au psychiatre. Et Fauvel ne jouait pas selon les règles établies, mais avec une vivacité d'esprit et un ton direct, impitoyable, qui faisaient mouche à chaque fois. Malgré tout, Chase était partant.

– Allons-y.

– Mère, lança Fauvel.

– Morte.

– Père.

– Mort.

Fauvel joignit les mains, paumes écartées.

– Amour.

– Femme.

– Femme, répéta le psychiatre.

Fauvel ne regardait pas Chase. Ses yeux étaient rivés sur le fox-terrier en cristal bleuté, posé sur l'étagère à côté de lui.

– Ne vous répétez pas, s'il vous plaît.

Chase s'excusa, sentant que c'était ce que le psychiatre attendait. La première fois que Fauvel le lui avait demandé, dans des circonstances semblables, Chase avait été surpris. C'était lui le patient, après tout, et il lui avait paru bizarre que le psychiatre instaure entre eux une relation de dépendance, dans laquelle il encourageait son patient à éprouver de la culpabilité chaque fois qu'il donnait une réponse trop évasive. Mais, séance après séance, il était de moins en moins étonné par le comportement de Fauvel à son égard.

Le psychiatre reprit la parole.

– Amour.

– Femme.

– Amour.

– Femme.

– Je vous ai demandé de ne pas vous répéter.

– Je ne souffre pas d'homosexualité latente, si c'est ce que vous cherchez à deviner.

– Mais le terme *femme* est trop évasif.

– Tout est évasif, dans ces conditions.

Cette observation sembla surprendre le psychiatre, mais par suffisamment pour lui faire abandonner le jeu qu'il s'entêtait à poursuivre. « En effet, toutes les réponses peuvent être évasives. Mais dans ce cas précis, c'est flagrant, puisqu'il n'y a *pas* de femme. Vous ne laissez aucune femme pénétrer dans votre existence. Donc, je vous prierai de faire preuve d'un peu plus d'honnêteté. Reprenons. Amour. »

Chase était déjà en train de transpirer, et il ne savait toujours pas pourquoi.

– Amour, insista Fauvel.

– C'est un enfant de Bohême.

– Ne faites pas l'enfant.

– Désolé.

– Amour.

Chase hésita, puis il finit par dire : « Moi-même.

– Mais cette réponse est un mensonge, n'est-ce pas ?

– Oui.

– Parce que vous ne vous aimez pas ?

– Non.

– Très bien », commenta Fauvel.

Le dialogue entre les deux homme s'accéléra, chacun faisant écho à l'autre en aboyant les mots, comme si la vitesse avait de l'importance pour le résultat final.

– Haine, lança Fauvel.

– Vous.

– Très drôle.
– Merci.
– Haine.
– Auto-destruction.
– Encore une réponse trop évasive. Haine.
– Armée.
– Haine.
– Viêt-nam.
– Haine.
– Armes à feu.
– *Haine.*
– Zacharia, lâcha Chase, bien qu'il se soit souvent juré de ne plus jamais mentionner ce nom, voire même de se souvenir de l'homme qui le portait et des exactions que celui-ci avait perpétrées.
– Haine, insista Fauvel.
– Un autre mot, s'il vous plaît.
– Non. Haine.
– Lieutenant Zacharia.
– Ça va plus loin que Zacharia.
– Je sais.
– Haine.
– Moi, fit Chase.
– Et vous dites la vérité, n'est-ce pas ?
– Oui.
Au bout d'un long silence, le psychiatre reprit la parole.
– D'accord, remontons jusqu'à Zacharia. Vous vous souvenez de ce que le lieutenant Zacharia vous a ordonné de faire, Benjamin ?
– Affirmatif.
– Quels étaient ces ordres ?
– Nous devions boucher les deux sorties d'un réseau souterrain creusé par les Vietcongs.
– Ensuite ?
– Le lieutenant Zacharia m'a donné l'ordre de nettoyer l'un des tunnels.
– Comment vous êtes-vous acquitté de votre mission ?
– Avec une grenade.
– Ensuite ?
– Ensuite, avant que toute la poussière soulevée par l'explosion soit retombée, je me suis avancé.
– Et puis ?

– Et je me suis servi d'une mitraillette.
– Bien.
– Pas si bien que ça.
– C'est bien que vous puissiez au moins en parler.
Chase resta silencieux.
– Que s'est-il passé ensuite, Benjamin ?
– On est entré dans le tunnel.
– On ?
– Le lieutenant Zacharia, le sergent Coombs, les deuxièmes classe Halsey et Wade, et deux autres soldats.
– Ainsi que vous-même.
– Ouais. Et moi.
– Ensuite ?
– A l'intérieur du tunnel, nous avons trouvé quatre cadavres, et des morceaux de chair humaine dispersés un peu partout. Le lieutenant Zacharia nous a alors donné l'ordre de continuer à avancer. Environ cent cinquante mètres plus loin, nous sommes tombés sur une sorte de barrière en bambou.
– Qui bouchait le passage.
– Correct. Avec des villageois rassemblés derrière.
– Parlez-moi de ces villageois.
– La majorité était des femmes.
– Combien de femmes, Ben ?
– Une vingtaine, à peu près.
– Des enfants ? demanda Fauvel.
Chase se réfugia derrière un silence pesant.
– Y avait-il des enfants parmi les villageois ?
Chase s'enfonça un peu plus profondément dans son fauteuil, les épaules basses, comme s'il avait cherché à se dissimuler.
– Quelques-uns.
– S'agissait-il de prisonniers ?
– Non. La barrière en bambou était là pour nous empêcher d'avancer. Le réseau souterrain creusé par les Vietcongs était beaucoup plus étendu que nous ne l'avions tout d'abord pensé. Le stock d'armes que nous recherchions était encore plus loin. En fait, les villageois aidaient les Vietcongs, ils collaboraient avec eux, dans le but de nous empêcher de passer.
– Pensez-vous qu'ils y étaient forcés par les Vietcongs... ou qu'ils leur portaient assistance volontairement ?

Chase ne répondit pas.
– J'attends une réponse, dit Fauvel d'un ton sévère.
Chase garda le silence.
– Que vous en ayez conscience ou pas, c'est *vous* qui attendez une réponse, dit alors Fauvel. Ces villageois étaient-ils obligés de faire obstruction, étaient-ils forcés d'agir ainsi par les Vietcongs, sous la menace des armes de l'ennemi, ou avaient-ils choisi d'être dans le tunnel ?
– Difficile à dire.
– Vraiment ?
– Pour moi, en tout cas.
– Dans ce type de situation, on ne peut être sûr de rien.
– Exactement.
– D'accord. Que s'est-il passé ensuite ?
– Nous avons essayé d'ouvrir la barrière, mais les femmes la maintenaient fermée à l'aide d'un système de cordes.
– Les femmes.
– Ils se servaient souvent des femmes comme boucliers. Mais il arrivait aussi que les femmes soient encore plus terribles qu'eux. Elles étaient alors parfaitement capables de vous couper en deux le sourire aux lèvres.
– Vous leur avez donc ordonné de libérer le passage ? s'enquit Fauvel.
– Elles n'ont pas bougé d'un pouce. Le lieutenant a dit qu'il s'agissait peut-être d'un piège destiné à nous coincer dans le tunnel, et à nous retenir assez longtemps pour que les Vietcongs puissent nous prendre à revers.
– Cela était-il envisageable ?
– Oui, c'était envisageable.
– Vous pensez qu'il avait raison ?
– Oui.
– Continuez.
– Le tunnel était très sombre. Il régnait à l'intérieur une odeur indescriptible, que je comparerais à un mélange d'urine et de légumes en train de pourrir. La puanteur était presque palpable. Le lieutenant Zacharia nous a ordonné d'ouvrir le feu et de dégager la voie.
– Vous avez obéi à cet ordre ?
Chase ne répondit pas.
– Vous avez obéi à cet ordre ?
– Pas immédiatement.

– Vous y avez donc obéi plus tard ?
– La puanteur... L'obscurité...
– Vous avez obéi à l'ordre du lieutenant Zacharia.
– L'impression de claustrophobie était si forte, avec les Vietcongs qui étaient sans doute en train de nous prendre à revers en utilisant un passage secret...
– Vous avez donc obéi à l'ordre qui vous avez été donné ?
– Oui.
– Vous seul – ou l'escadron tout entier ?
– L'escadron, moi inclus. Tout le monde a obéi.
– Vous les avez abattues.
– Nous avons dégagé la voie.
– Vous les avez abattues.
– Nous aurions pu crever dans ce tunnel.
– Vous les avez abattues.
– Ouais.
Fauvel lui accorda un répit. Trente secondes de répit. Puis il recommença à l'interroger.
– Ensuite, après avoir dégagé le tunnel, après avoir découvert et détruit la cache d'armes, vous êtes tombé dans l'embuscade qui vous a valu la Médaille d'honneur du Congrès.
– Oui. Mais nous étions alors remontés à la surface.
– Vous avez rampé sur presque deux cents mètres, sous un feu nourri, et vous avez ramené un sergent du nom de Coombs, qui était blessé.
– Samuel Coombs.
– Vous avez vous-même été blessé à la jambe droite, plus précisément à la cuisse et au mollet, deux blessures sans gravité, mais très douloureuses. Pourtant, vous avez continué à ramper jusqu'à ce que vous soyez à l'abri. Puis vous avez installé Coombs derrière un buisson, et comme vous vous trouviez alors en position d'attaquer l'ennemi par le flanc, grâce à la façon héroïque dont vous aviez traversé à découvert le champ de bataille – que s'est-il passé ?
– J'ai tué quelques-uns de ces salopards.
– Vous voulez parler des soldats ennemis.
– Ouais.
– Combien ?
– Dix-huit.
– Dix-huit soldats vietcongs ?
– Ouais.

– Vous n'avez donc pas seulement sauvé la vie du sergent Coombs, vous avez aussi grandement contribué à la sécurité de votre unité tout entière.

Fauvel n'avait guère fait que paraphraser plus ou moins la formule inscrite sur le parchemin que le Président en personne avait envoyé à chase par la poste.

Chase s'obstina dans son silence.

– Vous voyez d'où provient l'héroïsme dont vous avez fait preuve, Ben ?

– Nous en avons déjà parlé.

– Par conséquent, vous connaissez la réponse.

– Il provient de la culpabilité que je ressens.

– C'est exact.

– Parce que je voulais mourir. Inconsciemment, je voulais être tué, et je me suis précipité sous le feu ennemi dans l'espoir qu'on m'abatte.

– Cette analyse vous convient-elle ? Ou pensez-vous qu'il puisse s'agir d'une invention de ma part, dans le but de dévaloriser votre médaille ?

– L'analyse me convient. D'abord, je n'ai jamais voulu cette médaille.

– A présent, dit Fauvel tout en décroisant les mains, poursuivons un peu cette analyse. Malgré votre désir d'être atteint par une balle ennemie au cours de cette embuscade, et en dépit de tous les risques que vous avez pris, au mépris de votre propre vie, vous avez survécu. Et vous êtes devenu un héros national.

– La vie est tordante, parfois, pas vrai ?

– Lorsque vous avez appris que le lieutenant Zacharia avait soumis votre nom au Comité d'attribution de la Médaille d'honneur, vous avez fait une dépression nerveuse et vous avez d'abord été hospitalisé, puis rendu à la vie civile, d'une façon parfaitement honorable.

– J'étais mentalement épuisé.

– Non, la dépression nerveuse n'était qu'une tentative supplémentaire de votre part pour vous punir, puisque vous n'aviez pas réussi à vous faire abattre par les Viets. Vous avez cherché à vous punir, afin d'échapper à votre sentiment de culpabilité. Mais la dépression nerveuse a échoué, elle aussi, parce que vous vous en êtes remis. Tenu en haute estime par vos supérieurs, vous avez quitté l'armée pour une raison honorable, et comme vous étiez beaucoup trop fort, psychologiquement, pour ne pas guérir, il vous a fallu continuer à porter votre fardeau, c'est à dire le sentiment de culpabilité qui vous hantait.

Une fois de plus, Chase garda le silence.

Mais peut-être que l'autre soir, à Kanackaway, en risquant votre vie, poursuivit Fauvel, vous n'avez fait que saisir encore une nouvelle occasion de vous punir. Vous avez dû prendre conscience du fait que vous aviez de grandes chances d'être blessé, peut-être même tué, et vous avez dû, inconsciemment, exprimer le désir de mourir.

– Vous vous trompez, protesta Chase.

Fauvel ne réagit pas.

– Vous vous trompez, répéta Chase.

– J'en doute fort, dit Fauvel d'un ton où perçait l'impatience, en jetant à Chase un regard destiné à le mettre mal à l'aise.

– Ça ne s'est pas du tout passé comme vous le dites. Il pesait au moins quinze kilos de moins que moi, et je savais très bien ce que j'étais en train de faire. Ce type était un amateur. Il n'avait aucune chance sérieuse de me faire le moindre mal.

Fauvel ne dit rien.

– Désolé, se décida enfin à dire Chase.

Fauvel sourit. « Eh bien, vous n'êtes pas psychiatre, et nous ne pouvons donc pas nous attendre à ce que vous analysiez clairement la situation. Vous n'avez pas le même recul que moi. »

Fauvel s'éclaircit la gorge, tout en se détournant pour regarder le minuscule chien en cristal bleu. « Maintenant que nous en sommes arrivés là, pourquoi avez-vous sollicité ce rendez-vous, Chase ? »

Une fois qu'il eut commencé, Chase n'éprouva aucune difficulté à se confier. En dix minutes, il avait raconté au psychiatre tous les événements qui s'étaient déroulés la veille, et lui répéta, presque mot pour mot, les conversations qu'il avait eues avec le Juge.

Lorsque Chase eut terminé son récit, Fauvel le regarda droit dans les yeux.

– Bien. Et maintenant, qu'attendez-vous de moi ?

– Je veux savoir comment gérer cette affaire. Je veux un conseil.

– Je ne suis pas un conseiller. Je suis un guide, et un interprète.

– Eh bien, guidez-moi. Quand le Juge me téléphone,

ce ne sont pas seulement ses menaces qui me bouleversent, c'est... C'est le sentiment de détachement que j'éprouve, cette impression d'être coupé de tout.

– Une nouvelle dépression ?

– Je me sens très vulnérable, en effet, confirma Chase.

– Ignorez-le, lâcha Fauvel.

– Ignorer le Juge ?

– Ignorez-le.

– Mais n'ai-je pas une certaine responsabilité dans...

– Ignorez-le.

– Je ne peux pas.

– Vous le devez, insista Fauvel.

– Et s'il était sérieux ?

– Il ne l'est pas.

– Et s'il essayait réellement de me tuer ?

– Il ne le fera pas.

– Comment pouvez-vous en être certain ?

Chase transpirait à grosses gouttes. Sous ses aisselles, de larges auréoles de sueur apparurent sur sa chemise en coton, plaquant le tissu contre son dos trempé.

Fauvel adressa un sourire au fox-terrier bleu, puis il posa son regard sur le cristal ambré d'un lévrier miniature. Il avait repris son air hautain et retrouvé toute son arrogance.

– J'en suis certain, tout simplement parce que le Juge n'existe pas.

Chase ne comprit pas tout de suite ce que signifiait la réponse du psychiatre. Mais lorsqu'il en eut saisi toutes les implications, elles lui déplurent fortement.

– Vous êtes en train de me dire que... que le Juge n'est pas une personne réelle ?

– N'est-ce pas ce que vous êtes en train de dire, Chase ?

– Non.

– C'est vous qui venez de le dire, pourtant.

– Je n'ai pas eu d'hallucinations. Je n'ai pas rêvé ce type. Quant au meurtre et à la fille, tout est dans les journaux.

– Oh, le meurtre est réel, ainsi que la fille, dit Fauvel. Mais ces coups de téléphone... Je ne sais pas. Qu'en pensez-vous, Chase ?

Chase s'abstint de répondre au psychiatre.

– S'agissait-il réellement de coups de téléphone ?

– Oui.
– Etaient-ils le produit de votre imagination ?
– Non.
– Des impressions fausses de...
– Non.
Fauvel poursuivit son interrogatoire.
– J'ai remarqué depuis quelque temps que vous commencez à vous débarrasser de ce désir de solitude anormal et que vous affrontez progressivement le monde extérieur de façon plus directe, semaine après semaine.
– Je n'avais pas remarqué.
– Oh, mais si. C'est encore très diffus, sans aucun doute, mais vous éprouvez maintenant de la curiosité à l'égard du reste du monde. Vous êtes de plus en plus impatient de vivre.
Chase ne se sentait pas impatient.
Il se sentait piégé.
– Vous êtes peut-être en train d'expérimenter le retour à la normale de vos pulsions sexuelles, ou du moins leur réapparition. La culpabilité vous a submergé, parce que vous n'aviez pas été puni pour tout ce qui s'était passé dans le tunnel, et vous ne vouliez pas mener une vie normale avant d'avoir suffisamment souffert.
Chase n'appréciait pas l'arrogance du psychiatre. Tout ce qu'il désirait, c'était sortir de ce bureau, rentrer chez lui, refermer la porte et ouvrir la bouteille de Jack Daniel's.
– Ne pouvant assumer votre envie de goûter à nouveau aux bonnes choses de la vie, continua Fauvel, vous avez inventé le Juge, parce qu'il représentait pour vous une ultime punition. Il vous fallait trouver une raison excusant ce retour soudain à la vie, et le Juge vous y a aidé. Tôt ou tard, vous auriez pris l'initiative de ce retour, en prétendant que vous recherchiez toujours l'isolement nécessaire à votre travail de deuil, mais qu'on ne vous permettait plus de prolonger ce caprice.
– Faux, protesta Chase. Le Juge existe réellement.
– Oh, que non. Fauvel sourit au lévrier en cristal ambré. « Si vous pensiez vraiment, sincèrement, que cet homme existe, si ces coups de téléphone étaient réels – pourquoi seriez-vous venu en parler à votre psychiatre plutôt qu'à la police ? »

Chase ne sut pas quoi répondre.
– Vous déformez les choses.
– Non. Je me contente de vous montrer la vérité.
– Le Juge existe.
Fauvel se leva et s'étira.
– Je vous conseille de rentrer chez vous et d'oublier ce Juge. Vous n'avez pas besoin d'excuse pour vivre comme un être humain normal. Vous avez *assez* souffert, Ben, plus qu'assez. Certes, vous avez commis une erreur terrible. D'accord. Mais dans ce tunnel, vous vous trouviez dans des conditions incroyablement traumatisantes, soumis à une pression psychologique insupportable. C'était une *erreur*, pas un massacre délibéré. Si vous avez tué plusieurs personnes, c'était pour en sauver d'autres. Souvenez-vous de ça.
Perplexe, Chase se leva. Il ne savait plus très bien s'il était encore capable de faire la différence entre ce qui était réel et ce qui ne l'était pas.
Fauvel passa le bras autour des épaules de Chase et le raccompagna à la porte du bureau.
– A vendredi, trois heures. conclut-il. Nous jugerons des progrès accomplis. Je crois que vous allez y arriver, Ben. Ne désespérez pas.
Miss Pringle l'escorta jusqu'à la porte de la salle d'attente, qu'elle referma après son passage, le laissant planté tout seul au milieu du couloir.
– Le Juge existe réellement, dit Chase d'une voix forte. Il existe, non ?

5

A six heures, Chase était assis au bord de son lit, à côté de la table de chevet sur laquelle était posé le téléphone, et il sirotait un verre de Jack Daniel's. Posant le verre, il essuya ses paumes moites sur son pantalon, puis il s'éclaircit la voix, pour être sûr de lui quand le moment de parler serait venu.
A six heures cinq, il commença à se sentir mal. Il pensa d'abord à descendre chez Mme Fielding pour lui demander l'heure exacte, mais il s'abstint, craignant de rater l'appel pendant qu'il serait au rez-de-chaussée.
A six heures et quart, il se lava les mains.
A six heures et demie, il s'approcha du placard,

attrappa la bouteille de whisky du jour – à laquelle il avait à peine touché – et s'en versa un verre. Il ne remit pas la bouteille à sa place dans le placard. Il en lut longuement l'étiquette, qu'il avait déjà étudiée en détail une bonne centaine de fois, puis il retourna s'asseoir sur son lit, son verre à la main.

A sept heures, il commença à sentir les effets de l'alcool. Adossé à la tête du lit, il se mit enfin à réfléchir aux propos que lui avait tenus le docteur Fauvel : le Juge n'existait pas, il l'avait inventé. Le Juge n'était que le produit illusoire d'un mécanisme psychologique destiné à rationaliser la diminution progressive du complexe de culpabilité que ressentait Chase. Il tenta de se concentrer sur ce point et d'en examiner la signification, mais il ne parvint pas à décider si les conséquences en seraient bonnes ou mauvaises.

Dans la salle de bains, il se fit couler un bain, choisissant soigneusement la température de l'eau. Il plaça ensuite une serviette pliée en quatre sur le bord de la baignoire, et posa son verre dessus. Les effets combinés du whisky, de l'eau chaude et de la vapeur ne tardèrent pas à lui donner l'impression qu'il flottait sur un tapis de nuages. La tête appuyée contre le mur, il ferma les yeux, essayant de ne plus penser à rien – et surtout pas au Juge, ni à la Médaille d'honneur ni aux neuf mois de combats qu'il avait connus au Viêt-nam.

Malheureusement, il se mit à penser à Louise Allenby, la fille à qui il avait sauvé la vie, et il eut aussitôt la vision de ses petits seins nus et tremblants, qui lui avaient paru si attirants lorsqu'il les avait aperçus, faiblement éclairés par le plafonnier de la Chevrolet. Cette pensée, pourtant agréable, dérangea beaucoup Chase, parce qu'elle contribua grandement à sa première érection depuis presque un an. Fallait-il s'en féliciter ? Il n'en était pas certain étant donné les affreuses circonstances dans lesquelles il avait vu la fille à moitié nue. Il se souvint du sang répandu dans la voiture – et le sang lui rappela les raisons pour lesquelles son organisme ne fonctionnait plus comme celui d'un homme normal. Ces raisons étaient d'une telle importance qu'il fut incapable de les affronter seul. L'érection ne dura pas, et lorsque son sexe eut retrouvé sa taille habituelle, il ne savait pas si elle indiquait la fin de son impuissance psychologique, ou si l'eau chaude devait en être tenue pour responsable.

Dès que son verre fut vide, il sortit de la baignoire. Il était en train de s'essuyer quand le téléphone se mit à sonner.

Le réveil électrique indiquait huit heures deux.

Nu, il s'assit sur son lit et décrocha le combiné.

– Désolé d'être en retard, commença le Juge.

Le docteur Fauvel s'était trompé.

– Je me disais justement que vous n'alliez pas m'appeler, dit Chase.

– Il m'a fallu un peu plus de temps que prévu pour rassembler certaines informations à votre sujet.

– Quelles informations ?

Désireux de poursuivre l'entretien à sa façon, le Juge ignora la question.

Ainsi, vous voyez un psychiatre une fois par semaine, n'est-ce pas ?

Chase ne répondit pas.

Cela suffirait déjà à étayer l'accusation que je portais hier – votre pension d'invalidité est due à des blessures d'ordre psychologique, non pas physique.

Chase aurait volontiers bu un verre mais le sien était vide, et il pouvait difficilement demander au Juge de rester en ligne pendant qu'il allait chercher la bouteille de Jack Daniel's. Pour des raisons qu'il ne parvenait pas à s'expliquer, il ne voulait pas que le Juge soit au courant de sa consommation quotidienne de Jack Daniel's.

Comment l'avez-vous appris ? lança Chase.

– Je vous ai suivi, cet après-midi.

– Audacieux.

– La justice autorise toutes les audaces.

– Naturellement.

Le Juge éclata de rire, comme si ses propres propos le remplissaient soudain d'allégresse.

– Je vous ai vu rentrer dans l'immeuble, et j'ai eu le temps de repérer quel ascenseur vous aviez pris, et à quel étage vous vous étiez arrêté. Au huitième, outre le bureau du docteur Fauvel, il y a deux cabinets dentaires et trois compagnies d'assurances, et je n'ai eu aucun mal à vérifier que vous n'étiez dans aucun de ces bureaux, en m'adressant simplement aux secrétaires et aux réceptionnistes. J'avais gardé le cabinet du psychiatre pour la fin, parce que je *savais* que c'était là que je vous trouverais. Comme personne ne connaissait votre nom, je n'ai même pas eu besoin de prendre le risque de jeter un coup d'œil dans la salle d'attente du docteur Fauvel. Je savais où vous étiez.

– Et alors ? dit Chase d'un ton nonchalant.

Il était important de faire bonne impression au Juge, et Chase ne voulait surtout pas lui montrer son trouble. Lorsque cette conversation téléphonique serait finie, il allait avoir besoin d'un autre bain. Et d'une boisson froide.

– Dès que j'ai compris que vous étiez dans le bureau du psychiatre, poursuivit le Juge, j'ai décidé de me procurer une copie de votre dossier. Je suis donc resté dans l'immeuble, caché dans un placard de service, jusqu'à ce que tous les employés soient partis.

– Je ne vous crois pas, l'avertit Chase, qui pressentait et redoutait ce qui allait suivre.

– Vous ne *voulez* pas me croire, mais vous me croyez quand même.

Le Juge prit une longue inspiration, puis il continua à parler.

– A six heures, le huitième étage était désert, et à six heures et demie, je pénétrais chez le docteur Fauvel. Je sais un peu comment m'y prendre, et je suis très soigneux. Je n'ai pas endommagé la serrure, et je n'ai déclenché aucun système d'alarme, puisqu'il n'y en avait pas. Ensuite, il m'a encore fallu une demi-heure pour trouver les dossiers personnels du psychiatre, et pour photocopier le vôtre.

– Entrée par effraction – et vol, récapitula Chase.

– Deux petits délits qui ont bien peu d'importance quand on les compare au meurtre, vous ne trouvez pas ?

– Vous admettez que vous avez commis un meurtre.

– Non. J'ai rendu la justice. Mais les autorités ne comprennent pas, elles persistent à parler de meurtre. D'ailleurs, les autorités font partie du problème. Elles ne facilitent pas l'exercice de la justice.

Chase ne dit rien.

– Vous recevrez par courrier, sans doute après-demain, la copie complète des notes du docteur Fauvel, ainsi que de plusieurs articles qu'il a écrits pour diverses revues médicales. Vous êtes mentionné dans tous ces articles, et certains ne débattent même que de votre cas. Votre nom n'apparaît jamais. Fauvel vous désigne par la lettre C. Mais le doute est impossible, il s'agit bien de vous.

– Je ne savais pas qu'il avait fait ça, dit Chase.

– Ces articles sont intéressants, Chase. Ils vous donneront une petite idée de l'estime qu'il a pour vous.

La voix du Juge se fit plus méprisante.

– En lisant votre dossier, Chase, j'ai trouvé suffisamment d'éléments pour me permettre de vous juger.

– Ah bon ?

– J'ai lu comment vous aviez obtenu la Médaille d'honneur.

Chase attendit la suite.

– Et j'ai lu ce que vous avez fait dans le tunnel – et j'ai lu aussi que vous n'aviez pas dénoncé le lieutenant Zacharia, pourtant coupable d'avoir détruit les preuves et falsifié le rapport. Pensez-vous vraiment que le Congrès vous aurait accordé la Médaille d'honneur si l'on avait su que vous aviez tué des civils ?

– Arrêtez.

– Vous avez tué des femmes, n'est-ce pas ?

– C'est possible.

– Vous avez tué des femmes et des enfants, Chase, qui n'étaient pas des combattants.

– Je ne suis même pas sûr d'avoir tué quelqu'un, dit Chase, plus pour lui-même que pour le Juge. J'ai appuyé sur la détente, mais... j'ai tiré... J'ai tiré comme un fou dans les parois du tunnel... Je ne sais pas exactement ce qui s'est passé.

– Des civils.

– Vous ne savez pas ce que c'était.

– Des enfants, Chase.

– Vous ne connaissez rien de moi.

– Vous avez tué des enfants. Quel espèce de monstre êtes-vous donc, Chase ?

– Allez vous faire foutre !

Comme porté par le souffle d'une explosion, Chase se leva d'un bond.

– Vous ne savez rien de la guerre ! Vous n'êtes jamais allé au Viêt-nam, vous n'avez jamais été soldat dans ce pays puant !

– Votre sens du devoir et votre patriotisme ne me feront pas changer d'avis, Chase. Nous aimons tous notre pays, mais la plupart d'entre nous se rend compte qu'il y a des limites à...

– Foutaises ! explosa Chase.

Il ne s'était pas mis en colère une seule fois depuis

son séjour à l'hôpital. Il lui arrivait à l'occasion d'éprouver de l'irritation, mais il ne s'était encore jamais mis en colère. Il évitait les émotions extrêmes.

– Chase...

– Je parie que vous étiez pour la guerre. Je parie que vous êtes l'un de ceux qui m'ont envoyé là-bas. C'est facile de décider de ce qui est bien et de ce qui est mal, quand on se contente de rester à quinze mille kilomètres de la zone de combat !

Le Juge voulut parler à son tour, mais Chase le fit taire.

– Je ne voulais même pas aller là-bas. Je n'étais pas d'accord. Du début à la fin, j'ai eu peur, j'ai eu peur tout le temps. Tout ce que je savais, c'était qu'il fallait rester en vie. Dans le tunnel, ce jour-là, je n'ai pensé à rien d'autre. Je n'étais plus moi-même. J'étais un exemple vivant de paranoïa, aveuglé par la terreur, qui essayait simplement de survivre.

Il n'avait jamais parlé de cette expérience de façon aussi directe, ni aussi longuement, pas même à Fauvel, qui lui avait arraché son histoire mot par mot, syllabe après syllabe.

– La culpabilité vous ronge, dit le Juge.

– Peu importe.

– Je pense précisément le contraire. Cela prouve que vous savez que vous avez mal agi et que vous...

– Ça n'a aucune importance, parce que vous n'avez pas le droit de me juger, même si je me sens coupable. Vous êtes là, avec votre petite liste de commandements, mais vous ne vous êtes jamais trouvé dans une situation qui rendait votre liste caduque, ni dans des circonstances vous forçant à agir de façon ignoble.

Chase fut extrêmement surpris de se rendre compte qu'il pleurait. Il n'avait pas pleuré depuis très longtemps.

– Vous êtes en train de rationaliser, lança le Juge, essayant de reprendre le contrôle de la conversation. Vous n'êtes qu'un méprisable meurtrier et...

– Vous non plus, vous ne suivez pas le commandement à la lettre. Vous avez tué Michael Karnes.

– Il y a une différence, dit le Juge. Sa voix avait retrouvé ses accents rauques.

– Ah bon ?

– Oui, protesta le Juge. J'ai étudié son cas avec beaucoup de soin, j'ai rassemblé des preuves contre lui, et je ne l'ai jugé qu'après. Vous n'avez rien fait de tout cela, Chase. Vous avez tué des gens qui vous étaient parfaitement inconnus, et vous avez vraisemblablement assassiné des innocents dont l'âme était pure.

Chase raccrocha.

Le téléphone sonna à quatre reprises pendant l'heure qui suivit, mais il parvint à l'ignorer complètement. La colère qu'il ressentait encore était l'émotion la plus forte qu'il ait éprouvée au cours de ces longs mois passés dans un état proche de la catatonie.

Il but trois verres de whisky d'affilée avant de commencer à se sentir moins tendu. Le tremblement qui agitait ses mains se calma peu à peu.

A dix heures, il composa le numéro de la police et demanda l'inspecteur Wallace. Celui-ci n'était pas là.

Il essaya à nouveau de joindre l'inspecteur à dix heures dix. Cette fois, on lui passa Wallace.

– L'affaire ne se déroule pas comme nous l'espérions, lui avoua Wallace. Apparement, ce type n'a pas de casier judiciaire. En tout cas, il n'appartient à aucune des catégories de criminels les plus courantes. Il est peut-être possible de trouver ses empreintes ailleurs – dans les fichiers des militaires, par exemple.

– Et l'anneau ?

– Il s'agit en fait d'un article bon marché que n'importe qui peut se procurer dans n'importe quel grand magasin pour moins de quinze dollars. Impossible de savoir où, à quelle date et par qui cet anneau a été acheté.

A contrecœur, Chase se mit à parler. « J'ai quelque chose pour vous, inspecteur. » En quelques phrases brèves, il informa Wallace des appel téléphoniques du Juge.

Wallace fit un effort pour ne pas s'emporter, mais il était en colère.

– Pourquoi ne m'avez-vous pas prévenu plus tôt, bon sang

– Je pensais qu'avec les empreintes, vous le coinceriez très vite.

– Les empreintes ne nous sont pas très utiles dans une situation comme celle-ci, fit Wallace. Il était encore à cran, mais son ton s'était radouci. Il s'était sans doute souvenu que son informateur était un héros de guerre.

– En plus, poursuivit Chase, l'assassin se méfie. Il me téléphone toujours d'une cabine publique, et il ne parle jamais plus de cinq minutes.

– Ça ne fait rien, j'aimerais beaucoup entendre la voix de ce monsieur. Je serai chez vous avec un de mes hommes dans un quart d'heure.

– Un seul homme ?

– On va essayer de ne pas déranger vos petites habitudes.

La dernière phrase de l'inspecteur fit presque rire Chase.

Depuis sa fenêtre au deuxième étage, Chase surveilla l'arrivée de la police. Préférant éviter d'alerter Mme Fielding, il descendit accueillir les deux hommes.

Wallace lui présenta le policier en civil qui l'accompagnait, James Tuppinger. Ce dernier mesurait quinze centimètres de plus que Wallace – et il n'avait rien de négligé. Ses cheveux blonds étaient coupés si courts qu'il donnait, de loin, l'impression d'être chauve. Il avait les yeux bleus, et son regard perçant semblait constamment faire l'inventaire de ce qui l'entourait. Il portait une grosse valise.

Mme Fielding leur jeta un coup d'œil du salon, où elle faisait semblant de s'intéresser à une émission de télévision, mais elle ne fit pas mine de vouloir approcher. Sans lui laisser le temps de découvrir qui étaient les deux hommes, Chase les emmena dans sa chambre.

– C'est petit, chez vous, mais vous êtes bien installé, lui dit Wallace.

– Ça me suffit, répondit Chase.

Tuppinger parcourut la pièce du regard, et ses yeux se posèrent sur le lit défait, les verres sales près de l'évier, et la bouteille de Jack Daniel's, à moitié vide. Le policier ne fit aucun commentaire. Posant sa valise près du téléphone, il se mit à examiner les fils électriques qui sortaient du mur, sous l'unique fenêtre.

Pendant que Tuppinger travaillait, Wallace posa quelques questions à Chase.

– D'après sa voix, que savez-vous de lui ?

– Pas grand-chose.

– Vieux ? Jeune ?

– Entre les deux.

– Un accent ?
– Non.
– Un défaut de prononciation ?
– Non. Il a la voix rauque – apparemment à cause des coups qu'il a reçu quand nous nous sommes battus.
– Pouvez-vous vous souvenir de ce qu'il vous a dit ?
– Approximativement.
– Je vous écoute.

Wallace se laissa tomber sur l'unique chaise qui se trouvait dans la pièce, et croisa les jambes. Il avait l'air de s'être brutalement endormi, mais son esprit fonctionnait parfaitement.

Chase raconta à Wallace tout ce qu'il se rappelait de ses étranges conversations avec le Juge. L'inspecteur lui posa ensuite plusieurs questions, qui ravivèrent dans la mémoire de Chase quelques souvenirs supplémentaires.

– J'ai l'impression que nous avons affaire à un psychopathe obsédé par la religion, dit Wallace. Toutes ces histoires de fornication, de péché et de jugement...

– Possible. Mais je ne crois pas qu'il soit du genre à fréquenter les rassemblements en plein air. Je pense qu'il ne s'agit pas d'un croyant sincère, mais plutôt d'un individu qui cherche à justifier moralement ses agissements.

– Possible, dit Wallace. Mais je vous répète encore une fois qu'il est rare que nous ayons affaire à ce type de criminel.

Jim Tuppinger avait presque fini. Il expliqua à Chase comment fonctionnait la table d'écoute, et s'attarda plus longuement sur la façon dont la compagnie du téléphone localiserait l'origine du prochain coup de fil du Juge.

– Eh bien, s'exclama Wallace, ce soir, pour une fois, j'ai l'intention de rentrer chez moi dès que j'aurai fini mon service. La simple perspective de huit heures de sommeil suffisait à faire tomber ses paupières sur ses yeux injectés de sang.

– Inspecteur, je voudrais vous demander quelque chose, dit Chase.
– Ouais ?
– Si cette piste mène quelque part, faut-il vraiment que vous informiez la presse du rôle que j'ai joué dans l'enquête ?
– Pourquoi me demandez-vous ça ? s'enquit Wallace.

– Simplement parce que j'en ai marre d'être une célébrité, que les gens dérangent à n'importe quelle heure du jour ou de la nuit.

– Si nous le coinçons, votre nom apparaîtra forcément lors du procès, fit Wallace.

– Mais pas avant ?

– Pas obligatoirement.

– Je vous serais reconnaissant de ne pas communiquer mon nom à la presse, dit Chase. De toute façon, on me demandera de témoigner au procès, n'est-ce pas ?

– Probablement.

– Si les journalistes ignoraient mon existence jusque là, ils me laisseraient peut-être tranquille.

– Vous êtes vraiment modeste, mon garçon, constata Wallace. Avant que Chase n'ait le temps de lui répondre, l'inspecteur sourit, lui tapa dans le dos, et sortit.

– Vous voulez boire quelque chose ? demanda Chase en se tournant vers Tuppinger.

– Jamais pendant le service.

– Ça ne vous dérange pas si je...

– Non, allez-y.

Sous l'œil intéressé de Tuppinger, Chase se servit une généreuse dose de whisky. Son verre était pourtant moins rempli que d'habitude. Avec un flic dans les parages, mieux valait restreindre sa soif.

Lorsque Chase s'assit sur le lit, Tuppinger entama la conversation.

– J'ai lu les journaux, et je suis au courant de vos exploits là-bas.

– Ah bon ?

– Impressionnant.

– Pas vraiment.

– C'est sincère, insista Tuppinger, assis sur l'unique chaise, qu'il avait approchée de son équipement. « Ça devait être dur, là-bas, et certainement pire que tout ce que peuvent s'imaginer ceux qui n'ont pas fait la guerre. »

Chase hocha la tête.

– J'imagine que les médailles ne veulent pas dire grand-chose. Etant donné tout ce que vous avez dû endurer pour les gagner, elles vous paraissent sans doute insignifiantes.

Chase leva le nez de son verre, surpris par la lucidité des propos de Tuppinger.

– Vous avez parfaitement raison. Ces médailles ne signifient rien du tout.

– Et il ne doit pas être facile non plus de revenir d'un endroit pareil, et de se réadapter à la vie normale. De tels souvenirs ne s'oublient pas.

Chase s'apprêtait à lui répondre quand il vit que Tuppinger fixait d'un air éloquent le verre de whisky qu'il tenait à la main. Refermant la bouche, il ravala ses mots. Puis, Tuppinger lui inspirant la même haine que le Juge, il porta son verre à ses lèvres et but une grande gorgée de Jack Daniel's.

– Je vais en boire un autre, dit-il. Vous êtes certain que vous n'en voulez pas ?

– Certain, l'assura Tuppinger.

Lorsque Chase reprit sa place sur le lit, son verre à la main, Tuppinger lui recommanda de ne pas répondre au téléphone avant que la bande n'ait commencé à tourner. Puis il se rendit dans la salle de bains, où il s'enferma pendant presque dix minutes.

Quand Tuppinger ressortit, Chase lui demanda : « Jusqu'à quelle heure devons-nous attendre ?

– A-t-il déjà appelé aussi tard – à l'exception du premier coup de téléphone ?

– Non, répliqua Chase.

– Dans ce cas, je vais dormir, dit Tuppinger en s'affalant sur la chaise. A demain matin. »

Le lendemain matin, Chase fut tiré de son sommeil par les chuchotis des hommes morts qui hantaient ses rêves, mais il s'aperçut rapidement qu'il ne s'agissait que du bruit de l'eau dans le lavabo de la salle de bains. S'étant levé le premier, Tuppinger était en train de se raser.

Un instant plus tard, le flic apparut, l'air frais et dispos, et fit quelques pas dans la pièce principale. « La voie est libre ! » s'exclama-t-il. Pour quelqu'un qui venait de passer la nuit assis sur une chaise, il semblait remarquablement en forme.

Une fois dans la salle de bains, Chase prit tout son temps pour se laver et se raser, considérant que plus il resterait dans la salle de bains, moins longtemps il serait obligé de parler au flic. Lorsqu'il eut enfin fini, il était déjà dix heures et quart. Le Juge n'avait pas encore téléphoné.

– Que prenez-vous pour le petit déjeuner? lui demanda Tuppinger.

– Désolé, mais il n'y a rien à manger, ici.

– Oh, vous avez certainement quelque chose à grignoter, même si ce n'est pas ce qu'on mange habituellement au petit déjeuner. Le matin, je ne suis pas difficile, un peu de fromage et du pain feront aussi bien l'affaire que des œufs et du bacon.

Chase ouvrit le réfrigérateur et en sortit le sac de pommes.

– C'est tout ce que j'ai à vous offrir.

Tuppinger regarda les pommes, puis son regard se posa sur le réfrigérateur vide, avant de revenir sur la bouteille de Jack Daniel's posée sur le comptoir. Il ne fit aucun commentaire.

– Parfait, dit Tuppinger en prenant le sac de pommes des mains de Chase. « Vous en voulez une ?

– Non, merci. »

Tuppinger pela soigneusement deux pommes et les coupa en quartiers, qu'il mangea lentement, en prenant soin de bien mâcher chaque morceau.

A dix heures et demie, Chase commença à s'inquiéter. Et si le Juge décidait de ne pas téléphoner ? L'idée d'avoir Tuppinger avec lui pendant toute la journée et de se réveiller à nouveau en l'entendant se raser dans la salle de bains lui était intolérable.

– Un autre policier va-t-il venir prendre la relève ? demanda Chase.

– Seulement si l'affaire traîne en longueur, lui répondit Tuppinger.

– Ça peut prendre combien de temps, à votre avis ?

– Oh, répliqua Tuppinger, s'il ne s'est rien passé en quarante-huit heures, je céderai la place à un collègue.

Bien que la perspective de passer quarante-huit heures en compagnie de Tuppinger ne fût pas des plus alléchantes, elle n'était pas pire – et sans doute meilleure – qu'avec un autre flic. Tuppinger était trop observateur, mais il n'était pas bavard. Qu'il regarde, si ça lui chante, décida Chase. Et qu'il pense ce qu'il veut ! Tant qu'il saurait se taire, les deux hommes parviendraient à se supporter mutuellement.

A midi, Tuppinger mangea deux autres pommes, et persuada Chase d'en faire autant. Ils décidèrent que pour le dîner, Chase sortirait pour acheter du poulet frit, des frites et une salade.

A midi et demi, Chase but son premier Jack Daniel's du jour.

Tuppinger le regarda faire, sans rien dire.

Cette fois, Chase ne lui proposa pas de lui servir un verre.

A trois heures de l'après-midi, le téléphone se mit à sonner. Bien que ce fût précisément ce qu'ils attendaient depuis la veille, Chase n'avait pas envie de décrocher. Mais comme Tuppinger le pressait de répondre tout en ajustant ses propres écouteurs, il finit par se saisir du combiné.

– Allô ?

La voix de Chase trahissait la tension nerveuse qu'il ressentait.

– Monsieur Chase ?

– Oui, confirma-t-il. La voix lui était familière, mais ce n'était pas celle du Juge.

– Miss Pringle à l'appareil. Le docteur Fauvel vous rappelle que vous avez rendez-vous demain à trois heures, pour une séance de cinquante minutes, comme d'habitude.

– Merci.

Miss Pringle appelait toujours la veille de ses rendez-vous, pour confirmer l'heure de la séance, mais Chase l'avait complètement oublié.

– Demain à trois heures, répéta-t-elle avant de raccrocher.

A cinq heures moins dix, Tuppinger se plaignit d'avoir faim, assurant Chase qu'il n'avait aucune envie de manger une cinquième pomme.

Chase, que la perspective de manger de bonne heure ne rebutait pas, prit l'argent que lui tendait Tuppinger, et sortit acheter le poulet frit, les frites et la salade que désirait le flic. Il prit également un grand Coca pour Tuppinger, mais rien pour lui. Il se contenterait de son Jack Daniel's.

Ils mangèrent à cinq heures et quart, sans bavarder, devant un vieux film à la télévision.

Moins de deux heures plus tard, Wallace débarqua. Il n'avait repris son service que depuis peu, mais il paraissait déjà exténué.

– Monsieur Chase, lança Wallace, me permettez-vous d'avoir une petite conversation privée avec Jim ?

– Bien sûr, fit Chase.

Il passa dans la salle de bains, referma la porte, et ouvrit le robinet d'eau froide. En s'écoulant, l'eau produisait le même chuchotis que les hommes morts de ses cauchemars. Le bruit le mit mal à l'aise.

Rabattant la lunette, il s'assit sur la cuvette des toilettes. les yeux fixés sur la baignoire vide. Cette baignoire avait besoin d'être nettoyée, se dit-il. Il se demanda si Tuppinger avait remarqué ce détail.

Cinq minutes plus tard, Wallace frappa à la porte de la salle de bains.

– Excusez-nous d'envahir ainsi votre appartement. Il fallait que je parle à Jim.

– Comme M. Tuppinger vous l'a probablement dit, nous n'avons pas eu de chance.

Wallace hocha la tête. Il avait l'air particulièrement malheureux, et son regard, pour la première fois, évita celui de Chase.

– C'est ce qu'il m'a dit, en effet.

– Il n'a jamais attendu aussi longtemps avant de rappeler.

Wallace hocha la tête.

– Vous savez, il est possible qu'il ne vous appelle plus du tout.

– Maintenant qu'il m'a jugé, vous pensez qu'il ne téléphonera plus ?

Chase s'aperçut alors que Tuppinger était en train de débrancher les fils électriques et de remballer tout son matériel dans la valise.

– Je crains que vous n'ayez raison, monsieur Chase, dit Wallace. L'assassin vous a jugé – ou il ne s'intéresse plus à vous, c'est selon – et il n'essayera plus d'entrer en contact avec vous. Il est inutile qu'un de nos hommes soit cloué ici, à attendre.

– Vous partez ? demanda Chase.

– Eh bien, oui, je crois que c'est mieux ainsi.

– Mais il va peut-être appeler dans quelques heures.

– Ça risque de ne rien donner, dit Wallace. Voilà ce que nous allons faire, monsieur Chase : c'est *vous* qui nous direz ce que le Juge vous aura raconté, à condition qu'il rappelle, bien entendu, ce qui me paraît improbable, à présent.

Wallace regarda Chase, et lui sourit.

Le sourire fournit à Chase toutes les explications dont il avait besoin.

– Quand Tuppinger m'a envoyé chercher de quoi manger, il en a profité pour vous téléphoner, pas vrai ? Sans attendre de réponses, il continua. « Et il vous a parlé de la secrétaire du docteur Fauvel – le mot *séance* a sans doute attiré son attention. Et vous avez tout de suite appelé ce bon docteur Fauvel. »

Tuppinger avait fini de rassembler son matériel. Il souleva la valise, jetant autour de lui un coup d'œil rapide, comme pour vérifier qu'il n'avait rien oublié.

– Le Juge existe réellement, dit Chase en s'adressant à Wallace.

– J'en suis sûr, répliqua ce dernier. C'est pour cette raison que je vous demande de nous signaler tous ses appels.

Mais le ton de Wallace était celui d'un adulte en train de calmer un enfant capricieux.

– Il *existe*, espèce de crétin !

Le visage de Wallace s'empourpra.

– Monsieur Chase, vous avez sauvé la vie de la fille, dit-il d'une voix tendue, s'efforçant de faire preuve de patience. « Votre conduite a été admirable, et vous méritez toutes mes félicitations. Mais le fait est que personne n'a téléphoné chez vous au cours des dernières vingt-quatre heures. Et si vous étiez vraiment convaincu de l'existence de ce Juge, vous nous auriez prévenu dès son premier coup de fil. Avec le sens du devoir qui est le vôtre, cela vous aurait semblé parfaitement normal. Toutes ces choses, examinées à la lueur de vos antécédents psychiatriques et des explications du docteur Fauvel, me permettent de considérer que la présence à vos côtés d'un de nos meilleurs policiers n'est pas indispensable.

Tout semblait donner raison à la thèse du docteur Fauvel, et Chase comprit aussi que son propre comportement ne l'aidait pas. Son penchant pour le whisky, qu'il n'avait pas cherché à dissimuler à Tuppinger. Son incapacité à parler, même pour une simple conversation. Bien pis, sa hantise de la publicité avait dû le faire passer pour un menteur, qui, en fait, ne cherchait qu'à attirer l'attention. Serrant les poings, il ne se démonta pas.

– Sortez, dit-il aux deux hommes.

– Ne t'énerve pas, fiston, dit Wallace.

– Sortez immédiatement.

Le regard de Wallace se posa alors sur la bouteille de whisky.

– Tuppinger m'a dit que vous n'aviez rien à manger, mais qu'il y avait cinq bouteilles de Jack Daniel's dans ce placard.

Wallace ne regardait pas Chase dans les yeux, comme s'il était gêné de reconnaître que Tuppinger l'avait espionné.

– Quinze kilos en plus ne vous feraient pas de mal, mon garçon.

– Sortez d'ici, répéta Chase.

Mais Wallace n'était pas encore décidé à partir. Il cherchait, d'une façon ou d'une autre, à atténuer l'accusation implicite que réprésentait leur départ.

– Fiston, peu importe ce qui t'est arrivé au Viêt-nam, ce n'est pas avec du whisky que tu réussiras à tout oublier.

Avant que Chase, excédé, n'ait le temps de virer les deux flics, Wallace quitta la pièce, Tuppinger sur les talons.

Chase referma la porte derrière eux. Doucement.

Il poussa le verrou.

Il se servit un verre de bourbon.

Il était seul, de nouveau. Mais il avait l'habitude d'être seul.

6

Le jeudi soir, à sept heures et demie, après avoir réussi à éviter Mme Fielding en sortant de la maison, Chase s'installa au volant de sa Mustang et prit la direction de Kanackaway Ridge, sans vraiment savoir où il allait. En traversant Ashside et les faubourgs environnants, il respecta la limitation de vitesse, mais en arrivant au pied de la route de montagne, il enfonça la pédale de l'accélérateur, afin de prendre les virages le plus largement possible. Les piquets blancs défilaient si vite sur sa droite qu'il avait l'impression de longer un mur.

Arrivé au sommet, il gara la voiture là où il s'était arrêté lors de sa visite précédente, et coupa le moteur. Affalé dans son siège, il écouta les chuchotements de la brise.

Il n'aurait pas dû s'arrêter, il aurait dû continuer à foncer, à n'importe quel prix. Tant qu'il était en action, il n'avait pas à se demander ce qu'il fallait faire. Dès qu'il s'arrêtait, il se sentait perplexe, frustré, impatient.

Sans savoir exactement ce qu'il cherchait, il sortit de la voiture. Il lui restait encore une bonne heure de jour avant la tombée de la nuit, et il avait le temps de fouiller l'endroit où avait été garée la Chevrolet. Sauf que, naturellement, la police l'avait déjà passé et repassé au peigne fin.

Nonchalamment, il longea le parc, avant de s'approcher de la haie de ronces. Le sol était détrempé, et jonché de mégots, de papiers gras et de feuilles de bloc-notes roulées en boule, sans doute jetées là par quelque journaliste. Il donna un coup de pied dans les détritus, et inspecta l'herbe piétinée. Il se sentait ridicule. Trop d'amateurs de sensations fortes étaient déjà passés, faisant preuve d'une curiosité morbide. Impossible de trouver un seul indice dans cette herbe foulée cent fois.

Il s'approcha ensuite de la glissière de sécurité qui longeait le bord de la falaise, s'y appuya, et contempla les buissons et les arbres qui s'étendaient en contrebas. Relevant la tête, il regarda la ville à ses pieds, qui tapissait le fond de la vallée. Dans la lumière crépusculaire, le cuivre oxydé du dôme du tribunal ressemblait à une construction sortie tout droit d'un conte de fées.

Les yeux fixés sur le dôme, il entendit un sifflement perçant. Puis un second. Le métal de la glissière de sécurité se mit soudain à vibrer sous ses paumes. C'était un bruit familier, un son de guerre : une balle ricochant sur le métal.

Avec une rapidité acquise au Viêt-nam, il se jeta à terre, et inspecta les alentours. Une haie de ronces toute proche lui fournit l'abri qu'il espérait trouver. Il roula sur lui-même et arriva si près des épines qu'elles lui écorchèrent la joue et le front.

Etendu sur le sol, il attendit sans bouger.

Unc minute s'écoula. Puis une autre. Tout était silencieux, hormis les rafales de vent.

Chase se mit alors à ramper vers l'extrémité de la haie, qui était parallèle à la route. Quand la vue fut dégagée, il regarda à droite, et constata que le parc semblait totalement désert.

Prêt à courir en direction de la route, il se releva, puis

se jeta à terre à nouveau. L'instinct. A l'endroit qu'il venait de quitter, un peu d'herbe fut arrachée du sol par une balle. Le Juge avait équipé son arme d'un silencieux.

Aucun civil n'avait légalement accès à un silencieux. A l'évidence, le Juge se fournissait au marché noir.

Chase rebroussa chemin, et s'abrita à nouveau sous la haie de ronces. A la hâte, il ôta sa chemise, la déchira en deux morceaux, qu'il enroula autour de ses mains. Allongé sur le ventre, il écarta les ronces de façon à pouvoir observer sans risques la partie du parc qui s'étendait devant lui.

Immédiatement, il aperçut le Juge. L'homme était contre le pare-chocs avant de la Mustang, un genou à terre, et il tenait son arme à bout de bras, attendant que sa proie se montre. Se tenant à une soixantaine de mètres de Chase, et à peine éclairé par les dernières lueurs du jours, l'homme était hors de portée. De là où il se trouvait, Chase n'apercevait qu'une forme sombre, dont il ne distinguait même pas le visage, noyé dans l'ombre.

Chase s'extirpa de la haie et enleva le tissu qui enveloppait ses mains. Le bout de trois de ses doigts était un peu entaillé, mais le reste était intact.

A moins de dix mètres de lui, sur sa droite, une balle fila à travers les buissons, projetant des feuilles déchiquetées. Une autre passa à la hauteur de la tête de Chase, le ratant de cinquante centimètres, et une troisième se perdit un peu plus loin sur la gauche.

Le Juge ne possédait pas les nerfs d'un tueur professionnel. Fatigué d'attendre, il avait commencé à tirer au hasard, gaspillant ses munitions dans l'espoir de toucher Chase.

Chase rampa à reculons jusqu'à l'autre extrémité de la haie.

Jetant un coup d'œil prudent en direction du Juge, il le vit, appuyé contre la voiture, qui rechargeait son arme. La tête penchée en avant, il était en train de s'exciter nerveusement sur le barillet.

Chase se précipita.

Il n'avait parcouru qu'un tiers de la distance qui le séparait du Juge quand celui-ci entendit le bruit de ses pas. L'assassin releva la tête, sans que Chase puisse distinguer ses traits, et fit le tour de la voiture, avant de s'élancer en courant vers la route.

Chase avait perdu du poids, et sa forme n'était pas brillante, mais il courait plus vite.

Après une courte montée, la route redescendait, et la pente était si forte qu'à moins de perdre l'équilibre, Chase fut forcé de ralentir.

Plus loin devant lui, une Volkswagen rouge était garée sur le bas-côté. Le Juge atteignit la voiture, s'installa au volant et claqua la portière. Il avait laissé tourner le moteur. La Volkswagen bondit en avant, les pneus dérapèrent quelques secondes sur l'asphalte en crachant une fumée épaisse, puis la voiture reprit la direction de la ville, disparaissant dans Kanackaway Ridge Road.

Chase n'eut même pas la possibilité de lire le numéro inscrit sur la plaque minéralogique, parce qu'au même instant, un coup de klaxon retentit dans ses oreilles, tout près de lui.

Il fit un bond sur le côté, perdit l'équilibre, et roula sur le gravier, protégeant sa tête de ses bras repliés.

Il y eut un unique coup de frein, qui résonna dans la nuit comme le cri d'un homme blessé. Un gros camion de déménagement passa à côté de Chase à vive allure, roulant beaucoup trop vite pour la pente de la route. La remorque vacilla légèrement, sans doute à cause d'un mauvais arrimage du chargement à l'intérieur.

La voiture et le camion disparurent tous deux.

7

L'égratignure de cinq centimètres qui lui barrait le front et l'autre, plus petite, qui ornait sa joue – toutes deux causées par les épines de la haie – ne saignaient déjà plus. Il s'était entaillé trois doigts, mais comparées à tout le reste, ces blessures insignifiantes ne le faisaient même pas souffrir. Ses côtes se ressentaient encore du roulé-boulé qu'il avait accompli sur le gravier du bas-côté de Kanackaway Ridge Road – bien qu'aucune ne lui ait paru brisée lorsqu'il avait appuyé sur sa cage thoracique – et son torse, son dos, et ses bras étaient couverts d'hématomes, provoqués par les grosses pierres sur lesquelles il était tombé. Ses genoux étaient tous les deux écorchés. Sa chemise, qu'il avait déchirée afin de protéger ses mains des épines, était fichue, évidemment, et son pantalon était bon pour la poubelle.

Assis dans la Mustang, il inventoria les dégâts, se sentant si furieux qu'il aurait volontiers frappé dans quelque chose, n'importe quoi. Mais il se retint et retrouva peu à peu son calme.

A la faveur de l'obscurité naissante, quelques voitures s'étaient déjà garées dans le coin des amoureux, près des haies. Chase n'en revenait pas : apparemment, tous ces jeunes couples, qui n'hésitaient pas à revenir sur la scène du crime, n'étaient pas concernés par le fait que l'assassin de Michael Karnes était encore en cavale. Il se demanda s'ils prenaient seulement la peine de fermer à clé les portières de leur voiture.

Avec la police qui patrouillait le long de Kanackaway dans l'espoir de coincer le tueur, revenu lui aussi sur le lieu de son crime, un homme seul dans une voiture était sûr d'attirer les soupçons. Chase démarra et reprit la direction de la ville.

Tout en conduisant, il tenta de se souvenir de tout ce qu'il avait vu, afin qu'aucun indice concernant l'identité du Juge ne puisse lui échapper. L'homme possédait une arme équipée d'un silencieux et une Volkswagen rouge. Il tirait mal, mais il savait conduire. C'était tout ce que savait Chase.

Que faire, à présent ? La police ?

Non. Au diable les flics. Il avait demandé de l'aide à Fauvel, qui ne lui avait donné que de mauvais conseils. Les flics s'étaient montrés encore moins compréhensifs.

Il fallait qu'il prenne en main toute l'affaire. Et qu'il retrouve le Juge avant que celui-ci n'ait l'occasion de le tuer.

Mme Fielding l'attendait sur le pas de la porte, mais lorsqu'elle le vit, elle recula de quelques pas, surprise.

– Que vous est-il arrivé ?

– Je suis tombé, répliqua Chase. Ce n'est rien.

– Mais vous avez du sang sur le visage. Vous vous êtes complètement écorché !

– Vraiment, Mme Fielding, ce n'est rien. Je me sens très bien, à présent. J'ai eu un petit accident, mais rien de grave, puisque je respire encore et que je peux marcher.

Elle l'observa avec une attention soutenue.

– Vous avez bu, monsieur Chase ?

Le ton de sa voix était passé de l'inquiétude à la désapprobation.

– Pas une seule goutte, la rassura Chase.

– Vous savez que je suis contre l'alcool.

– Je sais.

Il passa à côté d'elle et se dirigea vers l'escalier, qui lui parut très lointain.

– Vous n'avez pas abîmé votre voiture neuve, au moins ? lança-t-elle d'une voix forte

– Non.

Il grimpa les marches, pressé d'arriver sur le palier, et d'échapper ainsi à Mme Fielding. Pourtant, étrangement, elle ne l'oppressait pas autant qu'à l'accoutumée.

– Tant mieux, dit-elle. Tant que vous aurez une voiture, vous pourrez chercher des emplois plus intéressants qu'avant.

Quand il se fut servi un verre de bourbon auquel il ajouta des glaçons, il se fit couler un bain très chaud, puis s'installa dans la baignoire, tel un vieillard perclus de rhumatismes. L'eau chaude recouvrit aussitôt ses plaies, et il poussa un soupir dans lequel se mêlaient le bien-être et la douleur.

Ensuite, après avoir enduit ses écorchures de crème cicatrisante, il passa un pantalon léger, une chemise de sport, des chaussettes et des mocassins. Un deuxième verre de whisky à la main, il s'assit, et réfléchit à ce qu'il convenait de faire à présent.

A la fois enthousiaste et hésitant, il brûlait d'envie de passer à l'action.

D'abord, il fallait qu'il parle à Louise Allenby, la fille qui s'était trouvée en compagnie de Michael Karnes la nuit où il avait été assassiné. Chase et elle avaient été interrogés séparément par la police, mais s'ils mettaient en commun les éléments dont ils disposaient, ils seraient peut-être en mesure de se souvenir d'un détail utile.

L'annuaire comptait dix-huit personnes répondant au nom de Allenby, mais Chase se rappelait que Louise avait dit à l'inspecteur Wallace que son père était mort et que sa mère ne s'était pas remariée. Un seul nom correspondait, celui de Cleta Allenby, qui habitait dans Pine Street, une rue située dans le quartier d'Ashside.

Il composa le numéro et attendit. A la dixième sonnerie, une voix de femme répondit. Bien qu'elle fût plus féminine que dans son souvenir, il reconnut aussitôt celle de Louise.

– Ben Chase à l'appareil. Bonsoir, Louise, vous vous souvenez de moi ?

– Bien sûr, fit-elle.

Elle semblait sincèrement contente de l'entendre.

– Comment allez-vous ?

– J'essaie de faire aller.

– Que se passe-t-il ? Y a-t-il quelque chose que je puisse faire pour vous ?

– J'aimerais vous parler, si c'est possible, dit Chase. Vous parler de ce qui s'est passé lundi soir.

– Eh bien, d'accord, pas de problèmes.

– Vous êtes sûre que vous tiendrez le coup ?

– Certaine.

Une fois de plus, la dureté dont elle faisait preuve étonna Chase.

– Vous pouvez venir tout de suite ?

– Si ça ne vous dérange pas.

– Pas du tout, le rassura-t-elle. Il est dix heures – dans une demi-heure, vers dix heures trente, ça ira ?

– Ça me convient parfaitement.

– Je vous attends.

Elle reposa le combiné avec tant de douceur que Chase mit quelques secondes avant de comprendre qu'elle avait raccroché.

Son corps endolori commençait à se raidir. Chase se leva et s'étira, ramassa ses clés de voiture, et finit d'un trait son verre de whisky.

Lorsque ce fut l'heure de partir, il avait changé d'avis. Il se rendait compte, soudain, que le fait de prendre ses responsabilités allait complètement détruire les habitudes de vie qui l'avaient aidé à survivre depuis qu'il avait quitté l'hôpital et l'armée. Il ne pourrait plus – du moins tant que cette histoire ne serait pas réglée – flâner en ville le matin, ni passer ses après-midi à regarder de vieux films à la télévision, et ses soirées à lire et à picoler jusqu'à ce qu'il trouve le sommeil. Par contre, s'il se contentait de rester chez lui, il avait une chance de rester vivant jusqu'à ce que la police mette la main sur le Juge, dans quelques semaines ou, au pire, quelques mois.

Mais il était fort possible que le Juge passe à l'attaque et que cette fois, il ne le rate pas.

Chase maudit tous ceux qui l'avaient forcé à quitter sa confortable tanière – la presse locale, l'association des commerçants, le Juge, Fauvel, Wallace, Tuppinger – tout en sachant qu'il n'avait pas d'autre choix. Son unique consolation, c'était d'espérer que leur victoire ne serait que temporaire : quand tout serait fini, il reviendrait chez lui, fermerait la porte, et reprendrait le cours de la vie tranquille et reposante qui était la sienne depuis un an.

Lorsqu'il sortit, Mme Fielding ne se montra pas, et Chase décida que c'était de bon augure.

Mme Allenby et sa fille vivaient dans une maison de brique, de style néocolonial, située dans la partie aisée de Ashside. Deux érables étaient plantés de chaque côté de la courte allée pavée, au bout de laquelle quelques marches permettaient d'accéder à une porte blanche, pourvue d'un heurtoir en cuivre.

Louise ouvrit la porte. Elle portait un short blanc et un petit haut blanc, et elle donnait l'impression d'avoir passé les dernières trente minutes à se maquiller et à se brosser les cheveux.

– Entrez, dit-elle.

Le salon correspondait à peu près à l'image qu'il s'en était fait : mobilier colonial, télévision couleur dans un énorme meuble, tapis sur le plancher ciré. La maison n'était pas sale, simplement un peu négligée, avec des magazines éparpillés, une marque ronde laissée sur la table basse par un verre, des traces de poussière çà et là.

– Asseyez-vous, dit Louise. Le sofa est confortable, tout comme ce grand fauteuil, là.

Chase choisit le sofa.

– Je suis désolé de vous déranger à une heure aussi tardive...

– Ne vous en faites pas, le coupa-t-elle. Vous ne me dérangez pas du tout, au contraire.

Il avait du mal à reconnaître la fille choquée et gémissante qu'il avait vue dans la voiture de Michael Karnes quelques jours auparavant.

– Comme je ne vais plus au lycée, expliqua-t-elle, je me couche quand j'en ai envie, c'est-à-dire généralement vers trois heures du matin. Cet automne, je rentre à l'université. Je suis une grande fille, à présent.

Elle souriait, comme si elle n'avait jamais vu son petit ami se faire poignarder sous ses yeux.

– Je vous sers un verre ?
– Non, merci.
– Vous permettez que je boive quelque chose ?
– Je vous en prie.

Pendant qu'elle se dirigeait vers le bar, installé dans la bibliothèque, il regarda les longues jambes de la fille.

– C'est un cocktail spécial, que je prépare moi-même. Vous êtes sûr que vous n'en voulez pas ? C'est délicieux, croyez-moi.

– Ça va comme ça, merci.

Tandis qu'elle mélangeait les ingrédients avec une habileté toute professionnelle, elle se plaça face au bar, tournant le dos à Chase, ses fesses rondes pointées vers lui. C'était peut-être une provocation inconsciente. La fille n'était peut-être pas totalement sûre de sa féminité, et l'effet que son corps ferme produisait sur les hommes lui échappait peut-être. Mais il se pouvait aussi qu'elle sache parfaitement ce qu'elle était en train de faire.

Lorsqu'elle revint s'asseoir sur le sofa, son verre à la main, Chase lui demanda :

– Vous êtes assez grande pour boire de l'alcool ?

– J'ai dix-sept ans, dit-elle. Bientôt dix-huit. Je ne suis plus une gamine, d'accord ? Je n'ai peut-être pas l'âge légal, mais je suis chez moi, et personne n'a le droit de m'en empêcher.

– Naturellement.

Sept ans auparavant, quand Chase avait lui-même l'âge de Louise, les filles de dix-sept ans n'en paraissaient pas cinq de plus. A présent, elles vieillissaient plus vite – du moins en étaient-elles convaincues.

Sirotant son cocktail, elle s'installa confortablement dans le sofa et croisa ses jambes nues.

Le bout durci de ses seins pointait sous le tissu fin.

– Je viens de penser à quelque chose, dit Chase. Si votre mère se lève tôt demain matin, elle est peut-être couchée, Je ne voudrais pas...

– Maman est au boulot, dit Louise, en lui lançant un regard coquin, les paupières pudiquement baissées, la tête penchée sur le côté. « Elle travaille dans un bar. Elle commence son service à sept heures du soir, et elle finit à trois heures du matin. En général, elle ne rentre pas à la maison avant trois heures et demie.

– Je vois.

– Vous avez peur ?

– Pardon ? »

Louise sourit malicieusement.

– Vous avez peur d'être seul avec moi ?

– Non.

– Tant mieux. Eh bien... Par quoi commençons-nous ?

Posant sur lui un regard suggestif, elle tenta de donner à sa question un sens plus équivoque.

Pendant les trente minutes qui suivirent, Chase l'aida à passer en revue tous les souvenirs qu'elle avait gardés de la tragique soirée, ajoutant les siens à ceux de Louise, la questionnant sur des détails, la pressant de l'interroger à son tour, cherchant n'importe quel élément, aussi minime fût-il, susceptible de lui fournir la clé du mystère. Mais, bien que la fille ait sincèrement voulu l'aider, ils ne trouvèrent rien de nouveau. Louise parlait du meurtre de Michael avec un détachement total, comme si elle ne s'était pas trouvée dans la voiture avec lui et qu'elle avait lu le compte rendu de l'affaire dans les journaux.

– Ça ne vous dérange pas, si j'en bois un autre ? dit-elle soudain, en levant son verre vide.

– Allez-y.

– Je me sens bien. Vous en voulez un, cette fois ?

– Non, je vous remercie, dit Chase, qui savait qu'il avait besoin de garder la tête claire.

Elle retourna au bar, prenant la même pose provocante qu'un peu plus tôt, et lorsqu'elle revint s'asseoir, elle s'installa beaucoup plus près de Chase que précédemment.

– Je viens de me souvenir d'une chose. Le type portait un anneau spécial.

– Spécial ? Comment ça ?

– Un anneau en argent, assez massif, avec un double éclair. Maman est sortie avec quelqu'un qui portait exactement le même. Je lui avais demandé d'où il le tenait, et il m'avait répondu que c'était l'anneau du club auquel il appartenait.

– Quel club ?

– Un club pour les Blancs. Pas pour les Noirs, les Asiatiques, ou les Juifs, seulement pour les Blancs. »

Elle but une gorgée de son cocktail, et Chase attendit qu'elle continue de parler.

– Ce sont des types qui sont prêts à se défendre, s'il

le faut, des types qui n'ont pas l'intention de laisser les étrangers ou les banquiers juifs leur dire ce qu'ils ont à faire et leur prendre tout ce qu'ils possèdent.

A l'évidence, elle approuvait ce genre d'organisation. Elle fronça pourtant les sourcils.

– J'ai dit un truc qui ne vous a pas plu ?

– Qui ne m'a pas plu ?

– Vous êtes peut-être juif ?

– Non.

– Vous n'avez pas la tête d'un juif.

– Je ne suis pas juif.

– Ecoutez, même si vous êtes juif, ça m'est égal. Je vous trouve vraiment séduisant, vous savez...

– Donc, l'assassin pourrait être un partisan de la suprématie des Blancs ?

– Ces types n'ont pas envie qu'on leur fasse avaler n'importe quoi, c'est tout. On ne peut que les admirer.

– Cet homme avec lequel votre mère sortait – il vous a dit comment s'appelait ce club ?

– L'Alliance aryenne.

– Vous vous souvenez du nom de cet homme ?

– Vic. Victor. Je ne me rappelle pas la suite.

– Vous pourriez demander son nom à votre mère ?

– D'accord. Dès qu'elle rentrera. Ecoutez, vous êtes absolument certain que vous n'êtes pas juif ?

– Certain.

– Parce que, depuis que j'ai dit ça, vous me regardez d'une drôle de façon.

Comme il aurait regardé un asticot découvert en retournant une pierre.

– Vous avez parlé de tout ça à Wallace ?

– Non, puisque je viens seulement d'y penser. A force de me poser des questions, ça m'est soudain revenu.

Chase ne pouvait rien imaginer de plus gratifiant que de rassembler un tas d'informations sur le Juge – à partir de cet élément essentiel – et de présenter le tout à l'inspecteur Wallace.

– Ça peut être très utile, dit-il.

Telle une machine bien huilée destinée à séduire, Louise se glissa alors près de lui, féline et bronzée.

– Vous le pensez vraiment, Ben ?

Il hocha la tête, tout en cherchant une excuse qui ne la vexerait pas. Il fallait qu'il reste dans les bons papiers de la fille jusqu'à ce qu'elle obtienne de sa mère le nom du type.

Louise pressa sa cuisse contre la sienne. Posant son verre, elle se tourna vers lui, prête à se laisser embrasser.

Chase se leva d'un bond.

– Il faut que je me sauve. Notre conversation m'a fourni un élément concret auquel je vais pouvoir réfléchir, ce qui est plus que je ne l'espérais.

Louise se leva à son tour, tout en restant près de Chase.

– Il est encore tôt. Il n'est même pas minuit. Maman ne sera pas rentrée avant plusieurs heures.

Elle sentait bon le savon et le shampoing. La propreté incarnée, mais il savait à présent que son cœur n'était pas pur.

Chase était pourtant très excité ; mais cette excitation le dégoûtait. Cette fille vulgaire et insensible, pleine de haine, produisait sur lui un effet qu'aucune femme n'avait eu depuis plus d'un an, et le désir intense qu'il avait d'elle lui inspira un profond mépris de lui-même. A cet instant précis, bien sûr, il aurait sans doute désiré n'importe quelle jolie femme. L'accumulation d'énergie sexuelle qu'il réprimait depuis tant de longs mois était sans doute devenue irrépressible, et le retour de sa libido était peut-être dû au fait qu'il était en train de rompre l'isolement qu'il s'était imposé. Ayant admis que son instinct lui dictait de survivre, ayant décidé de ne pas être une cible vivante pour le Juge, il était à présent capable d'accepter tous les désirs et tous les besoins qui étaient l'essence même de la vie. Pourtant, il ne pouvait s'empêcher de se mépriser.

– Non, dit-il en s'écartant. J'ai d'autres gens à voir.

– A cette heure de la nuit ?

– Une ou deux personnes.

Elle se pressa contre lui, attira son visage vers le sien, et passa sa langue sur ses lèvres. Ce n'était pas un vrai baiser. Seulement la caresse brève et délicieuse de sa langue brûlante – une promesse d'un érotisme exquis.

– Nous avons toute la maison pour nous pendant encore quelques heures, insista-t-elle. Nous ne sommes même pas obligés de rester sur le sofa : j'ai un grand lit tout blanc.

– Vous n'êtes pas ce que je croyais, dit-il, exprimant

ainsi un sentiment qui n'était pas celui auquel pensait Louise.

– Vous n'avez encore rien vu, souffla-t-elle.

– Mais c'est impossible. Je ne peux vraiment pas rester, parce que ces gens m'attendent.

Louise avait suffisamment d'expérience pour savoir que sa tentative de séduction avait échoué. Reculant d'un pas, elle lui sourit.

– Mais je veux vous remercier. Pour m'avoir sauvé la vie. Vous méritez une récompense.

– Vous ne me devez rien du tout, protesta Chase.

– Je vous dois cette récompense. Un autre soir, quand vous n'aurez pas de rendez-vous ?

Il l'embrassa, tout en se disant qu'il n'agissait ainsi que pour rester en bons termes avec elle.

– Un autre soir, promis.

– Mmmmm. Et nous serons bien, ensemble, vous verrez.

La jeune fille n'était décidément pas farouche.

– Si l'inspecteur Wallace vous interroge à nouveau, lui dit-il, pensez-vous que vous pourriez, euh... oublier de lui parler de l'anneau ?

– Bien sûr. Je n'aime pas les flics. Ce sont eux qui nous menacent de leurs armes, et qui nous forcent à nous déculotter devant les étrangers et les Juifs et tout le reste. Les flics font partie du problème. Mais, au fait, pourquoi continuez-vous l'enquête tout seul ? Je ne vous l'ai jamais demandé.

– C'est personnel, dit-il. Pour des raisons personnelles.

De retour chez lui, Chase se déshabilla et alla directement se coucher. L'obscurité était dense, et chaude, et, pour la première fois depuis plus longtemps qu'il ne pouvait s'en souvenir, réconfortante.

Seul à nouveau, il commença à se demander s'il n'avait pas été idiot de ne pas accepter l'offre de Louise Allenby. Cela faisait longtemps qu'il était sans femme, et qu'il n'éprouvait même pas le désir d'en tenir une dans ses bras.

Il s'était dit qu'il avait repoussé les avances de Louise parce qu'il l'avait trouvée aussi mentalement répugnante que physiquement attirante. Mais il se demanda s'il n'avait pas plutôt battu en retraite parce qu'il craignait de s'aventurer trop loin dans le monde réel, et de s'éloigner de ses précieuses habitudes. Une relation avec une femme, même temporaire, risquait de lézarder un peu plus les murs soigneusement entretenus de sa prison mentale.

Lorsqu'il fut sur le point de sombrer dans le sommeil, il comprit soudain qu'il venait de se passer quelque chose de beaucoup plus important que le désir physique qu'il avait ressenti pour Louise ou son refus de céder à ses charmes. Pour la première fois depuis une éternité, il n'avait pas eu besoin de whisky avant d'aller se coucher. Une fatigue saine et naturelle avait eu raison de lui – bien que son sommeil se révélât peuplé d'hommes morts tendant les bras vers lui.

8

Lorsqu'il se réveilla, Chase se sentit perclus de douleurs, souvenirs de sa chute de la veille. Chaque égratignure, chaque contusion, le faisait souffrir. Ses yeux brûlaient, et sa migraine était si intense qu'il avait l'impression de porter sur la tête un instrument de torture étrange – un casque de plomb – qui rétrécissait lentement, dans le but de faire exploser son crâne. Quand il voulut quitter son lit, tous ses muscles se tétanisèrent.

Une fois dans la salle de bains, en se penchant vers le miroir au-dessus du lavabo, il constata qu'il était pâle, et qu'il avait les traits tirés. Son torse et son dos étaient couverts d'hématomes, pour la plupart gros comme l'empreinte d'un pouce, provoqués par le gravier sur lequel il avait roulé afin d'éviter le camion de déménagements.

Un bain chaud ne suffit pas à apaiser ses souffrances, et il se força à faire quelques exercices – deux douzaines de pompes, quelques mouvements pour les abdominaux et pour les jambes – jusqu'à ce qu'il se sente proche de l'étourdissement. L'effort physique fut plus efficace que le bain.

La seule façon de guérir ces maux était l'action qui, croyait-il, soignerait également ses problèmes émotionnels et spirituels.

Grimaçant de douleur, il descendit au rez-de-chaussée en boitant.

– Vous avez du courrier, l'avertit Mme Fielding tout en baissant le son des rires pré-enregistrés de l'émission télévisée qu'elle regardait dans son salon. Elle prit une enveloppe de papier Kraft sur la table dans l'entrée et la lui tendit.

– Comme vous pouvez le voir, l'adresse de l'expéditeur n'est pas mentionnée.

– C'est probablement un prospectus publicitaire, dit Chase, en continuant d'avancer vers la porte d'entrée. Il espérait de toutes ses forces qu'elle ne s'apercevrait pas de la raideur de sa jambe, et qu'elle ne lui demanderait pas des nouvelles de sa santé.

Mais il n'avait pas besoin de s'inquiéter : Mme Fielding était plus intéressée que lui par le contenu du pli.

– Il est impossible que ce soit de la publicité. Les seuls courriers qui ne portent pas l'adresse de l'expéditeur sont les invitations à un mariage – mais ceci n'en est pas une – et les magazines pornographiques.

L'expression de Mme Fielding était sévère, ce qui ne lui ressemblait pas.

– Je ne tolérerai aucun magazine pornographique dans ma maison.

– Et je vous en félicite, dit Chase.

– Ce n'est donc pas de cela qu'il s'agit?

– Non.

Il ouvrit l'enveloppe et en tira le dossier psychiatrique et les articles de presse que le Juge avait promis de lui envoyer.

– Je m'intéresse à la psychologie, et de temps en temps, un de mes amis m'envoie une sélection d'articles particulièrement intéressants.

– Oh.

Mme Fielding était manifestement surprise d'apprendre que Chase s'intéressait à des sujets aussi intellectuels, dont, inévitablement, elle ignorait tout.

– Eh bien... J'espère que je ne vous ai pas vexé...

– Pas du tout.

– Mais je maintiens que je ne tolérerai aucun magazine pornographique dans ma maison.

Résistant *in extremis* à la tentation de faire un commentaire sur ses robes largement déboutonnées, Chase se contenta de l'approuver.

– Je comprends.

Il rejoignit sa voiture et roula pendant quelques centaines de mètres avant de se garer le long du trottoir. Laissant tourner le moteur, il entreprit d'examiner les photocopies.

Les longues notes manuscrites que le docteur Fauvel avait rédigées pendant leurs séances étaient si difficiles à lire que Chase les mit de côté, préférant lire les cinq articles – trois d'entre eux avaient été découpés dans des magazines, les deux autres étaient tapés à la machine. Dans ses publications, Fauvel faisait preuve d'une arrogance flagrante. Le docteur traitait d'un cas qu'il nommait « Patient C. », mais Chase se reconnut aussitôt malgré le portrait déformé qui était fait de lui. Tous les symptômes dont il avait souffert étaient exagérés, de sorte qu'une éventuelle amélioration de l'état du patient puisse être mise sur son compte. Le psychiatre inventait de toute pièce des traitements qu'il aurait utilisés sur Chase avec succès, mais qu'en réalité il n'avait jamais employés. Pour Fauvel, Chase était « l'un de ces jeunes gens partis à la guerre sans valeurs morales clairement établies et qui, par conséquent, manipulés par leurs supérieurs étaient capables de commettre les pires atrocités sans s'interroger sur la nature des ordres qu'on leur donnait ». Ailleurs, il observait que le Patient C. « sortait d'un hôpital militaire, où on l'avait soigné pour une grave dépression nerveuse, et qu'il était en mesure de tenter de se réinsérer socialement. La cause de sa dépression nerveuse n'était pas la culpabilité, mais la peur extrême qu'il ressentait vis à vis de sa propre mort. Il ne s'agissait nullement d'une réaction par rapport aux atrocités qu'il avait commises, mais de la prise de conscience – et de la peur – de sa propre condition de mortel ».

« Salopard ! » s'exclama Chase.

Qu'il fût éveillé ou endormi, il avait toujours éprouvé de la culpabilité. Avoir conscience de sa condition de mortel ne lui avait jamais fait peur, au contraire : cette prise de conscience avait longtemps été son unique consolation, et il avait passé des mois à espérer trouver en lui-même la force de mettre un terme à sa propre existence.

Fauvel avait écrit qu'il faisait encore beaucoup de cauchemars et qu'il souffrait d'impuissance, maux qu'il attribuait à sa peur. « J'ai toutefois identifié la vraie nature du problème du Patient C. comme étant un manque sous-jacent de valeurs morales. Toute guérison psychologique était impossible tant qu'il n'aurait pas accepté son horrible passé et, par conséquent, pleinement compris et accepté la gravité des crimes qu'il avait commis, même si ceux-ci étaient des crimes de guerre ».

Compris et accepté ! Comme si Chase, après avoir froidement appuyé sur la détente, s'était amusé à patauger dans le sang de ses victimes, pour ensuite partir à la recherche d'un bon cirage destiné à effacer les taches sur ses rangers. Seigneur !...

Le docteur G. Sloan Fauvel – l'éminent psychiatre, le confesseur et le monument de droiture morale – avait donc « entamé le long et difficile processus consistant à inculquer au Patient C., de façon subtile et variée, des notions de moralité et de responsabilité personnelle. S'il pouvait développer un sentiment sincère de culpabilité envers ce qu'il avait fait, il serait ensuite possible de traiter cette culpabilité au moyen d'une thérapie classique. Une guérison serait alors envisageable. »

Chase remit les photocopies dans l'enveloppe Kraft qu'il glissa sous le siège du passager.

Savoir qu'il avait passé autant de temps avec un médecin qui non seulement ne le comprenait pas, mais n'en était même pas capable, le bouleversait. Pendant trop longtemps, Chase avait compté sur les autres pour se sauver, mais le seul salut possible se trouvait en lui-même, et en Dieu. Sauf qu'après son expérience de la guerre dans le sud-est de l'Asie, il ne croyait plus vraiment à l'existence de Dieu.

Dans le département des statistiques qui se trouvait au sous-sol du tribunal, trois femmes tapaient sur le clavier de leur machine à écrire avec une rapidité et un sens du rythme digne d'un concert donné par un orchestre symphonique.

Chase se tenait devant le comptoir de la réception, attendant qu'on s'occupe de lui.

La plus âgée des employées, qui était aussi la plus trapue – la plaque sur son bureau indiquait qu'il s'agissait de NANCY ONUFER, *Directrice* – finit la page qu'elle était en train de taper, ôta la feuille de sa machine et la plaça dans une corbeille en plastique transparent pleine de formulaires déjà remplis.

– Puis-je vous aider ?

Chase avait réfléchi au motif invoqué par le Juge pour consulter les dossiers, et il ne fut pas pris au dépourvu par la question.

– Je suis en train de faire des recherches sur la généalogie de ma famille, et je voulais savoir s'il était possible de vérifier certains détails dans les archives de la ville.

– Mais certainement, monsieur, dit Nancy Onufer. Elle se leva et se dirigea vers le portillon situé à l'extrémité du comptoir qu'elle ouvrit en faisant signe à Chase d'approcher.

Les deux autres femmes continuaient à taper à la vitesse d'une mitraillette. Le Bureau des statistiques fonctionnait avec une efficacité qu'on ne trouvait dans aucune autre administration, sans doute parce que celle qui le dirigeait n'aurait pas accepté qu'il en fût autrement. Ses manières brusques mais amicales rappelèrent à Chase certains des meilleurs sergents qu'il avait connus à l'armée.

Passant derrière le comptoir, il la suivit jusqu'à une porte à l'épreuve du feu qui ouvrait sur une grande salle aux murs de béton, tapissée d'armoires métalliques. D'autres armoires du même type occupaient le centre de la pièce, qui comportait aussi, sur l'un des côtés, une table de travail et trois sièges.

– Les dossiers sont tous étiquetés, expliqua Nancy Onufer d'une voix impérieuse. La section de droite contient les certificats de naissance. Là, les certificats de décès. Plus loin, les archives médicales, et dans ce coin, les licences de bars et de restaurants. Au fond, nous conservons les doubles des conscriptions militaires, ainsi que tous les comptes rendus et tous les budgets du conseil municipal depuis ces trente dernières années. Selon son contenu, chaque tiroir est rangé par ordre alphabétique, ou chronologique. Tout ce que vous retirez des dossiers doit être laissé sur la table. N'essayez pas de replacer vous-même les documents. Ça, c'est mon boulot, et je suis bien plus efficace que n'importe qui. Sans vouloir vous offenser.

– Je vous crois sur parole.

– Il est interdit d'emporter les documents qui sont dans cette pièce. Pour une somme modique, l'une de mes assistantes vous fournira des photocopies de ce qui vous intéresse. Si vous contrevenez au règlement, vous serez passible d'une amende de cinq mille dollars et de deux ans de prison.

– Aïe !

– Nous appliquons ce règlement à la lettre.

– Je n'en doute pas. Merci de votre aide.

– Et il est interdit de fumer.

– Je ne fume pas.

– Bien.

Elle quitta la pièce et referma la porte derrière elle.

Le Juge avait eu aussi facilement accès aux archives que lui. Chase avait espéré que l'administration municipale exigeait de chaque visiteur une signature permettant ainsi d'identifier ceux qui venaient consulter les dossiers. Etant donné l'efficacité de Nancy Onufer et l'interdiction d'emporter les documents, Chase était surpris de l'absence d'un registre consignant méticuleusement le nom des visiteurs.

Il consulta son propre certificat de naissance, et trouva également le compte rendu de la séance au cours de laquelle le conseil municipal avait voté pour le banquet organisé en son honneur. Dans les archives militaires, il mit la main sur les documents concernant son enrôlement dans l'armée.

Facile. Trop facile.

Lorsqu'il quitta la salle des archives, Nancy Onufer l'interpella.

– Vous avez trouvé ce que vous cherchiez ?

– Oui, merci.

– De rien, monsieur Chase, dit-elle en se remettant immédiatement au travail.

Il s'immobilisa.

Vous me connaissez ?

Elle leva les yeux vers lui et lui adressa un sourire radieux.

Qui ne vous connaît pas ?

Il s'approcha du bureau de Nancy Onufer.

– Si vous ne m'aviez pas reconnu, m'auriez-vous demandé mon nom et une pièce d'identité avant de me laisser entrer dans la salle des archives ?

– Certainement. Depuis douze ans que je suis dans ce service, personne n'a jamais emporté le moindre document, mais j'inscris le nom de tous les visiteurs sur un registre.

D'un geste, elle lui montra un gros cahier posé au bord de son bureau.

– D'ailleurs, je viens d'y inscrire votre nom.

– Ma question va peut-être vous paraître bizarre, mais pourriez-vous me dire qui est venu ici mardi dernier ?

La directrice hésita, et Chase s'empressa de la rassurer.

– Les journalistes me harcèlent, et j'ai horreur de toute cette publicité. Ils ont déjà raconté à mon sujet tout ce qu'il y avait à dire, mais cela ne les arrête pas. J'ai entendu dire qu'un reporter local est en train de travailler à une série d'articles destinés à paraître dans un magazine national, sans mon accord, et je me demandais s'il était venu ici mardi.

Le mensonge était clair, mais Nancy Onufer lui faisait totalement confiance. Chase n'était-il pas un héros du Viêt-nam ?

– Ce doit être une situation particulièrement pénible. Les journalistes ne respectent pas la vie privée des gens. Je ne vois aucun inconvénient à vous dire qui est venu consulter nos archives. Le registre des visiteurs n'est absolument pas confidentiel.

Elle feuilleta le gros cahier.

– Mardi, nous avons eu seulement neuf personnes. Deux d'entre elles travaillent pour un cabinet d'architecte, et elles sont venues vérifier la viabilité des terrains sur lesquels il est prévu de bâtir des immeubles. Je connais les deux autres. Ces quatre là sont des femmes, et comme vous cherchez un homme, nous pouvons les éliminer. Ce qui nous laisse trois noms – là, là, et là.

Tandis qu'elle lui montrait les noms en question, Chase essaya de les imprimer dans sa mémoire.

– Non... Je crois que... Non, aucun de ces noms ne correspond à celui que je cherche.

– Vous désirez savoir autre chose ?

– En général, vous relevez simplement le nom des personnes ou vous leur demandez aussi une pièce d'identité ?

– Je leur demande toujours une pièce d'identié, à moins que je les connaisse.

– Très bien. Je vous remercie de votre aide.

Consciente de tout le travail qui l'attendait, Nancy Onufer referma le registre, salua Chase d'un sourire, et se remit à taper sur le clavier de sa machine à écrire.

Lorsqu'il quitta le tribunal, il était midi moins le quart, et il mourait de faim. Il se rendit dans un drive-in – un restaurant du nom de Diamond Dell – dont il était un habitué depuis le lycée.

Il fut surpris par son appétit. Assis dans la Mustang, il dévora deux cheese-burgers, une grande portion de frites et une salade, et fit descendre le tout à l'aide d'un Pepsi. C'était plus qu'il n'en avait jamais mangé au cours des douze derniers mois.

Non loin de là, dans une station-service, il consulta ensuite l'annuaire du téléphone afin de trouver les numéros des visiteurs dont il avait relevé les noms. Il appela le premier d'entre eux, et tomba sur une femme, qui lui donna le numéro du bureau de son mari. Chase le composa et parla au suspect, mais sa voix ne ressemblait pas du tout à celle du Juge. Le deuxième homme était chez lui, et il ressemblait encore moins au Juge que le précédent.

Quant au troisième Howard Devore – il ne figurait pas dans l'annuaire, ce qui pouvait signifier qu'il était sur liste rouge ou que le nom était bidon. Bien sûr, étant donné que le Bureau des statistiques exigeait une pièce d'identité, il était possible que le Juge disposât également de faux papiers d'identité.

Craignant d'oublier les indices qu'il avait rassemblés et les liens entre chacun d'eux, Chase se rendit dans un drugstore pour y acheter un petit carnet à spirale et un stylo Bic. Inspiré par l'efficacité de Nancy Onufer, il établit une liste.

Le Juge
Alias Howard Devore
Alliance aryenne
Pas de casier judiciaire (empreintes inconnues)
Sait forcer les serrures (cabinet de Fauvel)
Est peut-être propriétaire d'une Volkswagen rouge
Possède une arme équipée d'un silencieux

Assis dans sa voiture sur le parking du drugstore, il étudia la liste pendant un moment, avant d'y ajouter une autre précision.

Au chômage ou en vacances

Il ne voyait pas comment expliquer autrement la façon dont le Juge l'appelait à toute heure du jour et de la nuit, le suivait l'après-midi, et passait deux jours à effectuer des recherches sur son passé. L'assassin ne s'exprimait pas comme un retraité, et n'agissait pas non plus comme tel. Il était au chômage, en vacances ou en congé.

Comment Chase pouvait-il utiliser ces informations pour retrouver ce salaud ? Elles réduisaient le nombre des suspects, mais pas suffisamment. Le marché local de l'emploi allait mal, et beaucoup de gens étaient au chômage. De plus, on était en été, la saison des vacances.

Il referma le carnet et démarra la Mustang. Il avait la ferme intention de remonter jusqu'au Juge, mais il se sentait plus proche de Nancy Drew que de Sam Spade.

Glenda Kleaver, la jeune femme blonde qui dirigeait le service de documentation du *Press-Dispatch*, mesurait environ un mètre soixante-dix, juste quelques centimètres de moins que Chase. En dépit de sa taille, sa voix était aussi douce que la brise estivale qui agitait paresseusement les feuilles des érables dont l'ombre tombait sur les vitres ensoleillées. Elle se déplaçait avec une grâce naturelle, et Chase fut instantanément fasciné par elle, pas seulement à cause de sa beauté discrète, mais aussi parce qu'elle semblait capable, par sa seule présence, d'apaiser tout ce qui l'entourait.

Elle montra à Chase comment se servir des microfilms, et lui expliqua que toutes les éditions du journal parues avant le 1er janvier 1968 se trouvaient à présent stockées sur film, afin de prendre moins de place. Elle lui expliqua la procédure à suivre pour obtenir les articles désirés, ainsi que les éditions n'ayant pas encore été transférées sur microfilm.

Deux journalistes, installés devant les visionneuses, étaient en train d'actionner les commandes des machines, et ne levaient les yeux que pour griffonner quelques mots sur leurs blocs-notes, posés à côté d'eux.

– Vous recevez beaucoup de visiteurs ? demanda Chase.

– Le service de documentation d'un journal est principalement utilisé par le personnel. Mais nous le mettons gratuitement à la disposition du public. Nous recevons en moyenne une douzaine de personnes par semaine.

– Que viennent chercher ces gens ?

– Et *vous*, que cherchez-vous ? rétorqua-t-elle.

Il hésita un instant, puis il lui raconta la même histoire que celle qu'il avait racontée à Nancy Onufer.

– Je rassemble des informations concernant l'histoire de ma famille.

– C'est ce que font la plupart des gens qui viennent ici. Personnellement, je n'éprouve aucune curiosité pour les membres de ma famille qui sont morts. Je ne ressens pas grand-chose non plus pour ceux qui sont vivants. »

Chase éclata de rire, surpris de découvrir un humour aussi caustique chez une jeune femme douce et calme comme elle. Elle était décidément pleine de contrastes.

– Vous n'êtes pas fière de votre ascendance ?

– Pas du tout, répliqua-t-elle. Chez nous, il n'y a pas de pedigree. Nous serions même plutôt bâtards.

– Pas de mal à ça.

– Si vous remontez assez loin dans l'arbre généalogique de ma famille, poursuivit-elle, je parie que vous découvrirez que certains de mes ancêtres ont été pendus haut et court.

– Vos aïeuls étaient des voleurs de chevaux, c'est ça ?

– Si ce n'est pis encore.

Chase se sentait plus à l'aise avec elle qu'avec aucune autre femme rencontrée depuis l'opération Jules Verne. Cependant, dès qu'il lui fallut poursuivre la conversation, il se rendit compte qu'il manquait d'entraînement ; malgré son désir de mieux la connaître, il fut incapable d'ajouter quoi que ce soit, sinon :

– Eh bien... Faut-il que je donne mon nom pour pouvoir utiliser vos archives ?

– Non. Mais c'est moi qui irai chercher les documents, et vous devez tout me rendre avant de partir. De quoi avez-vous besoin ?

Chase n'était pas là pour effectuer des recherches, mais il voulait uniquement savoir si quelqu'un était venu consulter les archives le mardi précédent. Rien de convaincant ne lui vint à l'esprit. Impossible, en tout cas, de ressortir l'histoire qu'il avait racontée à Nancy Onufer, à propos d'un journaliste trop curieux – l'endroit aurait été mal choisi.

De plus, bien qu'il se fût préparé à inventer n'importe

quel mensonge en fonction des circonstances dans lesquelles il se trouverait, il découvrit qu'il n'avait pas envie de mentir à cette femme. Son regard gris-bleu était franc, et il pouvait y lire une droiture et une honnêteté qu'il se sentait obligé de respecter.

D'un autre côté, s'il lui disait la vérité à propos du Juge et du danger de mort que ce dernier représentait pour lui, et si la jeune femme ne le croyait pas, il passerait à ses yeux pour un véritable crétin. Bizarrement, alors qu'il venait seulement de la rencontrer, il n'avait pas envie de se ridiculiser devant elle.

Sans compter que l'un des journalistes présents pouvait les écouter. Chase se retrouverait alors encore une fois à la une du journal. L'histoire serait relatée sur un ton sérieux, ou narquois (sans doute narquois, surtout si le journaliste en parlait à la police), mais d'une façon ou d'une autre, la publicité qui en résulterait serait insupportable.

– Que puis-je faire pour vous ? dit Glenda. Quelles sont les éditions que vous désirez voir d'abord ?

Avant que Chase n'ait le temps de répondre, l'un des journalistes occupés à visionner des microfilms releva la tête.

– Glenda, très chère, pourrais-je avoir toutes les éditions quotidiennes entre le 15 mai 1952 et le mois de septembre de la même année ?

– Dans un instant. Ce monsieur était là avant vous.

– Allez-y, fit Chase, saisissant l'occasion. J'ai tout mon temps.

– Vous êtes sûr ? lui demanda Glenda.

– Certain. Donnez-lui ce qu'il veut.

– Je reviens dans cinq minutes, dit-elle.

Elle traversa la pièce et passa sous la grande arche qui séparait celle-ci de la salle des archives, sous les yeux admiratifs de Chase et du journaliste. Elle était grande, sans être gauche, et elle se déplaçait avec une grâce féline qui lui donnait un air fragile.

Lorsqu'elle eut disparu, le journaliste se tourna vers Chase.

– Merci de m'avoir laissé passer avant vous.

– C'est sans importance.

– Il faut que je finisse cet article avant onze heures, et je n'ai même pas commencé à réunir les informations nécessaires.

Il se pencha à nouveau sur la visionneuse, trop affairé pour reconnaître Chase.

Celui-ci retourna à sa voiture, ouvrit son carnet, et se concentra sur sa liste. Il n'avait rien à y ajouter, et il ne voyait aucun rapport pertinent entre les huit éléments qui la composaient. Refermant le carnet, il démarra, et s'engagea sur John F. Kennedy Throughway.

Quinze minutes plus tard, sorti des limites de la ville, il roulait à plus de cent kilomètres à l'heure sur l'une des quatre voies de l'autoroute, avec le vent qui s'engouffrait dans la Mustang par les vitres ouvertes, ébouriffant ses cheveux. Tout en conduisant, il pensait à Glenda Kleaver, sans prêter attention à la route qui défilait.

Après le lycée, Chase était allé à l'université de Pennsylvanie parce qu'elle ne se trouvait qu'à cinquante kilomètres de chez lui, ce qui lui permettait de retourner voir ses parents plus souvent, de rester en contact avec ses vieux copains du temps du lycée et de continuer à fréquenter une fille à laquelle il tenait, à l'époque, avant que le Viêt-nam ne vienne bouleverser toute sa vie.

Tandis qu'il se garait devant le bâtiment administratif, le campus lui paraissait étrange, comme s'il n'avait jamais passé presque quatre ans à étudier dans ces salles de classe, à marcher dans ces allées pavées, sous ces saules et ces ormes. Cette partie de sa vie datant d'avant la guerre, il la considérait comme perdue. Pour retrouver l'esprit et l'humeur de cette époque, pour se connecter à nouveau avec les émotions de jadis, il lui aurait fallu traverser à rebours le flot de ses souvenirs de guerre – mais c'était un voyage dans le passé qu'il préférait ne pas accomplir.

Une fois dans le bureau des archives de l'université, comme le responsable s'approchait de lui, Chase décida que dire la vérité serait le meilleur moyen d'obtenir une réponse satisfaisante.

– Je suis curieux de savoir qui a pu demander des renseignements à mon sujet, la semaine dernière. Il se trouve que j'ai actuellement pas mal de problèmes avec un enquêteur qui... eh bien, qui me harcèle plus ou moins.

Le responsable était un petit homme pâle et nerveux,

dont le visage s'ornait d'une moustache soigneusement entretenue. Il ne cessait de tripoter les objets qui se trouvaient autour de lui, pour les reposer aussitôt, avant de les déplacer à nouveau : crayons, stylos, bloc-notes, prospectus détaillant les horaires des cours proposés par l'université et les calendriers des examens, tout y passait. Il annonça à Chase qu'il s'appelait Franklin Brown et qu'il était enchanté de faire la connaissance d'un étudiant devenu aussi célèbre que lui.

« C'est que nous avons reçu des dizaines de demandes de renseignements à votre sujet au cours des derniers mois, monsieur Chase, c'est-à-dire depuis qu'on a annoncé que vous aviez obtenu la Médaille d'honneur.

– Vous avez le nom et l'adresse de tous ceux qui ont consulté les archives ?

– Bien sûr. Comme vous le savez peut-être, nous ne communiquons les dossiers de nos étudiants qu'aux employeurs potentiels – et seulement si vous en avez donné l'autorisation après avoir obtenu votre diplôme.

– Il est possible que cet homme se soit fait passer pour un employeur potentiel. Il est très persuasif. Pourriez-vous consulter vos registres et me dire si quelqu'un est venu ici mardi dernier ?

– Il a pu faire une demande écrite. La plupart des demandes de renseignements que nous recevons arrivent par courrier. Rares sont les gens qui se déplacent.

– Il n'a pas eu le temps de faire un courrier.

– Dans ce cas, attendez un instant, dit Brown.

Posant un registre devant lui, il entreprit de le feuilleter.

Mardi dernier, il n'est venu qu'une seule personne.

– De qui s'agit-il ?

Tout en lisant le nom de la personne, Brown poussa le registre vers Chase.

– Ici. Eric Blentz, Gateway Mall Tavern. C'est une adresse dans le centre-ville.

– Je connais très bien cet endroit, fit Chase.

Saisissant un stylo-plume, Brown le fit tourner entre ses doigts, puis le reposa.

– Sa demande de renseignements était-elle légitime ? S'agit-il de quelqu'un auprès de qui vous avez sollicité un emploi ?

– Non. C'est probablement ce journaliste dont je vous ai parlé. Il a dû inventer ce nom de Blentz. Vous vous rappelez à quoi il ressemblait ?

– Certainement, répliqua Brown. C'était un homme presque aussi grand que vous, mais beaucoup moins costaud, et même très maigre, en fait, avec des épaules voûtées.

– Quel âge ?

– Trente-huit, quarante ans.

– Son visage ? Vous vous en souvenez ?

– Des traits ascétiques, dit Brown. Des yeux très vifs. Il dévisageait mes assistantes l'une après l'autre, et moi également, comme s'il se méfiait de nous. Il avait les joues creuses et le teint de quelqu'un qui n'est pas en bonne santé. Un grand nez fin, si fin qu'on devinait à peine ses narines.

– Ses cheveux ?

– Blonds. Il s'est adressé à moi d'un ton assez sec, plutôt impatient, et il semblait imbu de lui-même. Ses vêtements étaient impeccables, ses chaussures, très bien cirées. Je crois qu'il n'avait pas un seul cheveu de travers. Et quand je lui ai demandé son nom et son adresse, il m'a pris le stylo de la main, a tourné le registre vers lui et a tout écrit lui-même, parce que, – je cite ses paroles –, personne n'écrivait correctement son nom, et qu'il tenait à ce que, cette fois, il n'y ait pas une seule faute d'orthographe.

– Comment faites-vous pour vous rappeler tous ces détails ? s'étonna Chase.

Brown sourit, prit un des stylos posés sur la table, le reposa et se mit à feuilleter le registre tout en parlant.

– Les soirées et les week-ends d'été, mon épouse et moi-même nous occupons du Footlight, une petite compagnie théâtrale – il est fort possible que vous ayez assisté à l'une de nos représentations quand vous étiez au lycée. Je joue dans pratiquement toutes les pièces que nous montons, et je m'efforce d'observer les gens afin de retenir leurs expressions, leurs particularités, leurs tics.

– Vous devez être un très bon acteur, lui dit Chase.

Brown rougit.

– Pas particulièrement. Mais on finit par avoir le théâtre dans la peau. Nous ne gagnons pas beaucoup d'argent, mais tant que nous rentrons dans nos frais, je me fais plaisir.

Tout en retournant à sa voiture, Chase essaya d'imaginer Franklin Brown sur scène, devant le public, les mains tremblantes, le visage plus pâle que jamais ; sous les feux de la rampe, son manque d'assurance devait s'exacerber. Peut-être n'était-il pas très étonnant que le Footlight ne fasse pas beaucoup de bénéfices.

Assis au volant de la Mustang, Chase ouvrit son carnet et parcourut de nouveau sa liste d'indices, tentant d'établir un lien entre le Juge et Eric Blentz, un patron de bar. Ça n'allait pas. En effet, tous ceux qui voulaient obtenir une licence pour vendre de l'alcool dans leur établissement n'étaient-ils pas tenus par la loi de laisser leurs empreintes à la police ? Sans compter que le propriétaire d'une affaire aussi florissante que la Gateway Mall Tavern n'était sûrement pas du genre à rouler en Volkswagen.

Il n'y avait qu'une seule façon d'en avoir le cœur net : il démarra et prit la direction de la ville, en se demandant quel genre d'accueil il allait recevoir à la Gateway Mall Tavern.

La décoration de la taverne était censée évoquer une auberge des Alpes : plafonds bas et poutres apparentes, murs blancs grossièrement crépis, sol en brique rouge, mobilier rustique. Les six fenêtres qui donnaient sur la zone piétonne du centre commercial imitaient un vitrail dont le verre lie-de-vin était à peine transparent. Tout autour de la salle, des compartiments capitonnés attendaient les clients. Chase prit place dans l'un de ceux qui se trouvaient au fond de la taverne, face au bar et à l'entrée.

Une serveuse blonde aux joues rouges, vêtue d'une jupe courte marron et d'un corsage très décolleté, alluma la bougie placée au milieu de la table, et prit la commande de Chase : un whisky.

Il était à peine six heures, et le bar était quasiment désert : sept clients seulement se partageaient l'endroit, trois couples et une femme seule, assise au bar. Aucun des clients ne correspondaient à la description faite par Brown, et il les élimina aussitôt. Le barman, lui, était un homme d'un certain âge, chauve, doté d'un ventre imposant, mais qui maniait les bouteilles avec l'adresse d'un expert, et que les serveuses appréciaient manifestement.

Blentz ne fréquentait peut-être pas son propre établissement, bien sûr, mais si c'était le cas, il faisait exception à la règle. Dans une affaire comme celle-ci, beaucoup d'argent passait de main en main, et la plupart des patrons de bar tenaient à garder un œil sur la caisse.

Chase s'aperçut qu'il était tendu à la façon dont il se tenait droit sur la banquette, les poings serrés sur la table. Se forçant à adopter une attitude plus détendue, il s'appuya contre le dossier, prêt à attendre Blentz pendant des heures s'il le fallait.

Après un deuxième whisky, il demanda le menu et commanda une côtelette de veau et des pommes de terre au four, étonné d'avoir faim après ce qu'il avait englouti au fast-food quelques heures auparavant.

Quand son dîner fut terminé, peu après neuf heures, Chase se décida à demander à la serveuse si M. Blentz comptait passer dans la soirée.

Elle jeta un coup d'œil de l'autre côté de la salle, à présent pleine de monde, et montra à Chase un homme trapu assis sur un tabouret, devant le bar.

– C'est lui.

Le type, âgé d'une cinquantaine d'années, devait peser au moins cent vingt-cinq kilos, et mesurait à peu près quinze centimètres de moins que l'homme décrit par Franklin Brown.

– Blentz ? s'étonna Chase. Vous êtes sûre que c'est lui ?

– Ça fait deux ans que je travaille pour lui, répliqua la serveuse.

– On m'avait dit qu'il était grand et maigre, avec des cheveux blonds, et qu'il s'habillait de façon plutôt stricte.

– Il y a vingt ans, il était peut-être maigre et habillé comme vous le dites, dit la fille. Mais il n'était certainement pas grand, ni blond.

– Vous avez sans doute raison, dit Chase. Ce n'est pas le Blentz que je cherche. Pouvez-vous me donner l'addition, s'il vous plaît ?

Une fois de plus, il avait l'impression d'être Nancy Drew plutôt que Sam Spade. Evidemment, Nancy Drew menait à bien chacune de ses enquêtes – et généralement, pour ne pas dire toujours, avant que quelqu'un ne meure.

Lorsqu'il sortit, le parking du centre commercial était désert, à l'exception des voitures garées devant la taverne. Les magasins avaient fermé vingt minutes auparavant.

Après l'air conditionné du bar, Chase trouva que la nuit était moite, et il eut l'impression d'être collé au bitume, chacun de ses pas résonnant bruyamment, comme s'il avait marché sur une planète où la gravité aurait été plus forte que celle de la Terre.

Tandis qu'il essuyait la sueur de son front tout en faisant le tour de la Mustang, il entendit soudain un moteur qui rugissait derrière lui. Au même instant, des phares l'éclairèrent violemment. Il ne se retourna pas, et bondit sur le côté, atterrissant sur le capot de sa voiture.

Quelques secondes plus tard, une Pontiac racla à grand bruit la carrosserie de la Mustang, faisant jaillir une gerbe d'étincelles qui illumina fugitivement l'obscurité. Une odeur de métal chaud et de peinture se répandit aussitôt. Bien que la voiture eût dangereusement tangué au moment du choc, Chase se cramponna, les doigts enfoncés dans le compartiment prévu pour les essuie-glaces. S'il tombait, il ne faisait aucun doute que la Pontiac ferait demi-tour ou marche arrière, afin de lui passer dessus avant qu'il n'ait le temps de s'écarter à nouveau.

Debout sur le capot de la Mustang, Chase tenta de lire la plaque d'immatriculation de la Pontiac qui battait en retraite. Mais même s'il s'était trouvé suffisamment près de la voiture pour distinguer les chiffres, il n'aurait rien vu, le Juge ayant pris soin de recouvrir la plaque d'un grand morceau de jute.

La Pontiac s'engagea sur la voie d'accès du parking, et prit le virage à trop vive allure. Soudain, elle sembla sur le point de traverser le trottoir et de heurter un lampadaire. Mais le Juge parvint à reprendre le contrôle de sa voiture, passa à l'orange au carrefour, et prit à droite sur les chapeaux de roue, regagnant ainsi la voie principale menant au centre-ville. En quelques secondes, la voiture fut hors de vue.

Chase regarda autour de lui, à la recherche d'un témoin qui aurait assisté à la brève et violente confrontation. Il était seul.

Il descendit de la Mustang et fit l'inventaire des

dégâts : l'aile avant avait été enfoncée vers la portière, mais elle n'avait pas touché le pneu, et il était encore possible de rouler. Tout le côté du véhicule était éraflé, voire défoncé. Il n'y avait apparemment aucun dégât sur le plan mécanique – quant à la carrosserie, les réparations allaient lui coûter plusieurs centaines de dollars.

Il s'en moquait éperdument. L'argent était le dernier de ses soucis.

Il ouvrit la portière, qui protesta faiblement, et s'installa derrière le volant. Après l'avoir refermée, il ouvrit son carnet et lut une nouvelle fois la liste qu'il avait rédigée. Ses mains tremblaient quand il ajouta une neuvième observation, suivie d'une dixième, puis d'une onzième.

> Troisième pseudonyme : Eric Blentz
> Poussé à l'action brutale par ses échecs précédents
> Deuxième voiture : une Pontiac (volée pour l'occasion ?)

Le regard fixé sur le parking désert, il resta assis jusqu'à ce que ses mains aient cessé de trembler. Exténué, il rentra enfin chez lui, tout en se demandant où le Juge l'attendrait la prochaine fois.

Le samedi matin, la sonnerie du téléphone le réveilla. Quittant à peine les ténèbres grouillant de cadavres accusateurs, Chase posa la main sur le combiné – avant de réfléchir à l'identité de la personne qui l'appelait. Le Juge n'avait pas téléphoné depuis mercredi soir. Il était très en retard.

– Allô ?

– Ben ?

– Oui ?

– Le docteur Fauvel à l'appareil.

C'était la première fois que Chase recevait un coup de fil du psychiatre. En général, – sauf pendant les séances qui se déroulaient dans le cabinet de Fauvel –, tout passait par Miss Pringle.

– Qu'est-ce que vous voulez ? demanda Chase.

Le nom du psychiatre l'avait complètement réveillé, chassant au loin ses cauchemars récurrents.

– Je me demandais pour quelle raison vous n'étiez pas venu à la séance prévue vendredi.

– Je n'en ai pas eu besoin.

Fauvel hésita. Puis il se lança.

– Ecoutez, si c'est parce j'ai parlé franchement à la police, vous devez comprendre que je n'ai pas violé la relation thérapeute-patient. Ils ne vous accusaient d'aucun crime, et j'ai pensé qu'il était dans votre intérêt que je leur dise la vérité, avant qu'ils ne perdent leur temps à chercher ce Juge.

Chase ne dit rien.

– Ne faudrait-il pas que nous nous rencontrions cet après-midi afin de parler de tout ça ? reprit Fauvel.

– Non.

– Je pense qu'une séance vous ferait beaucoup de bien, Ben.

– Je ne reviendrai plus vous voir.

– Ce serait très imprudent, dit Fauvel.

– Je n'étais pas obligé de suivre un traitement psychiatrique pour sortir de l'hôpital. C'était seulement une thérapie dont je pouvais bénéficier, si je le souhaitais.

– Et vous pouvez encore en bénéficier, Ben. Je suis dans mon cabinet, et je vous attends...

– Je ne veux plus en bénéficier, l'interrompit Chase.

Il commençait à s'amuser. Pour la première fois, il sentait que Fauvel était sur la défensive, et pas seulement pour un bref instant. Ce nouveau rapport de force était tout à fait gratifiant.

– Ben, vous êtes en colère à cause de ce que j'ai dit à la police, n'est-ce pas ?

– En partie, oui, convint Chase. Mais ce n'est pas la seule raison.

– Quelles sont les autres raisons ?

– Passons au jeu des associations de mots.

– Les associations de mots ? Ben, ne soyez pas...

– Publier.

– Ben, je suis prêt à vous recevoir à l'heure qui vous...

– Publier, le coupa Chase.

– Ceci ne nous aide pas à...

– Publier, insista Chase.

Fauvel resta un instant silencieux. Puis il soupira, et décida de jouer le jeu que lui imposait Chase.

– Eh bien... livres.
– Revues.
– Euh... articles.
– Revues.
– Un autre mot, s'il vous plaît, dit Fauvel.
– Contenus.
– Oh ! Articles ?
– Cinq.
– Cinq articles ?
– Psychiatrie.
– Ce n'est pas comme ça qu'il faut faire, protesta Fauvel, perplexe. Les associations de mots doivent...
– Patient C.
Fauvel ne répondit pas, interloqué.
– Patient C., répéta Chase.
– Comment vous êtes-vous procuré mes...
– Un seul mot.
– Ben, nous ne pouvons pas discuter sérieusement de cette façon. Je suis certain que vous êtes sincèrement bouleversé, mais...
– Jouez le jeu avec moi, docteur, et peut-être – je dis bien peut-être – que je m'abstiendrai de répondre publiquement à vos cinq articles, et que vous échapperez ainsi aux sarcasmes de vos collègues.
A l'autre bout du fil, le silence se fit plus dense.
– Patient C., répéta Chase.
– Estimé.
– Foutaises.
– Estimé, insista Fauvel.
– Exploité.
– Erreur, admit Fauvel.
– Correction ?
– Nécessaire.
– Ensuite ?
– Séance.
– Ensuite ?
– Séance.
– S'il vous plaît, ne vous répétez pas, l'admonesta Chase. Nouveau mot. Psychiatre.
– Soignant.
– Psychiatre.
– Moi.
– Salopard.
– Vous vous conduisez comme un enfant, Ben.

– Ego malade.

Fauvel se contenta de soupirer.

– Trou du cul ! lança Chase, avant de raccrocher.

Il ne s'était pas senti aussi bien depuis des années.

Plus tard, alors qu'il faisait un peu d'exercice afin de combattre la raideur de ses muscles, il comprit que la rupture avec son psychiatre était une très bonne façon de rejeter le désespoir qu'il ressentait. C'était même la meilleure façon. Il persistait à se répéter que, lorsqu'il aurait retrouvé le Juge et qu'il lui aurait réglé son affaire, il serait en mesure de reprendre le cours tranquille de son existence, au dernier étage de la maison de Mme Fielding. Mais ce n'était plus possible. En cessant tout traitement psychiatrique, il admettait qu'il avait définitivement changé, et que le fardeau de sa culpabilité pesait de moins en moins lourd sur sa conscience.

Le plaisir que Chase avait pris à humilier Fauvel était tempéré par la perspective intimidante de devoir vivre à nouveau. S'il cessait de puiser du réconfort dans la solitude, où en puiserait-il à l'avenir ?

Une angoisse nouvelle, discrète mais profonde, l'envahit. L'espérance était une option beaucoup plus risquée et beaucoup plus effrayante que de s'élancer sous le feu ennemi.

Quand Chase fut propre et rasé, il se rendit compte qu'il ne disposait d'aucune piste pour mener son enquête. Il était allé partout où le Juge était allé, sans pour autant gagner autre chose qu'une simple description de l'homme, qui ne lui servait à rien s'il ne parvenait pas à mettre un nom dessus.

Tout en mangeant un petit déjeuner tardif dans une crêperie sur Galasio Boulevard, il décida de retourner au Gateway Mall Tavern pour parler au véritable Eric Blentz et lui demander s'il connaissait un homme correspondant à la description du Juge. Il était probable que ce dernier ne s'était pas contenté de choisir au hasard, dans l'annuaire, le nom de Blentz, pour l'inscrire dans le registre des archives de l'université. Peut-être le connaissait-il. Et même si Blentz ne lui fournissait aucun indice supplémentaire, Chase aurait toujours la possibilité de demander à Glenda Kleaver si quelqu'un était venu, mardi, consulter les archives du

Press-Dispatch – ce qu'il n'avait pas encore fait, de peur de se ridiculiser ou d'attirer l'attention des journalistes présents dans la pièce.

D'une cabine publique située à l'extérieur du restaurant, il appela le service des archives du journal pour apprendre qu'il était fermé le samedi. Il trouva l'adresse de Glenda Kleaver dans l'annuaire.

A la quatrième sonnerie, elle décrocha. Il avait oublié combien sa voix était musicale.

– Mademoiselle Kleaver, dit Chase, vous ne vous souvenez probablement pas de moi. Je suis passé vous voir, hier. Je m'appelle Chase. J'ai dû partir pendant que vous étiez en train de rassembler des documents pour l'un de vos journalistes.

– Je me souviens très bien de vous.

Ne sachant pas vraiment comment procéder, il hésita, puis bafouilla quelques mots, qui tenaient à la fois de l'invitation et de la supplique.

– Je m'appelle Chase, Benjamin Chase, et j'aimerais vous revoir, vous voir aujourd'hui, si c'est possible, bien entendu.

– Me voir ?

– Oui, c'est ça.

Après une courte hésitation, la jeune femme lui dit alors :

– Monsieur Chase... Seriez-vous en train de me demander de sortir avec vous ?

Il manquait tellement d'entraînement – et il était si surpris de découvrir qu'il désirait effectivement la revoir pour des raisons qui ne concernaient pas du tout le Juge – qu'il se comportait avec toute la maladresse d'un écolier.

– Eh bien, oui, plus ou moins, je crois, ouais, sortir avec vous, c'est ça, si vous êtes d'accord.

– Votre technique d'approche est plutôt intéressante, dit-elle.

Il craignait d'essuyer un refus – et en même temps, il avait peur de l'entendre lui dire qu'elle acceptait.

– A quelle heure ? s'enquit-elle.

– Eh bien, c'est-à-dire que... Je pensais que nous pourrions nous rencontrer aujourd'hui, ce soir, pour dîner ensemble.

Elle ne dit rien.

– Mais, euh... poursuivit-il, je me rends compte que c'est un peu rapide...

– Ça me va.
– Vraiment ?
La gorge de Chase se serra, et il retrouva soudain sa voix d'adolescent, à son grand étonnement.
– Il y a juste un petit problème, le prévint Glenda.
– Lequel ?
– J'ai rapporté de la poissonnerie un très joli bar, et j'ai déjà commencé à préparer la marinade, sans parler des autres plats. Je ne voudrais pas tout gaspiller. Pourriez-vous venir dîner ici ?
– D'accord, fit Chase.
Elle lui donna l'adresse de son appartement.
– Inutile de mettre un smoking. Je vous attends à sept heures.
– A sept heures.
La communication terminée, Chase resta un moment dans la cabine, les mains moites. Des souvenirs très précis de l'opération Jules Verne lui revinrent à l'esprit : l'étroit tunnel, la progression, l'horrible obscurité, la peur, la barrière en bambou, les femmes, les coup de feu... le sang. Ses genoux se dérobèrent, et son rythme cardiaque s'accéléra. Exactement comme pendant la bataille dans le souterrain. Tremblant de tous ses membres, il s'adossa contre la paroi en plexiglas de la cabine téléphonique, et ferma les yeux.
Le rendez-vous avec Glenda Kleaver ne signifait en aucune façon qu'il rejetait sa responsabilité dans le massacre des femmes vietnamiennes. Beaucoup de temps s'était écoulé depuis et il avait enduré de grandes souffrances. Il avait fait pénitence tout seul.
Pourtant, il lui semblait qu'il avait tort de dîner avec Glenda. C'était une décision égoïste et obscène.
Il sortit de la cabine téléphonique.
La journée était chaude et humide. La sueur plaquait sa chemise contre son dos avec toute la ténacité d'un authentique complexe de culpabilité.

Dans le centre commercial, Chase passa un long moment dans la librairie à feuilleter des livres, puis, un peu avant midi, il remonta l'allée principale jusqu'au bar d'Eric Blentz. Le barman lui dit que celui-ci devait arriver à une heure. Chase s'installa sur un tabouret, devant le comptoir, et sirota une bière, sans quitter l'entrée des yeux.

Quand Eric Blentz arriva, vêtu d'un costume en lin blanc un peu froissé et d'une chemise jaune paille, il se montra tout à fait amical, et prêt à bavarder.

– Je cherche un type qui avait l'habitude de venir souvent ici, lui dit Chase.

Blentz posa son gros derrière sur un tabouret et commanda une bière. Il écouta la description que lui fit Chase, mais affirma aussitôt qu'il ne connaissait personne correspondant à ce signalement.

– Ce n'était pas forcément un client. L'un de vos employés, peut-être ?

– Si le type que vous m'avez décrit avait travaillé ici, je le saurais. Et puis, qu'est-ce que vous lui voulez ? Il vous doit de l'argent ?

– C'est précisément le contraire, dit Chase. C'est moi qui lui dois de l'argent.

– Ah bon ? Combien ?

– Deux cents dollars, prétendit Chase. Vous ne voyez toujours pas de qui il s'agit ?

– Ben non. Désolé, mon vieux.

Déçu, Chase se leva.

– Merci quand même.

Blentz se tourna vers lui.

– Comment se fait-il que vous ayez emprunté deux cents dollars à quelqu'un sans même connaître son nom ?

– Lui et moi, nous avions pas mal picolé, ce soir-là, dit Chase. Si j'avais été moins soûl, je me serais souvenu de son nom.

Blentz sourit.

– Et s'il avait été moins soûl, il ne vous aurait jamais par cet argent.

– Sans doute.

Blentz leva son verre et but une gorgée de bière. L'anneau en argent qu'il portait au doigt étincela fugitivement. Un double éclair.

L'Alliance aryenne. Une espèce de club, comme le Club des Wapitis ou le Cercle des Orignaux, mais réservé à une bande de miliciens blancs, qui devaient en avoir marre de battre la campagne avec une cagoule blanche sur la tête, et qui cherchaient sans doute à donner d'eux une image plus moderne, plus branchée.

Mais pourquoi diable auraient-ils tué un collégien tel que Michael Karnes ? Pourquoi l'un de ces fanatiques –

le Juge – se serait-il engagé dans une lutte contre les adolescents un peu chauds ? Pourquoi tous ces délires au téléphone à propos du péché et du jugement divin ? En quoi cela pouvait-il rendre la planète plus sûre pour la race blanche ? Michael Karnes était lui-même un représentant de la race blanche – et pas une cible naturelle pour une organisation comme l'Alliance aryenne, mais plutôt une recrue potentielle.

Par endroits, le bitume qui recouvrait le parking avait commencé à fondre.

Le ciel était d'un bleu incandescent. Et aussi muet que l'écran d'une télévision éteinte. Chase n'y trouva aucune des réponses qu'il cherchait.

Chase démarra et rentra chez lui.

Personne ne lui tira dessus.

Une fois chez lui, il alluma la télé et la regarda pendant un quart d'heure, puis il l'éteignit avant la fin de l'émission. Il ouvrit ensuite un livre, mais il ne parvint pas à se concentrer sur l'histoire qu'il lisait.

Il arpenta alors sa chambre de long en large, restant instinctivement loin de la fenêtre.

A six heures, il quitta la maison pour se rendre à son rendez-vous avec Glenda Kleaver.

Pendant une demi-heure, Chase roula au hasard. Ne voulant pas donner au Juge la possibilité de le suivre jusque chez la jeune femme, et de s'en prendre à elle, le cas échéant, il alla d'une rue à l'autre, gardant un œil sur le rétroviseur. Apparemment, nul ne suivit l'itinéraire tortueux qu'il avait emprunté.

Glenda Kleaver habitait au second étage d'un immeuble sans ostentation, mais bien entretenu, situé dans un complexe résidentiel sur Saint John Circle. La porte d'entrée était équipée d'un judas que Glenda souleva avant d'ouvrir à Chase. Elle portait un short blanc et une chemise bleu-nuit.

– Vous êtes ponctuel, dit-elle. Entrez. Je vous sers quelque chose à boire ?

– Et vous, que prenez-vous ? répondit Chase en refermant la porte derrière lui.

– Du thé glacé. Mais j'ai de la bière, du vin, du gin, ou de la vodka.

– Le thé glacé me semble une excellente idée.

– Je reviens tout de suite.

Il la regarda qui traversait la pièce pour disparaître dans un couloir qui menait vraisemblablement à la salle à manger et à la cuisine. La fluidité de la démarche de la jeune femme lui fit penser à un rayon de soleil jouant sur l'eau d'une rivière.

Il n'y avait pas beaucoup de meubles dans le salon, mais celui-ci était confortable et accueillant. Quatre fauteuils, une table basse, deux grandes lampes posées sur des guéridons. Pas de sofa. Pas de tableaux non plus, les murs sans fenêtres étant tapissés d'étagères, sur lesquelles s'alignaient une multitude de livres brochés et reliés.

Lorsqu'elle revint, apportant deux verres de thé glacé, Chase était en train de lire les titres inscrits au dos des ouvrages.

– Vous aimez la lecture, à ce que je vois, remarqua Chase.

– Oui, je le confesse.

– Moi aussi.

– Vous avez déjà lu certains de ces livres ?

– Quelques-uns, oui, dit-il en prenant le verre qu'elle lui tendait. Il choisit l'un des volumes posés sur l'étagère.

– Comment avez-vous trouvé celui-ci ?

– Puant.

– Tout à fait d'accord avec vous.

– Beaucoup de publicité, mais totalement vide.

Il remit le livre à sa place sur l'étagère, et ils se dirigèrent vers les fauteuils.

– J'aime les gens..., annonça Glenda.

Chase trouva la déclaration surprenante, jusqu'à ce qu'elle ait ajouté : « ... mais je les préfère dans la littérature plutôt que dans la vraie vie.

– Et pourquoi ça ?

– Je suis sûre que vous le savez », dit-elle.

En effet, Chase savait parfaitement ce qu'elle voulait dire.

– Dans un livre, même les salauds ne peuvent faire de mal à personne.

– Et on ne perd jamais les amis qu'on se fait dans un livre.

– Quand l'histoire devient trop triste, on peut pleurer à l'abri des regards indiscrets.

– Et personne ne se demande pourquoi on ne pleure pas alors qu'on devrait le faire, répliqua-t-elle.

– J'aime bien vivre par procuration. A travers les livres.

– Ça a de gros avantages, approuva Glenda.

Chase se demanda qui lui avait fait du mal, et combien de fois, et comment. Elle avait souffert, c'était indéniable. Il sentait en elle une grande tristesse, qui lui était étrangement familière.

Pourtant, elle n'avait rien de mélancolique, au contraire. Son sourire était doux et gentil, et il émanait d'elle un bonheur tranquille. Chase était plus à l'aise dans le salon de Glenda qu'il ne l'avait jamais été depuis qu'il avait quitté la maison familiale pour aller à l'université, sept ans auparavant.

– L'autre jour, quand je me suis rendue compte que vous étiez parti, dit-elle, j'ai cru que vous étiez en colère parce que je vous avais fait attendre.

– Pas du tout. Je me suis simplement souvenu que... que j'avais un rendez-vous important.

– Si vous voulez revenir consulter les archives du journal, sachez que je reprends mon service lundi.

– Vous aimez ce boulot ?

– C'est agréable et tranquille. Certains journalistes sont parfois un peu trop dragueurs, mais c'est la seule chose dont je puisse me plaindre. »

Chase sourit.

– Vous n'êtes pas du genre à vous laisser importuner.

– Les journalistes pensent tous qu'ils ont du caractère et de la persévérance, dit-elle. Mais devant une documentaliste de presse, ils ne font pas le poids.

– Du moins pas devant une documentaliste comme vous.

– Où travaillez-vous ?

– Actuellement, nulle part.

– Attendre, soupira-t-elle, au lieu de débiter n'importe quelle platitude, comme n'importe qui l'aurait fait. « Parfois, attendre, c'est le plus dur.

– Mais c'est tout ce qu'on peut faire. »

Elle sirotait son thé glacé.

– Un jour, il y aura une porte, semblable à n'importe quelle porte, mais quand vous l'ouvrirez, vous verrez alors apparaître devant vous tout ce dont vous avez besoin.

– C'est bien de le croire, en tout cas, dit Chase.

– Et vous oublierez ce qu'il en coûte d'attendre.

Chase n'avait jamais participé à une conversation aussi étrange que celle-ci – et qui, pourtant, lui paraissait plus intelligible que toutes celles qu'il avait tenues au cours de sa vie tout entière.

– Cette porte dont vous parliez à l'instant, vous l'avez trouvée ? s'enquérit Chase.

– Il ne s'agit pas d'une porte, mais d'une série de portes. Séparées les unes des autres par des périodes d'attente plus ou moins longues.

Le repas fut délicieux : salade verte, lasagnes aux pommes de terre et aux épinards agrémentées de fromage grec et de basilic, courgette, poivrons rouges et bar grillé. En guise de dessert des quartiers de mandarine saupoudrés de noix de coco.

Lorsqu'ils ne parlaient pas en utilisant l'étrange code qui leur venait naturellement aux lèvres, ils gardaient le silence, sans jamais ressentir la moindre gêne.

Après le repas, qu'ils avaient pris dans la salle à manger jouxtant la cuisine, Glenda suggéra qu'ils passent sur le petit balcon du salon, mais Chase protesta.

– Et la vaisselle ?

– Je m'en occuperai plus tard.

– Je peux vous aider, comme ça, ce sera deux foix plus vite fini.

– Un homme qui propose de faire la vaisselle..., s'étonna Glenda.

– Je me disais que je pourrais plutôt essuyer.

La vaisselle faite, ils prirent place dans les transats installés sur le balcon, savourant la chaude soirée d'été. Le jardin de la résidence s'étendait en contrebas. Des voix rieuses s'élevaient des balcons voisins, et les criquets de la ville leur chantaient une chanson aussi solitaire que celle de leurs cousins des champs.

Quand arriva enfin l'heure de partir, Chase se tourna vers Glenda.

– Cet appartement est magique – ou est-ce vous qui apportez la paix partout où vous allez ?

– Il ne s'agit pas de pacifier le monde entier, dit-elle, mais de commencer par le commencement. Il faut simplement apprendre à ne pas déranger l'ordre des choses.

– Je pourrais rester ici éternellement.

– Restez, si vous le désirez.

Le balcon n'était pas éclairé, seuls quelques papillons de nuit vrombissaient dans la nuit étoilée. Le visage de Glenda était dissimulé par l'obscurité.

Il songea aux cadavres gisant dans le tunnel, de l'autre côté de la planète, et un sentiment de culpabilité insondable l'envahit.

Il s'entendit alors s'excuser auprès de Glenda de lui avoir fait ce qui pouvait passer pour des avances.

– Je suis désolé. Je n'ai pas le droit, je ne voulais pas...

– Je sais, dit-elle d'une voix très douce.

– Je ne veux pas que...

– Je sais. Chut.

Pendant un long moment, ni l'un ni l'autre ne parla. Puis Glenda reprit la parole.

– Il est parfois bon d'être seul. La solitude permet de trouver la paix intérieure dont on a besoin. Mais il arrive aussi qu'elle soit... une façon de se laisser mourir.

Chase ne trouva rien à ajouter à ce qu'elle venait de dire.

Quelques instants s'écoulèrent et Glenda se remit à parler.

– Je n'ai qu'une seule chambre, la mienne. Mais les fauteuils du salon ont tous été achetés dans différentes boutiques de meubles d'occasion, et il se trouve que l'un d'eux peut faire office de lit d'appoint.

– Merci, dit Chase.

Un peu plus tard, alors qu'il était en train de lire un livre pioché au hasard sur une étagère, elle réapparut, simplement vêtue d'un T-shirt et d'un caleçon, prête à se mettre au lit. Elle se pencha vers lui et déposa un baiser sur sa joue.

– Bonne nuit, Ben.

Posant le livre à côté de lui, il prit la main de Glenda entre les siennes.

– Je ne suis pas sûr de comprendre ce qui se passe ici.

– Vous trouvez que c'est étrange.

– Non, mais c'est ce que je devrais penser.

– Et ?

– Et je ne le pense pas.

– Voilà ce qui se passe : nous avons tous deux trouvé la même porte, mais nous avons pris des chemins différents.

– Et maintenant, qu'allons-nous faire ?
– Nous allons prendre notre temps, tout le temps nécessaire, et nous allons voir si cette situation nous convient, dit-elle.
– Vous êtes vraiment spéciale.
– Pas vous ?
– Je ne suis pas différent des autres, je le sais.
– Vous vous trompez.
Elle l'embrassa une nouvelle fois, et partit se coucher.
Beaucoup plus tard, Chase s'étant allongé sur le fauteuil déplié après avoir éteint les lampes, Glenda revint dans la pièce obscure et prit place à côté de lui. Il ne l'avait pas entendue arriver, mais il avait perçu l'aura de sérénité qui l'entourait partout où elle se trouvait.
– Ben ?
– Oui ?
– Nous souffrons tous.
– Non, pas tous, dit Chase.
– Tout le monde souffre. Nous ne sommes pas les seuls.
Il comprit pourquoi elle avait attendu que les lampes soient éteintes. Certaines choses ne supportaient pas d'être dites en pleine lumière.
– J'ignore si je serai un jour capable de... si je pourrai être à nouveau avec une femme, dit-il. La guerre. Tout ce qui s'est passé là-bas. Personne ne le sait. Je suis rongé par un sentiment de culpabilité qui...
– Qui est tout à fait normal. Les hommes de valeur se sentent coupables toute leur vie. C'est parce qu'ils sont sensibles.
– Ce que j'ai fait... C'est pire que ce qu'ont pu faire d'autres hommes.
– Nous tirons des leçons de nos erreurs, et nous changeons, sous peine de mourir, dit-elle d'une voix calme.
Chase était incapable de dire un mot.
Dissimulée par l'obscurité, Glenda continua à parler.
– Lorsque j'étais enfant, j'ai été forcée de me donner, jour après jour, toutes les semaines, pendant des années, à un père qui, lui, n'éprouvait aucune culpabilité.
– Je suis vraiment navré, croyez-moi.
– Inutile. Cette histoire appartient au passé, dit-elle. Depuis, j'ai franchi de nombreuses portes.
– Je ne vous toucherai jamais, je vous le jure.

– Chut. Un jour, vous poserez vos mains sur moi, et j'en serai très heureuse. La semaine prochaine, peut-être. Ou dans un mois. Ou dans un an. Lorsque vous serez prêt. Tout le monde souffre, Ben, mais les blessures du cœur sont guérissables.

Elle se leva et retourna dans sa chambre, laissant derrière elle une immense paix. Cette nuit-là, Benjamin Chase ne fit aucun cauchemar.

Le lendemain matin, Glenda était encore profondément endormie quand Ben se rendit dans sa chambre. Il resta un long moment sur le seuil de la porte, à écouter la douce respiration de la jeune femme, subtilement apaisante.

Il laissa un mot à son intention dans la cuisine : « J'ai quelque chose d'urgent à faire. Je t'appelle bientôt. Tendrement, Ben. »

En ce début de matinée dominicale, le soleil était déjà brûlant. Comme la veille, le ciel était d'un bleu intense, mais il avait perdu son aspect oppressant. C'était à présent un ciel vaste et dégagé.

Il retourna chez lui, et rencontra Mme Fielding dans l'entrée.

– Vous avez passé la nuit dehors ? lui demanda-t-elle d'un ton soupçonneux, les yeux fixés sur ses vêtements froissés. « Auriez-vous accidenté la Mustang ?

– Non, s'écria-t-il en s'engageant dans l'escalier, et je n'ai pas non plus fait la tournée des clubs de strip-tease. »

Mme Fielding en resta bouche bée, et Chase s'aperçut avec étonnement qu'il venait de lui clouer le bec.

Après avoir pris une douche et s'être rasé, Chase prit le carnet dans lequel il avait inscrit sa liste d'indices et réfléchit sur ce qu'il convenait de faire à présent.

Lorsque le téléphone se mit à sonner, il bondit sur le combiné, espérant entendre la voix de Glenda. Mais ce fut celle du Juge qui résonna dans l'appareil.

– Alors, on s'est trouvé une chienne en chaleur ?

Ben savait que personne ne l'avait suivi jusqu'à l'appartement de Glenda.

Le Juge s'était peut-être rendu compte qu'il n'avait pas passé la nuit chez lui, et ce salaud en avait déduit que Ben s'était rendu chez une femme.

– Meurtrier et fornicateur, dit le Juge d'un ton accusateur.

– Je sais à quoi vous ressemblez, dit Ben. Vous avez à peu près ma taille, vous êtes blond, avec un long nez fin. Vos épaules sont voûtées, et vous portez des vêtements de bonne qualité.

Cette description sembla amuser le Juge.

– Avec ça, plus l'aide de l'armée américaine tout entière, vous avez une chance de me retrouver, Chase.

– Vous appartenez à une fraternité.

L'assassin ne répondit pas, mais son silence trahissait une certaine nervosité, très différente de la morgue qu'il affichait généralement.

– L'Alliance aryenne, précisa Ben. Vous et Eric Blentz. Vous et tout un tas de trous du cul dans votre genre, persuadés d'appartenir à la race des seigneurs.

– Vous feriez mieux d'éviter de croiser certaines personnes, monsieur Chase.

– Vous ne me faites pas peur. En ce qui me concerne, je suis mort depuis des années. C'est un homme mort qui vous cherche, et les morts n'abandonnent jamais.

D'une voix trahissant sa rage, le Juge dit alors : « Vous ne savez rien, Chase, rien qui puisse vous permettre de m'identifier – et je ne vous laisserai pas la moindre chance d'en apprendre davantage à mon sujet.

– Eh, doucement, doucement », s'exclama Ben, ravi de pouvoir enfin menacer le Juge. « Tous ces types, qui, comme vous, prétendent représenter une race supérieure, sont en fait issus de mariages consanguins. Les cousins se marient entre eux, les frères épousent les sœurs, et tout ça fait de votre soi-disant race de seigneurs une bande de dégénérés. »

Le Juge resta silencieux un instant, et lorsqu'il reprit la parole, sa voix tremblait, comme s'il faisait un effort surhumain pour contrôler sa colère.

– Vous aimez votre nouvelle chienne en chaleur, Chase ? Ne porte-t-elle pas le nom de la bonne fée dans *Le Magicien d'Oz* ? Glenda la bonne fée ?

Ben sentit que son cœur s'emballait. Il fit semblant de ne pas avoir compris ce que le Juge venait de dire.

– Qui ? De qui parlez-vous ?

– De la belle Glenda.

Il était impossible que Ben ait été suivi lorsqu'il s'était rendu chez elle, la veille au soir.

– C'est la documentaliste du *Press-Dispatch*, précisa le Juge.
– Elle travaille à la documentation. Je crois que je vais faire en sorte d'archiver cette chienne de fornicatrice à ma façon, Chase.
Le Juge raccrocha.
Il ne pouvait pas connaître l'existence de Glenda.
Et pourtant, il la connaissait.
Soudain, Chase eut l'impression d'être traqué par un justicier doté de pouvoirs surnaturels. Sortie des profondeurs d'un tunnel vietnamien, la justice avait donc fini par le rattraper.

9

Glenda ouvrit la porte, et lut aussitôt dans les yeux de Ben que quelque chose n'allait pas.
– Que se passe-t-il ? »
Il entra et referma la porte à clé.
– Ben ?
Elle portait un T-shirt rose, un short blanc, et des tennis. Deux couettes de cheveux blonds lui battaient les épaules, et malgré sa taille, on aurait dit une petite fille. En dépit de tout ce qu'elle lui avait dit la veille, à la faveur de l'obscurité, elle était l'innocence personnifiée.
– Vous possédez une arme ? lui demanda-t-il.
– Non.
– Moi non plus. Quand je suis revenu du Viêt-nam, j'ai décidé de ne plus jamais poser les yeux sur une arme à feu. Pourtant, maintenant, rien ne me rendrait plus heureux que d'en avoir une dans la main.
Assis à la table où ils avaient dîné la veille, il lui raconta tout ce qu'il savait sur le Juge, y compris le meurtre de Michael Karnes.
– Mais voilà qu'à cause de moi, tu es impliquée dans cette histoire.
Elle se pencha vers lui et lui prit la main.
– Non, ce n'est pas comme ça qu'il faut voir les choses. Maintenant, puisque nous nous sommes rencontrés, nous sommes impliqués tous les deux – et tu n'es plus seul.
– J'ai envie de téléphoner à Wallace, et de lui demander d'assurer ta protection.

– Il ne t'a pas cru jusque-là, pourquoi te croirait-il maintenant ? dit Glenda.

– A cause de la Mustang que le type a accrochée quand il a essayé de m'écraser devant le centre commercial.

– Wallace ne croira pas à ta version des faits. Tu n'as aucun témoin. Il dira que tu avais bu.

Ben savait que Glenda avait raison.

– Mais il faut pourtant qu'on trouve de l'aide quelque part.

– Tu t'es occupé de cette affaire tout seul, et tu as réussi à rassembler pas mal d'informations au sujet du Juge. Pourquoi ne pas continuer ensemble, à présent ?

Ben secoua la tête.

– Tant qu'il n'y avait que ma propre vie en jeu, c'était possible. Mais maintenant...

– Les gens dans les livres, dit-elle.

– Quoi ?

– On peut faire confiance aux gens dans les livres. Mais pour l'instant, nous ne pouvons faire confiance à personne d'autre que nous-mêmes.

Il avait peur. Cela ne lui était pas arrivé depuis longtemps. Il n'avait pas seulement peur pour elle, mais pour lui aussi. Parce qu'il avait enfin quelque chose à perdre.

– Mais comment allons-nous retrouver ce minable ?

– Nous allons procéder exactement de la même façon que si tu avais été seul, suggéra Glenda. D'abord, il faut appeler Louise Allenby, pour savoir si elle a pu obtenir le nom du type avec qui sa mère sortait, celui qui portait un anneau aux armes de l'Alliance aryenne.

– Ce n'est pas le Juge. Louise l'aurait reconnu.

– Mais il se peut qu'il ait un lien quelconque avec le Juge.

– Ce serait trop facile.

– Il arrive parfois que la vie soit facile.

Ben téléphona chez Louise Allenby, et celle-ci décrocha. En reconnaissant la voix de Ben, elle prit aussitôt un ton charmeur. Elle avait bien le nom du type, mais elle refusa de le lui communiquer par téléphone.

– Il faudra que vous veniez le chercher ici, dit-elle en minaudant. Ma mère est partie pour tout le week-end, et j'ai la maison pour moi toute seule.

Quand Louise leur ouvrit la porte, elle était vêtue d'un bikini jaune, et elle embaumait l'huile de bronzage à la noix de coco. « Je savais bien que vous viendriez réclamer votre récompense... »

En apercevant Glenda, elle s'interrompit.

– Pouvons-nous entrer ? lui demanda Ben.

Interloquée, Louise recula d'un pas pour les laisser passer, et referma la porte derrière eux.

Ben lui présenta Glenda – « une amie » – et le visage de Louise changea d'expression.

Les précédant jusqu'au salon, balançant les hanches comme pour mieux montrer ses jolies fesses, elle lança : « Vous prenez un verre, cette fois ?

– Il est un peu tôt, non ?

– Il est midi.

– Non, merci, dit Ben. Nous n'avons qu'une ou deux questions à vous poser, ce ne sera pas long. »

Plantée devant le bar, la hanche aguicheuse, Louise se prépara un cocktail.

Ben et Glenda prirent place sur le sofa, et Louise s'installa sur un fauteuil en face d'eux, son verre à la main, les jambes écartées. Le tissu de son minuscule bikini soulignait tous les détails anatomiques qu'il était pourtant censé soustraire aux regards.

Chase était mal à l'aise, mais Glenda paraissait aussi sereine que d'habitude.

– Le nom que vous cherchez, annonça Louise, c'est Tom Deekin. C'est ce type qui sortait avec ma mère, le type à l'anneau. Il vend des assurances. Son bureau se trouve sur Canby Street, à côté de la caserne des pompiers. Mais ce n'est pas lui qui a poignardé Mike.

– Je sais. Mais il sera peut-être en mesure de nous donner les noms des autres membres de la fraternité.

– M'étonnerait.

Louise tenait son verre dans une main, et, de l'autre, elle caressait doucement sa cuisse bronzée, s'efforçant de simuler un geste inconscient, sans se rendre compte que les deux autres n'étaient pas dupes.

– Ces types croient à ce qu'ils font, vous savez, ils ont un idéal – et vous n'appartenez pas à leur organisation. Pourquoi accepteraient-ils donc de vous parler ?

– Je prends le risque.

Louise sourit et secoua la tête.

– Vous pensez peut-être que vous allez pouvoir tirer les vers du nez à Tom Deekin ? Ecoutez, ces types ont des couilles. Ce sont de vrais durs, qui n'ont pas l'intention de se laisser faire, ni par les étrangers ni par les Juifs, ni par tout le reste.

Ben estimait que certains des membres de l'Alliance aryenne étaient effectivement dangereux – mais la plupart, au lieu de regarder le foot à la télévision, se contentaient sans doute de rouler des mécaniques, et de boire de la bière en invoquant l'imminence d'un Armageddon racial.

– Louise, intervint Glenda, si j'ai bien compris, vous sortiez avec Mike depuis un an quand...

– Quand ce cinglé l'a tué ? lança Louise, comme pour prouver qu'elle était aussi forte que n'importe qui. A moins que la froideur dont elle faisait preuve n'ait été vraiment authentique. « Un an, oui, à peu près. Pourquoi ?

– Aviez-vous remarqué qu'on vous suivait – qu'on gardait l'œil sur vous en permanence ?

– Non. »

Ben savait où Glenda voulait en venir. Le Juge se livrait à des recherches concernant ses victimes potentielles, afin de tenter de justifier ses pulsions criminelles et de les faire passer pour des exécutions légitimes. Il avait dit à Ben qu'il avait suivi Mike et Louise, et il se pouvait par conséquent qu'ils l'aient remarqué.

– Vous répondez sans réfléchir, dit Ben. Glenda ne vous a pas demandé si quelqu'un vous avait suivie récemment. Cela peut remonter à des semaines ou même des mois.

Louise hésita, sans cesser de siroter son cocktail. Sa main libre quitta sa cuisse pour glisser sur l'entrejambe de son bikini. Ses doigts commencèrent à décrire lentement des cercles sur le tissu jaune.

Bien que ses yeux aient été fixés sur Ben la plupart du temps, la fille jetait de fréquents coups d'œil en direction de Glenda. Elle avait visiblement l'impression qu'elles étaient en train de disputer une compétition. Glenda, avec la sérénité qui la caractérisait, avait remporté toutes les victoires, et depuis longtemps – sans jamais avoir affronté personne d'autre qu'elle-même.

– Au début de l'année, entre février et mars, il y a eu un truc comme ça, c'est vrai. Un type n'arrêtait pas de nous tourner autour, mais il ne nous a jamais rien fait. D'ailleurs, ce n'était pas du tout un mystérieux inconnu.

– Qui était-ce alors ?

– Eh bien, quand Mike a remarqué qu'il nous suivait, j'ai rigolé. Mike était comme ça, toujours en train de délirer. Son truc, c'était l'art. Vous le saviez ? Il voulait devenir célèbre dans le monde entier, et il avait commencé à travailler, chez lui, dans son grenier, Seigneur... Ensuite, il a décidé qu'il serait illustrateur, et qu'il dessinerait des couvertures de livres. Puis il a voulu être cinéaste, pour peindre avec la caméra... Il était incapable de savoir ce qu'il voulait faire, mais il savait qu'un jour, il serait riche et célèbre. C'était un rêveur.

– Et il avait l'impression que quelqu'un vous observait lorsque vous étiez ensemble ? lui demanda Ben.

– C'était ce type dans une Volkswagen. Une Volkswagen rouge. Au bout d'une semaine, j'ai compris qu'il ne délirait pas. Ce type existait réellement.

– A quoi ressemblait-il ? s'enquérit Ben.

– Je ne l'ai jamais vu. Il prenait soin de ne pas s'approcher de nous. Mais il n'était pas dangereux. D'ailleurs, Mike le connaissait.

Ben eut l'impression que sa tête volait en éclats, et il éprouva l'irrésistible envie de secouer Louise pour lui faire cracher le reste de l'histoire sans avoir à lui poser de questions. Il garda son calme.

– Qui était ce type ?

– Je n'en sais rien, dit Louise. Mike ne voulait pas me le dire.

– Et vous n'aviez pas envie de savoir ? fit Ben.

– Bien sûr que si. Mais quand Mike avait décidé quelque chose, il était impossible de le faire changer d'avis. Un soir, nous sommes allés au Diamond Dell – un drive-in sur Galasio Boulevard – et il est même sorti de la voiture pour aller parler au type dans la Volkswagen rouge. Quand il est revenu, il m'a dit qu'il le connaissait, et qu'il allait arrêter de nous suivre partout. Et il avait raison. Le type est parti, et nous ne l'avons plus jamais revu. Je n'ai jamais su le fin mot de l'histoire, et je dois dire que j'avais même complètement oublié ce type, jusqu'à ce que vous m'en parliez.

– Mais vous devez sûrement avoir votre idée là-dessus, insista Ben. Je refuse de croire que vous avez laissé tomber sans en savoir davantage.

Louise posa son verre.
– Mike n'avait pas envie d'en parler, et je crois savoir pourquoi. Il n'en a jamais parlé franchement, mais je pense que le type à la Volkswagen rouge l'avait dragué.
– Dragué ? répéta Ben.
– C'est ce que je pense, dit Louise, mais je ne peux pas le prouver. En tout cas, ce n'est certainement pas le même type qui l'a tué. Ça ne peut pas être le type avec l'anneau.
– Pourquoi ? dit Glenda.
– Parce que les membres de l'Alliance aryenne détestent autant les pédés que les bronzés. Jamais ils ne laisseraient un type comme ça porter l'anneau de l'organisation.
– Ce n'est pas tout, dit Ben. J'aimerais beaucoup avoir la liste des amis de Mike, les noms des cinq ou six garçons de son âge avec lesquels il entretenait des relations suivies. Et à qui il aurait pu parler du type à la Volswagen rouge.
– Cinq ou six noms – vous perdez votre temps. Mike n'avait pas autant d'amis. En fait, son seul véritable ami, c'était Marty Cable.
– Dans ce cas, il faut que nous parlions avec ce Marty Cable.
– Vous le trouverez probablement à Hanover Park. L'été, il travaille comme maître-nageur à la piscine municipale.
Louise se tourna alors vers Glenda et la regarda droit dans les yeux.
– A votre avis, est-ce que Ben va coucher avec moi ?
– Probablement pas, répondit Glenda, sans paraître autrement surprise par la question.
– Je suis pourtant canon, pas vrai ? dit Louise.
– Oui, vous l'êtes, la rassura Glenda.
– Alors, il doit être cinglé.
– Non, pas du tout. Il est plutôt sympa, dit Glenda.
– Vous en êtes sûre ? demanda la jeune fille.
– Certaine, répondit Glenda. C'est un type bien.
– Si vous le dites, ça doit être vrai.
Les deux femmes échangèrent un sourire.
Louise ôta alors la main qu'elle avait posée sur la culotte de son maillot de bain, puis elle regarda Ben en soupirant.
– Dommage.

De retour dans la Mustang, tandis qu'ils s'éloignaient, Ben se tourna vers Glenda.

– Le monde est-il en train de devenir complètement fou ?

– Tu parles de Louise ?

– Est-ce que toutes les jeunes filles sont comme elle ?

– Certaines, oui. Mais il y a toujours eu des filles comme Louise, ce n'est pas nouveau. C'est une enfant.

– Elle a presque dix-huit ans, et elle va à l'université à la rentrée. Elle a dépassé l'âge de se comporter comme une gamine.

– Non, ce n'est pas ce que je voulais dire. Louise est une enfant, c'est tout, et elle restera enfant toute sa vie. Une éternelle adolescente. Elle aura toujours besoin d'attirer l'attention sur elle, et il est inutile de perdre ton temps à la détester, Ben. Il faut faire preuve de beaucoup de gentillesse avec elle parce qu'elle sera malheureuse, plus tard, elle souffrira énormément. Quand elle commencera à vieillir, et qu'elle ne sera plus la jolie fille qu'elle est actuellement, elle ne saura plus quelle est sa véritable identité.

– En tout cas, malgré sa réticence à ton égard, tu lui as plu.

– Oui, un peu, dit Glenda.

– Et toi, tu l'aimes bien ?

– Non. Mais nous sommes tous les enfants de Dieu, pas vrai ? Aucun d'entre nous ne mérite de vivre l'existence qui sera la sienne dans quelques années.

Ils roulaient le long d'une route bordée d'immenses arbres, et le pare-brise reflétait alternativement les rayons du soleil et l'ombre du feuillage. La lumière et l'ombre. L'espoir et le désespoir. Le passé et le présent. En alternance.

Ils se turent pendant un long moment, puis Ben dit :

– Louise est condamnée à rester une enfant, mais toi, tu as toujours été adulte.

– Malgré tout, répondit Glenda, j'ai plus de chance qu'elle. »

Tous les emplacements à l'ombre avaient été réquisitionnés par des familles venues pique-niquer dans le parc. Sur les pelouses, de nombreuses personnes bronzaient au soleil, étendues sur de grandes serviettes de bain, tandis que d'autres jouaient au volley-ball.

La piscine olympique municipale était pleine d'enfants qui hurlaient et s'éclaboussaient les uns les autres. De chaque côté, posté sur une chaise surélevée, un maître-nageur surveillait les baigneurs, tandis qu'une demi-douzaine d'adolescentes, éperdues d'admiration, faisaient de leur mieux pour attirer son attention.

Ben guida Glenda à travers tous ces corps dévêtus jusqu'à Martin Cable.

Le maître-nageur était mince et musclé. Il avait de longs cheveux bruns, mais son visage était imberbe, ce qui lui donnait un air beaucoup plus jeune.

– Oui, Mike et moi étions de bons amis, dit-il à Chase quand celui-ci lui demanda s'il connaissait Michael Karnes. « En quoi ça vous regarde ?

– Je ne crois pas que les flics fassent tout ce qu'il faut pour coincer l'assassin, et je n'aime pas l'idée qu'un cinglé puisse se balader dans la nature en ayant une dent contre moi.

– Qu'est-ce que vous voulez que ça me fasse ?

– Votre ami a été assassiné.

– Tout le monde meurt un jour ou l'autre. Vous ne regardez donc jamais la télé ? »

Martin Cable portait des lunettes de soleil réfléchissantes, et Ben, qui ne pouvait pas voir les yeux du jeune homme, trouvait particulièrement énervant le fait de contempler son propre reflet sur les verres argentés, sans savoir ce que l'adolescent regardait exactement – lui, les filles qui paradaient à ses pieds, ou les nageurs dans la piscine.

– Je n'étais pas là quand c'est arrivé, dit Martin Cable. Dans ces conditions, comment pourrais-je vous renseigner ?

Glenda intervint.

– Vous n'avez pas envie que l'assassin de Mike soit arrêté ? »

Martin Cable lui répondit sans que sa tête ait bougé d'un millimètre, ce qui suffisait à prouver que derrière ses lunettes de soleil, il avait les yeux fixés sur elle depuis qu'ils s'étaient approchés.

– Advienne que pourra, dit-il, énigmatique.

– Nous avons parlé à Louise Allenby, dit Chase.

– Passionnant, pas vrai ?

– Vous la connaissez ?

– Plutôt bien.

– Elle nous a dit que Mike avait peut-être eu des ennuis avec un type, peu avant sa mort. »

Martin Cable ne répondit pas.

– Elle pense que le type en question avait fait des avances à Mike, dit Chase.

L'adolescent fronça les sourcils.

– A Mike ? C'était plutôt un amateur de chattes.

– Je n'en doute pas.

– Il a perdu son pucelage au cours de sa première année de lycée, et ça l'a rendu dingue. C'est simple, il ne pensait qu'à baiser les filles. »

Soudain mal à l'aise, Ben jeta un coup d'œil en direction des jeunes filles massées au pied de la chaise du maître-nageur. Certaines n'avaient pas plus de quatorze ou quinze ans. Il eut envie de dire à Martin Cable de surveiller son langage – mais ç'aurait été la fin de leur conversation.

– Quand on connaît ses parents, dit Martin Cable, on comprend pourquoi Mike aimait se défoncer – à tous les niveaux : la baise, la came, l'alcool, juste histoire de prouver qu'il était bien vivant.

– Je n'ai jamais rencontré sa famille, dit Ben.

– M. et Mme Cul-Serré. Il a pété les plombs, quoi. Après, évidemment, ses notes ont baissé. Il voulait aller à l'université, mais pour ça, il aurait fallu que sa moyenne remonte. Surtout que, sans sursis, il était bon pour partir au Viêt-nam.

De la piscine s'élevèrent soudain des hurlements, provenant soit d'un gamin surexcité en train de s'amuser soit d'un baigneur en train de se noyer. Mais Marty Cable ne fit pas mine de s'en inquiéter. Son regard paraissait rivé sur Glenda.

– Le pire, c'était la physique. Il prenait des cours de rattrapage le samedi, avec un mec complètement nul.

– C'est lui qui draguait Mike ? demanda Glenda. Le prof de physique ?

– Il a essayé de convaincre Mike qu'il n'y avait pas de mal à être à voile et à vapeur. Mike a changé de prof, mais le mec n'arrêtait pas de lui téléphoner.

– Vous vous souvenez du nom de ce type ?

– Non.

– Pas même de son prénom ?

– Non. Ensuite, Mike a changé de prof, et il a réussi l'examen. Mais quand on y pense, à quoi bon ? De toute façon, maintenant, il n'ira jamais à l'université, pas vrai ? Il aurait mieux fait de laisser tomber la physique et de s'éclater. Comme ça, au moins, il n'aurait pas gaspillé le peu de temps qui lui restait à vivre.

– Avec une attitude comme la vôtre, quel est l'intérêt de faire quoi que ce soit ?

– Y en a pas, dit Marty Cable, comme s'il pensait que Glenda était d'accord avec lui. « De la bidoche, voilà ce qu'on est. » Il se tourna ensuite vers Chase. « Vous, vous savez ce que c'est – vous étiez au Viêt-nam », déclara-t-il, du ton de celui qui a tout appris des horreurs de la guerre grâce à son abonnement mensuel à *Rolling Stone*. « Eh, vous savez combien de têtes nucléaires russes sont pointées vers nous ?

– Quelques-unes », répondit Chase, agacé par le cynisme du garçon.

– Vingt mille. Cinq fois plus qu'il n'en faut pour tuer toute la population des Etats-Unis.

– Tant que ce n'est pas six fois plus, je ne me fais pas de souci.

– Classe, rigola Marty Cable, sans paraître remarquer le ton sarcastique de Ben. « Moi non plus. Je me fous de tout. Faut prendre ce qu'on peut, et croiser les doigts en espérant qu'on sera encore vivant demain – c'est comme ça qu'il faut voir les choses. »

A ce moment-là, un couple de corbeaux passa au-dessus d'eux, et Marty Cable renversa la tête en arrière pour les regarder. Un éclair de soleil éblouissant se refléta sur les verres-miroir de ses lunettes.

Visiblement, Lora Karnes ne croyait pas aux vertus du maquillage. Ses cheveux coupés court étaient coiffés à la diable. Même avec la chaleur de ce jour de juillet, elle portait un pantalon kaki et une chemise à manches longues. Bien qu'elle n'ait pas eu plus de quarante ans, elle en paraissait dix de plus. Perchée au bord de la chaise, les genoux serrés, les mains croisées sur ses cuisses, elle se tenait penchée en avant, les épaules voûtées, telle une gargouille du Moyen Age.

La maison des Karnes était aussi peu accueillante que sa propriétaire. Le mobilier du salon était massif, sans aucune élégance, et les rideaux étaient tirés, comme pour protéger la pièce de l'ardeur du soleil d'été. Les deux lampes qui étaient allumées diffusaient une lueur particulièrement grise. A la télévision, un évangéliste gesticulait furieusement et, comme le son était coupé, il ressemblait à un mime devenu fou.

Sur les murs étaient accrochées des citations de la Bible, que Mme Karnes avait vraisemblablement brodées elle-même. Curieusement, ces citations étaient plutôt énigmatiques, sans doute parce qu'elles avaient été tirées de leur contexte. Ben n'arrivait à pas à comprendre ce qu'elles signifiaient, ni quel genre de soutien moral elles pouvaient bien apporter.

> « *Je me mets la main sur la bouche et je me tais* », (Job, XL, 4).
>
> « *Rappelle aux fidèles qu'ils doivent se soumettre aux autorités* », (Titus, III, 1).
>
> « *Heureux celui qui n'abandonnerea pas la foi en moi* », (Luc, VII, 23).
>
> « *Et Jacob lui donna du pain et une soupe au lentilles* », (Genèse, XXV, 29).

Les murs étaient également ornés de divers portraits représentant des personnalités du monde religieux, mais c'était un mélange plutôt éclectique : le pape, Oral Roberts, Billy Graham, et dcux autres évangélistes plus connus pour leurs émissions télévisées et leur amour de l'argent que pour l'intérêt qu'ils portaient au salut de l'âme de leurs ouailles. A l'évidence, les Karnes étaient des gens très dévots – mais leur foi n'était pas un modèle de clarté.

Harry Karnes était aussi peu engageant que sa femme : de petite taille, il n'avait sans doute qu'une dizaine d'années de plus que son épouse, mais il était d'une maigreur qui lui donnait une apparence extrêmement fragile. Ses mains, lorsqu'elles ne reposaient pas sur les accoudoirs de son fauteuil, étaient agitées par un tremblement permanent. Lorsqu'il s'adressa à Ben, il ne le regarda pas dans les yeux, se contentant de fixer un point situé au-dessus de la tête du jeune homme.

Assis sur le sofa à côté de Glenda, Ben eut le sentiment que les Karnes ne devaient pas recevoir beaucoup de visites. Un jour, personne n'ayant eu de leurs nouvelles depuis longtemps, quelqu'un chercherait à savoir comment ils allaient, et on les trouverait morts, assis dans leur salon, desséchés comme deux momies, oubliés de tous.

– C'était un gentil garçon, dit Harry Karnes.

– Ne mentons pas à M. Chase, l'admonesta son épouse.

– A l'école, c'était un bon élève, et il serait allé à l'université, dit Harry Karnes.

– Enfin, Harry, nous savons bien que ce n'est pas vrai, dit Lora Karnes. Ce n'était plus le gentil garçon qu'il avait été par le passé.

– Il avait changé, c'est vrai, mais avant, Lora, c'était un bon garçon, dit Harry.

– Il s'était métamorphosé, ce n'était plus le même. Il passait son temps à traîner dehors, toujours en retard pour rentrer à la maison. Comment les choses auraient-elles pu finir autrement ?

Malgré la chaleur, Chase frissonna.

– Ce qui m'intéresse, en fait, c'est le nom du professeur de physique qui lui avait donné des cours au début de l'année, expliqua-t-il aux parents de Michael.

Lora Karnes fronça les sourcils.

– Comme je vous l'ai dit, l'autre professeur s'appelait Bandoff, mais je ne me souviens pas du nom du premier. Et toi, Harry ?

– J'ai beau chercher, je n'y arrive pas non plus, fit Harry Karnes en se tournant vers le prédicateur qui gesticulait sur l'écran de la télévision.

– Vous avez sans doute payé cet homme, non ? demanda Glenda.

– Toujours en liquide. Nous ne lui avons jamais donné de chèque, dit Lora Karnes.

Elle lança un regard désapprobateur sur les jambes nues de la jeune femme, puis elle s'empressa de détourner les yeux, comme si elle se sentait soudain gênée.

– D'ailleurs, ça n'a duré que deux semaines. Michael ne faisait aucun progrès, et nous nous sommes ensuite adressés à M. Bandoff.

– Comment aviez-vous trouvé le premier professeur ?

– C'est Michael qui l'avait trouvé, on lui avait donné son nom à l'école. Pareil pour l'autre.

– Le lycée où Mike suivait ses cours ?

– Oui, mais ce professeur n'y enseignait pas. Il travaillait au lycée George Washington, de l'autre côté de la ville, mais il était sur la liste des professeurs recommandés par l'école de Mike.

– Michael était un garçon intelligent, dit Harry Karnes.

– On n'est jamais assez intelligent, la preuve, corrigea son épouse.

– Il aurait pu devenir quelqu'un de bien.

– L'intelligence ne fait pas tout, insista Lora Karnes.

Les Karnes mettaient Ben très mal à l'aise, sans qu'il sût pourquoi. C'étaient des intégristes, mais ils lui donnaient l'impression d'obéir à des règles étranges, qu'ils avaient établies pour eux-mêmes, comme pour organiser leurs propres pratiques religieuses.

– Il aurait pu faire quelque chose de sa vie, dit Lora Karnes, mais il était incapable de se contrôler. Comment les choses auraient-elles pu finir autrement ?

– Vous souvenez-vous du premier professeur qui lui a donné des cours de rattrapage – son adresse, peut-être ? Mike allait-il chez lui pour les leçons ?

– Oui, dit Lora Karnes. Je crois qu'il habitait un bungalow dans ce joli petit quartier, à l'ouest de la ville.

– Crescent Heights ? suggéra Glenda.

– Voilà.

Cessant un instant de regarder la télévision pour fixer un point situé au-dessus de la tête de sa femme, Harry prit la parole.

– Lora, je crois que ce gars s'appelait Lupinski, Lepenski, quelque chose comme ça...

– Harry, tu as raison. Linski. Il s'appelait Linski.

– Richard Linski ? lança Harry Karnes.

– C'est ça, Richard Linski.

– Mais il ne faisait pas l'affaire, dit Harry Karnes en s'adressant à la partie du mur qui se trouvait derrière l'épaule gauche de Ben. Nous avons donc chargé un deuxième professeur de s'occuper de Michael, et ses résultats scolaires se sont ensuite améliorés. C'était un bon garçon.

– Il avait changé, Harry, ce n'était plus le même. Et vous savez, je ne le blâme pas entièrement. Nous avons aussi notre part de responsabilité. »

Ben se sentit soudain comme aspiré par l'immense tristesse qui se dégageait de l'étrange couple.

– Pourriez-vous épeler le nom du premier professeur ? demanda Glenda.

– L-I-N-S-K-I », dit Lora Karnes.

Richard Linski.

– Michael ne l'aimait pas, répéta-t-elle.

– Michael était un gentil garçon.

Les yeux de Harry Karnes s'emplirent de larmes.

Devant l'état pitoyable dans lequel se trouvait son mari, Lora Karnes crut bon d'ajouter : « Ne noircissons pas trop notre fils, Harry. Je suis d'accord avec toi. Il n'était pas méchant.

– On ne peut pas en vouloir à un enfant d'être ce qu'il est, Lora.

– C'est souvent la faute de ses parents, Harry. Si Michael était loin d'être parfait, c'est parce que nous-mêmes, nous ne l'étions pas. »

Comme s'il s'adressait à l'évangéliste qui s'agitait toujours sur l'écran de la télévision, Harry Karnes dit alors : « On ne peut pas apprendre à un enfant à respecter les commandements divins si on ne les respecte pas soi-même. »

Craignant que le couple ne se lance dans une confession larmoyante n'ayant guère plus de sens que les sibyllines citations de la Bible qui ornaient les murs du salon, Ben se leva brusquement et prit la main de Glenda, qui l'imita aussitôt.

– Désolé de vous avoir rappelé d'aussi pénibles souvenirs.

– Pas du tout, dit Lora Karnes. C'est une épreuve que nous devons endurer.

L'une des broderies au point de croix attira alors l'attention de Ben :

> « *Les sept tonnerres retentirent dans un grondement* », (Révélation, X, 3).

– Madame Karnes, dit Ben, c'est vous qui avez brodé tout ça ?

– Oui, les travaux d'aiguille m'aident à mieux servir le Seigneur.

– Ils sont ravissants. Mais je me demandais... Que signifie celui-ci, exactement ?

– Sept coups de tonnerre, tous en même temps, répondit-elle d'une voix calme, sans la moindre ferveur religieuse – en fait, avec une détermination autoritaire plutôt agaçante, qui donnait à ses propos une sorte de crédibilité.

– Il en sera ainsi. Et nous saurons alors pourquoi il nous faut toujours donner le meilleur de nous-mêmes. Et quand les sept coups de tonnerre retentiront, nous nous repentirons, et nous regretterons de ne pas avoir mieux agi.

Mme Karnes raccompagna Ben et Glenda jusqu'à la porte, et elle leur dit soudain : « Accomplissez-vous la volonté de Dieu, monsieur Chase ?

– N'est-ce pas ce que nous accomplissons tous ? répliqua Ben.

– Non. Certains d'entre nous ne sont pas assez forts. Mais vous, êtes-vous la main de Dieu, monsieur Chase ? »

Ben ne voyait vraiment pas ce qu'elle pouvait bien vouloir dire par là.

– Je ne crois pas, madame Karnes.

Elle fit encore quelques pas avec eux.

– Je crois que vous êtes l'instrument de Dieu.

– Si c'est le cas, les voies de Dieu sont donc plus impénétrables que nous ne le pensons.

– Je crois que vous êtes Sa main.

Le soleil qui commençait à décliner était encore d'une ardeur oppressante, mais Lora Karnes réussit à le faire frissonner. Il tourna les talons, sans prononcer un seul mot.

Ils montèrent dans la Mustang cabossée, sous le regard inquisiteur de l'étrange femme.

Pendant toute la journée, de l'appartement de Glenda à la maison de la mère de Louise Allenby, puis de Hanover Park à la maison des Karnes, Ben avait pris soin de suivre un itinéraire compliqué, et Glenda et lui avaient constamment vérifié qu'ils n'étaient pas suivis. A aucun moment ils n'avaient été pris en chasse.

Personne ne les suivit non plus lorsqu'ils quittèrent la maison de Lora et Harry Karnes. Ils roulèrent jusqu'à la première station-service équipée d'un téléphone public.

Sur le sol de la cabine, une armée de fourmis s'acharnait sur la carcasse d'un hanneton mort.

Glenda se tint à la porte, tandis que Ben cherchait dans l'annuaire le numéro de Richard Linski, qu'il trouva rapidement. A Crescent Heights.

Utilisant la monnaie fournie par Glenda, il lui téléphona aussitôt.

La sonnerie retentit deux fois.

– Allô ?

Ben se garda de répondre.

– Allô ? répéta Richard Linski. Qui est à l'appareil ?

Ben raccrocha.

– Alors ? s'enquérit Glenda.

– C'est bien lui. Le vrai nom du Juge est bien Richard Linski.

10

La petite chambre que leur avait attribuée le patron du motel résonnait du vrombissement du système d'air conditionné installé au-dessus de la fenêtre.

Ben referma la porte et s'assura que le verrou fonctionnait correctement. Il vérifia également la solidité de la chaînette de sécurité.

– Si tu ne sors pas d'ici, je crois que tu es en sécurité, dit-il. Linski n'a aucun moyen de savoir que tu es là.

Afin d'éviter de donner au Juge la possibilité de les suivre, ils n'étaient pas retournés à l'appartement de Glenda, et ils avaient pris la chambre sans aucun bagage. De toute façon, si tout se passait bien, ils ne passeraient pas la nuit dans ce motel. Cette chambre constituait seulement une étape entre leur solitude passée respective et l'avenir que le destin leur réservait à tous les deux.

Assise au bord du lit, Glenda avait toujours l'air d'une gamine, avec ses socquettes roses et ses couettes.

– Je devrais venir avec toi, dit-elle.

Elle ne lui avait pas demandé pourquoi il n'avait pas prévenu la police. Avec ce qu'ils avaient appris, l'inspecteur Wallace était au moins en mesure de décider s'il fallait interroger Linski – et si Linski se révélait être l'assassin, les preuves accumulées contre lui seraient amplement suffisantes. N'importe qui aurait posé cette question, pourtant difficile, à Ben – mais Glenda n'était pas n'importe qui.

Le soleil s'était couché.

– Il faut que j'y aille, dit Ben.

Elle se leva et s'approcha de lui. Il la prit dans ses bras. Ils restèrent l'un contre l'autre pendant un long moment.

Par un accord tacite, ils ne s'embrassèrent pas. Un baiser aurait été une promesse. Malgré son entraînement de soldat, il se pouvait que Ben ne revienne pas vivant de la maison de Linski. Et il ne voulait pas lui faire de vaines promesses.

Il déverrouilla la porte de la chambre, retira la chaînette de sécurité, et s'engagea dans l'allée bétonnée. Il attendit qu'elle ait refermé la porte et remis la chaînette en place.

La nuit était chaude et humide. Le ciel paraissait infiniment vaste.

Il s'installa au volant de la Mustang et démarra.

A dix heures, Ben se gara à deux cents mètres de la maison de Richard Linski et enfila la paire de gants de jardinier qu'il avait achetée un peu plus tôt dans la journée. Il parcourut le reste du chemin à pied, prenant soin de rester sur le trottoir opposé à celui qui longeait la maison de Linski.

Celle-ci, bien entretenue, était la deuxième en partant du coin de la rue. C'était une construction en brique blanche, dont le toit était d'un beau vert sombre. Bâtie sur un grand terrain paysager, la propriété était entourée de haies taillées au cordeau.

Certaines fenêtres étaient éclairées. Apparemment, Linski était chez lui.

Ben remonta une rue perpendiculaire à celle qui faisait face au bungalow. Il s'engagea dans une allée étroite, déserte, qui menait à un portail en fer forgé, situé à l'arrière de la maison.

Le portail n'était pas fermé à clé. Ben l'ouvrit et pénétra dans la propriété de Richard Linski.

Bordé de grands lilas, le porche qui se trouvait à l'arrière n'était pas aussi large que celui à l'avant. Le plancher, par chance, ne fit aucun bruit lorsque Ben s'avança précautionneusement.

Par-delà les rideaux à carreaux rouges et blancs, la cuisine était allumée.

Il patienta un instant dans l'obscurité imprégnée du parfum des lilas, s'efforçant de ne penser à rien, chauffant la mécanique et se préparant à la confrontation comme on le lui avait appris au Viêt-nam.

Il essaya d'ouvrir la porte, sans succès. Mais les deux

fenêtres de la cuisine étaient largement ouvertes, afin de laisser passer la brise nocturne.

Au fond de la maison, une radio diffusait un air de Benny Goodman et son grand orchestre. *One O'Clock Jump.*

Il se baissa et s'approcha de l'une des fenêtres, jetant un coup d'œil entre les rideaux à demi tirés, qu'un souffle d'air agitait doucement. Il aperçut des chaises, une table en pin sur laquelle était posé un panier en paille plein de pommes, un réfrigérateur, et un four à deux compartiments. Des boîtes en fer blanc destinées à contenir de la farine du sucre et du café. Divers ustensiles de cuisine. Un mixeur branché dans une prise murale.

Mais pas de Juge en vue. Linski devait se trouver quelque part dans la maison.

Glenn Miller. *String of Pearls.*

Ben examina de plus près la moustiquaire et découvrit qu'elle n'était fixée au chambranle que par quelques pressions. Il la retira sans bruit et la déposa sur le plancher du porche.

La table se trouvant précisément sous la fenêtre, il n'eut qu'à se hisser sur le rebord pour passer de l'autre côté, en prenant soin de ne pas renverser le panier de pommes. Il se laissa ensuite glisser silencieusement sur les dalles en plastique qui recouvraient le sol de la cuisine, la radio couvrant tous les bruits.

Conscient du fait qu'il n'était pas armé, il envisagea un instant de fouiller dans les tiroirs du placard qui se dressait à côté de l'évier afin d'y chercher un couteau, mais il abandonna très vite cette idée. Un couteau ne servirait qu'à dramatiser la situation, en le mettant cette fois dans la position de l'agresseur – et il serait alors forcé de faire face non plus à la folie de Linski, mais à la sienne.

Arrivé à l'arche qui séparait la cuisine de la salle à manger, il marqua une pause. En effet, le passage n'était plus éclairé que par la lumière provenant de la cuisine et du salon, et il n'avait pas envie de trébucher contre un objet dissimulé dans l'obscurité.

Lorsque ses yeux se furent habitués à la pénombre, il traversa la salle à manger, la moquette épaisse étouffant le bruit de ses pas.

Arrivé sur le seuil du salon, il attendit un instant, afin de se familiariser avec la lumière vive de la pièce.

Quelqu'un toussa. Un homme.

Au Viêt-nam, quand une mission s'annonçait particulièrement difficile, Ben avait été capable de se consacrer entièrement à sa réalisation, avec une détermination qu'il n'était jamais parvenu à ressentir depuis lors. Il avait maintenant envie d'être aussi vif et aussi résolu que pendant ces opérations, mais il ne cessait de penser à Glenda, qui l'attendait, seule, en se demandant si la porte de la chambre du motel était bien l'une de ces portes spéciales derrière laquelle se trouvait ce dont elle avait besoin.

Il serra les poings et prit une profonde inspiration, prêt à passer à l'action.

La seule chose intelligente à faire, c'était de battre en retraite immédiatement, de traverser à nouveau la salle à manger obscure, le plus silencieusement possible, de sortir de la cuisine en passant par la porte qui donnait à l'arrière de la maison et d'appeler la police.

Mais les flics étaient de vrais flics. Il ne s'agissait pas de la police dont on parle dans les livres, mais de flics réels. Sur lesquels il pouvait peut-être compter. Ou non.

Il avança d'un pas.

Assis dans un grand fauteuil près de la cheminée, un homme était en train de lire le journal. Il portait des lunettes en écaille posées sur un nez long et fin, et il fredonnait tout en écoutant Glenn Miller, plongé dans la lecture des bandes dessinées.

Un instant, Ben crut qu'il s'était trompé, incapable de croire qu'un psychopathe pouvait, comme n'importe qui, se passionner pour les exploits de Snoopy, de Charlie Brown et de Hilda. Puis l'homme leva les yeux, surpris, et Ben put constater qu'il correspondait parfaitement à la description du Juge : grand, blond, avec un visage ascétique.

– Richard Linski ? lança Ben.

L'homme assis dans le fauteuil parut se figer, tel un mannequin de cire installé là afin de détourner l'attention de Ben du vrai Juge, du vrai Richard Linski, prêt à lui sauter dessus par derrière. L'impression fut si forte que Ben faillit se retourner pour vérifier que ses craintes n'étaient pas fondées.

– *Vous*, murmura Linski.

Il froissa la page qu'il tenait à la main et jaillit hors de son fauteuil.

Ben n'éprouva soudain plus aucune crainte. Il se sentait même étrangement calme.

– Qu'est-ce que *vous* faites ici ? lui demanda Linski. Le doute n'était pas permis ; c'était bien la voix du Juge.

S'éloignant du fauteuil, l'homme recula en direction de la cheminée. Ses mains cherchaient à tâtons à saisir quelque chose. Le tisonnier.

– Je ne vous le conseille pas, dit Chase.

Mais au lieu d'attraper le tisonnier, Linski agrippa un objet caché sur le manteau de la cheminée, derrière une pendule. Un pistolet équipé d'un silencieux.

La pendule avait empêché Chase de le voir.

Au moment où Linski brandit son arme, Ben fit un pas en avant, mais il ne bougea pas assez vite. La balle le cueillit à l'épaule gauche, et la violence de l'impact lui fit perdre l'équilibre, le projetant sur un lampadaire.

Il entraîna le lampadaire dans sa chute, brisant les deux ampoules. La pièce fut aussitôt plongée dans une obscurité presque totale. Seuls l'éclairage de la rue et la faible lueur provenant de la cuisine éclairaient la pièce.

– Fornicateur, murmura le Juge.

Ben avait l'impression qu'on venait de lui enfoncer un clou dans l'épaule, et son bras commença à s'engourdir. Il resta étendu sur le sol, faisant le mort.

– Chase ?

Ben attendit.

Linski s'écarta de la cheminée et se pencha en avant, tentant de localiser dans la pénombre le corps allongé par terre. Ben n'aurait pas pu l'affirmer, mais il crut voir que le tueur tenait son arme à bout de bras, comme un professeur brandissant sa règle vers le tableau noir.

– Chase ?

Tremblant, couvert d'une sueur glacée, Ben savait que la faiblesse passagère qu'il ressentait était due au choc, plus qu'à sa blessure. Il se sentait tout à fait capable de se ressaisir.

– Comment se porte notre héros, à présent ? ricana le Juge.

Ignorant l'éclair de douleur qui lui déchira l'épaule, Chase se jeta sur Linski.

Le coup partit – à une aussi courte distance, le son caractéristique du silencieux était parfaitement audible – mais Ben s'était déjà baissé et la balle passa au-dessus de lui, pour aller se perdre à l'autre bout de la pièce, dans un grand bruit de verre brisé.

Ben percuta son adversaire qui s'écroula sur la télévision, la projetant contre le mur. L'appareil rebondit lourdement sur le sol, mais l'écran resta intact.

L'arme de Linski vola à travers la pièce.

Le plaquant par terre, Ben balança son genou entre les jambes de Linski.

Poussant un bref cri de douleur, à peine audible, Linski tenta de repousser Ben, mais il ne réussit qu'à émettre une faible protestation.

L'épaule blessée de Ben le faisait atrocement souffrir, mais, malgré la douleur, il passa les deux mains autour du cou de Linski, enfonçant ses pouces dans les points stratégiques, ainsi qu'on le lui avait enseigné à l'armée, exerçant suffisamment de pression pour l'asphyxier partiellement, sans l'étrangler définitivement.

Puis Ben se releva, titubant comme un homme ivre, et chercha à tâtons une lampe en état de marche.

Inconscient, Linski gisait sur le sol, les bras écartés, tel un oiseau tombé du ciel qui vient de se briser les os sur un rocher.

D'une main gantée, Ben essuya la sueur de son visage. Son estomac noué par la peur se décrispa soudain, et il fut pris de violentes nausées.

Dehors, une voiture pleine d'adolescents prit le virage sur les chapeaux de roue, en klaxonnant bruyamment avant de s'éloigner dans un grand crissement de pneus surchauffés.

Ben enjamba Richard Linski et s'approcha de la fenêtre. Personne n'était en vue. La pelouse était plongée dans la pénombre. Le bruit de la lutte n'avait apparemment pas alerté les voisins.

Se tournant vers Linski, il tendit l'oreille. L'homme étendu sur le sol respirait lentement, mais régulièrement.

Un rapide examen de son épaule indiqua à Ben que la balle avait sans doute traversé les chairs. Il ne saignait pas beaucoup, mais il ne fallait pas trop tarder avant de panser la blessure.

Dans le cabinet de toilette attenant à la cuisine, il trouva deux rouleaux de sparadrap, avec lesquels il décida d'attacher Linski. Il traîna l'assassin jusque dans la cuisine et le ligota à l'une des chaises.

Ben se rendit ensuite dans la salle de bains, et retira ses gants, soucieux de ne pas les tacher de sang. Il ôta ensuite sa chemise ensanglantée et la déposa dans le lavabo.

Dans l'armoire à pharmacie il prit une bouteille d'alcool, et en versa sur sa plaie. Il manqua s'évanouir, et resta un moment penché au-dessus du lavabo, tétanisé par la douleur.

Lorsqu'il fut à nouveau capable de bouger, il se fit une compresse avec plusieurs serviettes en papier afin d'arrêter l'hémorragie. Il posa par-dessus un gant de toilette qu'il fixa à l'aide de sparadrap. Ce n'était pas un pansement très professionnel, mais il éviterait ainsi de mettre du sang partout.

Il passa dans la chambre de Linski et prit dans l'armoire une de ses chemises, qu'il eut beaucoup de difficultés à enfiler, son épaule blessée ayant raidi les muscles de son bras.

De retour dans la cuisine, il dénicha de grands sacs-poubelles. Il en prit un qu'il emporta dans la chambre, pour y déposer sa chemise ensanglantée. Il utilisa à nouveau des serviettes en papier pour enlever le sang qui maculait le lavabo et le miroir et fit disparaître le papier souillé dans le sac-poubelle. Planté sur le seuil de la porte, il remit ses gants de jardinier, tout en inspectant du regard la salle de bains. Jugeant qu'il avait fait disparaître toutes les traces de son passage, il éteignit la lumière et referma la porte.

Tandis qu'il redescendait l'escalier, il tituba soudain, et dut s'agripper à la rampe. Son champ de vision s'assombrit – puis le vertige cessa.

Le second coup qu'avait tiré le Juge était passé à côté de Chase, mais il n'avait pas raté le grand miroir accroché au-dessus du bar, de l'autre côté du salon. Le cadre en bronze ouvragé était vide, et les éclats de verre étaient éparpillés tout autour de la pièce. Il passa cinq minutes à ramasser les plus gros morceaux, mais le tapis et les coussins des fauteuils à proximité étaient jonchés de centaines de minuscules débris argentés qui étincelaient dans l'obscurité.

Il était en train de réfléchir au problème que lui posait le miroir brisé quand Richard Linski se réveilla et l'appela.

Ben se rendit dans la cuisine. Les poignets de Linski étaient attachés au dossier de la chaise, et chacune de ses chevilles, à deux des pieds. Il se tortillait et gigotait dans l'espoir de rompre ses liens, mais il comprit très vite qu'il ne réussirait pas à se libérer.

– Où se trouve l'aspirateur ? lui demanda Ben.

– Quoi ?

Linski était encore groggy.

– L'aspirateur.

– Pour quoi faire ?

Ben fit mine de le frapper.

– Dans l'escalier de la cave.

Ben emporta l'aspirateur dans le salon et fit disparaître tous les éclats de miroir qu'il parvint à repérer. Quinze minutes plus tard, satisfait du résultat, il rangea l'appareil exactement là où il l'avait pris.

Il dissimula ensuite le cadre en bronze dans un coin du garage, derrière un tas de vieilleries.

– Qu'est-ce que vous faites ? s'enquit le Juge.

Ben ne prit pas la peine de lui répondre.

De retour dans le salon, il remit la télévision à sa place sur le meuble, la rebrancha et l'alluma. Des images apparurent sur l'écran : c'était l'une des ces comédies familiales dans lesquelles le père est généralement un idiot et la mère une brave femme. Les enfants, eux, sont de gentils petits monstres.

Craignant que le vertige qui l'avait saisi ne s'aggrave, Ben redressa le lampadaire et examina l'abat-jour métallique. Il était légèrement défoncé, mais il était impossible de deviner que le choc s'était produit récemment. Il dévissa les ampoules, et elles allèrent rejoindre dans le sac-poubelle les morceaux de miroir, la chemise ensanglantée et les serviettes en papier. A l'aide de quelques pages arrachées à un magazine, il ramassa les morceaux de verre plus petits, et jeta le tout dans le sac-poubelle.

Ben retourna dans la cuisine.

– Où rangez-vous les ampoules de rechange ?

– Allez au diable !

Ben remarqua que le cou de Linski, au niveau de la carotide, ne portait aucune marque rouge. Il avait pris soin d'appuyer aux bons endroits, et pas trop longtemps, de façon à ne pas provoquer d'hématomes.

Il fallut cinq minutes à Ben pour trouver les ampoules neuves, que Linski gardait au fond de l'un des placards de la cuisine. Il en installa deux de soixante watts dans le lampadaire du salon, qui s'allumèrent quand il actionna le commutateur.

Puis il retourna dans la cuisine. Il mit de l'eau dans une bassine, prit du savon, un peu de produit ménager à l'ammoniaque, et un carton de lait – le détachant préféré de sa mère – qu'il trouva dans le réfrigérateur. Il revint dans le salon et, à l'aide de quelques chiffons et d'une éponge, entreprit d'ôter les petites taches de sang qui salissaient le tapis. Lorsqu'il cessa de frotter, les légères traces qui subsistaient encore étaient quasiment invisibles. De toute façon, personne n'aurait l'idée de passer le salon au peigne fin. Tant que la pièce paraissait en ordre, la police ne soupçonnerait rien.

Il rangea les produits ménagers et fourra les chiffons dans le sac-poubelle, avec le reste.

Ensuite, il se planta au milieu du salon, et l'inspecta attentivement, cherchant le moindre indice susceptible d'indiquer qu'une bagarre avait eu lieu dans la pièce. La seule chose qui risquait d'attirer l'attention, c'était l'empreinte carrée, plus claire que le reste, que le miroir avait laissé sur le mur.

Ben retira les deux crochets auxquels avait été suspendu le cadre en bronze, faisant apparaître deux petits trous sur la surface lisse. A l'aide d'une poignée de serviettes en papier, il essuya délicatement la poussière délimitant l'empreinte, réussissant tant bien que mal à effacer la marque laissée par le miroir. Il était toujours évident que quelque chose avait été accroché à cet endroit du mur, mais on pouvait à présent penser que l'objet avait été enlevé plusieurs mois auparavant.

Après avoir récupéré l'arme qu'il avait arrachée des mains de Linski, Ben retourna à la cuisine.

– J'ai quelques questions à vous poser.

– Va te faire foutre, répliqua Linski.

Ben posa alors le canon de l'arme contre l'arête du nez de son prisonnier.

Linski le foudroya du regard.

– Vous n'oserez pas faire une chose pareille.

– Souvenez-vous de mes états de guerre.

Linski pâlit, tout en continuant à le fixer.

– Ce silencieux a été fabriqué artisanalement. Dois-je comprendre qu'il s'agit d'un passe-temps banal pour un prof de physique ?

– Ça fait partie de ce que nous apprenons à l'Alliance. Techniques de survie.

– De vrais boy-scouts, à ce que je vois !

– Vous trouvez peut-être que c'est drôle, mais un jour, vous verrez que nous avons bien fait d'apprendre à nous défendre. Nous savons manier les armes et les explosifs, nous savons forcer les serrures – tout ce dont nous aurons besoin le jour où les villes s'embraseront, et où il nous faudra nous battre pour sauver notre race.

– Mais qu'est-ce que l'Alliance aryenne vient faire là-dedans ?

L'attitude de Linski changea brusquement. Il devint aussitôt moins arrogant, et se passa nerveusement la langue sur les lèvres.

– Il faut que je comprenne ce qui se passe. Il faut que je sache s'ils vont se lancer à ma poursuite, dit Ben, tous ces dingues. Et si c'est le cas, il faut que je sache pourquoi. Dans quoi suis-je donc tombé, cette fameuse nuit où je vous ai sorti de cette voiture, dans le coin des amoureux ?

Linski ne répondant pas, Ben posa le canon du silencieux contre son œil droit, de façon à ce qu'il puisse regarder à l'intérieur.

Linski s'affaissa sur sa chaise. Un désespoir soudain s'empara de lui.

– C'est une vieille histoire.

– De quelle histoire parlez-vous ?

– L'Alliance aryenne.

– Racontez-moi tout.

– A l'époque, nous avions une vingtaine d'années.

– Nous ?

– Lora, Harry, et moi.

– Lora et Harry Karnes ? Les parents de Mike ?

– C'est comme ça que nous nous sommes rencontrés. A l'Alliance.

La connection entre Linski et les Karnes fut une telle surprise pour Ben qu'il eut l'impression d'avoir une hallucination. La douleur dans son épaule avait gagné son cou et l'arrière de son crâne.

– Ils avaient pas mal de problèmes. Harry ne travaillait pas. Lora était malade. Mais ils avaient... le petit garçon.

– Mike.

– C'était un enfant magnifique.

Ben comprit instantanément. Il n'avait pas envie d'entendre la suite, mais il n'avait pas d'autre choix que d'écouter Linski.

– Un enfant délicieusement beau, poursuivit Linski. A l'évidence, l'image de l'enfant était encore présente dans son esprit. « Il avait trois ans, presque quatre. »

Ben ne pressait plus le canon du silencieux contre l'œil de Linski. Maintenant qu'il avait commencé, l'assassin n'avait plus besoin d'encouragements pour continuer à parler. Son comportement s'était complètement modifié, et il paraissait presque soulagé d'être forcé de se confesser. C'était plus pour lui-même que pour Ben qu'il se déchargeait ainsi de son fardeau.

– J'avais un peu d'argent, des parts dans une société. Lora et Harry avaient besoin de cet argent... et j'avais besoin de ce qu'ils possédaient.

– Ils vous l'ont vendu.

– Ils ont fixé un prix, un bon prix, pour une nuit de temps en temps, avoua Linski.

– Les propres parents de Mike.

Ben se souvenait de Lora et Harry Karnes, et des citations énigmatiques brodées au point de croix qui étaient accrochées sur les murs de leur salon.

– Ils me l'ont fait chèrement payer, dans tous les sens du terme.

– Combien de temps a duré ce petit jeu ? demanda Ben.

– Moins d'une année. Ensuite... Les remords, quoi.

– Vous vous êtes rendu compte de ce que vous étiez en train de faire ?

– Pas moi. Eux.

La voix de Linski, rendue monocorde par le désespoir, se fit soudain sarcastique.

– Ils avaient eu tout l'argent qu'ils voulaient, leurs problèmes financiers étaient résolus... et ils se sont mis à avoir des scrupules. Ils m'ont retiré le droit de voir l'enfant, et ils m'ont interdit de l'approcher à tout jamais. Cet enfant était un véritable petit ange. Plus jamais, m'ont-ils dit. C'était tellement dur, pour moi... Ils ont menacé de me dénoncer, ils m'ont dit qu'ils allaient raconter aux membres de l'Alliance que j'avais abusé de Mikey à leur insu. Il y a certains membres de l'Alliance qui auraient été parfaitement capables de m'emmener dans les bois et de me faire sauter la cervelle s'ils avaient su ce que je suis. Je ne pouvais pas courir ce risque.

– Et pendant toutes ces années...

– J'ai regardé Mikey de loin. Je l'ai regardé grandir, continua Linski. Il n'a plus jamais été aussi beau que lorsqu'il était enfant, un enfant si jeune, si innocent. Mais je vieillissais, et je détestais l'idée de vieillir. Année après année, je suis devenu de plus en plus conscient du fait que je n'aurais plus jamais... plus jamais quelqu'un... quelque chose d'aussi beau que Mikey. Jamais plus. Il était toujours là pour me rappeler les meilleurs moments de ma vie, si courts.

– Comment vous êtes-vous débrouillé pour lui donner des cours ? Comment se fait-il qu'entre tous les professeurs disponibles, ce soit vous qu'il ait choisi ?

– Il ne se souvenait pas de moi.

– Vous en êtes certain ?

– Oui. C'était terrible, de savoir qu'il avait oublié toute la tendresse que je lui avais témoignée... tous les signes d'affection... Je crois qu'il n'avait pas seulement oublié qui j'étais, mais aussi *tout* ce qui s'était passé entre nous. Il avait oublié mes caresses, il avait oublié l'adoration que j'éprouvais pour lui... quand il avait quatre ans.

Ben se savait pas si l'aggravation de ses nausées étaient dues à sa blessure, ou à l'étrange façon dont Linski décrivait les sévices qu'il avait fait subir à un enfant de quatre ans.

L'assassin poussa un soupir de regret.

– Que nous rappelons-nous de notre petite enfance ? Le temps nous vole tous nos souvenirs. Mais pour en revenir à Mikey, quand il a eu besoin de cours de soutien, il est venu me voir, parce que mon nom était sur la liste que lui avait fournie son lycée. Peut-être qu'il s'est inconsciemment souvenu de mon nom. Même s'il ne s'en rendait pas compte, j'aime à penser qu'il ne m'avait pas *complètement* oublié. Mais je crois qu'il m'a choisi par hasard. Le destin.

– Et vous lui avez dit ce que vous lui avez fait quand il était petit ?

– Non. Non, non. Mais j'ai essayé de... de réveiller son désir.

– Mais c'étaient les filles qui l'attiraient.

– Il m'a repoussé, dit Linski sans paraître ressentir aucune colère, d'une voix sereine, où perçait seulement une infinie tristesse. « Et il a tout raconté à ses parents, qui m'ont menacé à nouveau. J'avais repris espoir, vous comprenez, et... Et cet espoir s'est brisé. C'était tellement injuste, après avoir tant espéré. Ça m'a fait mal.

– Lora et Harry Karnes... Ils vous ont probablement soupçonné de l'avoir tué.

– Qui sont-ils, pour me jeter la première pierre ? protesta Linski.

– Ils m'ont donné votre nom. »

Ben pensa à la façon dont ils l'avaient dirigé vers Linski : Harry Karnes prétendant se souvenir difficilement du nom du professeur, puis donnant un nom inexact, Lora Karnes le corrigeant. Trop timorés pour violer le sixième commandement et se venger de l'assassin de leur fils, ils s'étaient débrouillés pour voir en Ben l'instrument de Dieu, et l'avaient aiguillé, de façon tortueuse, vers cet homme.

– J'aurais également dû rendre un jugement sur Harry et Lora, dit Linski d'un ton égal. Pour avoir laissé ce garçon devenir ce qu'il était devenu.

– Le meurtre de Mike n'avait rien à voir avec ce qu'il était devenu. Vous l'avez tué parce qu'il ne voulait pas de vous.

D'une voix calme et solennelle, Linski protesta.

– Non. Ce n'est pas du tout ça. Vous ne comprenez donc pas ? C'était un fornicateur. Je ne supportais pas de voir ce qu'il était devenu en grandissant. Il avait été si innocent... et puis il est devenu aussi répugnant que les autres, aussi immonde que nous tous. Un sale fornicateur, un jeune blanc-bec, voilà ce qu'il était. La façon dont il avait changé me souillait personnellement, elle salissait le souvenir de ce que nous avions partagé par le passé. Vous pouvez au moins comprendre ça.

– Non.

– Souillé, répéta Linski, d'une voix redevenue plus douce.

Il semblait perdu dans ses pensées. Lointain.

– J'étais souillé.

– Et ce que vous lui avez fait... Ce n'était pas un péché, ce n'était pas répugnant ?

– Non.

– C'était quoi, alors ?

– C'était de l'amour.

Faire la guerre pour avoir la paix. Abuser d'un enfant pour l'aimer. Bienvenue dans la galerie des horreurs, où les multiples visages de l'Enfer se reflètent dans d'étranges miroirs...

– Aviez-vous l'intention de tuer également la fille qui était avec lui ? demanda Ben.

– Oui. Si j'en avais eu le temps. Mais vous m'avez interrompu. Et puis, de toute façon, elle ne m'intéressait plus vraiment.

– Elle avait assisté au meurtre. Elle aurait pu témoigner...

Linski haussa les épaules.

– Vous avez alors reporté votre colère contre moi.

– Vous, le héros, dit le Juge, énigmatique.

– Quoi ?

– Vous étiez le héros, à qui on venait de décerner la Médaille d'honneur... Mais qu'advenait-il de moi ?

– Je n'en sais rien. Qu'advenait-il de vous ?

– Je devenais le méchant, le monstre, dit-il, les yeux pleins de larmes. « Jusqu'à ce que vous arriviez, j'étais sans taches. J'exerçais la justice, avec discernement. J'étais le châtiment. Mais le grand héros, c'est vous... et tous les héros se doivent de tuer le dragon. Et ils ont fait de moi un dragon. »

Ben garda le silence.

– Je n'ai fait qu'essayer de préserver l'innocence de Mikey, pour la garder telle qu'elle était il y a si longtemps. Pour préserver l'innocent pur qu'il était autrefois. C'est donc si mal, d'agir ainsi ?

Et Linski se mit à pleurer.

Ben n'était pas en état de supporter ses larmes.

Pitoyable, l'assassin se recroquevillait sur sa chaise, faisant des efforts pathétiques pour libérer ses mains afin d'y enfouir son visage.

Le procès. La presse. L'affaire allait susciter la curiosité du public, et Ben serait obligé de retourner dans son grenier pour y échapper. Et ce misérable Linski, qui n'irait jamais en prison. Dans un hôpital psychiatrique, peut-être, mais pas en prison. Il serait déclaré innocent, parce que irresponsable.

Ben posa la main sur la tête de Linski, et lui caressa les cheveux.

Linski s'inclina, avide de réconfort.

– Tout le monde souffre, lui dit Chase.

Linski leva vers lui des yeux remplis de larmes.

– Mais certains souffrent trop. Beaucoup trop.

– Je suis désolé, dit Linski.

– C'est bon.

– Je suis désolé.
– Allez-y, ouvrez.
Linski comprit ce qui l'attendait. Il ouvrit la bouche.
Ben plaça le canon de l'arme entre les dents de Linski et appuya sur la détente.
Lâchant la crosse, il se détourna de l'homme mort, s'engagea dans le couloir et ouvrit la porte de la salle de bains. Il releva la lunette des toilettes, tomba à genoux devant la cuvette et vomit. Il resta à genoux un long moment avant de contrôler à nouveau les spasmes qui le vidaient. Il tira la chasse trois fois. Puis il abaissa la lunette et s'assit, essuyant de ses mains gantées la sueur qui ruisselait sur son visage.
Après qu'on lui eut décerné la Médaille d'honneur du Congrès, la récompense la plus sacrée de son pays, et la plus jalousement gardée, il n'avait pas souhaité autre chose que retourner dans l'appartement sous les combles de la maison de Mme Fielding pour y poursuivre son existence de pénitent.
Puis il avait rencontré Glenda, et les choses avaient changé. Il n'était plus question de vivre comme un ermite, isolé de tout. A présent, il voulait une vie sereine, pour donner à leur amour une chance de grandir. C'était tout ce qu'il désirait. Mais Fauvel, la police, la presse, et Richard Linski ne le lui permettaient même pas.
Chase se leva et s'approcha du lavabo. Il se rinça la bouche jusqu'à ce que l'amertume ait disparu.
Il n'avait plus besoin de se comporter en héros.
Il sortit de la salle de bains.
Dans la cuisine, il enleva le sparadrap qui retenait les poignets et les chevilles de Linski. Le corps inerte glissa lentement et s'affaissa sur le sol.
Posant les yeux sur l'arme, il se rendit alors compte que trois balles manquaient dans le barillet. Il finit par trouver dans un tiroir les munitions qu'il cherchait, et rechargea le barillet, n'omettant qu'une seule balle. Il retourna ensuite dans la cuisine et posa l'arme sur le sol, près de la main droite du mort.
Puis il fouilla le salon, afin de retrouver les deux balles que le Juge avait tirées. Il trouva celle qui était passée au-dessus de son épaule, enfoncée à la base d'une cloison. Il parvint à la retirer sans laisser de marques trop évidentes. L'autre, après avoir percuté le

cadre en bronze du miroir brisé, avait fini sa trajectoire derrière le bar, et gisait sur le sol.

Il était minuit moins le quart lorsqu'il déposa le sac-poubelle et les gants dans le coffre de la Mustang.

En repartant, il passa une dernière fois devant le bungalow de Linski. Les lumières étaient allumées. Elles ne s'éteindraient pas de la nuit.

Ben frappa deux coups à la porte et Glenda le fit entrer dans la chambre du motel.

Ils s'étreignirent pendant un long moment.

– Tu es blessé.

S'apercevant de la gravité de sa blessure, elle dit : « Il vaut mieux que je t'emmène chez moi. Tu restes avec moi. Je vais devoir te soigner. Pas question de prendre le risque d'une infection. Les médecins sont obligés de déclarer à la police toutes les blessures causées par une arme à feu. »

Glenda prit le volant.

Ben s'enfonça dans le siège du passager. Une grande lassitude s'était emparée de lui – elle ne résultait pas simplement des deux dernières heures, mais plutôt des dernières années qui venaient de s'écouler.

Les héros ont besoin de terrasser les monstres, et ils savent toujours où les trouver – quand ce n'est pas à l'extérieur, c'est à l'intérieur d'eux-mêmes.

– Tu ne m'as rien demandé, dit-il tandis qu'ils roulaient en direction de l'appartement de Glenda.

– Et je ne te demanderai jamais rien.

– Il est mort.

Elle ne dit pas un mot.

– Je crois que c'était ce qu'il fallait faire.

– C'était une porte par laquelle tu devais passer, que tu l'aies voulu ou non, dit Glenda.

– Seuls Harry et Lora Karnes peuvent établir un rapport entre lui et moi, et ils ne parleront jamais. Les flics n'ont aucun moyen de me coincer.

– De toute façon, répliqua-t-elle, tu te puniras toi-même.

Là-haut dans le ciel, la lune ronde brillait. Levant les yeux vers sa face blafarde et tavelée, il essaya de déchiffrer l'avenir que lui réservait la destruction du passé.

BRUNO

1

J'étais en train de cuver une demi-bouteille de bon scotch et une blonde du nom de Sylvia, qui n'avait pas été mauvaise non plus. Mais personne ne peut me prendre par surprise, quel que soit l'état d'ébriété dans lequel je me trouve. Dans ce boulot, il vaut mieux avoir le sommeil léger. A l'instant même où j'entendais un choc sourd au pied de mon lit, j'avais déjà la main sur mon Colt .38, planqué sous mon oreiller.

Si je n'étais pas sorti, la veille, pour célébrer dignement l'heureuse conclusion d'une affaire, les volets n'auraient pas été fermés, et les rideaux n'auraient pas été tirés. Mais j'étais rentré tard, j'avais fermé les volets et tiré les rideaux, et par conséquent j'étais dans le noir.

Je crus alors entendre des bruits de pas provenant du couloir qui menait au salon, mais je n'en étais pas sûr. Je me glissai donc hors du lit, tentant du regard de percer les ténèbres. L'obscurité était totale, la pièce, vide. Sur la pointe des pieds, je sortis de ma chambre. Personne, ni à droite ni à gauche.

Je perçus alors distinctement le bruit produit par le déblocage du verrou de la porte blindée. Le battant s'ouvrit, se referma, et des pas retentirent dans l'entrée, puis dans l'escalier intérieur.

Je me précipitai alors dans le salon, prêt à foncer dans le couloir, avant de me souvenir que j'étais en sous-vêtement. Dans l'immeuble où j'habite, personne n'eût rien trouvé à redire – à supposer que quelqu'un s'en rendît compte – à un type en slip, mais j'aime à penser que j'ai plus de moralité que certains de mes voisins parfois assez louches.

En allumant la lumière, je constatai que le système de sécurité avait été débloqué. Je remis le pêne en position.

Soigneusement, je passai en revue tout l'appartement, des toilettes à la buanderie. Pour autant que je puisse en juger, il n'y avait ni bombe ni truc malsain. Comme c'était dans la chambre que j'avais entendu l'intrus, je la fouillai de fond en comble à deux reprises, mais en vain.

Je fis du café. La première gorgée était si infecte que je vidai la moitié de la tasse dans l'évier, en me demandant si la tuyauterie supporterait un tel traitement, puis j'ajoutai à ce qui restait un peu d'excellent cognac. Nettement meilleur. Tout à fait mon genre de petit déjeuner.

Je me tenais donc dans la cuisine, pieds nus sur le carrelage froid, vêtu de mon slip, en train de me réchauffer les tripes au cognac et de me demander qui avait bien pu s'introduire chez moi, et pourquoi.

Une drôle de pensée me vint alors à l'esprit. Quand l'intrus était parti, il avait ôté de son logement dans le sol la tige métallique maintenant la porte fermée. Ce qui signifiait qu'il était entré dans l'appartement par une fenêtre, ou qu'il avait remis la barre en place après être passé par la porte. Mais cette idée était parfaitement stupide. Personne ne prendrait le risque, au cas où ça tournerait mal, de retarder ainsi sa fuite.

Je fis le tour de l'appartement, vérifiant les fenêtres. Elles étaient toutes fermées, comme d'habitude. J'inspectai même celle de la salle de bains, qui n'a pourtant pas de verrou, puisqu'elle est équipée de barreaux, et qu'elle se trouve au septième étage, dans un mur ne comportant aucune ouverture. Personne n'avait pu s'introduire par aucune des fenêtres.

Je m'administrai quelques gifles, dans l'espoir de m'éclaircir les idées et d'élucider ce mystère. Sans résultat. Je décidai alors de prendre une douche et d'attaquer la journée.

Je devais être la proie d'hallucinations. Bien que je n'ai jamais souffert de ce que les psychiatres à deux cents dollars la consultation appellent l'angoisse postcoïtale, c'était peut-être ce que je venais de subir. Tout bien réfléchi, il est impossible que quelqu'un pénètre dans un appartement après avoir réussi l'impossible exploit consistant à forcer silencieusement une porte blindée, pour ensuite se faufiler dans la chambre à coucher dans le seul but de jeter un coup d'œil et de repartir aussitôt. Et aucun de mes ennemis ne m'enverraient un tueur capable de changer soudain d'avis à ce stade des opérations.

Je sortis de la douche à quatre heures et quart et fis ma gymnastique quotidienne jusqu'à cinq heures. Puis je repris une douche – froide, cette fois. Après m'être vigoureusement séché, je mis un semblant d'ordre dans ma chevelure, et je m'habillai.

A cinq heures et demie, je me retrouvai sur une banquette du Ace-Spot, et Dorothy, la serveuse, déposait devant moi un scotch coupé d'eau avant que j'aie même eu le temps de respirer l'atmosphère du bar.

« Qu'est-ce que vous prendrez, Jake ? » me demanda-t-elle. Sa voix cristalline tintait comme des perles de verre dans de la porcelaine.

Je commandai un steak et deux œufs au plat, ainsi qu'une double portion de frites, et j'ajoutai une requête supplémentaire : « Quelqu'un m'a demandé, Dory ? »

Elle écrivit sur son carnet la moitié de la question avant de comprendre que celle-ci ne faisait pas partie de ma commande. Dory avait la réputation d'avoir été une assez jolie fille dans sa jeunesse, mais personne n'avait jamais prétendu qu'elle était supérieurement douée.

« Pas que je sache, dit-elle. Mais Benny est peut-être au courant. »

Benny, c'était le patron. Il était plus malin que Dory. Il lui arrivait même parfois d'en remontrer à une botte de foin.

Je ne sais pas pourquoi j'ai tendance à traîner avec autant de crétins, de nazes et de nullards. Peut-être que ça me fait me sentir supérieur. Un type assez bête pour essayer de gagner sa croûte en exerçant la profession démodée de détective privé, en cette fin de XXe siècle, à l'époque des ordinateurs, des systèmes d'écoute ultra-perfectionnés et des trafiquants de drogue capables d'occire leur grand-mère pour une pièce de cinq francs – bon sang, il a besoin d'au moins *une* raison pour se sentir bien dans ses pompes.

Lorsque Dory revint à ma table, elle m'apportait une

réponse négative de la part de Benny, ainsi que la nourriture commandée. Que j'engloutis *illico*, tout en pensant à l'inconnu qui avait traversé le mur de ma chambre.

Après deux autres doubles scotches, je retournai chez moi, afin de me livrer à une seconde inspection des lieux.

Au moment précis où, arrivé devant mon appartement, je m'apprêtais à mettre la clé dans la serrure, un type ouvrit la porte de l'intérieur, faisant mine de vouloir sortir.

« On ne bouge plus, minable ! » m'écriai-je en pointant mon .38 sur son gros ventre. Je le forçai à reculer jusque dans le salon, refermai la porte derrière nous, et allumai la lumière.

« Qu'est-ce que vous voulez ? me demanda-t-il.

– Ce que *je* veux ? Ecoute, crapule, ici, c'est chez moi, tu piges ? J'habite dans cet appartement. Et aux dernières nouvelles, ce n'est pas ton cas. »

Il semblait sortir tout droit d'un film de Bogart, et j'aurais presque pu éclater de rire, si je ne m'étais pas senti suffisamment en colère pour bouffer du lion. Un immense chapeau mou dissimulait la moitié de son visage. Son manteau donnait l'impression d'avoir été taillé pour une paire de frères siamois : l'ourlet lui arrivait aux genoux, et l'on distinguait, au-dessous, les jambes molles d'un pantalon trop large, ainsi que de grandes – vraiment IMMENSES – chaussures de tennis blanches. Les tennis ne correspondaient pas au personnage de Bogart, mais l'air mystérieux, lui, collait parfaitement.

Par la taille, ce type me rappelait un acteur des débuts du cinéma, Sidney Greenstreet, la surcharge pondérale en plus.

« Je n'ai pas l'intention de vous nuire », dit-il. Sa voix était cent fois plus grave que celle de Dory, mais elle possédait le même tintement cristallin.

« Vous êtes déjà venu tout à l'heure ? lui demandai-je.

– Je ne suis jamais venu ici », me répondit-il, penchant la tête.

« Voyons un peu à quoi vous ressemblez. »

Je tendis la main vers son chapeau. Il fit mine d'esquiver, découvrit alors que j'étais plus rapide que lui et voulut me donner un coup en pleine poitrine. Mais je m'étais déjà emparé du chapeau, et il me toucha à l'épaule, ratant le cœur qu'il avait pourtant visé.

Souriant, je me mis à le dévisager. Mon sourire se figea. « Mon Dieu ! »

Son visage se tordit, et de grandes dents apparurent derrière des lèvres noires.

Le dos à la porte, je bloquais la sortie. Et malgré la peur que je ressentais au fond de moi, pour la première fois depuis des années, je n'avais pas l'intention de le laisser partir. Si mes menaces n'avaient sur lui aucun effet, il n'en serait pas de même pour le .38, qui le dissuaderait de bouger – du moins l'espérais-je.

« Qui... Que... Qui êtes-vous ? lui demandai-je.

– Vous avez raison, c'est bien ça. Qui.

– Répondez, alors.

– Pourrions-nous nous asseoir ? Je suis terriblement fatigué. »

Je le laissai s'asseoir, mais je restai debout, prêt à bondir s'il le fallait, et tandis qu'il se dirigeait vers le sofa, sur lequel il s'écroula, comme à bout de forces, je l'examinai soigneusement. C'était un ours. Un ours brun. Un gros ours, pas un petit nounours, non, un ours de deux mètres de haut. Il avait de larges épaules, et sous les vêtements amples, il cachait probablement un torse massif et des membres postérieurs épais comme des troncs d'arbres. Sa tête, tel un bloc de granit, semblait avoir été sculptée par quelque artiste muni d'un couteau à beurre, d'un burin et d'un tournevis émoussé. Des traits durs, des yeux profondément enfoncés sous un front proéminent, une mâchoire à faire pâlir Schwarzenegger. Et par-dessus tout ça, une épaisse fourrure.

Si je n'avais pas eu l'habitude de regarder la télé l'après-midi, quand il n'y avait pas trop de boulot, et toutes ces émissions peuplées de maris trompant leur épouse avec leur belle-mère et de dentistes transsexuels enlevés par des extraterrestres, il est certain que la simple vue d'un ours doté de la parole m'aurait anéanti en moins de deux. Mais être accro à la télé et savoir quels genres d'individus hantent actuellement les rues de nos villes suffit à faire de vous un mec encore plus costaud que Sam Spade et Philip Marlowe réunis.

« Crache-moi tout ce que tu sais, dis-je.

– Je m'appelle Bruno.

– Ensuite ?
– Vous m'avez seulement demandé qui j'étais.
– Je ne te conseille pas de jouer au plus malin avec moi.
– Vous ne vous exprimiez donc pas littéralement ?
– ... ?
– En me demandant qui je suis, vous vouliez en fait obtenir des informations d'ordre plus général, des données plus signifiantes, n'est-ce pas ?
– Eh, je pourrais te faire sauter la cervelle pour ça », lui dis-je.

Il parut surpris et s'agita un peu, mal à l'aise, faisant gémir les ressorts du sofa.

« Pour quoi ?
– Pour parler comme un fichu comptable. »

Il réfléchit un instant.

« D'accord. Pourquoi ne pas vous répondre ? Qu'est-ce que j'ai à perdre ? Je suis à la poursuite de Graham Stone, l'homme que vous avez entendu ici même il y a quelques heures. C'est un criminel.
– Quels crimes a-t-il commis ?
– Vous n'êtes pas en mesure de comprendre de quoi il s'agit.
– Parce que j'ai l'air d'avoir grandi dans un couvent, peut-être ? Vous croyez que j'ignore ce qu'est le mal ? Rien de ce que ces pourris sont capables de faire ne peut me surprendre. Expliquez-moi un peu comment ce Stone s'est introduit chez moi. Et comment vous êtes entré. »

Comme il hésitait, j'agitai devant lui le canon de mon .38.

« Il est inutile que je vous cache la vérité, dit Bruno. Lui et moi, nous arrivons d'une autre probabilité.
– Hein ? » Bouche bée, tel un fan sous acide pendant un concert du Grateful Dead, j'eus du mal à émettre ce simple son.

« Une autre probabilité. Une autre dimension temporelle. Graham Stone vient d'une anti-Terre, un monde parallèle, comme il en existe un nombre infini. Je viens moi-même d'un monde différent de celui de Stone. Vous êtes devenu un récepteur d'énergies transtemporelles. Si c'est la première fois que ça vous arrive, cette capacité qui est la vôtre doit être nouvelle. D'ailleurs, vous n'êtes pas répertorié – aucune trace de vous dans le manuel. Si vous étiez un récepteur depuis longtemps... »

J'émis alors une série de grognements, afin de lui faire comprendre qu'il était temps pour lui de la fermer. Je lui donnai l'ordre de me servir un verre de scotch, que je bus presque entièrement avant de récupérer l'usage de la parole.

« Expliquez-moi ce qu'est cette... cette capacité que j'ai acquise. Je ne pige pas.

– Il est possible de voyager à travers les zones temporelles, d'un monde parallèle à l'autre. Mais les seuls passages possibles sont ceux que génèrent certains êtres vivants, capables d'absorber l'énergie transtemporelle et de la dissiper sans provoquer de grossières explosions.

– De grossières explosions ?

– Oui. Le processus peut se révéler très salissant.

– Très salissant ?

– Quoi qu'il en soit, vous faites partie de ces gens doués qui n'explosent pas.

– Tant mieux pour moi.

– Le passage omnidirectionnel que vous créez – une sorte d'aura spirituelle, en fait – s'étend sur un rayon de six mètres.

– Ah bon ? grommelai-je.

– Les probabilités infinies des mondes existants ne disposent pas tous de créatures aussi douées que vous, et par conséquent, ils ne nous sont pas tous accessibles. »

Je finis le scotch, tenaillé par l'envie de lécher le fond du verre.

« Et il y a donc une... une anti-Terre gouvernée par des ours intelligents ? » Impossible de continuer à accuser ma folle nuit avec Sylvia de ce qui m'arrivait. Même le psychiatre le plus persuasif du monde n'aurait pas réussi à me convaincre que c'était de la déprime postcoïtale.

« Pas exactement, répondit Bruno. Mais dans ma zone temporelle, un peu après la fin de la Deuxième Guerre mondiale, il y a eu un conflit nucléaire dévastateur, auquel la communauté scientifique a survécu, mais pas la population. Afin d'assurer la survie de la race, les scientifiques ont été forcés d'apprendre à stimuler l'intelligence des espèces inférieures, et à maîtriser les manipulations génétiques permettant la création d'animaux dotés d'une intelligence et d'une dextérité humaines. »

Il leva les mains : celles-ci étaient équipées, non pas de griffes, mais de doigts courts et charnus. Les agitant devant moi, il sourit bêtement, radieux, découvrant la totalité de ses dents carrées.

« Si j'arrive à nous dégoter un rendez-vous avec Steven Spielberg, lançai-je, nous allons tous les deux être sacrément riches. »

Il fronça les sourcils. « Steven Spielberg ? Le père du voyage sidéral ?

– Hein ? Non, le réalisateur de cinéma.

– Pas dans mon monde.

– Dans ton monde, Spielberg est le père du voyage sidéral ?

– C'est aussi l'inventeur du yaourt glacé.

– Vraiment ?

– Et des chaussures antigravité, et du pop-corn utilisable dans les micro-ondes. C'est l'homme le plus riche de tous les temps.

– Je vois.

– Il a également rétabli la paix dans le monde », dit Bruno, plein de respect.

Tandis que les implications de ce qu'il m'avait dit pénétraient l'épaisseur de mon cerveau, je m'assis.

« Tu veux dire que de drôles de personnages en provenance de centaines de mondes différents vont dorénavant apparaître autour de moi à chaque instant ?

– Non, pas vraiment, dit Bruno. D'abord, il n'y a pas vraiment de raisons de rendre visite à votre zone temporelle – ni même à d'autres. Le nombre de réalités alternatives est trop important pour que le trafic transtemporel dans l'une d'entre elles connaisse le moindre embouteillage. A moins qu'il existe une Terre si étrange qu'elle puisse devenir une attraction touristique. Mais à en juger par cet appartement, votre Terre me semble plutôt terne et tout à fait ordinaire. »

J'ignorai sa remarque. « Mais imaginons que j'aie été en train de marcher dans la rue quand tu es apparu ? Voilà une chose qui, si elle devait arriver, provoquerait une certaine réaction !

– Justement, à ce propos, dit Bruno, quand l'un d'entre nous débarque, personne ne peut le voir, pas même vous. On perçoit notre présence graduellement, comme si on nous remarquait d'abord du coin de l'œil, et le processus n'a absolument rien de magique. »

Je le fis me servir un autre scotch. Puis un autre. Après quoi, je me sentis de meilleure humeur. « Tu m'as dit que tu étais flic.

– J'ai dit ça ?

– Affirmatif. Tu as dit que ce Graham Stone était recherché pour activités criminelles. Sauf si tu es un citoyen particulièrement consciencieux, tu ne peux être que flic. »

Il sortit de la poche de son imperméable un petit disque argenté, d'aspect curieux, et me le montra : POLICE DES ZONES TEMPORELLES. Il passa ensuite son pouce sur la surface du disque, et l'inscription disparut sous une photographie le représentant. « A présent, il faut vraiment que j'y aille. Graham Stone est un homme trop dangereux pour qu'on le laisse en liberté ici. »

Le lecteur de CD se trouvait à côté de moi. Je choisis un titre et montai le volume, tandis qu'il se levait et mettait son ridicule chapeau. Lorsque le Butterfield Blues Band se mit à hurler, je logeai une bastos dans le sofa, à côté de Bruno, trouant accidentellement son imperméable.

Il se rassit.

Je baissai le volume.

« Que voulez-vous ? » me demanda-t-il. Je dus admettre qu'il ne perdait pas son sang-froid. Il ne prit même pas la peine de regarder si le coup était vraiment passé près de lui.

Je savais comment m'y prendre. « Tu vas avoir besoin d'aide. Je connais ce coin comme ma poche. Pas toi.

– J'ai mes propres méthodes d'investigation, dit-il.

– Des méthodes ? Tu n'es pas Sherlock Holmes, mon vieux, et on n'est pas en Angleterre à l'époque de la reine Victoria. C'est l'Amérique, ici, les années quatre-vingt dix, la grande ville – des ours comme toi, on en bouffe au petit déjeuner. »

Il parut soudain inquiet. « Je ne suis pas particulièrement familiarisé avec cette réalité...

– C'est pour ça que tu as besoin de moi, répétai-je en gardant le Colt pointé dans sa direction.

« Continuez », dit-il, pas content. S'il avait pu me coincer, je suis certain qu'il aurait été enchanté de me montrer avec quelle rapidité il savait se servir de ses poings massifs.

« Il se trouve que je suis justement détective privé. Je n'ai jamais apprécié les policiers et leurs badges officiels – comme le vôtre. Mais je ne suis pas contre le fait de collaborer avec eux, si ça peut me rapporter quelque chose. »

Il parut sur le point de rejeter ma proposition, puis il réfléchit. « Combien ?

– Disons deux mille, tout compris.

– Deux mille dollars.

– Ou deux paires de ces chaussures antigravité conçues par Spielberg, si tu en as. »

Il secoua la tête. « Impossible d'introduire dans les zones temporelles des moyens techniques révolutionnaires. Très mauvais.

– C'est-à-dire ?

– Des petites filles peuvent se retrouver complètement carbonisées quelque part dans le New Jersey, par exemple.

– Ne me prends pas pour un imbécile.

– Je suis sérieux. »

En effet, il *semblait* tout à fait sérieux – d'une austérité et d'une sévérité de plantigrade. « Les conséquences d'un tel acte sont imprévisibles, et souvent très étranges. L'univers est un endroit extrêmement mystérieux, vous savez.

– J'avais pas remarqué. Alors, ça marche pour deux mille dollars ?

– Vous savez vous servir d'une arme, reconnut-il. D'accord. Ça marche. »

La somme était passée comme sur des roulettes.

« Dans ces conditions, disons plutôt *trois* mille », dis-je.

Il sourit. « Ça marche. »

Pour lui, l'argent ne voulait rien dire – l'argent de cette zone temporelle, bien sûr. J'aurais pu lui demander n'importe quoi. Mais impossible de lui soutirer davantage, à présent. Question de principe.

« Payable à l'avance, dis-je.

– Vous avez de l'argent sur vous ? répliqua-t-il. Il faut que je vois quel est le genre de billets que vous utilisez. »

Je tirai de mon prtefeuille deux cents dollars, que j'étalai sur la table.

Il aligna les billets de cinquante et de vingt devant lui, puis il sortit de son manteau un objet plat, qui me parut être un appareil photo. Il photographia les billets, et un instant plus tard, la fente placée sur le côté de l'appareil se mit à cracher des duplicata. Il me les tendit, attendant que je réagisse.

Les duplicata étaient parfaits. D'authentiques billets de banque.

« Mais ce sont des contrefaçons, protestai-je.

– Exact. Sauf que nul ne s'en rendra jamais compte. Les faux-monnayeurs se font prendre parce qu'ils fabriquent plusieurs milliers de billets comportant le même numéro de série. Vous, vous possédez seulement deux billets de chaque sorte. Si vous en avez d'autres, je peux les copier aussi. »

J'allai donc chercher mes réserves de *cash*, cachées dans une boîte fermée à clé, au fond d'un tiroir secret dissimulé dans le placard de la cuisine. En quelques minutes, j'eus mes trois mille dollars. Après avoir remis le tout à sa place dans la cuisine, je dis à Bruno : « Et maintenant, il ne nous reste plus qu'à trouver Stone. »

2

Quand la nuit tomba, il neigeait et la piste commençait à se préciser. Nous nous trouvions dans une allée, à cinq kilomètres de mon appartement.

Bruno examina le petit disque argenté qu'il m'avait montré en guise de badge professionnel, et qui, visiblement, avait d'autres fonctions. La lueur orangée à la surface de l'objet lui arracha un grognement approbateur. Le truc, me dit-il, mesurait l'énergie temporelle résiduelle que Stone dégageait, et plus nous nous rapprochions de sa planque, plus la couleur changeait.

« Pas mal, dis-je.

– Une invention de Spielberg. »

D'un jaune vif lorsque nous avions quitté l'appartement, le badge passait à présent à une teinte orangée de plus en plus prononcée.

« On s'approche », souffla Bruno. Il inspecta de plus près le bord du disque, où s'intensifiait la couleur, et renifla bruyamment, l'air satisfait. « Essayons cette allée.

– C'est pas l'endroit le plus chic de la ville.
– Dangereux.
– Probablement pas pour un ours de plus de deux mètres de haut armé de gadgets ultrasophistiqués.
– Parfait. »

Courbant le dos afin de paraître moins grand, camouflé sous son immense imperméable et son énorme chapeau, et s'efforçant de ressembler à n'importe quel géant barbu, il baissa la tête et reprit sa marche pataude. Je le suivis, tout en essayant d'éviter le vent glacé et les bourrasques de neige.

L'allée menait à une rue bordée d'entrepôts, de grossistes en matériel industriel, de casses de vieilles bagnoles, et de quelques autres sociétés, dont le rôle de couverture aux diverses activités de la Mafia n'était pas si manifeste. L'un des hangars n'était plus qu'une structure métallique dont les deux baies vitrées, inaccessibles de la rue, avaient été brisées depuis longtemps.

Bruno jeta un coup d'œil sur son badge lumineux, puis il regarda l'entrepôt abandonné. « Là », dit-il. Dans sa main, le petit disque rougeoyait.

Nous traversâmes la rue, laissant dans la neige immaculée deux paires d'empreintes. Le bâtiment comportait deux entrées ; l'une était une porte de dimension normale, l'autre, un portail assez large pour permettre le passage de camions. Toutes deux étaient solidement fermées à clé.

« Je peux la faire sauter », dis-je à Bruno, en désignant la serrure de la porte.

Jetant un coup d'œil sur son badge, il répondit : « De toute façon, il se trouve actuellement au premier étage. Essayons de passer par la porte du haut. »

Agrippés à la rampe, nous gravîmes l'escalier de secours, dont les marches ne m'inspiraient aucune confiance. Au premier étage, la porte avait été forcée, et elle était ouverte, à peine maintenue par des gonds rouillés. Nous entrâmes, restant un instant dans l'obscurité, silencieux et immobiles.

Comprenant soudain que Bruno était probablement capable de voir dans le noir, ce que je ne réussirai jamais à faire, je me décidai enfin à allumer ma lampe électrique. Nous nous trouvions dans une large galerie qui surplombait le rez-de-chaussée de l'entrepôt.

Une trentaine de mètres plus loin, un bruit retentit,

comme un sac d'os qu'on secoue. Nous nous approchâmes, pour nous apercevoir qu'une échelle en bois vibrait encore, témoignant du récent passage de quelqu'un.

Je me penchai en avant, mais Stone n'était déjà plus là. N'ayant entendu aucune des deux portes se refermer, nous empruntâmes l'échelle à notre tour.

Dix minutes plus tard, nous avions vérifié le contenu des containers du rez-de-chaussée, ainsi que les installations techniques à l'abandon et jusqu'au moindre recoin des bureaux vides qui s'alignaient au fond du bâtiment. Sans trouver nulle trace de l'invisible Stone. Les deux entrées étaient toujours fermées de l'intérieur.

Aucun de nous deux n'avait rangé son arme. J'avais remplacé dans mon Smith & Wesson la balle tirée plus tôt, et je disposais à présent d'un barillet plein.

L'arme de Bruno ne ressemblait à rien de ce que j'avais pu voir jusque-là, mais il m'assura qu'elle était mortelle.

« C'est un Disney .780 Mortel Arroseur.

– Disney ?

– Walt Disney. Le meilleur fabricant d'armes du monde.

– Sans blague ?

– Il n'y a pas ça, chez vous ?

– Le mien, c'est un Smith & Wesson.

– Les hamburgers ? » s'étonna-t-il.

Je fronçai les sourcils. « Pardon ?

– Mais oui, vous connaissez – la chaîne de fast-foods Smith & Wesson. »

Je laissai tomber. On peut dire qu'il se passe carrément de drôles de choses dans ces probabilités de réalité.

J'entendais vaguement autour de nous des bribes de Heavy Metal, comme apportées par les courants d'air, mais une inspection plus minutieuse des murs me fit découvrir un passage ancien, dont la porte avait été peinte de façon à se confondre avec le reste. Prudemment, je l'ouvris. Derrière, l'obscurité était totale. Des guitares saturées, du synthé, une batterie. Je m'engageai dans l'escalier, et Bruno me suivit.

« D'où vient cette musique ? » me demanda mon plantigrade d'ami.

Je n'appréciais pas spécialement son haleine chaude

dans mon cou, mais je m'abstins de me plaindre. Tant qu'il se tenait derrière moi, personne ne me sauterait dessus sans crier gare. « On dirait que ça vient d'une cave, ici ou pas loin, sous un autre bâtiment. Ils sont en train de jouer.

– Qui ?

– Le groupe.

– Quel groupe ?

– Comment pourrais-je le savoir ? »

Bruno dit alors : « J'aime les groupes.

– Tant mieux pour toi.

– J'adore danser, me dit l'ours.

– Tu danses dans un cirque ? lui demandai-je.

– Où ça ? »

Je compris alors que j'étais sur le point de l'insulter. Après tout, c'était un mutant intelligent, un flic de la probabilité, et pas un ours comme les nôtres. Il n'avait pas plus de chances d'avoir dansé dans un cirque que d'avoir porté un tutu rose perché sur un vélo.

« Nous approchons, m'informa Bruno tandis que nous descendions toujours l'escalier, mais Stone n'est pas là. »

Le rouge du badge avait perdu de son intensité.

« Par ici », lui dis-je. Nous venions d'atteindre la dernière marche, et autour de nous s'étendait le sous-sol fétide de l'entrepôt abandonné, encombré d'ordures qui puaient la moisissure. Ça sentait l'urine et la charogne, une odeur pestilentielle.

Je suivis de salle en salle le hard-rock des invisibles sirènes, effrayant au passage des rats, d'énormes araignées, et Dieu sait quoi encore. Je n'aurais pas été étonné de croiser un politicien corrompu, ou un syndicaliste véreux. Voire Elvis – un Elvis mort-vivant, différent, avec de grandes canines pointues, des yeux injectés de sang, l'air vraiment mauvais.

Au fond de la salle la plus fétide se trouvait une lourde porte en bois massif, avec des gonds en fer forgé. Elle était fermée, évidemment.

J'avertis Bruno. « Recule-toi.

– Que comptez-vous faire ?

– Un peu de rénovation », lui répondis-je en vidant mon Smith & Wesson sur la serrure.

Quand la cave ne retentit plus de l'écho des coups de feu, Bruno me dit : « Je dispose de moyens plus subtils pour accomplir ce genre de besogne.

– Qu'ils aillent au diable, vos moyens subtils ! »

J'ouvris la porte – et je découvris qu'elle en dissimulait une autre. Blindée. Relativement récente. Ce système avait pour but d'empêcher qu'on aille d'un bâtiment à l'autre : il était impossible de passer sans ouvrir les portes des deux côtés à la fois, et en même temps.

Seulement éclairé par le rayon de la lampe électrique, Bruno me dit alors : « Si vous permettez... »

De l'une des poches de son vaste imperméable, il tira un bâtonnet long d'une douzaine de centimètres, fait d'une sorte de cristal vert, et le secoua vigoureusement, comme s'il s'agissait d'un thermomètre.

L'instrument émit un son de plus en plus aigu, rapidement inaudible pour une oreille humaine, et qui aurait été carrément insupportable pour celle d'un chien, s'il y en avait eu un dans le coin. Bizarrement, je sentais les vibrations de ce fichu machin jusque dans le bout de ma langue.

« J'ai la langue qui tremble, dis-je.

– Naturellement. »

Il posa l'extrémité du bâtonnet sur la porte blindée, et les serrures – il y en avait plusieurs – s'ouvrirent l'une après l'autre, produisant une série de claquements secs.

Ma langue cessa soudain de vibrer. Bruno remit le bâtonnet de cristal dans sa poche, puis je poussai le battant.

Des toilettes. Nous venions de rentrer dans des toilettes : deux compartiments dont les portes étaient entrouvertes, deux urinoirs que les ivrognes, de toute évidence, avaient le plus grand mal à ne pas rater, un lavabo crasseux, et un miroir taché, qui nous renvoyait l'image de deux individus aussi mal à l'aise que deux vieilles filles dans une maison de passe.

« Qu'est-ce que c'est que cette musique ? » hurla Bruno. Il fallait hurler, parce que le groupe de Heavy Metal ne se trouvait plus très loin de nous, à présent.

« Metallica !

– Pas très dansant, se plaignit-il.

– Ça dépend de l'âge qu'on a.

– Mais je ne suis pas vieux !

– Peut-être, mais tu es un ours. »

Moi, j'aime bien le Heavy Metal. C'est une musique qui me dégage les sinus et qui me fait me sentir immortel. Si j'en écoutais trop souvent, je me mettrais à bouffer des chats vivants et à tirer sur tous ceux dont le nom ne me revient pas. Pour ma santé mentale, j'ai besoin du jazz et du blues, mais un peu de Heavy Metal ne peut pas faire de mal, bien au contraire, et le groupe qui jouait dans ce club était plutôt bon.

« Et maintenant, que faisons-nous ? me cria Bruno.

– On dirait qu'on est dans un bar, ou dans un night-club, répliquai-je sur le même ton. On va le chercher.

– Impossible. Vous comprenez, je peux à la rigueur marcher dans la rue, surtout quand il fait nuit, et rester à une distance raisonnable des gens, sans leur laisser la possibilité de m'approcher de trop près. Mais ici, c'est différent. Stone se méfie certainement, lui aussi. Pour commencer, il n'aurait jamais dû essayer de s'infiltrer dans une zone temporelle inexplorée. C'est quand il a compris que j'étais sur le point de le coincer qu'il a commis cet acte désespéré.

– Alors, on fait quoi ? lui demandai-je.

– Je vais rester ici, dans l'un des deux compartiments. Vous, vous allez essayer de le trouver. S'il n'est pas là, nous retournerons à l'entrepôt, pour repartir ensuite à sa recherche.

– Faut bien que je mérite l'argent que je gagne, pas vrai ? »

Tandis que j'arrangeai ma cravate, planté devant le miroir, Bruno entra dans l'un des deux compartiments, fermant la porte derrière lui.

Une fois à l'intérieur, il s'écria : « Seigneur !

– Quelque chose ne va pas ?

– Les habitants de ce monde n'ont-ils donc *aucun* respect pour la propreté ?

– Certains d'entre nous connaissent ce mot.

– Cet endroit est répugnant.

– Essaie l'autre, lui conseillai-je.

– Ce sera peut-être pire..., grommela-t-il.

– Je ne serai pas long. »

Sur cette promesse, je quittai la puanteur des toilettes pour partir sur les traces de Graham Stone.

3

Il y avait tellement de monde que je dus me frayer un chemin parmi les gens, agglutinés partout d'un bout à l'autre du club. J'avais vu la photo de Graham Stone sur le badge lumineux multicolore de Bruno, et je savais ce que je cherchais : 1,80 mètre, le visage pâle, des cheveux noirs comme du jais, des yeux d'un bleu transparent et un regard plus dur que le cœur d'un contrôleur des impôts, des lèvres minces – l'incarnation de la cruauté. Je passai en revue mes voisins. Stone n'était pas parmi eux, et je m'enfonçais dans la masse, une foule de jeunes gens à cheveux longs qui buvaient de la bière, fumaient des cigarettes artisanales, pelotaient leur petite copine, embrassaient leur petit copain, et dansaient comme des fous. Certains me regardaient comme si j'allais sortir une Bible de ma poche et tenter de les convaincre que Jésus était leur Sauveur.

Pas facile de repérer un visage. J'avais du mal à rester attentif. Des stroboscopes se déclenchaient à tout moment, me forçant à attendre, immobile. Quand les stroboscopes ne fonctionnaient pas, des extraits de films d'horreur étaient projetés sur les murs et sur le plafond, ainsi que sur les clients. Dix minutes plus tard, arrivé enfin près du bar et de la petite scène, j'aperçus Graham Stone qui se dirigeait vers une porte à peine éclairée, au fond du club.

Au-dessus de la porte, un panneau indiquait « BUREAU », et un autre, accroché sur le battant, était encore plus précis : « RÉSERVÉ AU PERSONNEL ». Elle était entrouverte, et j'entrai d'un bon pas, comme si j'étais chez moi, la main sur le Colt .38 que j'avais dans la poche.

Je me retrouvai alors dans un petit couloir desservant plusieurs pièces, dont les portes étaient toutes fermées. Je frappai à la première. Une voix de femme s'éleva : « Oui ? ». J'entrai.

Une rousse à l'opulente poitrine, en justaucorps, était en train d'exécuter des pas de danse devant un grand miroir – c'était maintenant Megadeath qui passait à plein volume. Une dizaine de chaises étaient alignées contre le mur, tout autour de la pièce, et sur chacune d'elles se trouvait une marionnette, telles qu'en emploient les ventriloques. Certaines tenaient même dans leurs mains en bois... des bananes.

Je n'eus pas envie d'en savoir davantage.

« Excusez-moi, dis-je. Je me suis trompé. »

Refermant la porte, je me dirigeai alors vers le fond du couloir.

Graham Stone se trouvait bien dans la pièce où je pénétrai ensuite. Debout près du bureau, il me fixait de son regard froid. Après avoir refermé la porte, je tirai de ma poche mon Smith & Wesson, histoire de lui faire comprendre que j'avais la situation en main. « On ne bouge plus », lui dis-je.

Il ne bougea pas, mais ne me répondit pas non plus. Comme je m'avançai vers lui, il fit un pas sur le côté. Je brandis le .38, mais ce dernier ne parut pas attirer l'attention de Stone. Il regardait la scène sans paraître le moins du monde intéressé.

Je me rapprochai encore, et il avança vers moi. Le ramener vivant à Bruno ne faisait pas partie de mon contrat, d'après ce que je n'avais compris. En fait, l'ours m'avait même laissé entendre que le moindre signe de faiblesse de ma part provoquerait chez Stone un accès de sauvagerie terrible, un peu comme si un disciple de Hare Krishna décidait soudain de s'envoyer une triple dose de PCP. Enfin, il n'avait pas dit les choses exactement de cette façon, mais j'avais saisi le message. Je tirai donc sur Graham Stone en pleine poitrine, à bout portant, parce que j'avais aucun moyen de savoir ce qu'il était capable de me faire.

La balle le traversa de part en part, et il s'affaissa, tombant d'abord sur le bureau, puis sur le sol, où il se dégonfla littéralement. En moins de six secondes, il n'était plus qu'un petit tas de papier, qui avait été peint de façon à le faire ressembler à un être humain. Une sorte de mue, une peau de serpent, une image tridimensionnelle qui, bien que vidée de son contenu, restait tout à fait convaincante. J'inspectai ce qu'il en restait. Pas de sang, pas d'os, seulement une poignée de cendres.

Je regardai le Smith & Wesson. C'était bien l'arme que je connaissais, et pas du tout un Disney .780 Mortel Arroseur. Ce qui signifiait qu'il ne s'agissait pas du vrai Graham Stone, mais d'autre chose – une imitation incroyable, d'une facture aussi fragile que confondante. Sans prendre le temps de réfléchir davantage, je fonçai dans le couloir. Personne n'avait entendu le coup de feu. Sur la petite scène, les musiciens, plus bruyants que jamais, étaient en train d'interpréter leur version d'un titre de Megadeath – un morceau mortel figurant sur l'album *Adothanasie* – dont le niveau sonore couvrait tous les autres bruits, heureusement pour moi.

Et maintenant, que faire ?

Prudemment, je jetai un coup d'œil dans les deux autres pièces que desservait le couloir, et je trouvai Graham Stone dans les deux. Dans la première, il s'effrita tout de suite entre mes doigts : malgré son apparente solidité, il manquait totalement de substance. Dans la seconde pièce, je le neutralisai d'un coup de pied bien placé entre les jambes.

Lorsque je m'en revins sur la piste de danse, j'étais furieux. Quand on liquide un type, on ne s'attend pas à le retrouver dupliqué en deux exemplaires quelques instants plus tard. C'est la règle du jeu. Je n'aimais pas du tout le tour foireux qu'on venait de me jouer.

De retour dans les toilettes, je frappai à la porte derrière laquelle se cachait Bruno, et ce dernier apparut, le chapeau enfoncé sur les yeux, le col relevé. Le visage crispé par le dégoût, il s'écria : « Si vos semblables ne prennent pas la peine de tirer la chasse d'eau, pourquoi en équiper la cuvette des WC ?

– On a un problème », répliquai-je. Et je lui racontai que j'avais eu affaire à trois Graham Stone différents, et qu'il fallait qu'on m'explique ce qui se passait.

« Je ne tenais pas à vous en informer. » Visiblement, Bruno était gêné. « Je craignais de vous faire peur, et de diminuer ainsi votre efficacité.

– Quoi ? M'informer de quoi ? » lui demandai-je sèchement.

Il haussa ses larges épaules. « Eh bien, voilà : Graham Stone n'est pas un être humain. »

Je faillis exploser de rire. « Toi non plus. »

Ma réaction sembla l'offenser, et je me sentis soudain ridicule.

« Moi, je suis en partie humain, dit-il. Le matériel génétique dont je suis composé... Mais peu importe. Ce que j'aurais dû vous dire, c'est que Graham Stone ne vient pas vraiment d'un monde parallèle. Il n'appartient pas à notre système solaire. »

Je me dirigeai vers le lavabo, et je m'arrosai le visage d'eau froide. Ce qui ne servit pas à grand-chose.

« Raconte-moi tout, dis-je.

– Pas tout, ce serait trop long, me répondit Bruno. Pour simplifier, disons que Graham Stone est un extraterrestre humanoïde qui fait parfaitement illusion, à condition de ne pas s'approcher trop près de lui, sinon, on s'aperçoit que sa peau est entièrement dépourvue de pores. Et si on regarde attentivement ses mains, on se rend compte qu'il a été amputé de son sixième doigt, afin de passer pour un humain.

– Une cicatrice due à l'amputation d'un sixième doigt, c'est toujours un bon moyen de repérer les envahisseurs qui sont parmi nous, m'esclaffai-je, sarcastique.

– Exact. Toute une cargaison s'est écrasée dans une zone temporelle, il y a sept mois de cela. Nous n'avons jamais pu entrer en contact avec eux. Ils sont extrêmement hostiles, et ils ont, de façon générale, un comportement très étrange. Nous estimons qu'il s'agit d'une race d'individus particulièrement mégalomanes. Ils ont tous été éliminés, à l'exception de Graham Stone. Jusqu'à maintenant, il a toujours réussi à nous échapper.

– S'il vient d'un système solaire différent du nôtre, pourquoi porte-t-il un nom britannique ?

– C'est le premier nom qu'il a choisi quand il a commencé à se faire passer pour un humain. Depuis, il en a eu d'autres. Apparemment, même pour eux, le fait d'être britannique implique une certaine classe, un certain style. C'est une constante que nous avons observée dans quatre-vingt pour cent des zones temporelles, bien qu'il en existe deux ou trois à avoir placé dans l'île de Tonga leur idéal de distinction.

– Et qu'a donc fait ce fichu extraterrestre pour mériter la mort ? demandai-je. Peut-être que si on essayait de le comprendre...

– Nous avons essayé. Un matin, quand les médecins sont arrivés au laboratoire où on étudiait son cas, toute l'équipe de nuit était morte. Tous les cadavres avaient la bouche, les narines, et même les orbites, remplies d'une sorte d'algue à croissance rapide... Vous me suivez ? Depuis, il n'a pas recommencé. Mais nous ne pensons pas pour autant qu'il n'en soit plus capable. »

Je retournai au lavabo et je me regardai longuement dans le miroir. Quelqu'un entra alors dans les toilettes, et Bruno bondit dans sa cachette, claquant la porte du compartiment. « Oh, beurk ! » s'exclama-t-il, sans que le nouvel arrivant ne paraisse choqué par le son de sa voix grave.

Pendant trois minutes, j'étudiai mon reflet dans le miroir, jusqu'à ce que le type s'en aille. Bruno réapparut, plus dégoûté que jamais.

« Ecoute, lui dis-je. Imaginons que Stone se soit trouvé à quelques mètres de moi, pendant que j'étais en train de jouer avec ces machins en papier, ces leurres ou je ne sais quoi. Il a largement eu le temps de ficher le camp de la zone temporelle où nous nous trouvons.

– Non, répliqua Bruno. Vous êtes un récepteur, pas un émetteur. Pour quitter cette zone temporelle, il lui faut trouver quelqu'un qui ait le contraire de vos capacités.

– C'est possible ?

– J'en ai détecté deux dans cette ville, affirma Bruno.

– On n'a qu'à localiser ces deux personnes, et attendre que Stone se pointe !

– Impossible, dit l'ours. Il en profiterait pour s'établir ici définitivement, en se servant de la zone temporelle de ce monde comme d'une base, ce qui lui permettrait de s'attaquer à d'autres espaces-temps.

– Il dispose vraiment de ce genre de pouvoir ?

– Je viens de vous dire qu'il était dangereux.

– Dégageons d'ici, et vite », dis-je en me dirigeant vers la porte blindée qui nous séparait du sous-sol de l'entrepôt voisin.

« Vous êtes fantastique », dit Bruno.

Je me tournai vers lui, essayant de sonder l'expression du *visage* de cet ours incroyable. Etait-il en train de se moquer de moi ? Impossible de savoir ce qu'il pensait. « Fantastique ? Moi, fantastique ? Ecoute, ici, un type ne dit pas à un autre type qu'il est fantastique, surtout quand ils se trouvent tous les deux dans les toilettes d'un night-club.

– Pourquoi ?

– Laisse tomber », lui conseillai-je, bouillant intérieurement.

– De toute façon, je ne suis pas un type, je suis un ours.

– Tu es un mâle, pas vrai ?

– Eh bien... Oui, en effet.

– Alors, arrête de me gonfler en me disant que je suis fantastique.

– Tout ce que je voulais dire, c'était qu'en l'espace de quelques heures, vous avez accepté l'existence des zones temporelles et des mondes parallèles, d'un ours intelligent, ainsi que d'un extraterrestre venant d'un autre système solaire. Et vous n'avez pas du tout l'air de trouver ça étonnant. »

Je m'empressai de remettre les pendules à l'heure. « Hier, j'ai pris une cuite monumentale. J'ai passé six heures au lit, où je me suis démené avec une belle blonde du nom de Sylvia. J'ai mangé deux steaks, une demi-douzaine d'œufs au plat, accompagnés d'une tonne de frites. J'ai éliminé toute la tension physique accumulée pendant la dernière affaire qu'on m'avait confiée. Je me suis purgé, et je suis comme neuf. Cette nuit, tout peut m'arriver. Personne ne m'a jamais lancé de défis que je n'étais pas capable de relever, et ce n'est pas maintenant que ça va commencer. En plus, j'ai trois mille dollars à récupérer dans cette histoire, sans oublier un petit détail, ma fierté. Et maintenant, tirons-nous. »

Par la porte blindée, nous regagnâmes alors le sous-sol de l'entrepôt abandonné.

4

Une fois dehors, nous découvrîmes que quelques centimètres de neige étaient tombés depuis que nous avions pénétrés dans l'entrepôt. La tempête avait redoublé d'intensité, et de gros flocons dansaient autour de nous, s'incrustant dans nos vêtements et fouettant nos visages. Je lâchai une bordée de jurons, mais Bruno, résigné, ne pipa mot.

Une éternité plus tard, à quelques milliers de kilomètres – c'était du moins mon impression – du club Heavy Metal où j'avais failli coincer Stone, et guidés par le badge lumineux de Bruno, nous tombâmes soudain sur des preuves du passage de l'extraterrestre. Cinq adolescents étaient étendus au fond d'une allée, et tous avaient dans la bouche, les narines et les yeux – et sans doute aussi d'autres orifices naturels – une mousse blanchâtre et filandreuse.

« C'est bien ce que je craignais », souffla Bruno, dont la voix trahissait une angoisse sincère.

Je me penchai pour examiner les corps de plus près. Le spectacle était horrible. « Ne t'en fais pas trop pour eux, dis-je. Ce sont des petits voyous. Des bandits, membres d'un gang quelconque. Pour eux, tirer sur ta sœur ou bouffer un beignet, c'est pareil. Mais j'ignorais l'existence de ce gang. Tu vois le cobra tatoué sur la main de chacun d'eux ? Ils ont probablement tenté d'agresser Graham Stone, et ça s'est retourné contre eux. Les braqueurs braqués, quoi. Pour une fois, Stone a fait ce qu'il fallait. A présent, ils ne dépouilleront plus les vieilles dames de leur pension, et ils n'attaqueront plus personne pour leur voler leur montre.

– Peu importe, répliqua Bruno, il faut qu'on se débarrasse des cadavres. On ne peut pas se permettre de les laisser là. Si on les découvre, la police se demandera qui les a tués, et cette zone temporelle n'est pas encore prête à se joindre aux autres.

– On peut savoir pourquoi ?

– Des problèmes de crédits financiers.

– Alors ? Qu'est-ce que tu proposes ? » demandai-je.

Il tira son arme de sa poche, en modifia le réglage grâce au cadran situé sur la crosse, puis il réduisit en poussière les cinq cadavres. Il avait raison : le Disney .780 Mortel Arroseur était bien le rayon laser le plus puissant du monde.

Tandis qu'avec nos pieds, nous nous efforcions de disséminer les cendres, le vent se chargeant du reste, je commençais à ne plus me sentir aussi bien. Pourtant, je ne cessai de penser aux trois mille dollars. Et à Sylvia. Et au goût d'un bon scotch. Et à la façon dont j'allais perdre tout ça, si mes nerfs craquaient. Parce que, vous comprenez, quand un détective privé lâche une affaire en cours, il peut considérer que sa carrière est fichue. Sa carrière ou sa vie, au choix.

Comme les rues avaient été déblayées, Bruno et moi marchions au beau milieu de la chaussée, où nous n'avions pas à nous battre contre la neige poudreuse. Le badge avait d'abord été d'une belle couleur ambrée, pour devenir rapidement d'un orange éclatant. Lorsque les bords du badge passèrent au rouge, nous retrouvâmes aussitôt le moral.

Il nous fallut rapidement quitter la rue et nous enfoncer dans le parc qui bordait la rivière. Là, la couche de neige était si épaisse que le bas de mon pantalon et mes chaussettes furent très vite trempées.

Dans la main de Bruno, le badge était à présent plus rouge que jamais. Gravissant un petit monticule, nous aperçûmes enfin Graham Stone. Il se trouvait au bout d'un quai, dans le port de plaisance. Il sauta alors sur le pont d'un élégant bateau, courut jusqu'au poste de pilotage, gravit les quelques marches à toute vitesse, et disparut à l'intérieur. Sur toute la longueur du bateau, les feux de signalisation s'allumèrent, et le vrombissement des moteurs retentit.

Mon Colt à la main, je me précipitai, tout en tentant de garder l'équilibre sur le sol rendu glissant par la neige.

Derrière moi, Bruno me cria quelque chose, mais je ne l'écoutai pas. Il cria à nouveau, puis il se mit à courir à son tour. Même sans me retourner, je savais qu'il me suivait : ses pas lourds résonnaient au rythme de sa course.

Lorsque j'atteignis l'extrémité du quai, Stone avait déjà fait reculer le bateau, et il s'apprêtait à s'engager dans les eaux noires de la rivière. Tout en courant, j'évaluai à quatre ou cinq mètres la distance me séparant encore du bateau qui s'éloignait. Je bondis. J'atterris sur le bastingage, me rattrapant de justesse, et je m'écroulais sur le pont, heurtant de l'épaule le bois ciré. Pendant un court instant, je me perdis dans la contemplation des étoiles, très jolies, au demeurant.

Derrière moi, j'entendis un cri de rage, suivi d'un énorme *plouf* !

Bruno avait raté son coup.

De là où je me trouvais, je pouvais voir à l'intérieur de la cabine de pilotage. Graham Stone avait le regard fixé sur moi – le vrai Graham Stone, ou l'un de ses doubles en papier. Je me relevai et secouai la tête pour dissiper les étoiles qui me brouillaient la vue. Je voulus alors récupérer mon arme.

Le Colt .38 n'était plus là.

Je jetai un coup d'œil en direction du quai. Pas le moindre signe de Bruno en vue.

Quelque part, au fond de l'eau noire, mon arme, désormais inutile, gisait dans la vase.

Je me sentis mal. Si seulement je n'avais pas quitté le Ace-Spot, si seulement je n'avais pas rencontré Bruno !... Mais je me ressaisis aussitôt. Eliminant de mon esprit toute pensée négative, je cherchai des yeux un objet susceptible de me servir d'arme.

Quand on commence à souhaiter que les choses soient différentes de ce qu'elles sont, on se retrouve tout de suite en pleine déprime, puis on devient complètement incapable d'agir, ce qui entraîne automatiquement un état quasi végétatif. Quel que soit l'état du monde, quelle que soit la situation, il faut agir. Agir.

Dans une malle à outils vissée à même le pont, à côté du bastingage, j'eus la chance de trouver un bout de tuyau métallique, avec lequel je pouvais aisément, en tapant assez fort, défoncer n'importe quel crâne. Immédiatement, je me sentis nettement plus à l'aise.

Graham Stone se trouvait toujours dans la cabine, le regard rivé sur moi. Les feux du bateau se reflétaient dans ses yeux bleus. Tandis que je remontais le pont, il me parut même un peu trop confiant. Ramassé sur moi-même, je bondis à l'intérieur de la cabine, brandissant le tuyau à bout de bras. Mais Stone ne se donna pas la peine de se retourner pour m'accorder un regard.

Prudemment, je m'approchai à petits pas. Pas question d'avancer trop vite : je ne me souvenais que trop bien des cinq jeunes voyous étendus par terre, et de cette chose blanchâtre qui leur sortait par tous les trous.

Lorsque je m'estimais suffisamment près de Stone, je lui assénai un vigoureux coup de tuyau. Ce dernier, décrivant un bref arc de cercle, s'abattit violemment sur son crâne – l'onde de choc se propageant ensuite dans sa nuque, son torse, son estomac, et enfin ses cuisses.

Encore une enveloppe vide. Une autre peau de serpent. Le faux Stone s'écroula, et la grossière illusion se transforma aussitôt en un inutile petit tas de papier froissé. Que le diable emporte cet homme !

Mais s'agissait-il vraiment d'un *homme* ?

Un coup d'œil à l'extérieur m'apprit que nous avions déjà traversé plus de la moitié de la rivière. Nous nous dirigions à présent vers l'ouest, en direction d'un autre district. Le bateau était sur pilotage automatique. Incapable de lire les indications du tableau de bord, j'actionnai pourtant les manettes, au hasard, tout en sachant que le système de sécurité maintenait fermement le cap. Plus prudent que jamais, je décidai de quitter la cabine, et de partir à la recherche de Stone.

Je le trouvai très vite. Il se tenait à côté de la malle dans laquelle je m'étais procuré le tuyau. Agrippé au bastingage, visiblement impatient, il avait le regard rivé sur la berge, que nous n'allions pas tarder à rejoindre.

Me glissant silencieusement derrière lui, je lui donnai un grand coup de tuyau sur la tête. De toutes mes forces.

Encore une des ces imitations en papier.

Le salopard qui fabriquait ces trucs était sacrément doué.

Il ne restait plus qu'un tiers du trajet à parcourir, à présent, et si je ne trouvais pas Graham Stone dans les minutes qui suivaient, il allait nous échapper. Et Bruno m'avait bien expliqué que quelques jours passés dans une zone temporelle suffisaient à dissiper l'énergie résiduelle des déplacements spatio-temporels – rendant ainsi le badge de Bruno parfaitement inutile.

Stone ne pouvait que se trouver dans le bateau. Personne n'était en vue, et je savais que la cabine était vide. Par conséquent, il fallait inspecter la cale. Après avoir localisé l'écoutille, je descendis l'escalier menant aux cabines intérieures comme tous les bons détectives privés savent le faire – avec la plus grande circonspection.

Dans la coquerie, je tombai à nouveau sur un simulacre de Stone, que je réduisis héroïquement en miettes à grands coups de tuyau. J'avais l'impression d'être un crétin, mais il était hors de question de prendre le moindre risque avec ces créatures – impossible de savoir si je n'avais pas devant moi l'authentique Graham Stone, autrement plus dangereux.

Dans la première des couchettes, je tombai encore une fois sur un autre de ces démons en papier, dont je me débarrassai rapidement. La deuxième couchette était vide : il n'y avait ni faux ni vrai Graham Stone.

Ce qui ne laissait guère que la salle de bains. La porte était fermée, mais pas à clé. J'actionnai la poignée, je poussai le battant, et je vis enfin Graham Stone.

Pendant un court instant, je fus désorienté. Devant moi se tenaient le vrai Graham Stone, *et* un de ses doubles, dont il était justement en train de se débarrasser. Les deux se superposant, j'eus l'impression que ma vue se troublait, mais Stone, finissant de muer, arracha sa seconde peau et se mit à grogner férocement. D'horribles boursouflures brunâtres apparurent alors sur ses mains, explosant l'une après l'autre, tels des missiles chimiques, projetant sur moi des... des graines, des spores, ou Dieu sait quoi.

Reculant de quelques pas, je brandis mon tuyau, et je l'abattis sur l'une des mains de Stone. Instantanément, l'extrémité du tuyau se couvrit de fibres blanchâtres, qui grouillaient, progressant inexorablement vers ma propre main. Je lâchai mon arme improvisée. Un deuxième bubon avait explosé, atteignant l'encadrement de la porte : une colonie de ce qui me semblait être une sorte d'algue, ou de champignon, se répandit sur le bois et l'aluminium, s'étalant aussitôt dans toutes les directions à la fois.

« On ne bouge plus ! » m'écriai-je en essayant de dissimuler ma peur.

Les mains de Stone se levèrent à nouveau. Je pouvais voir les bubons en train de se former sous la peau, qui noircissait et se soulevait, pour éclater ensuite, libérant les projectiles.

L'un des bubons se creva, et des filaments blancs firent leur apparition sur le mur, à côté de moi, pour s'élancer à l'assaut du plafond et de la cloison, qu'ils rongeaient voracement, dévorant tout sur leur passage.

Le second bubon explosa, touchant la manche de ma veste, et déversa sa bave grouillante sur le tissu. Je ne me serais pas cru capable d'ôter une veste aussi vite, même en compagnie d'une jolie blonde me susurrant des mots doux à l'oreille. Je manquai m'étrangler, mais je réussis à l'enlever. A peine la veste avait-elle touché le sol que la manche était déjà recouverte d'une mousse mouvante, qui me fit froid dans le dos.

Les mains tendues vers moi, Stone sortit de la salle de bains, et je tournai les talons, filant sans demander mon reste.

J'ai déjà dit qu'un détective privé, si ses nerfs craquent, peut se considérer comme fichu, et que la première hésitation est aussi le début de sa fin. Eh bien, je m'en tiendrai là. Je n'avais pas la trouille, au contraire : pour une fois, j'étais en train de me servir de ma tête. Il faut savoir se battre, mais il faut aussi savoir battre en retraite, si l'on veut avoir une chance de remporter la victoire. Je battis donc en retraite. Même avec le meilleur fusil à lunette du monde, il est préférable de ne pas s'en prendre à un tank, si on ne veut pas se retrouver les tripes à l'air.

De plus, cet horrible Graham Stone ne jouait pas au même jeu que moi. Il n'appliquait pas les règles. Même le type le plus taré du monde laisse une chance à son adversaire : il utilisera une matraque, une lame, de l'acide sulfurique, mais jamais un truc aussi dingue que ça. Graham Stone n'avait *aucun* respect pour la tradition.

Je courus vers la proue du bateau : la rive n'était plus qu'à une soixantaine de mètres. Je n'avais jamais été aussi heureux de voir approcher la terre ferme. A côté de moi, sur le bastingage, une cosse pleine de ces fibres mortelles se fendit, et de fins tentacules s'enroulèrent autour du métal, le transperçant, et entreprirent de le dévorer avec un bel appétit. Une idée me traversa alors l'esprit : ces espèces de cosses étaient encore plus virulentes que celles qui avaient tué les cinq adolescents trouvés morts dans l'allée.

Je décidai de me planquer à l'abri d'un conduit d'aération. Prudemment, je risquai un coup d'œil par l'écoutille, et je vis que Stone se tenait près de la cabine de pilotage, les yeux brillants, les deux mains tendues vers moi.

Le bateau fonçait toujours vers la rive.

Mais pas assez vite à mon goût.

Deux cosses jaillirent au-dessus de ma tête et s'écrasèrent derrière moi, attaquant aussitôt le pont en bois. Le yacht n'allait pas tarder à être infesté par ces filaments blanchâtres, qui, malgré leur finesse, étaient sans doute plus robustes que du fil de fer.

On entendit soudain gémir le bateau tout entier, comme si on le torturait. Le pont fut parcouru d'un long frémissement, et parut s'immobiliser. Puis il y eut un sursaut, et nous reprîmes de la vitesse. Le yacht venait de passer sur des rochers, mais il continuait sa route.

Pas pour longtemps.

Le fond du bateau heurta d'autres rochers, déchirant le métal de la coque, puis il cessa d'avancer, coincé dans un mètre d'eau.

Projeté en arrière, je traversai le pont, agrippai le bastingage et me jetai par-dessus bord. Tandis que je disparaissais sous l'eau peu profonde, ma mâchoire heurta un morceau de bois, me forçant à ouvrir la bouche et à boire la tasse. J'eus le temps de penser : *C'est donc ça, la noyade ?* Puis l'idée de refermer mon clapet me vint à l'esprit, et je m'efforçai de remonter à la surface. De retour à l'air libre, je m'aidai de mes bras pour me redresser, avant de tituber vers la rive, crachant et toussant, en essayant surtout de ne pas tomber dans les pommes.

Il se peut que je ne possède pas toutes les qualités que le monde moderne considère comme admirables –

des qualités comme le raffinement et la délicatesse. Mais il y a un truc que je sais faire, bon sang : serrer les dents.

Je n'étais qu'à cinq pas de la terre ferme quand deux horribles cosses furent projetées devant moi. Puis deux autres. Un enchevêtrement de tentacules blanchâtres cherchait à me bloquer le passage. Je me retournai. Graham Stone, l'extraterrestre anglophile, tel un sosie de Cary Grant possédé par le diable, avait lui aussi quitté le bateau. Il était même en train de patauger dans ma direction.

Je me tournai vers la droite. Deux nouvelles cosses venaient de s'ouvrir, et de longs serpents blancs se tortillaient dans l'eau, cherchant à m'atteindre.

A gauche, deux autres.

Aucun respect pour les bonnes vieilles traditions.

L'eau m'arrivait à mi-mollet, m'interdisant de fuir en nageant sous l'eau. Et puis, à supposer que l'algue champignonnesque parvienne à me rattraper, je préférais que ça se passe à l'air libre, histoire de garder les filaments dans mon champ de vision.

Graham Stone se rapprochait toujours, mais il ne tirait plus. Il savait que j'étais coincé.

Nous nous trouvions dans un coin particulièrement sombre. Sombre et désert.

De la gauche monta alors le ronflement furieux d'un petit canot, dont le moteur paraissait au maximum de sa puissance. Telle l'un de ces avertisseurs dont étaient équipées les anciennes automobiles, une sirène mugit soudain. Surgissant de l'obscurité, Bruno apparut, cramponné au volant d'un hors-bord biplace, qui fonçait sur moi à plus de soixante-dix kilomètres à l'heure, effleurant à peine la surface de l'eau, la proue fièrement dressée. La ligne de flottaison du canot étant bien plus basse que celle du yacht, il fila au-dessus des rochers, se rapprochant à toute vitesse.

« Bruno ! »

C'était l'image même d'un homme – enfin, d'un ours – en proie à une folle inquiétude. Roulant de gros yeux féroces, il était prêt au pire.

Moteur ronflant, le petit canot percuta la rive. Pendant encore quelques mètres, il fonça droit dans le sable à trente kilomètres à l'heure, avant de heurter brutalement un gros rocher, projetant l'ours par-dessus le pare-brise et la proue. L'énorme masse de Bruno s'étala de tout son long sur le sable.

Tout de suite, il se redressa. Il avait l'air sonné, il était couvert de sable, mais il était vivant.

Je me mis à faire des bonds dans l'eau, en hurlant : « Occupe-toi de lui, Bruno ! Vas-y ! »

Bien que Graham Stone eut cessé de tirer sur moi, les tentacules, implacables, continuaient à progresser dans ma direction.

L'ours leva la tête et me regarda, puis il passa la main sur sa tête. Constatant l'absence de son chapeau, Bruno haussa les épaules.

« Vas-y, Bruno ! Descends-le ! » lui criai-je de plus belle.

Il sortit cette arme incroyable qui était la sienne. Et tandis que Stone tentait de lui balancer une cosse, mon ami l'ours brun appuya sur la détente de son Disney .780 Mortel Arroseur, grillant sur place le salopard. Tout ce qui resta de lui, ce furent quelques cendres, vite emportées par le vent.

Il fallait absolument que je me procure une arme comme celle de Bruno. Peut-être que Mickey Mouse en vend clandestinement dans l'une de ses boutiques.

« Tu l'as eu ! » criai-je à Bruno tandis qu'il exterminait la forêt de filaments blancs agglutinés tout autour de moi.

Ensuite, j'ai dû avoir une crise d'hypoglycémie, un truc comme ça, parce que j'ai perdu conscience. Mais je suis sûr que je ne suis pas tombé dans les pommes.

5

Il fallait absolument qu'on se débarrasse du yacht. En quinze secondes, Bruno s'occupa du bateau : il n'en resta plus rien, seulement une poignée de cendres grises que la rivière dispersait déjà. Pourtant, il n'y avait pas eu la moindre flamme. Seulement un grand *whoosh* – suivi d'un petit nuage de poussière. Bruno détruisit également le canot à moteur, et toutes les preuves de ce qui s'était passé ce soir-là.

Nous avons marché le long de la rivière pendant plus d'un kilomètre, jusqu'à un club nautique, d'où nous avons appelé un taxi pour rentrer chez moi. Persuadé que nous revenions d'un bal costumé, le chauffeur tenait absolument à savoir si c'était Bruno qui avait gagné le prix du meilleur déguisement, mais nous avons ignoré ses questions.

Une fois chez moi, on a pris une douche, puis on a mangé tout ce qu'on a trouvé dans le frigo, les œufs, le fromage, le... tout, quoi. Ensuite, on a descendu trois bouteilles de scotch à nous deux – enfin, surtout Bruno.

Nous n'avons pas parlé de Graham Stone une seule fois. Nous avons beaucoup discuté boulot – des deux catégories de flic : les détectives privés, et les officiels, ceux qui portent un badge. Nous avons parlé des voyous, des bandits et des gangsters – et découvert que, d'une zone temporelle à l'autre, ils ne sont pas vraiment différents. Il m'a expliqué pourquoi ma Terre – outre cette histoire de crédits et de financement – n'a pas encore atteint le degré de civilisation requis par les autres mondes parallèles. Bizarrement, il m'a dit que tant que des types comme moi n'auraient pas disparu de la surface de la Terre, celle-ci ne serait pas officiellement reconnue. Pourtant, il m'aimait bien, j'en suis certain. Bizarre.

Un peu avant l'aube, il s'est injecté un produit qui a instantanément fait tomber son taux d'alcoolémie. On s'est serré la main (disons plutôt qu'il a serré la mienne en se penchant vers moi) et on s'est séparés. Il est parti à la recherche d'un émetteur capable de le renvoyer dans son monde. Et là-dessus, je suis allé me coucher.

Je n'ai jamais revu Bruno.

Mais j'ai rencontré d'autres personnages étranges. Encore plus étranges que les escrocs que je connais dans cette ville. Plus étrange que Benny « l'Autruche » et Sam « le Plongeur ». Plus étrange que « le Bossu », le tueur à gages difforme. Plus étranges encore que Graham Stone ou Bruno. Un de ces jours, je vous raconterai tout ça. Mais pour l'instant, j'ai un rencart avec la rousse la plus jolie que vous ayez jamais vue. Elle s'appelle Lorella, elle danse à merveille, et à part une passion bizarre pour les marionnettes et les ventriloques, elle a vraiment la tête sur les épaules.

NOUS, TROIS

1

Tant bien que mal, Jonathan, Jessica et moi, nous avons traîné papa de la salle à manger à la cuisine, aménagée dans un style communément appelé rustique. Nous avons eu un peu de mal à le faire passer par la porte du fond, parce qu'il faut dire qu'il était plutôt raide. Je ne parle pas de son attitude, ni de son caractère, bien qu'il lui soit arrivé de se comporter en parfait salaud s'il en avait envie. Non, il était raide pour la simple raison que la *rigor mortis* s'était emparée de ses membres, et avait rigidifié tout son corps. Mais il en fallait plus pour nous impressionner. A coups de pied, on l'a forcé à se plier en deux, puis on l'a poussé pour passer la porte. Ensuite, on l'a tiré à travers le porche jusqu'au bas des marches, et on l'a déposé sur la pelouse.

« Il pèse une tonne ! » soupira Jonathan en épongeant la sueur qui perlait sur son front.

« Certainement pas une tonne, rectifia Jessica. A peine cent kilos. »

D'accord, nous sommes des triplés et nous nous ressemblons étonnamment sur de nombreux points, mais il y a une foule de détails qui nous différencient les uns des autres. Par exemple, Jessica est de loin celle de nous trois qui a le plus de sens pratique, alors que Jonathan adore exagérer les choses, fantasmer la réalité, rêvasser. Moi, je suis quelque part entre ces deux extrêmes. Quelque chose comme un rêveur pragmatique.

« Et maintenant, on fait quoi ? » demanda Jonathan, visiblement dégoûté, en montrant du doigt le cadavre allongé dans l'herbe.

« On l'incinère », répliqua Jessica. Ses jolies lèvres étaient pincées, dessinant sur son visage une ligne sévère. Ce matin-là, les rayons de soleil faisait briller ses cheveux blonds, la journée s'annonçait magnifique, et Jessica ne l'était pas moins.

« On va brûler le corps, répéta-t-elle.

– Faudrait peut-être apporter celui de maman et les brûler tous les deux en même temps ? proposa Jonathan. Ça nous éviterait d'avoir à recommencer.

– Si nous brûlons les deux corps ensemble, les flammes seront trop hautes, rétorqua-t-elle. Et il ne faudrait pas qu'une étincelle mette le feu à la maison.

– Mais nous pouvons choisir la maison que nous voulons, maintenant ! » s'écria Jonathan, avec un geste du bras qui englobait à la fois notre petite ville au bord de l'océan, l'état du Massachusets, et, au-delà des limites de l'état, la nation tout entière – voire le monde.

Jessica se contenta de lui jeter un regard éloquent.

« Jerry, j'ai pas raison ? me demanda Jonathan. On peut décider d'habiter là où on veut, n'importe où sur la terre pas vrai ? C'est complètement idiot de se faire du souci pour une vieille baraque comme celle-là !

– T'as raison, répondis-je.

– Moi, j'*aime* cette maison », dit Jessica.

Et parce que Jessica aimait *cette* maison, nous nous sommes donc reculés de quelques mètres, les yeux fixés sur le cadavre, et nous nous sommes concentrés. Le corps s'est embrasé presque aussitôt. Un feu, jailli de nulle part, a soudain enveloppé notre père d'une sorte de cocon flamboyant. Il s'est carbonisé très vite. Il est devenu tout noir, en se couvrant de grosses boursouflures qui se sont mises à crépiter l'une après l'autre, puis il n'est resté de lui qu'un petit tas de cendres.

« J'ai comme l'impression qu'il faudrait que je sois triste », dit Jonathan.

Jessica fit une grimace.

« Après tout, c'était quand même *notre* père, insista Jonathan.

– Nous sommes au-dessus de cette sensiblerie vulgaire et bon marché », annonça Jessica en nous fixant du regard, pour s'assurer que nous comprenions bien ce qu'elle était en train d'expliquer. « Nous sommes une race nouvelle, et nos émotions, notre comportement, sont forcément différents.

– Je suis d'accord, je suis d'accord... » Mais Jonathan ne semblait pas totalement convaincu.

« Bon. Maintenant, occupons-nous de maman », dit Jessica.

Elle n'a que dix ans – six minutes de moins que Jonathan et trois de moins que moi – mais Jessica est la plus énergique. En général, nous faisons ce qu'elle nous dit de faire.

On est donc retourné dans la maison et on s'est occupé de maman.

2

Sur ordre du gouvernement, on avait posté autour de la maison un contingent de douze marines et huit policiers en civil. Officiellement, ces hommes avaient été chargés de veiller à notre sécurité et d'assurer notre protection. Quand on en a eu fini avec maman, on a rassemblé les autres corps sur la pelouse, et on les a tous brûlés, un par un.

A la fin, Jonathan était épuisé. Assis entre ce qui restait de deux squelettes encore fumants, il tentait d'ôter la cendre collée par la sueur sur son visage.

« On a peut-être commis une grosse erreur.

– Quelle erreur ? » s'écria Jessica, tout de suite sur la défensive.

– On n'aurait peut-être pas dû *tous* les tuer », dit Jonathan.

Jessica frappa du pied. Les boucles dorées de ses cheveux rebondirent sur ses épaules d'une façon charmante. « T'es vraiment un sale crétin, Jonathan ! Pourtant, tu le *savais*, ce qu'ils allaient nous faire. Quand ils ont découvert que nos pouvoirs étaient en réalité immenses et qu'ils grandissaient de jour en jour, ils ont enfin compris que nous représentions pour eux un vrai danger. Je te dis que c'est *nous* qu'ils allaient liquider !

– On aurait pu se contenter d'en tuer seulement quelques-uns, histoire de leur montrer ce qu'on sait faire, avança Jonathan. Est-ce qu'on avait vraiment besoin de *tous* les éliminer ? »

Jessica poussa un long soupir. « Ecoute, comparés à nous, c'étaient des hommes préhistoriques. Des hommes de Neandertal. Nous, nous représentons une nouvelle espèce, avec des pouvoirs nouveaux, des émotions nouvelles, des comportements nouveaux. Nous sommes les enfants les plus précoces de tous les temps – mais n'oublie pas leur force physique, ni leur brutalité. Notre seule chance, c'était d'agir sans sommations. Et c'est ce que nous avons fait. »

Jonathan observait l'herbe noircie. « Mais c'est un boulot énorme ! Pour brûler ceux-là, il nous a fallu toute la matinée. On n'arrivera jamais à nettoyer le monde entier.

– Nous n'allons plus tarder à maîtriser la télékinésie, et nous ferons alors léviter les corps, dit Jessica. Déjà, je sens ce pouvoir en moi, il commence à se manifester. Ce sera beaucoup plus facile. Et puis, nous ne sommes pas obligés de nettoyer le monde entier – seulement les endroits où nous comptons vivre ces prochaines années. Pour le reste, les intempéries et les rats se chargeront du travail à notre place.

– Bon, je suis d'accord, je suis d'accord... », dit Jonathan.

Mais je savais très bien qu'il doutait, et je partageais ses doutes. Il est certain que le trio que nous formons est plus évolué que n'importe quel humain n'ayant jamais existé sur cette terre. Nous savons lire dans les pensées, nous prédisons l'avenir, nous sortons de notre corps pour voyager dans le cosmos quand l'envie nous en prend. Nous avons aussi ce truc marrant avec le feu : pouvoir allumer par simple énergie mentale un véritable incendie. Jonathan sait contrôler de petites quantités d'eau, un talent qu'il juge très drôle, surtout quand j'essaie de faire pipi. Il appartient à la race nouvelle, mais étrangement, il adore les gamineries. Jessica, elle, est très précise dans ses prédictions météorologiques. Moi, je m'entends particulièrement bien avec les animaux : les chiens s'approchent de moi spontanément, tout comme les chats, les oiseaux, et bien d'autres. Ah, j'oubliais : bien sûr, nous pouvons mettre un terme à la vie de n'importe quel organisme végétal ou animal, simplement en *souhaitant* sa mort. C'est d'ailleurs comme ça que nous avons procédé pour le reste de l'humanité. Si l'on en croit les théories de Darwin, et puisque nous avons acquis la capacité de le faire, peut-être étions-nous *destinés* à les détruire, ces hommes d'une autre ère. Pourtant, je n'arrive pas à me débarrasser d'un doute qui me tarabuste.

« Tu régresses », lança Jessica. Elle avait lu dans mes pensées, évidemment. Ses talents de télépathe sont plus puissants, plus développés que ceux de Jonathan ou les miens.

« La mort de ces gens ne veut rien dire, reprit-elle. Ça ne signifie rien du tout. Nous sommes le renouveau de l'humanité, et nous avons naturellement des émotions qui sont nouvelles, elles aussi, des espoirs et des rêves nouveaux, avec des règles *nouvelles*.

– C'est vrai, dis-je. Tu as raison. »

3

Mercredi, on est allé à la plage, et on a incinéré les cadavres de gens qui étaient venus se baigner et prendre le soleil. Nous aimons tous les trois la mer, et nous n'avons pas du tout envie d'être privés de sable propre ni de subir toutes ces saletés. Rien de tel que des corps en décomposition pour polluer une plage.

Une fois le job terminé, Jonathan et moi, on était vraiment crevés. Mais Jessica avait envie de faire des bêtises.

« Des enfants de notre âge ne devraient pas faire ça, protesta Jonathan.

– Mais puisque nous en sommes capables, répliqua Jessica. Il est prévu qu'on fasse comme ça. Et c'est ce que je veux. Tout de suite. »

On l'a donc fait. D'abord, elle et Jonathan. Et puis elle et moi. Elle aurait bien voulu qu'on continue, mais ça ne nous disait plus rien.

Alors, Jessica s'est allongée sur la plage et s'est étirée lentement. Son corps mince de fille nubile était blanc comme le sable de la plage. « Eh bien, on va attendre », dit-elle.

Jonathan la regarda dans les yeux. « Attendre quoi ?

– On va attendre que vous soyez prêts à recommencer. »

4

Un mois après la fin du monde, Jonathan et moi étions tous les deux seuls sur la plage, étendus au soleil. Pendant un long moment, il est resté étrangement silencieux, presque comme s'il avait peur de parler.

Il s'est enfin décidé. « Tu crois que c'est normal, pour une fille de son âge, d'avoir toujours... d'avoir toujours envie comme ça ? Même en considérant qu'elle fait partie de la nouvelle race ?

– Non.

– On dirait qu'elle est... qu'elle est motivée par quelque chose.

– Oui.

– Il y a sûrement une explication à son comportement, mais elle nous échappe. »

Il avait raison. Moi aussi, je le sentais.

« C'est pas bon.

– Possible.

– Je sens qu'on va avoir des problèmes.

– Possible. Mais il pourrait nous arriver quel genre de problème, *après* la fin du monde ? »

5

Deux mois après la fin du monde et l'incinération de nos parents, Jonathan et moi, qui commencions à nous ennuyer, voulions nous faire la malle et partir pour une destination plus exotique. C'est là que Jessica nous a lâché la grande nouvelle.

« Impossible de quitter cette maison pour l'instant », nous a-t-elle annoncé, d'un ton particulièrement ferme. « Nous ne pourrons pas partir avant plusieurs mois. Je suis enceinte. »

6

Nous avons commencé à prendre conscience de cette quatrième présence au cinquième mois de la grossesse de Jessica. Nous nous sommes alors réveillés tous les trois au beau milieu de la nuit, couverts de sueur, au bord de la nausée. C'est à partir de ce moment-là qu'on a vraiment pu sentir cette nouvelle personne.

« C'est le bébé, dit Jonathan. C'est un garçon.

– Oui », ai-je confirmé péniblement, subissant moi aussi l'impact psychique de cette nouvelle vie. « Et, bien qu'il soit en toi, Jessica, il est parfaitement conscient de tout ce qui l'entoure. Il n'est pas encore né, mais il est *conscient.* »

La douleur a terrassé Jessica, et elle s'est mise à gémir.

7

Jessica était formelle. « Le bébé sera notre égal, pas notre supérieur. Et je t'avertis, Jonathan, je ne veux plus entendre ces absurdités. »

Elle n'était pourtant qu'une petite fille, mais elle portait un enfant qui gonflait son ventre, et chaque jour qui passait la rendait un peu plus grotesque.

« Comment peux-tu *savoir* qu'il ne nous est pas supérieur ? lui demanda Jonathan. Aucun de nous n'est capable de lire dans ses pensées. Aucun de nous ne...

– Quand une nouvelle espèce apparaît, son évolution ne s'effectue pas aussi rapidement, dit-elle.

– Mais comment expliques-tu *notre* existence ?

– De toute façon, il ne peut pas représenter un danger pour nous, puisque c'est notre bébé », affirma-t-elle. De toute évidence, elle estimait que cette réalité incontestable prouverait à Jonathan qu'il se trompait.

« Nous aussi, nous étions les enfants de nos parents, poursuivit Jonathan. Et où sont-ils, à présent, hein ? Imaginons que *nous ne soyons pas cette race nouvelle* dont tu parles. Imaginons que nous ne soyons pas le renouveau de l'humanité, mais seulement une brève étape intermédiaire – un cocon, par exemple, entre la chenille et le papillon. Peut-être que le bébé est une sorte de chrysalide...

– Nous n'avons rien à craindre de ce bébé, répéta-t-elle en posant les deux mains sur son ventre obscène. Même si ce que vous dites est vrai, il a besoin de nous. Pour la reproduction de la race.

– Il a besoin de toi, corrigea Jonathan. Il n'a pas besoin de nous. »

Assis par terre, j'écoutais la discussion, sans savoir qu'en penser. A dire vrai, même si j'avais peur, je trouvais toute cette histoire assez amusante. Je tentai vainement de leur démontrer le comique de la situation.

« On se trompe peut-être complètement. Si ça se trouve, l'avènement de ce bébé, c'est ce que Yeats dit dans son poème, quand il parle de la bête qui rampe vers Bethléem pour y naître à son tour. »

Ni Jonathan ni Jessica ne trouvèrent ça drôle.

« Yeats m'a toujours gonflé, dit Jonathan.

– C'est vrai, reprit Jessica. Quel sinistre crétin, celui-là ! Mais enfin, nous sommes au-dessus de ce genre de superstitions. Nous représentons la nouvelle race humaine, avec ses émotions, ses rêves et ses espoirs nouveaux, et les règles auxquelles nous obéissons sont différentes, parce qu'elles sont nouvelles.

« Jerry, je t'assure que nous courons un grave danger, dit Jonathan. Il n'y a vraiment pas que quoi plaisanter. »

Et ils recommencèrent à se disputer en vociférant – exactement comme nos parents le faisaient quand il y avait des problèmes de budget dans le ménage. Il y a des choses qui ne changent jamais.

8

Toutes les nuits, invariablement, le bébé se manifestait, comme s'il avait éprouvé du plaisir à troubler notre sommeil. Pendant le septième mois de la grossesse de Jessica, une nuit, un peu avant l'aurore, nous nous réveillâmes tous les trois en sursaut : l'être en gestation dans le ventre de Jessica venait de nous envoyer une décharge d'énergie psychique qui nous fit l'effet d'un coup de tonnerre.

« Je crois que je me suis trompé, dit Jonathan.

– A propos de quoi ? » lui demandai-je.

La chambre était obscure, et je distinguais à peine son visage.

« C'est une fille, pas un garçon. »

A mon tour, j'essayai d'entrer en contact télépathique avec la créature que Jessica portait en elle.

En vain.

Elle me résista, comme elle avait résisté aux sollicitations psychiques de Jonathan et de Jessica. Mais j'étais pourtant certain qu'il s'agissait d'un mâle, et non d'une femelle. J'en informai les deux autres.

Jessica s'assit dans son lit, le dos contre le mur, et posa ses deux mains sur son ventre, qui se distendait selon les mouvements du bébé.

« Vous avez tort tous les deux. Moi, je pense que c'est à la fois une fille *et* un garçon. Ou ni l'un ni l'autre, peut-être. »

Dans la maison au bord de l'océan, Jonathan alluma la lampe de chevet et se tourna vers elle.

« Tu peux me dire ce que tu entends par là ? »

A l'intérieur du ventre de Jessica, le bébé se manifesta vigoureusement, et elle fit une grimace de douleur.

« Vous ne comprenez donc pas que je suis plus proche de lui que vous ? Je sens sa présence. Je la *ressens* au plus profond de moi. Ce bébé n'est pas comme nous.

– J'avais donc raison », dit Jonathan.

Jessica resta muette.

« Si ce bébé est hermaphrodite, ou s'il n'a pas de sexe du tout, il n'aura besoin ni de toi, ni de nous, ni de *personne.* » reprit Jonathan.

Puis il éteignit la lampe de chevet.

« On pourrait peut-être le tuer, suggérai-je.

– Impossible, dit Jessica. Il est trop fort.

– Seigneur ! s'exclama Jonathan. On n'arrive même pas à établir un contact télépathique ! S'il est capable de nous résister, il est également capable de se protéger tout seul, c'est évident. Seigneur ! »

Dans la pièce plongée dans l'obscurité, le blasphème résonna longuement, puis Jessica prit la parole. « Ne prononce pas ce mot, Jonathan. Nous sommes au-delà de tout ça. Dépassées, ces vieilles superstitions ridicules. Nous représentons la nouvelle race. Une race neuve. Nos émotions sont nouvelles, nos croyances aussi, et nous obéissons à nos propres règles. »

Elle se tut, et je pris la parole.

« Oui, Jessica, tu as raison. Pour encore un mois, ou peut-être un peu plus... »

LE DUR

1

Le ciel noir fut sillonné d'éclairs, et des millions de gouttes de pluie semblèrent suspendues en l'air, comme sous un stroboscope géant. Le feu du ciel se refléta dans les flaques d'eau, et la rue donna l'impression d'être pavée d'une multitude de miroirs. Puis le ciel retrouva sa noirceur, et il se remit à pleuvoir. Le trottoir fut à nouveau plongé dans l'obscurité, et la nuit se referma sur les entrepôts.

Les mâchoires serrées, s'efforçant d'ignorer la douleur qui irradiait de son côté droit, le détective Frank Shaw agrippait à deux mains son Smith & Wesson .38 Chief's Special. Il se mit en position, et tira deux fois.

Karl Skagg n'eut que le temps de se réfugier derrière l'angle d'un entrepôt. La première balle passa juste derrière lui, et la seconde vint ricocher contre le mur du bâtiment.

La pluie qui martelait les toits métalliques des hangars et les coups de tonnerre avaient couvert le bruit de la fusillade, et même si des veilleurs de nuit se trouvaient dans le coin, ils n'avaient probablement rien entendu. Frank ne pouvait guère compter sur leur aide.

Pourtant, il en avait rudement besoin. Skagg était un tueur de la pire espèce, accusé d'avoir commis pas moins de vingt-deux meurtres. Même en temps normal, c'était un type incroyablement dangereux. Un flic seul ne pouvait pas s'en sortir, il en aurait fallu plusieurs, armés jusqu'aux dents.

Frank songea un instant à retourner dans la voiture pour lancer un appel-radio et demander du renfort, mais Skagg en aurait profité pour filer avant que la police n'ait eu le temps de boucler le secteur. Aucun flic ne renoncerait à poursuivre un malfaiteur sous prétexte qu'il court un risque personnel – et surtout pas Frank Shaw.

Sans se soucier des flaques d'eau, Frank courut jusqu'à l'entrepôt derrière lequel Skagg avait disparu. Personne.

L'avant de l'entrepôt était équipé de rampes d'accès en béton et d'immenses portails métalliques, mais l'arrière n'était qu'une vaste paroi nue. A une cinquantaine de mètres au-dessus du sol, une ampoule nue éclairait faiblement un battant métallique, entrouvert, obstruant une ouverture de la taille d'un homme.

Grimaçant de douleur, Frank s'approcha de la porte d'entrée, constatant, à sa grande surprise, que la poignée avait été arrachée, et la serrure forcée, vraisemblablement à l'aide d'un démonte-pneu ou d'un marteau. Skagg avait-il trouvé un outil, dont il se serait servi pour pénétrer dans l'entrepôt ? Il n'avait pourtant disparu qu'un court instant, pas plus d'une trentaine de secondes, ce qui ne lui avait pas laissé le temps nécessaire pour fracturer la porte.

Pourquoi l'alarme ne s'était-elle pas déclenchée ? L'entrepôt était sans doute protégé par un système de sécurité, que l'entrée en force de Skagg aurait dû alerter.

Trempé des pieds à la tête, Frank frissonna involontairement lorsqu'il se plaça le dos contre le mur, à côté de la porte. Serrant les dents, il se força à ne plus trembler, et tendit l'oreille.

Il n'entendit que le bruit de la pluie qui résonnait sur la tôle des entrepôts. Le clapotement de la pluie sur les trottoirs mouillés. Les gargouillis de la pluie coulant dans les gouttières et les caniveaux.

Et le vent qui grondait. Le vent qui gémissait.

Frank délogea du barillet de son arme les deux projectiles inutilisés et les mit dans sa poche, avant de recharger son Smith & Wesson.

La douleur qu'il ressentait dans le côté droit empirait. Quelques minutes auparavant, Skagg l'avait attaqué par surprise. Il avait surgi de l'obscurité en brandissant une barre de fer, sans doute récupérée sur un chantier, qu'il avait abattue sur Frank, telle une batte de base-ball. Ce dernier avait l'impression qu'on l'avait passé à la moulinette, et la douleur augmentait chaque fois qu'il respirait. Il avait peut-être une ou deux côtes cassées. Probablement pas, mais... peut-être.

Frank Shaw était trempé, il avait froid, et il en avait marre.

Mais il s'amusait bien.

2

Les autres inspecteurs l'avaient surnommé « le Dur ». C'était également comme ça que l'appelaient ses copains pendant sa période d'incorporation dans le *Marine Corps*, vingt-cinq ans plus tôt, parce qu'il était stoïque, qu'il n'avait peur de rien et qu'il ne supportait pas la plaisanterie. Lorsqu'il avait quitté l'armée, le surnom l'avait suivi jusque dans les services de la police de Los Angeles. Frank Shaw n'avait pourtant jamais encouragé personne à l'appeler Frank le Dur, mais tout le monde le faisait, parce que ça lui correspondait parfaitement.

Solide comme un roc, Frank était grand, avec de larges épaules et des hanches étroites. Les mains énormes qui lui servaient de poings étaient si impressionnantes qu'il lui suffisait de les brandir sous le nez de quelqu'un pour s'assurer son entière coopération. Quant à son visage, ses traits paraissaient taillés dans le granit – une opération techniquement difficile, à en juger par l'irrégularité du résultat.

Dans la section criminelle de la police de Los Angeles, les collègues de Frank prétendaient qu'il n'avait que deux expressions de base : la première était sévère, et l'autre, très sévère.

Ses yeux, d'un bleu clair comme l'eau d'une source, considéraient le monde qui l'entourait avec une immense suspicion. Lorsqu'il réfléchissait, il restait parfaitement immobile, assis ou debout, pendant de longs moments, et le contraste entre l'acuité de son regard bleu et l'immobilité de son corps donnait l'impression qu'il était à l'abri d'une carapace, ne laissant apparaître que ses yeux.

D'après ses amis, cette fichue carapace était solide. Mais la réalité dépassait tout ce qu'ils croyaient savoir.

Ayant fini de recharger son arme, il se plaça devant la porte de l'entrepôt, et balança un coup de pied dans le battant. Accroupi, la tête baissée, le Smith & Wesson à la main, il avança sans perdre une seule seconde, jetant des coups d'œil à droite et à gauche, prêt à cueillir Skagg si ce dernier venait à lui sauter dessus, armé d'un démonte-pneu ou d'un marteau, selon ce qu'avait pu trouver cette ordure pour entrer.

Sur la gauche de Frank se dressaient des rayonnages, hauts d'environ six mètres, sur lesquels s'alignaient des milliers de cartons. Sur sa droite, occupant la moitié de l'entrepôt, de grandes caisses en bois, empilées les unes sur les autres, étaient rangées le long d'allées assez larges pour permettre le passage des chariots élévateurs. Cinquante mètres plus hauts, accrochés au plafond, les néons étaient éteints. Seules quelques veilleuses de sécurité diffusaient une vague lueur sur les marchandises entreposées, et l'intérieur du hangar était plongé dans l'obscurité.

Frank se déplaçait en silence, prudemment. Ses chaussures trempées couinaient un peu, mais le fracas de la pluie sur le toit rendait inaudible le bruit de ses pas. Malgré l'eau qui lui coulait dans les yeux, il se glissait, revolver à la main, d'une rangée de caisses à l'autre, inspectant chacune des allées.

Skagg se tenait justement à l'autre bout de la troisième, à une cinquantaine de mètres de Frank. A demi-dissimulé par l'obscurité, il attendait de voir si Frank l'avait suivi. Il aurait pu rester caché en s'accroupissant contre les caisses, dans le noir; en se montrant, au contraire, il semblait vouloir narguer Frank. Skagg resta en vue un instant, comme pour s'assurer qu'il avait bien été repéré, puis il disparut derrière la rangée de caisses.

Pendant cinq minutes, ils jouèrent à cache-cache dans ce labyrinthe de caisses et de cartons. A trois reprises, Skagg se montra, sans jamais laisser à Frank la possibilité de s'approcher de lui.

Il est en train de s'amuser, lui aussi, se dit Frank.

L'idée le mit en colère.

Tout en haut des murs, au-dessous de la charpente couverte de toiles d'araignée, des fentes verticales permettaient à la lumière du jour d'éclairer l'immense bâtiment. Ces étroites ouvertures n'étaient à présent révélées que par les éclairs, dont la lueur intermittente ne suffisait pas à dissiper les ténèbres qui régnaient dans l'entrepôt, mais provoquait l'apparition d'ombres subites, fantômes inoffensifs que Frank faillit abattre à deux reprises.

En se faufilant dans une allée, Frank entendit soudain un frottement. Il sut aussitôt de quoi il s'agissait : deux caisses glissaient l'une sur l'autre.

Il leva les yeux. Au-dessus de lui, dix mètres plus haut, une caisse de la taille d'un sofa – dont il ne distinguait que les contours se détachant dans l'obscurité – se tenait en équilibre au bord de la pile. Puis elle bascula, et fonça droit sur lui.

Il se prend pour Wile E. Coyote, le méchant coyote de Chuck Jones.

Frank se jeta sur le côté et roulait encore sur le sol au moment où la caisse heurtait le béton, explosant à l'endroit même où il se tenait une seconde auparavant. Levant le bras, il se protégea le visage des éclats de bois provenant des planches fracassées. La caisse avait contenu du matériel de plomberie : des robinets chromés étincelants et des pommes de douche rebondirent dans tous les coins. L'un des robinets vint frapper Frank dans le dos.

Ses yeux s'emplirent d'un flot de larmes, et la douleur qu'il ressentait dans le côté droit s'intensifia. Après un tel traitement, sa cage thoracique ne lui paraissait plus seulement cassée, mais littéralement pulvérisée.

Là-haut, Skagg laissa échapper un son qui exprimait à la fois la rage, le plaisir animal du chasseur, et la pure démence.

Averti par un sixième sens de la chute imminente d'une autre caisse, Frank roula sur lui-même. Il se trouvait à présent au pied de la pile sur laquelle se tenait Skagg. Une seconde caisse explosa sur le sol, tout près de lui.

« T'es vivant ? » cria Skagg.

Frank ne répondit pas.

« Ouais, tu dois être par là, parce que j'ai rien entendu. T'es un rapide, hein, minable ? »

Le même rire retentit à nouveau. Le son, froid et métallique, semblait sortir d'un instrument désaccordé. C'était un rire vraiment inhumain, et Frank frissonna.

La tactique préférée de Frank, c'était la surprise. Il essayait toujours d'agir de la façon qui déconcerterait le plus sa proie. Protégé par le vacarme causé par la pluie sur le toit en tôle, il se releva, prit soin de rester dans l'ombre des piles de caisses, rengaina son arme, et commença à grimper, ravalant les larmes de douleur qui lui montaient aux yeux.

« Te planque pas dans le noir comme un rat, s'écria Skagg. Essaie un peu de me tirer dessus. T'as un flingue, pas moi. Ce sera tes balles contre tout ce que je pourrai te balancer. Qu'est-ce qu'il te faut de plus, minable ? »

Plaçant du mieux qu'il le pouvait ses doigts glacés et le bout de ses chaussures entre les caisses, Frank avait réussi à s'élever de quelques mètres, et il fit une pause. La douleur dans son flanc droit se resserra sur lui comme un lasso, manquant de le faire basculer en arrière. Les yeux fermés, il se cramponna, attendant que l'élancement disparaisse.

« Hé, trou du cul ! » s'époumona Skagg.

Ouais ?

« Tu sais qui je suis ? »

Une grande vedette chez les barjots, non ?

« Je suis celui que les journaux appellent le Tueur. »

Ouais, je sais, je sais, espèce de taré.

« Cette fichue ville tout entière ne dort plus la nuit, tout le monde se demande qui je suis, et ce que je fais. »

Pas tout le monde, mec. Personnellement, tu ne m'empêches pas de dormir.

Peu à peu, la douleur qui lui rongeait le côté droit s'estompa, jusqu'à n'être plus qu'une vague palpitation. Mais elle n'avait pas totalement disparu.

Parmi les amis qu'il comptait dans le *Marine Corps* et dans la police, Frank s'était gagné une réputation de type persévérant, capable de remporter la victoire malgré des blessures qui auraient réduit à l'impuissance tout autre que lui. Au Viêt-nam, une rafale de mitrailleuse *vietcong* lui avait logé deux balles dans le corps – dans l'épaule gauche et juste au-dessus d'un rein – mais il avait continué à avancer et s'était débarrassé du tireur en lui jetant une grenade. Saignant abondamment, il s'était néanmoins débrouillé avec son unique bras valide pour traîner l'un de ses potes, gravement blessé, à l'abri d'un fourré, où les avait ensuite récupérés l'hélicoptère chargé de la recherche et de l'évacuation des blessés. Tandis que l'équipe médicale le transportait dans l'hélico, Frank le Dur s'était exclamé : « La guerre, c'est l'enfer, d'accord, mais qu'est-ce qu'on rigole ! »

Les amis de Frank disaient de lui qu'il était plus robuste que l'acier. Mais ce n'était qu'une petite partie de ce qu'ils disaient à son propos.

Là-haut, Karl Skagg se hâtait, passant de caisse en caisse. Malgré l'incessant raffut causé par la pluie, Frank était suffisamment près de lui pour entendre chacun des pas du tueur.

Même s'il n'avait rien entendu, il aurait su que Skagg était en train de se déplacer : le mur de caisses tremblait sous son poids – mais pas assez violemment pour éjecter Frank de son perchoir.

Cherchant à tâtons de nouvelles prises, il reprit sa lente progression, non sans ramasser quelques échardes au bout des doigts, ce qui était tout à fait supportable.

Du haut de sa nouvelle position au sommet des piles de caisses, Skagg se remit à crier dans les ténèbres, dans la direction qu'il soupçonnait être celle de Frank.

« Hé, minable ! »

C'est à moi que tu parles ?

« J'ai un truc pour toi, minable. »

J'ignorais que nous allions nous offrir des cadeaux.

« J'ai un truc qui coupe très bien. »

Je préférerais un téléviseur, si c'était possible.

« Je t'ai réservé le même truc qu'aux autres. »*Laisse tomber la télé. Je prendrais plutôt un flacon d'eau de Cologne.*

« Viens que je t'étripe, minable ! »

J'arrive, j'arrive.

Frank, qui venait d'atteindre le haut de la pile, jeta un coup d'œil à droite, puis à gauche. Skagg se trouvait à une dizaine de mètres de lui, et lui tournait le dos.

« Hé, la flicaille, regarde-moi ! » Le tueur était visiblement persuadé que Frank se tenait dans l'autre allée. « Regarde, je suis en pleine lumière ! Tu peux me tirer dessus sans aucun problème ! Tout ce que t'as à faire, c'est à viser. Alors, minable, t'as même pas assez de tripes pour me mettre en joue ? »

Frank attendait un coup de tonnerre. Dès qu'il éclata, le policier opéra un rétablissement et se retrouva à son tour au sommet des piles de caisses. Il s'accroupit aussitôt. Là-haut, le bruit de la pluie martelant le toit était encore plus fort : conjugué au tonnerre, il couvrait largement celui de ses pas.

« Hé, là-dessous ! Tu sais qui je suis, espèce de flic minable ? »

Tu te répètes, vieux. On va finir par s'ennuyer.

« Je suis le genre de trophée que n'importe quel flic rêve d'avoir chez lui ! »

Ouais, c'est vrai que ta tronche ne ferait pas mauvais effet sur le mur du salon.

« Si tu me descends, ta carrière va décoller, minable ! A toi les médailles et les décorations ! »

Les néons du plafond n'étaient qu'à trois mètres de leur tête, et à cette distance, même les veilleuses de sécurité produisaient suffisamment de lumière pour éclairer à peu près la moitié de la plate-forme sur lesquelles se trouvaient les deux hommes. Skagg se tenait justement au milieu du halo lumineux, et il gesticulait, comme sur une scène, à l'intention de son unique spectateur, qu'il croyait toujours au niveau du sol.

Saisissant son arme, Frank avança d'un pas et sortit de la pénombre.

« Si tu t'amènes pas, minable, hurlait Skagg, c'est moi qui vais venir te chercher !

– C'est moi que tu traites de minable ? » demanda soudain Frank.

Surpris, Skagg fit volte-face, manquant un instant de perdre l'équilibre. Agitant convulsivement les bras, il réussit à rester sur la plate-forme.

« Mains sur la tête et à genoux ! lui ordonna Frank, tenant son arme à deux mains. Ensuite, tu te mettras à plat ventre par terre ! »

Karl Skagg ne correspondait pas du tout à l'image du tueur que se font la plupart des gens : au contraire, il était beau. Beau comme un acteur de cinéma. Il avait un visage expressif, dont les traits virils et harmonieux n'excluaient pas une certaine sensibilité. Ses yeux, loin d'évoquer la cruauté d'un serpent ou d'un quelconque reptile, étaient plutôt d'un brun dont la clarté attirait la sympathie.

« A plat ventre, j'ai dit ! » répéta Frank.

Skagg ne bougea pas. Il se contentait de sourire, d'une façon tellement dépourvue de charme qu'il ne ressemblait plus du tout à un acteur, mais plutôt à un crocodile affamé.

Le tueur était grand, plus grand que Frank, et devait mesurer pas loin de deux mètres. A en juger par sa robustesse, il entretenait sa musculature régulièrement – et depuis longtemps. Malgré la fraîcheur de cette nuit de novembre, il ne portait qu'un jeans et une chemise bleue en coton, ainsi qu'une paire de chaussures de sports. Trempée de pluie et de sueur, la chemise de Skagg moulait son torse et ses bras noueux.

« Alors, minable, comment tu vas t'y prendre pour me faire descendre de là ? s'esclaffa-t-il. Tu crois vraiment que je vais te laisser me passer les menottes et attendre avec toi l'arrivée des renforts ? Tu te goures, sale flic.

– Tu ferais mieux d'écouter ce que je te dis, et de me croire sur parole : je te ferais sauter la cervelle sans aucune hésitation.

– Ah ouais ? Eh bien, je crois que je vais d'abord arracher ton arme, et qu'après ça, je t'arracherai la tête avant de te la fourrer où je pense. »

Avec un dégoût manifeste, Frank protesta : « Est-il vraiment nécessaire d'être aussi vulgaire ? »

Le sourire de Skagg s'élargit, et il s'avança vers le flic.

Frank lui tira en pleine poitrine, à bout portant.

L'écho du coup de feu se répercuta sur les parois métalliques de l'entrepôt, et Skagg fut violemment projeté en arrière. Poussant un hurlement, il disparut dans le vide, avant de s'écraser dans l'allée en contrebas.

Le plongeon de Skagg ayant déséquilibré l'ensemble, les piles de caisses se mirent à vaciller avec de sinistres craquements. Frank tomba aussitôt à quatre pattes.

En attendant que le calme revienne, il songea à la procédure administrative que son coup de feu allait déclencher, à tous les formulaires destinés à apaiser les consciences indignées, toujours prêtes à affirmer que toutes les victimes de la police étaient des innocents. Frank aurait préféré que Skagg ait joué le jeu plus longtemps. Il aurait aimé que le tueur se soit montré plus intelligent, qu'il se soit laissé aller davantage à ce jeu du chat et de la souris, jusqu'à l'inévitable issue. Car la traque n'avait pas été assez amusante pour justifier la montagne de paperasses qui attendait désormais Frank.

Les caisses se stabilisèrent. Frank se redressa et s'approcha à son tour de l'endroit où s'était tenu Skagg, juste avant que l'impact de la balle ne l'expédie dans le vide. Il fouilla du regard l'allée qui s'étendait au-dessous de lui. A la lueur des veilleuses de sécurité, le sol en béton prenait des reflets argentés.

Skagg n'était pas là.

Des éclairs illuminèrent les étroites ouvertures percées sous la charpente de l'entrepôt. L'ombre de Frank se mit à bondir autour de lui, changeant de taille et de proportions, comme Alice au pays des merveilles, selon l'intensité et la provenance des éclairs.

Le fracas du tonnerre déchira la nuit, et la pluie redoubla de violence.

Incrédule, Frank s'efforçait de localiser le corps de Skagg, forcément étendu quelque part dans l'allée.

Mais Skagg n'était pas là.

3

Après être redescendu prudemment le long des caisses, Frank Shaw regarda attentivement à droite, puis à gauche, tentant de percer du regard l'obscurité. Puis il s'accroupit à côté des nombreuses traces de sang indiquant l'endroit où était tombé Karl Skagg. Le point d'impact se signalait par la quantité de sang répandu : au moins un litre, si récent que le béton poreux ne l'avait pas complètement absorbé et que quelques bulles rouges subsistaient encore.

Personne ne pouvait prendre une balle de Smith & Wesson .38 à bout portant, en pleine poitrine, puis se redresser et s'en aller. Personne ne pouvait tomber du troisième étage sur du béton et se relever aussitôt.

Pourtant, tout portait à croire que c'était exactement ce qu'avait fait Skagg.

Une traînée sanglante indiquait la direction qu'avait prise l'homme. Serrant son .38, Frank suivit la trace du tueur. Il prit l'allée suivante, à gauche, puis il parcourut une cinquantaine de mètres, passant alternativement de l'ombre à la lumière. Et soudain la piste s'arrêta.

Inspectant rapidement les piles qui s'élevaient de chaque côté, Frank fut forcé de constater que Skagg n'était accroché à aucune des deux parois. Entre les caisses, il n'y avait pas la moindre cachette non plus.

Malgré la gravité de ses blessures, et en dépit du fait qu'il était poursuivi, Skagg avait apparemment trouvé le moyen de bander ses plaies et d'arrêter l'hémorragie tout en courant. Mais avec quoi? Avait-il déchiré sa chemise pour en faire des garrots?

Bon sang, Skagg venait quand même de recevoir un coup mortel. Frank avait vu le terrible impact de la balle pénétrant la chair, il avait vu Skagg projeté en arrière, qui tombait dans le vide, et il avait même vu son sang. Le thorax de l'homme s'était obligatoirement brisé dans la chute, et de nombreux organes vitaux avaient sans doute éclaté sous le choc. Artères et veines étaient vraisemblablement sectionnées. La balle elle-même était certainement passée à travers le cœur de Skagg. Aucun garrot n'était capable d'endiguer un tel flot de sang, et aucun bandage ne pouvait forcer un cœur déchiqueté à reprendre un rythme cardiaque normal.

Frank tendit l'oreille.

La pluie, le vent, le tonnerre.

Et le silence.

Les morts ne perdent pas leur sang.

C'était peut-être pour ça qu'il n'y avait plus la moindre trace de sang sur le sol en béton : Skagg avait dû mourir à cet endroit-là. Mais s'il était mort, la mort n'avait pas suffi à l'arrêter, et il avait continué à marcher.

Et maintenant, je chasse quoi, moi? Un mort qui refuse d'abandonner la partie?

Une telle idée aurait fait rire la plupart des flics, qui se seraient sentis gênés par tant d'absurdité. Mais pas Frank. Le fait d'être dur, costaud et intraitable ne signifiait pas qu'il était intellectuellement inflexible. Il éprouvait le plus grand respect pour la mystérieuse complexité de l'univers.

Un mort qui marchait? Peu probable. Mais si c'était *vraiment* le cas, la situation devenait intéressante. Voire fascinante. Soudain, Frank éprouva pour son boulot une passion qu'il n'avait pas ressentie depuis des semaines.

4

L'entrepôt était vaste, certes, mais limité, naturellement. Pourtant, tandis que Frank explorait l'endroit plongé dans l'obscurité, il eut l'impression que l'intérieur du bâtiment était plus grand que ne le laissait supposer l'extérieur, comme si certaines parties s'étendaient à d'autres dimensions, ou comme si la taille véritable de l'entrepôt changeait d'un coup de baguette magique, pour se conformer constamment à la perception démesurée qu'en avait Frank.

Il chercha Skagg partout : dans les allées formées par les piles de caisses et dans celles que séparaient les rayonnages métalliques remplis de cartons. Régulièrement, il s'arrêtait afin de vérifier que les caisses étaient bien fermées, soupçonnant Skagg de se cacher à l'intérieur, mais il ne trouva rien qui puisse ressembler au cercueil que le mort vivant devait posséder quelque part.

A deux reprises, il fit une pause brève, au cours de laquelle il vérifia l'état de ses propres blessures. Intrigué par la disparition de Skagg, il avait presque oublié qu'il avait reçu un coup de barre de fer. Son extraordinaire résistance à la douleur avait contribué à sa réputation de dur à cuire. Un jour, un de ses bons copains de la police de Los Angeles avait dit que le seuil de résistance de Frank le Dur se situait quelque part entre ceux du rhinocéros et du poteau en bois. Mais pour Frank, la douleur, parfois, valait la peine d'être éprouvée : elle obligeait ses cinq sens à rester aux aguets et le maintenait éveillé, elle lui donnait une leçon d'humilité, en lui rappelant sa nature d'homme, et en l'aidant à se souvenir que la vie était précieuse. Sans être masochiste, il savait que la douleur était un élément vital de la condition humaine.

Un quart d'heure après avoir tiré sur Skagg, Frank ne l'avait toujours pas retrouvé, mais il était convaincu que le tueur, mort ou vivant, se trouvait dans l'entrepôt, et qu'il ne s'était pas enfui sous la pluie. Sa conviction ne se basait pas seulement sur une supposition : son intuition était fiable, il le savait, et c'était cette qualité qui distinguait les grands flics des bons policiers.

Un moment plus tard, son intuition fut confirmée de façon très désagréable. Il était en train d'explorer le coin de l'entrepôt où étaient garés une vingtaine de chariots élévateurs de tailles diverses, ainsi qu'une douzaine de véhicules électriques. A cause de leurs articulations hydrauliques et de leurs bras élévateurs, les chariots ressemblaient à d'énormes insectes, et à la lueur diffuse des veilleuses de sécurité, ils projetaient une ombre de mante religieuse sur les autres engins.

Frank se mouvait sans bruit parmi les ombres quand la voix de Skagg s'éleva derrière lui.

« Tu me cherches ? »

Levant son arme, Frank se retourna.

Skagg était à quelques mètres de lui.

« Tu me vois ? » lui demanda le tueur.

Son torse était intact. Aucune blessure n'était visible.

« Tu me vois bien ? »

Sa chute ne lui avait pas occasionné la moindre fracture, ni le moindre hématome. Sa chemise en coton bleu était tachée de sang, mais l'origine de ce sang restait à déterminer.

« Tu me vois ?

– Oui, je te vois », répondit Frank.

Le sourire de Skagg s'élargit.

« Tu sais *qui* je suis ?

– Une grosse merde.

– Ton petit esprit peut-il seulement concevoir ma véritable nature ?

– Bien sûr. Une merde de chien.

– Tu n'arriveras pas à m'offenser, prévint Skagg.

– Je peux quand même essayer.

– Ce que tu penses n'a pour moi aucune espèce d'intérêt ou d'importance.

– Je m'en voudrais vraiment de t'ennuyer.

– Tu commences déjà.

– Et toi, tu es dingue. »

Skagg se fendit alors d'un sourire dont l'absence totale d'humour rappela à Frank le sourire de crocodile qu'il avait déjà entrevu sur le visage du tueur.

« Je suis tellement supérieur à toi et à ceux de ta race, qu'aucun d'entre vous n'est capable de porter un jugement sur moi.

– Oh, pardonnez mon impertinence, monseigneur. »

Le sourire de Skagg se changea aussitôt en un rictus mauvais, et ses yeux s'agrandirent. Ce n'étaient plus des yeux marrons ordinaires. Au fond du regard de Skagg, on décelait une vigilance reptilienne, trahissant des appétits féroces, et Frank eut soudain l'impression de se transformer en une souris minuscule, qu'un serpent noir était en train d'hypnotiser.

Skagg fit un pas en avant.

Frank recula.

« Nous n'avons qu'un seul usage pour ceux de ta race – vous êtes des proies intéressantes.

– Eh bien, tu m'en vois positivement ravi », répliqua Frank.

Skagg avança, et l'ombre d'une mante religieuse passa sur son visage.

Frank fit un pas en arrière.

« Toi et ceux de ta race, vous êtes nés pour mourir. »

Toujours intéressé par les mécanismes propres à l'esprit dément des criminels, comme un chirurgien passionné par la nature des tumeurs cancéreuses qu'il retire du corps de ses patients, Frank s'exclama : « Ma race ? Mais de quelle race parles-tu, exactement ?

– De la race humaine.

– Ah.

– La race humaine, répéta Skagg, comme si les termes désignaient une chose particulièrement vile.

– Tu n'es pas humain, c'est ça ?

– C'est ça, confirma Skagg.

– Dans ce cas, qu'est-ce que tu es ? »

Le rire malade de Skagg retentit, plus glacial qu'un vent en provenance du cercle polaire.

Frank fut parcouru d'un frisson interminable, comme si son sang avait commencé à se figer dans ses veines.

« C'est bon, vas-y. D'abord à genoux, puis à plat ventre, compris ?

– Ton esprit fonctionne si lentement..., se plaignit Skagg.

– Maintenant, c'est *toi* qui commences à *m'*ennuyer. Couche-toi par terre en écartant les bras et les jambes, ordure. »

Skagg tendit alors la main droite d'une telle façon que Frank, déconcerté pendant quelques secondes, crut que le tueur venait de changer de tactique et s'apprêtait à le supplier de l'épargner.

Mais la main se mit à se transformer. La paume s'allongea et s'élargit, les doigts grandirent de plusieurs centimètres, les articulations devinrent plus noueuses, plus épaisses, et la main tout entière prit une couleur malsaine, se couvrant de taches brunes, noires et jaunâtres. De longs poils drus jaillirent des pores de cette nouvelle peau, et les ongles se changèrent en autant de griffes acérées.

« Ainsi, tu es ce que tes congénères appellent un dur. Une imitation de Clint Eastwood, quoi. Mais tu as peur, maintenant, pas vrai, petit humain ? Tu as enfin peur, n'est-ce pas ? »

Seule la main de Skagg avait subi quelques transformations. Le reste de sa personne et de son visage était intact. De toute évidence, il contrôlait parfaitement sa métamorphose.

« Un loup-garou », lâcha Frank, stupéfait.

Partant d'un grand rire dément qui rebondit sur les parois métalliques de l'entrepôt, Skagg agita sous le nez de Frank sa nouvelle main, ouvrant et refermant ses doigts monstrueux.

« Non, je ne suis pas un loup-garou, affirma-t-il d'un ton féroce. Mais quelque chose d'infiniment plus adaptable. Infiniment plus étrange, et plus intéressant. Alors, tu as peur, à présent ? Ça y est, tu as mouillé ton froc, minable ? »

La main de Skagg continuait à se transformer. Les poils drus disparurent, comme avalés par la chair qui leur avait donné naissance. La peau sombre parut s'assombrir davantage, virant au noir verdâtre, et des écailles firent leur apparition. Le bout des doigts s'épaissit et s'aplatit, des ventouses se formèrent, et la main elle-même se palma entièrement. Subtilement, les griffes changèrent à leur tour, tout en restant aussi longues et aussi acérées que celles d'un loup.

A moitié caché derrière cette main qui se tendait hideusement vers Frank, Skagg le fixait. Puis il baissa légèrement le bras et sourit au flic. Sa bouche s'était modifiée, elle aussi, et ses lèvres, à présent plus minces, noires et granuleuses, révélèrent soudain des dents pointues, et deux canines en forme de crocs. Surgissant d'entre les dents, une fine langue, bifide et luisante, entreprit de lécher consciencieusement les lèvres noires.

Constatant la surprise et l'effroi de Frank, Skagg se mit à rire, et sa bouche reprit aussitôt l'apparence d'une bouche humaine.

Mais la main n'avait pas terminé sa métamorphose. Les écailles se changèrent en une substance lisse, d'un violet presque noir, et les doigts, comme de la cire quand on l'approche d'une flamme, se fondirent ensemble pour former une pince plus coupante qu'un rasoir, fixée au poignet de Skagg.

« Tu vois ? Le Tueur n'a pas besoin d'armes blanches, chuchota-t-il. Mes mains disposent d'une infinie variété de lames. »

Frank tenait toujours son Smith & Wesson pointé sur Skagg, bien qu'il eut compris que même un Magnum 357 équipé de balles spéciales en Téflon ne suffirait pas à le protéger.

Dehors, un coup de tonnerre assourdissant déchira le ciel. La décharge d'électricité inonda de sa lumière éblouissante les étroites ouvertures placées en haut des parois, et une foule d'ombres mouvantes s'abattit sur Frank et Skagg.

Tandis que le tonnerre retentissait à nouveau, Frank répéta la question qu'il avait posée un instant plus tôt.

« Bon sang, quel genre de créature es-tu donc ? »

Skagg ne répondit pas tout de suite. Il fixa Frank pendant un long moment, visiblement perplexe. Et lorsqu'il se décida enfin à parler, sa voix trahissait à la fois de la curiosité et de la colère.

« Toi et ceux de ta race, vous êtes des mous. Vous n'avez ni sang-froid ni courage. Confrontés à l'inconnu, vous réagissez comme des moutons devant un loup, et je n'ai que mépris pour la faiblesse qui caractérise ton espèce. Quand je leur révèle ma véritable nature, même les hommes les plus courageux s'effondrent : ils se mettent à pleurer comme des enfants, ils paniquent et s'enfuient, ou bien ils sont paralysés par la peur et incapables de parler. Mais pas toi. Pourquoi es-tu différent de tes semblables ? D'où te vient ce courage qui est le tien ? Serait-ce simplement parce que tu es plus bête que les autres ? Tu ne comprends donc pas que tu es un homme mort ? Tu crois peut-être que tu vas t'en tirer vivant ? Regarde ta main, celle qui tient ton arme : elle ne tremble même pas.

– J'ai déjà eu l'occasion de ressentir la peur, et tu peux me croire, c'était bien pire, rétorqua Frank d'un ton sec. Récemment, j'ai eu deux contrôles fiscaux. »

Skagg ne se dérida pas. De toute évidence, il fallait que sa victime soit terrifiée : le simple fait de tuer ne le satisfaisant pas complètement, il avait aussi besoin d'humilier préalablement sa proie.

Ne compte pas sur moi pour t'offrir ce petit plaisir, ordure.

« Quel genre de créature es-tu donc ? » répéta Frank.

Faisant claquer ses horribles pinces, Karl Skagg avança d'un pas. « Je pourrais être le fils du diable, une créature de l'enfer. Ça te va, comme explication ?

– Ne t'approche pas de moi », le prévint Frank, en vain.

Skagg fit un pas supplémentaire dans sa direction. « Serais-je un démon, surgi de nulle part dans une odeur de soufre ? Sens-tu une certaine froideur s'emparer de ton âme, sens-tu s'approcher de toi l'incarnation satanique que je suis peut-être ? »

A force de reculer, Frank heurta l'un des chariots élévateurs. Il contourna l'obstacle et continua de battre en retraite.

Skagg, lui, avançait toujours.

« Ou peut-être suis-je d'un monde différent, une sorte d'extraterrestre, conçu ailleurs, né sous un soleil qui n'est pas le tien ? »

Tandis qu'il parlait, son œil droit se rétracta à l'intérieur de son crâne et disparut totalement. L'orbite se referma, comme l'eau d'une mare se referme sur le caillou qu'un enfant vient de lancer. A la place qu'avait occupée l'œil, seule une peau lisse subsistait.

« Un extraterrestre ? Peux-tu concevoir l'existence d'une autre forme de vie ? le pressa Skagg. Tes capacités intellectuelles te permettent-elles d'accepter que je sois venu dans ce monde après avoir traversé l'espace, porté par les courants galactiques ? »

Frank ne se demandait plus du tout comment Skagg s'était débrouillé pour forcer la porte de l'entrepôt : il s'était vraisemblablement servi de ses mains, tout simplement, les changeant en marteaux ou en burins. Et il avait probablement neutralisé l'alarme en glissant les extensions incroyablement fines de ses doigts jusque dans le boîtier du système de sécurité.

La joue gauche de Skagg se creusa soudain, et un trou se forma dans la peau. L'œil droit réapparut alors dans la nouvelle cavité, placée juste au-dessous de l'orbite gauche. En moins d'une seconde, les deux yeux se transformèrent, n'ayant plus rien d'humain : tels ceux d'un insecte, ils étaient à présent proéminents et munis de multiples facettes.

Comme si sa gorge subissait à son tour une transformation, la voix de Skagg prit une tonalité plus grave, plus rauque.

« Une créature diabolique, un extraterrestre... ou peut-être suis-je le résultat d'une manipulation génétique qui a mal tourné. Hmmm ? Qu'en penses-tu ? »

Un grand éclat de rire le secoua à nouveau. Frank *haïssait* ce rire.

« Alors, qu'en penses-tu ? » insista Skagg tout en se rapprochant de plus en plus de Frank.

« Tu n'es probablement rien de tout ça, répondit Frank qui reculait toujours. Comme tu l'as dit toi-même... tu es encore plus étrange, et plus fascinant que tout ce que tu viens de me citer. »

Les deux mains de Skagg s'étaient transformées en de redoutables tenailles, et la métamorphose s'étendit à ses bras musclés, dont l'aspect humain prit très vite la forme des pattes d'un crustacé. Les coutures de la chemise de Skagg craquèrent sous la pression des changements anatomiques qui étaient en train de s'opérer dans la partie supérieure de son corps. La croissance organique de son torse, qui s'agrandissait et s'élargissait, fit sauter tous les boutons de la chemise bleue, l'un après l'autre.

Bien qu'il sut qu'il était en train de gaspiller ses munitions, Frank tira trois fois, coup sur coup. La première balle s'enfonça dans l'estomac de Skagg, la seconde, dans sa poitrine, et la troisième, dans sa gorge. La chair se déchira, les os craquèrent, le sang coula. L'étrange créature polymorphe tituba, mais elle resta debout.

Etant donné l'impact des balles et la gravité de ses blessures, Skagg aurait dû mourir instantanément. Mais il se contenta de vaciller, sa chair ayant déjà entrepris de cicatriser toutes ses blessures. En moins de trente secondes, Skagg fut à nouveau intact.

Avec un craquement humide, le crâne de Skagg doubla de volume, bien que le changement n'eût rien à voir avec les balles qu'il avait reçues. Son visage parut soudain *imploser*, et ses traits semblèrent se dissoudre, mais presque aussitôt, une masse informe apparut, d'où surgirent des éléments insectoïdes caractéristiques.

Frank n'attendit pas de vérifier que la nouvelle apparence de Skagg était bien celle d'un énorme insecte. Après avoir tiré deux fois sur l'inquiétante forme que prenait la tête de Skagg, il détala, bondit par-dessus un petit véhicule électrique, contourna un chariot élévateur, et piqua un sprint dans une allée longeant des rayonnages métalliques, tout en essayant de ne *pas* sentir la douleur que sa course éperdue venait de réveiller.

Le matin même, alors qu'il pleuvait et que la circulation dans les rues promettait d'être difficile pour les automobilistes, Frank avait regardé les palmiers dégoulinants de pluie et les immeubles tristes que la tempête toute proche rendait encore plus gris, et il s'était dit que la journée allait être aussi morose que le temps – prévisible, ennuyeuse, peut-être même déprimante. Quelle surprise ! Au lieu de ça, la journée s'était révélée passionnante, intéressante, et même carrément amusante. Décidément, il était impossible de prévoir ce que le sort réservait à chacun, et c'était précisément ce qui faisait toute la saveur de la vie.

Les amis de Frank disaient de lui qu'en dépit de sa carapace, il avait le goût de vivre et de s'amuser. Mais ce n'était qu'une petite partie de ce qu'ils disaient à propos de Frank Shaw.

Skagg émit alors un hurlement de rage qui n'avait absolument rien d'humain. Quelle que fût son apparence extérieure, il avait décidé que Frank ne lui échapperait pas, et il s'élança à sa poursuite.

5

Malgré la douleur, Frank n'hésita pas une seule seconde. Il escalada aussi vite que possible les piles de caisses – contenant de l'outillage mécanique et des pièces détachées – et, arrivé au sommet, il se redressa.

Six autres caisses, indépendamment des autres, étaient posées à divers endroits de la plate-forme que Frank venait d'atteindre. Il poussa l'une d'elles vers le bord. D'après l'étiquette collée sur le côté de la caisse, elle contenait vingt-quatre lecteurs de CD portables, du genre de ceux qu'arborent les jeunes rebelles, qui usent du volume sonore de leur musique favorite comme d'une arme avec laquelle ils agressent les passants innocents. Frank ignorait pourquoi cette fichue caisse se trouvait parmi les autres, mais comme elle ne pesait qu'une centaine de kilos, il parvint à la pousser jusqu'au bord de la plate-forme.

En bas, dans l'allée, un cri perçant retentit, qui exprimait à la fois de la rage et un véritable défi.

Frank se pencha et distingua dans la pénombre une silhouette mouvante : Karl Skagg avait à présent pris la forme d'un horrible insecte de plus de cent kilos, rappelant à la fois le cafard et la mante religieuse.

Soudain, la tête de la chose pivota sur elle-même et ses antennes s'agitèrent. Deux yeux couleur d'ambre fixèrent sur Frank leurs innombrables facettes.

Ce dernier fit basculer la caisse. Un instant déséquilibré, il faillit être emporté à son tour, mais il se jeta en arrière, atterrissant sur les fesses.

La caisse contenant les lecteurs de CD se fracassa sur le sol en béton. Vingt-quatre amateurs de musique et de haute-fidélité allaient être particulièrement déçus à Noël.

A quatre pattes, Frank se hâta de s'approcher du bord, et constata que la forme insectoïde de Skagg était en train de se libérer de la caisse, celle-ci ne l'ayant immobilisé qu'un bref instant. Se redressant aussitôt, Frank entreprit de se balancer d'avant en arrière, afin de déstabiliser l'ensemble des caisses au sommet desquelles il se trouvait. Très vite, la pile au-dessous de lui commença à vaciller. Accélérant frénétiquement le mouvement qu'il imprimait à la colonne formée par les caisses, il bondit au dernier moment, juste avant que celle-ci ne se détache du reste, et atterrit à quatre pattes au sommet de la pile d'à côté, plus stable. Les mains pleines d'échardes, il entendit alors les caisses qui s'écrasaient dans l'allée, et il poussa un cri de victoire, oubliant un instant ses souffrances.

Frank se mit ensuite à plat ventre, et rampa jusqu'au bord de la pile de caisses.

Impossible d'apercevoir Skagg sous la tonne de débris qui le recouvrait. Mais il n'était pas mort, comme en témoignaient ses hurlements furieux et ses tentatives pour se dégager des décombres qui le retenaient prisonnier.

Content d'avoir pu au moins gagner un peu de temps, Frank se releva, courut à l'autre bout du mur de caisses et redescendit. Puis il se hâta vers une autre partie de l'entrepôt.

Par hasard, le trajet qu'il suivait l'amena à passer devant la porte à moitié défoncée par laquelle Skagg était entré dans l'entrepôt. Après l'avoir refermée, celui-ci avait entassé contre le battant plusieurs caisses, apparemment très lourdes, de façon à empêcher Frank de quitter l'endroit sans attirer son attention. La créature polymorphe avait sans aucun doute détruit les commandes électriques permettant l'ouverture du grand portail à l'entrée de l'entrepôt, et il avait probablement fait en sorte de bloquer toutes les sorties.

Tu n'avais pas besoin de faire tout ça.

Frank n'avait pas du tout l'intention de prendre la fuite. En tant qu'officier de police, sa mission consistait à empêcher Skagg de nuire à la paix de la communauté et à la sécurité de ses concitoyens. Frank avait le sens du devoir et des responsabilités. Et c'était un ancien du *Marine Corps*. Et... bon, quoiqu'il ne l'ait jamais admis publiquement, il aimait beaucoup son surnom de Frank le Dur, et il prenait un grand plaisir à se montrer à la hauteur de sa réputation. Pas question de déchoir dans un moment pareil.

D'ailleurs, même s'il commençait à se lasser de la partie engagée contre Skagg, il continuait à bien s'amuser.

6

Au fond de l'entrepôt, le long de la paroi, des marches métalliques menaient à une sorte de balcon, dont le sol consistait en une grille, elle aussi métallique. Quatre bureaux, réservés aux services administratifs, ouvraient sur ce balcon.

Chacun était équipé de larges portes vitrées coulissantes, derrière lesquelles Frank distingua, malgré l'obscurité, des bureaux et des chaises, ainsi que divers équipements. Aucune des pièces ne disposait de lampes, mais toutes avaient des fenêtres donnant sur l'extérieur, par lesquelles entraient la lueur jaune des lampadaires et celle, plus violente, des éclairs.

Le toit de l'entrepôt ne se trouvant plus qu'à trois mètres au-dessus de Frank, le bruit de la pluie était assourdissant, et chaque coup de tonnerre résonnait sur la tôle.

Arrivé au milieu du balcon, Frank s'appuya contre la rampe métallique et son regard embrassa l'espace immense étendu à ses pieds. De là où il se trouvait, il voyait ce qui se passait dans certaines allées, mais la grande majorité d'entre elles se dérobaient à sa vue. Il apercevait les rangées de chariots élévateurs et de véhicules électriques près desquels il avait rencontré Skagg, découvrant l'incroyable pouvoir de récupération de son adversaire et l'indéniable talent dont il faisait preuve pour changer de forme à volonté. Il distinguait également les piles de caisses qui s'étaient écroulées sur Skagg, le recouvrant de pièces détachées, de matériel de plomberie et de lecteurs de CD.

Rien ne bougeait.

Frank rechargea son arme. Même s'il tirait à bout portant sur Skagg, il ne réussirait guère qu'à le retarder, différant son attaque d'une minute seulement, le temps pour lui de guérir ses blessures. Une minute. Juste assez pour recharger le Smith & Wesson. Il lui restait des munitions, mais sa réserve n'était pas inépuisable. L'arme de Frank ne lui était pas d'une grande utilité, mais il avait l'intention de jouer le jeu le plus longtemps possible, et le Smith & Wesson faisait partie du jeu.

Pas question de laisser interférer la douleur qu'il ressentait toujours. L'issue du combat approchait, et il ne pouvait pas se permettre d'avoir mal. Il fallait qu'il justifie sa réputation, qu'il devienne réellement Frank le Dur, et qu'il fasse abstraction de tout ce qui pourrait le distraire.

A nouveau, il balaya du regard l'ensemble de l'entrepôt.

Rien ne bougeait, mais tout ce que le bâtiment comptait d'ombres paraissait s'animer d'une énergie bizarre, comme si, dotées d'une vie nouvelle, elles s'apprêtaient à se jeter sur lui s'il s'avisait de leur tourner le dos.

Un éclair illumina le bureau qui se trouvait derrière Frank, et son reflet brillant parcourut les vitres des portes coulissantes donnant sur le balcon. Sa présence avait sans doute était trahie par la lueur de l'éclair, mais il ne bougea pas. Il ne cherchait pas à se dissimuler à la vue de Karl Skagg. Cet entrepôt était destiné à abriter la rencontre entre le flic et le tueur, et l'heure du rendez-vous avec la mort approchait.

Mais Skagg sera certainement extrêmement surpris de constater que ce n'est pas lui qui va jouer le rôle de la Mort, se dit Frank, confiant.

Les éclairs se déchaînèrent encore, illuminant l'entrepôt non seulement par les fenêtres des bureaux, mais également par les ouvertures verticales situées près de la charpente. Une lumière fantômatique éclaira le haut du bâtiment, généralement plongé dans l'obscurité malgré les veilleuses de sécurité. Grâce à l'un de ces éclairs, Skagg apparut soudain, accroché au plafond, la tête en bas, tel une araignée se jouant des lois élémentaires de la gravité. Skagg ne fut visible qu'un très court instant, sans que Frank ait le temps de l'observer en détail, mais il semblait avoir pris une forme matérielle qui le faisait ressembler davantage à un lézard qu'à une araignée.

Tenant à deux mains son Smith & Wesson, Frank attendit que la tempête lance sur l'entrepôt un nouvel éclair, profitant de l'entracte pour évaluer la distance parcourue par Skagg, son arme suivant lentement la progression de son ennemi invisible. Lorsque les fentes près du toit s'illuminèrent de nouveau, répandant leur lumière spectrale sous le plafond de l'entrepôt, Frank tenait en joue Karl Skagg, et il tira trois coups. Au moins deux d'entre eux touchèrent leur cible.

L'impact des balles déséquilibra Skagg, qui poussa un cri perçant et lâcha prise, sans pour autant s'écraser sur le sol en béton. Tout en tombant, alors que ses blessures se cicatrisaient automatiquement, il se transformait encore, renonçant à l'araignée-lézard pour reprendre son apparence humaine, mais avec des ailes de chauve-souris qui lui poussèrent dans le dos et qui l'emportèrent à travers les airs jusque sur le balcon, à quelques mètres de Frank. Ses vêtements – y compris ses chaussures – n'avaient pas supporté les changements successifs, et Karl Skagg était à présent nu comme un ver.

Puis les ailes de chauve-souris redevinrent des bras et Skagg pointa un doigt sur Frank.

« Tu ne m'échapperas pas.

– Je sais, répliqua Frank. Tu es comme ces pique-assiettes qu'on rencontre dans les soirées mondaines – une vraie sangsue. »

Les doigts de la main droite de Skagg s'allongèrent brusquement, tout en devenant plus durs que de la corne et plus effilés que la lame d'un rasoir. Chacun était muni, à la base, d'un redoutable ergot.

Frank tira les trois dernières balles qui restaient dans le barillet de son Smith & Wesson.

Touché, Skagg recula de quelques pas, avant de tomber à la renverse sur la grille du balcon.

Frank rechargea son arme. Au moment même où il remettait en place le barillet, il s'aperçut que Skagg s'était déjà relevé.

Avec un affreux rire de dément, Karl Skagg s'avança vers Frank. Les deux mains du tueur se terminaient à présent par de longues griffes osseuses. Dans le seul but de terroriser sa proie, ce qui lui procurait apparemment un immense plaisir, Skagg fit une brève démonstration des pouvoirs que lui conféraient la forme et la fonction de son organisme. Cinq yeux apparurent sur son torse, et tous se fixèrent sur Frank. Puis ce fut le tour du ventre de Skagg, qui s'orna subitement d'une bouche géante, équipée d'une série impressionnante de dents et de crocs. Un liquide répugnant, sans doute du pus, se mit à suinter de l'extrémité des énormes canines supérieures.

Les quatre coups que tira Frank suffirent à envoyer Skagg au tapis, et les deux dernières balles l'atteignirent alors qu'il rampait sur la grille du balcon.

Frank se hâta de recharger son 38 Spécial, mais Skagg fut debout plus vite que prévu.

« Tu es prêt ? Tu es prêt à crever, minable ?

– Pas vraiment. Je n'ai plus qu'une mensualité à verser pour finir de payer ma voiture, et j'aimerais bien savoir quel effet ça fait, d'être *propriétaire*, pour une fois.

– Tu baigneras dans ton sang, comme les autres.

– Ah bon ?

– Comme les autres, toi aussi, tu hurleras de douleur.

– Si c'est toujours la même chose, tu dois finir par en avoir marre, non ? Tu es sûr que tu ne préfèrerais pas varier un peu les plaisirs ? »

Skagg bondit.

Frank vida le barillet de son arme.

Skagg s'écroula, puis il se releva en riant, de son rire halluciné et terrifiant.

Frank se débarrassa de son Smith & Wesson, désormais inutile.

Les cinq yeux et la bouche récemment apparus sur le torse et le ventre de Skagg disparurent, remplacés par quatre petits bras articulés, ressemblant à des pattes de crabes, et se terminant comme elles par de grosses pinces.

Frank recula. Les portes vitrées des bureaux reflétaient des éclairs de plus en plus violents.

« Tu sais ce que c'est, ton problème, Skagg ? Tu es un frimeur. Avec un peu plus de subtilité, tu serais nettement plus effrayant. Toutes ces transformations, cette frénésie de changements dans ton apparence physique... c'est trop. On a du mal à suivre, et forcément, on est plus impressionné que véritablement terrifié. Tu vois ce que je veux dire ? »

Si Skagg comprenait, il se garda bien de le montrer. Son torse se hérissa soudain de cornes pointues, et il annonça d'une voix caverneuse : « Je vais t'attraper et t'empaler, et ensuite, je t'arracherai les yeux avec les dents. »

Et comme pour mieux accomplir la seconde partie de sa déclaration, il changea à nouveau la forme de son visage : à la place de sa bouche, un tube garni de dents minuscules jaillit, produisant un bruit atroce de lavabo qu'on débouche.

« C'est exactement ce que je voulais dire : tu frimes, vieux », dit Frank, le dos contre la rampe. Impossible de reculer davantage.

Skagg n'était plus qu'à trois mètres de lui.

Regrettant que la partie fût déjà finie, Frank cessa d'imposer à son corps son apparence humaine. Son squelette fondit, et ses ongles, ses cheveux, ses organes internes, ses muscles, sa graisse et tout le reste ne furent plus qu'un. Son organisme n'avait plus aucune forme déterminée, et une masse sombre, qu'animaient d'étranges pulsations, jaillit de son uniforme.

Avec un léger soupir, les vêtements de Frank s'affaissèrent sur la grille métallique du balcon.

Juste à côté, Frank réintégra sa forme humaine et se tint debout, nu, devant son prétendu adversaire.

« *Voilà* la façon correcte de se transformer sans détruire ses vêtements. Etant donné ton impétuosité, je suis surpris qu'il te reste encore de quoi t'habiller dans ta garde-robe. »

Choqué, Skagg abandonna son aspect monstrueux et reprit son corps d'homme. « Tu es donc l'un de mes miens !

– Non, corrigea Frank. Nous sommes de la même race, mais je ne suis certainement pas un dément dans ton genre. Comme la plupart des nôtres le font depuis des milliers d'années, je vis en paix parmi les humains ordinaires. Toi, par contre, tu es un dégénéré répugnant. Ta propre puissance t'a rendu fou, et tu n'aspires qu'à dominer les autres.

– Vivre en *paix* avec les humains ? s'exclama Skagg d'un ton méprisant. Mais ils sont nés pour mourir, et nous sommes immortels. Ils sont faibles, et nous sommes forts. La race des humains n'existe que pour notre plaisir, afin que nous puissions nous délecter de leur agonie.

– Au contraire, dit Frank, ils sont précieux : leur vie nous rappelle constamment que l'existence, si on ne la contrôle pas, n'est qu'un vaste chaos. Je passe presque tout mon temps enfermé dans ce corps d'homme, et je m'efforce généralement d'endurer la souffrance humaine, en supportant à la fois les angoisses et les joies de la vie d'un humain comme les autres.

– C'est toi qui es fou ! »

Frank secoua la tête.

« En travaillant dans la police, je sers l'humanité, et je donne ainsi un sens à mon existence. Tu vois, ils ont terriblement besoin qu'on les aide.

– Les humains ont besoin de nous ? »

Dans le fracas du tonnerre, la pluie redoubla de violence, tombant à présent plus fort que jamais. Frank chercha les mots susceptibles d'être compris par l'esprit malade de Skagg.

« La condition humaine est indiciblement triste. Réfléchis : leur corps sont fragiles, et leur vie sont brèves, à la façon d'une minuscule chandelle dont la flamme ne brûlerait qu'un instant. Comparées à l'âge de la planète, les relations qu'ils entretiennent avec leurs amis et leur famille sont tout ce qu'il y a de plus éphémères, de simples étincelles d'amour et de gentillesse, incapables d'illuminer le flot inexorable du temps. Pourtant, ils résistent à la cruauté de leur condition, et ne perdent que rarement la foi qu'ils ont en eux-mêmes. Leurs espoirs ne sont presque jamais récompensés, mais ils continuent à avancer, luttant contre les ténèbres. Leur détermination face à leur condition de mortels correspond exactement à la définition du courage, qui est l'essence même de la noblesse de l'âme. »

Skagg le regarda en silence pendant un long moment, puis il partit d'un grand éclat de rire dément.

« Les humains sont nos proies, idiot. Ce sont des jouets avec lesquels nous jouons, rien de plus. Qu'est-ce que c'est que ces inepties à propos du sens de la vie et du contrôle que nous devons exercer sur nos propres existences ? Nous n'avons rien à craindre du chaos, au contraire : il faut s'en saisir à bras le corps et s'en réjouir. Le chaos, le merveilleux chaos, est la condition de base de l'univers, où s'affrontent les forces titanesques des étoiles et des galaxies, dans un combat éternel et sans but.

– Le chaos et l'amour sont antinomiques, fit Frank. L'amour est une force de stabilité et d'ordre.

– Dans ce cas, qui a besoin de cet amour dont tu parles ? » s'exclama Skagg, prononçant le mot *amour* d'un ton particulièrement sarcastique.

Frank soupira.

« Eh bien, il se trouve que j'ai pu justement apprécier ce besoin d'amour à sa juste valeur. Mon contact prolongé avec la race humaine m'a éclairé sur ce point.

Eclairé ? *Corrompu* est le terme exact.

– Evidemment, dit Frank en hochant la tête, c'est ainsi que tu vois les choses. Le plus triste, c'est qu'au nom de cet amour, pour le défendre, il va justement falloir que je te tue. »

L'idée parut amuser Skagg au plus haut point.

« Me tuer ? Tu plaisantes, j'espère ? Il t'est impossible de me tuer, et *vice versa*. Toi et moi, nous sommes tous les deux immortels.

– Tu es jeune, dit Frank. D'après les standards humains, tu es même un jeune homme, et d'après les *nôtres*, tu n'es encore qu'un bébé. Je dirais que j'ai au moins trois siècles de plus que toi.

– Et alors ?

– Alors, il existe des pouvoirs que seul le grand âge nous confère.

– Quels pouvoirs ?

– Tout à l'heure, je t'ai observé pendant que tu faisais étalage du polymorphisme dont tu es génétiquement dépositaire. Je t'ai vu prendre plusieurs formes, toutes absolument surnaturelles. Mais tu es encore loin du contrôle cellulaire parfait.

– C'est-à-dire ?

– C'est-à-dire la transformation totale de ton corps en une masse dépourvue de forme déterminée, mais constituant quand même un être cohérent. Pour te donner un exemple, c'est ce que je viens de faire en me débarrassant de mes vêtements sans les déchirer. Un tel processus nécessite un parfait contrôle de soi-même, parce qu'il frôle le chaos et oblige ainsi celui qui s'y essaie à conserver son identité, tout en risquant à chaque instant la désintégration totale. Tu n'as pas encore acquis ce pouvoir, je le sais : si tu en étais capable, tu aurais essayé de me terroriser en en faisant la démonstration devant moi. Mais ton polymorphisme est si énergique qu'il en devient délirant. Tu te transformes au gré de tes caprices, et tu prends la première forme que te dicte ta fantaisie personnelle, ce qui prouve un manque de discipline tout à fait infantile.

– Et alors ? » s'écria Skagg avec arrogance, toujours aussi sûr de lui. « Le fait que tes pouvoirs soient plus grands que les miens ne change rien : je suis immortel, et invincible. Toutes mes blessures, même graves, guérissent automatiquement, et le poison n'a aucun effet sur moi. Ni les températures extrêmes, fussent-elles très hautes ou très basses, ni les explosions de toutes sortes, hormis les bombes atomiques, ni même le vitriol ne sont capables d'attenter à ma vie.

– Mais tu es un être vivant, doté d'un système métabolique, lui rappela Frank. D'une façon ou d'une autre, tu es obligé de respirer, que ce soit par les poumons quand tu prends une forme humaine, ou par quelque autre organe, selon les différentes transformations. L'oxygène est indispensable au maintien de ton existence. »

Skagg le regardait, sans comprendre la menace qui planait sur lui.

En moins d'une seconde, Frank abandonna son apparence humaine, et son corps ne fut plus qu'une masse informe qu'il changea aussitôt en une espèce de raie manta géante, qu'on aurait crue surgie des profondeurs de l'océan. S'élançant vers Skagg, il l'enveloppa entièrement de sa masse souple, qui épousait parfaitement tous les reliefs de son corps, recouvrant chaque centimètre carré de peau et bouchant son nez et ses oreilles, afin de l'empêcher de respirer.

Coincé à l'intérieur de ce cocon mou, Skagg se hérissa de cornes et de griffes, de crocs et d'ergots, dans l'espoir de transpercer et de déchirer la chair sous laquelle il suffoquait. Mais il était impossible d'échapper aux cellules de Frank : même entaillés par les coups de griffe, les tissus se reconstituaient instantanément.

Skagg fit apparaître une demi-douzaine de bouches à divers endroits de son anatomie. Certaines d'entre elles étaient équipées de crocs pointus, les autres étaient munies d'une double rangée de dents de requin, et toutes entreprirent de mordre avec acharnement la chair de Frank. Mais celle-ci pénétrait dans chacun des orifices de l'organisme de Skagg – *Ceci est mon corps, et tu peux maintenant savoir quel goût il a* – et ces derniers, bouchés par les cellules de Frank, ne pouvaient plus mordre leur adversaire.

Skagg revêtit alors l'apparence d'un énorme insecte.

Frank fit de même.

Skagg fit ensuite pousser ses ailes de chauve-souris et chercha à s'envoler.

Frank l'imita à nouveau, et, pesant sur lui de tout son poids, le ramena au sol.

Dehors, le chaos de la tempête régnait sur la nuit. A l'intérieur de l'entrepôt, avec le tracé régulier des allées et le contrôle exercé sur la température ambiante et le degré d'humidité, l'ordre régnait, à condition de faire abstraction de Karl Skagg, bien sûr. Mais le chaos de Skagg était à présent prisonnier des cellules indestructibles de Frank Shaw.

L'emprise que Frank maintenait sur Skagg n'était pas seulement celle d'un bourreau, mais celle d'un frère et d'un prêtre. Frank était en train de le renvoyer gentiment hors de cette vie, et il éprouvait, dans une certaine mesure, les mêmes regrets que ceux qu'il ressentait lorsqu'il était témoin de la souffrance humaine ordinaire, causée chez les hommes par les maladies et les accidents. Dans cet univers désespérément en quête d'ordre, la mort était l'enfant indésirable du chaos.

Pendant l'heure qui suivit, avec une énergie décroissante, Skagg lutta et se débattit. Un homme n'aurait pas pu tenir aussi longtemps sans oxygène, mais Skagg n'était pas un homme. Il était à la fois *plus* et *moins* humain.

Frank possédait une patience infinie, que des siècles passés à s'adapter aux limitations de la condition humaine lui avaient enseignée. Une demi-heure après avoir perçu les derniers signes de vie du tueur polymorphe, Frank se décida enfin à le lâcher. Skagg, réduit à l'impuissance, n'était plus qu'une chose inerte et inoffensive.

Frank reprit alors son apparence humaine.

Skagg s'étant lui aussi métamorphosé en homme au cours des dernières secondes de son agonie, sa dépouille n'avait plus rien de surnaturel. Maintenant qu'il était mort, il paraissait aussi fragile et aussi pathétique que n'importe quel cadavre.

Après s'être rhabillé, Frank enveloppa soigneusement le corps de Skagg dans un sac de toile déniché dans un coin de l'entrepôt. Pas question de laisser ce cadavre tomber entre les mains d'un médecin légiste : les mystères qu'aurait révélé sa véritable nature auraient aussitôt mis l'humanité en émoi, en prouvant l'existence d'une race secrète, dont certains réprésentants vivaient librement parmi les hommes.

Portant sur son dos l'étrange créature, Frank retourna à la Chevrolet qu'il avait garée un peu loin, quelques heures auparavant.

Doucement, il déposa Skagg dans le coffre de la voiture.

Ensuite, alors qu'il faisait encore nuit, Frank roula jusqu'aux collines de la réserve naturelle, laissant derrière lui les lumières de Los Angeles. Là, à la lisière de la forêt, il creusa un trou dans la terre meuble, et y enterra le cadavre de Skagg. Et tandis qu'il achevait sa triste besogne, il pleura.

Lorsque l'enterrement clandestin fut terminé, Frank rentra directement chez lui, dans son confortable bungalow de cinq pièces. Murphy, son setter irlandais, qui l'attendait devant la porte, lui fit fête en remuant vigoureusement la queue. Seuss, le chat, ne se départit pas tout de suite de son habituelle réserve, avant de lui sauter dans les bras en ronronnant, avide de caresses.

Bien que la nuit eût été épuisante, Frank n'alla pas se coucher, puisqu'il n'éprouvait jamais le besoin de dormir. Quittant ses vêtements mouillés, il mit son pyjama et sa robe de chambre, se prépara du pop-corn, et s'installa sur le sofa, en compagnie de Murphy et de Seuss, pour regarder un vieux film de Frank Capra, qu'il avait déjà vu au moins vingt fois sans jamais s'en lasser : Jimmy Stewart et Donna Reed dans *La Vie est belle*.

Tous les amis de Frank Shaw disaient de lui que c'était un dur à cuire, mais ce n'était qu'une petite partie de ce qu'ils racontaient à propos de lui. Ils disaient aussi qu'à l'intérieur de la carapace de Frank le Dur, il y avait un cœur qui battait. Un cœur tendre.

LES CHATONS

Les saules mélancoliques des berges se reflétaient dans l'eau fraîche de la rivière, d'une belle couleur émeraude, qui clapotait gaiement en tourbillonnant autour de gros galets polis. Assise dans l'herbe, Marnie s'amusait à jeter des cailloux là où l'eau était profonde, et à observer les ronds concentriques qui se formaient à la surface, de plus en plus grands, jusqu'à venir lécher la rive boueuse.

Elle pensait aux chatons. Pas ceux de l'année précédente, ceux de cette année. Il y avait un an de ça, ses parents lui avaient raconté que les petits chats étaient montés au ciel. La portée de Pinkie avait disparu trois jours après les premiers couinements des bébés chats. « Dieu les a emportés au paradis, et ils sont avec Lui, maintenant », s'était contenté de dire le père de Marnie.

Elle ne mettait pas réellement en doute la parole de son père. C'était un homme très pratiquant, qui enseignait le catéchisme tous les dimanches, et qui avait même une fonction dans l'église locale (mais elle ne savait pas comment se nommait cette fonction) : c'était son père qui comptabilisait l'argent de la quête et qui en inscrivait le montant sur un petit carnet rouge. Régulièrement, c'était à lui qu'on demandait de lire le sermon, quand le pasteur n'assurait pas le service. Et, tous les soirs, il leur lisait des passages de la Bible. La veille, elle était arrivée en retard, et il lui avait administré une bonne fessée. « Qui aime bien, châtie bien », c'est ce que son père disait tout le temps. Concernant Dieu et les petits chats, si quelqu'un avait autorité en la matière, c'était lui, de toute évidence. Non, elle n'avait vraiment aucune raison de douter de son père.

Pourtant, elle continuait à se poser des questions. Alors qu'il y avait dans le monde des milliers et des milliers de chats, fallait-il vraiment que Dieu lui prenne les siens ? Est-ce que Dieu était égoïste ?

C'était la première fois depuis fort longtemps qu'elle pensait à ces petits chats.

Au cours des douze derniers mois, il s'était passé tant de choses qu'elle n'avait guère eu le temps d'y songer. L'école, sa première rentrée, la fureur des préparatifs, l'angoisse du premier jour – sans parler de l'achat des cahiers, des crayons, des stylos, des livres... Les premières semaines avaient d'ailleurs été plutôt intéressantes, surtout avec Monsieur l'Alphabet et Messieurs les Chiffres. Et quand l'école avait commencé à l'ennuyer, Noël avait débarqué, apportant avec lui les patins à glace et la patinoire étincelante, les magasins décorés, les guirlandes multicolores, le Père Noël au coin de la rue qui avait un peu de mal à marcher droit, l'église éclairée par des centaines de bougies, la messe de minuit, pendant laquelle elle avait eu envie d'aller aux toilettes, et son père qui l'avait obligée à attendre que le service religieux soit terminé.

En mars, quand les jours s'étaient remis à traîner en longueur, sa mère avait donné naissance à des jumelles. Marnie, très étonnée par leur taille, les avait jugées vraiment minuscules, trouvant également, au fil des semaines, qu'elles grandissaient particulièrement lentement.

Et voilà qu'on était à nouveau en juin. Les jumelles avaient à présent trois mois, et commençaient enfin à prendre du poids. L'école était finie, Noël, encore bien loin, et tout était en train de redevenir terriblement ennuyeux.

Par conséquent, lorsque Marnie entendit son père dire à sa mère que Pinkie allait avoir des petits, elle sauta sur l'occasion et tira de cette information tout ce qu'elle pouvait avoir d'amusant et de stimulant. S'affairant dans la cuisine, elle entreprit de préparer chiffons et compresses pour la naissance des bébés chats, ainsi qu'une jolie boîte, en carton, peinte par ses soins en rouge et en doré, destinée à les accueillir dès leur naissance.

Et la nature suivit son cours.

L'heure venue, Pinkie s'esquiva, et donna discrètement naissance à ses petits pendant la nuit, dans un coin sombre de la grange. Les compresses stérilisées ne servirent donc à rien, mais la boîte en carton se révéla très utile : on y déposa les six petits chats gris, dont le pelage tacheté donnait à penser qu'on avait secoué au-dessus d'eux un porte-plume plein d'encre noire.

Marnie aima immédiatement les petits chats, mais elle s'inquiétait. Et si Dieu se mettait en tête de recommencer ? Et s'il faisait encore une fois ce qu'il avait déjà fait l'année précédente ?

« Marnie ? Qu'est-ce que tu fais ? »

Elle n'avait pas besoin de lever les yeux pour savoir qui se trouvait derrière elle. Par respect, elle se retourna. C'était son père, en bleu de travail. La sueur avait trempé ses aisselles, formant de larges auréoles sur le tissu usé. Il avait un peu de terre collée sur le menton et dans la barbe, et il la dévisageait.

« Je jette des pierres », répondit-elle calmement.

– Sur les poissons ?

– Oh, non, monsieur. Je jette des pierres, c'est tout.

– Voyons un peu... Tu te souviens du nom de celui qu'on a lapidé ? » Le sourire du père de Marnie était franchement condescendant.

« Saint Stéphane, répondit-elle du tac au tac.

– Très bien. »

Le sourire s'évanouit. « Le souper est prêt. »

Assise très droite sur une chaise, elle écoutait attentivement son père, qui lisait à haute voix un passage de l'antique Bible familiale, dont la reliure en cuir noir était passablement usée et écornée, et certaines pages, déchirées. Sur le divan recouvert de velours bleu, installée à côté de son père, sa mère avait les mains jointes, et on lisait sur son visage, ordinaire mais plutôt joli, un modeste sourire de dévote.

« Laissez venir à moi les petits enfants, car tel est le royaume de Dieu. » Le père de Marnie referma doucement la Bible, et le son feutré resta comme suspendu en l'air, maintenant dans la pièce une épaisse chape de silence. Pendant quelques minutes, personne ne dit rien. Puis la voix du père s'éleva. « Marnie, quel est le chapitre que nous venons de lire, et de quel livre s'agit-il ?

– L'Evangile selon saint Marc, chapitre dix, dit-elle, appliquée.

– Bien. » Se tournant ensuite vers sa femme, dont le sourire exprimait maintenant une satisfaction toute chrétienne, il lui dit : « Mary, que penses-tu d'un café pour nous, et d'un verre de lait pour Marnie ?

– Tout de suite », fit la mère en se levant aussitôt pour filer à la cuisine.

Le père resta assis à sa place, et s'abîma dans la contemplation de l'intérieur de la couverture du livre sacré. Suivant du doigt les marques d'usure qui apparaissaient sur le papier jauni, il se mit soudain à scruter quelques taches, à peine visibles, sur la page de garde, dues à quelques gouttes de vin qu'un grand-oncle avait maladroitement renversées, des années auparavant.

« Père », souffla Marnie, pleine d'espoir.

Sans un sourire, sans même un froncement de sourcils, il leva les yeux, impassible.

« Et les petits chats ?

– Les petits chats ? répéta-t-il.

– Est-ce que Dieu va venir les prendre, cette année ? »

L'esquisse de sourire qui venait d'apparaître sur son visage s'évapora dans l'atmosphère lourde du salon.

« C'est bien possible. » Et il se tut.

« Il ne faut pas qu'Il les prenne », protesta Marnie, au bord des larmes.

« Seriez-vous par hasard en train de me dire que Dieu peut faire certaines choses et pas d'autres, jeune fille ?

– Non, monsieur.

– Dieu fait selon Sa volonté.

– Oui, monsieur. »

Elle gigotait sur sa chaise, imprimant dans sa chair les reliefs de la paille.

« Mais pourquoi faudrait-il qu'Il prenne encore une fois mes petits chats ? Pourquoi prend-Il toujours les miens ?

– Cette discussion n'a que trop duré, Marnie. Tais-toi.

– Mais pourquoi mes petits chats à moi ? » insista-t-elle.

Soudain, le père se leva, s'approcha de la chaise sur laquelle était assise Marnie, et gifla à toute volée le délicat visage de la petite fille. Un peu de sang perla au coin de sa bouche. D'un geste de la main, elle s'essuya.

« On ne doit pas douter de Dieu ! clama le père. Tu es bien trop jeune pour douter. » Quelques postillons lui échappèrent. Attrapant sa fille par le bras, il la força à se lever. « Et maintenant, tu montes dans ta chambre et tu files au lit. »

Elle ne protesta pas. Tandis qu'elle se dirigeait vers l'escalier, elle essuya à nouveau sa bouche ensanglantée. Lentement, elle gravit les marches, laissant glisser sa main le long de la rampe, caressant du bout des doigts le bois lisse qui sentait bon l'encaustique.

La voix de sa mère parvint jusqu'à elle. « Voilà le verre de lait de Marnie. » La réponse du père fut brève : « Ce n'est plus nécessaire. »

Une fois dans sa chambre, elle se mit au lit. Soudain, la pénombre s'éclaircit : la lune venait darder ses rayons à travers les vitres de la fenêtre, faisant étinceler la rangée de médailles religieuses accrochées au mur. Dans la chambre de ses parents, elle entendit sa mère qui babillait avec les jumelles. Elle était en train de changer leurs couches, tout en les appelant ses « divins petits anges ». Son père s'amusait à chatouiller les bébés, qui gloussaient d'aise – un gargouillis venu des profondeurs de leur petit corps dodu.

Ni son père ni sa mère ne vinrent lui souhaiter une bonne nuit. Elle était punie.

Sa mère l'ayant chargée, dix minutes auparavant, d'aller chez une voisine, Marnie décida de faire d'abord un détour par la grange, où elle était à présent très occupée à cajoler l'un des petits chats gris.

Une bonne odeur de foin embaumait le bâtiment. Le sol couvert de paille craquait sous les pieds. Au fond, des vaches meuglaient – elles n'étaient que deux, en convalescence dans la grange à cause des blessures causées par le fil de fer barbelé d'une clôture. Entre les mains de Marnie, le chaton miaulait faiblement, faisant mine de vouloir lui griffer le menton.

Dans la cour qui s'étendait entre la maison et la grange, la voix du père tonna soudain.

« Où est Marnie ? »

Avant qu'elle n'ait le temps de répondre, elle entendit sa mère qui criait à son père, de la cuisine : « Je l'ai envoyée chercher une recette chez Helen Brown. Elle ne sera pas de retour avant une bonne vingtaine de minutes.

– C'est largement suffisant », répondit le père. Sur le gravier de la cour, ses lourdes chaussures martelèrent aussitôt un rythme quasi militaire.

Marnie comprit immédiatement que quelque chose clochait, et qu'elle n'était pas censée assister à ce qui allait suivre. Vite, elle reposa le chaton dans la boîte rouge et or et se faufila derrière une balle de foin, bien décidée à ne rien perdre de ce qui allait se passer.

Son père entra dans la grange, plaça un seau sous le robinet fixé dans le mur, le remplit d'eau, puis il le déposa devant la boîte au fond de laquelle étaient tapis les petits chats gris. Le poil hérissé, Pinkie se mit à miauler férocement. L'homme la saisit par la peau du cou et l'enferma sans ménagements dans un coffre vide. Les miaulements désespérés de la chatte, amplifiés, évoquaient plus les déserts sauvages de l'Afrique australe qu'une ferme américaine. Marnie faillit éclater de rire, puis elle se souvint de la présence de son père et réprima aussitôt cet accès de légèreté.

Le père revint près de la boîte contenant les chatons. Après s'être soigneusement saisi de l'un d'eux, il le caressa à deux reprises, puis il plongea la tête du petit animal dans le seau plein d'eau ! Aussitôt, le petit chat gris se débattit violemment, dans une gerbe d'éclaboussures. Alors, le père de Marnie, le visage crispé, le poussa au fond du seau, le maintenant sous l'eau d'une main ferme et résolue. Quelques instants plus tard, le procédé ayant prouvé son efficacité, le calme revint au fond du seau. Et Marnie s'aperçut alors qu'elle s'était écorchée tous les doigts à force de griffer silencieusement le sol bétonné de la grange.

Pourquoi ? Pourquoi-pourquoi-pourquoi ?

Son père sortit de l'eau la dépouille inerte du petit chat gris. Du museau de l'animal pendait une chose rose couverte de sang. Sa langue, peut-être, à moins que le précieux petit animal n'ait vomi ses propres viscères à force de suffoquer, dans une ultime tentative d'échapper à l'asphyxie, cette atroce mort lente.

Les six chatons furent bientôt tous morts, et six minuscules boules de poils, mouillés et pathétiques, disparurent dans un sac de toile. Le père de Marnie libéra ensuite Pinkie de sa cachette et sortit de la grange. Tremblante, la chatte le suivit, miaulant tristement. Lorsqu'il se retourna vers elle, elle se mit à cracher, le dos arqué.

Pendant un long moment, Marnie resta allongée dans le foin, pensant et repensant à l'exécution à laquelle elle avait assisté, essayant désespérément de comprendre.

Dieu avait-il demandé à son père de faire une chose pareille ? Est-ce que c'était Dieu qui avait dit à son père de tuer les petits chats – de les lui enlever, à elle, Marnie ? Si c'était le cas, elle ne voyait vraiment pas comment elle allait supporter de retourner à l'église, devant cet autel blanc et doré, pour y recevoir l'Eucharistie. Elle se releva enfin et marcha lentement vers la maison, les doigts ensanglantés, les ongles arrachés.

« Helen t'a donné la recette ? » lui demanda sa mère quand elle entendit claquer la porte de la cuisine.

« Mme Brown ne l'a pas trouvée. Elle te l'apportera demain. » Le mensonge lui était venu aux lèvres si facilement que Marnie se surprit elle-même. « Est-ce que c'est Dieu qui a pris mes petits chats ? » bredouilla-t-elle soudain.

Sa mère fut prise au dépourvu. « Oui », répondit-elle, incapable de dire autre chose.

« Je vais me venger ! Dieu n'a pas le droit de faire ça ! Il n'a pas le droit ! » Elle se précipita hors de la cuisine et se dirigea vers l'escalier.

Sa mère la regarda s'éloigner, mais elle ne fit pas un geste pour la retenir.

Marnie Caufield monta les marches de l'escalier lentement, une par une, laissant sa main courir sur le bois si doux de la rampe cirée.

5

A midi, alors que Walter Caufield revenait de l'un de ses champs, il entendit d'abord un grand bruit. Ça venait de chez lui. Puis il lui sembla qu'on cassait de la porcelaine, qu'on brisait des verres. Il courut, se précipita dans le salon, et trouva sa femme, effondrée au pied de l'escalier. Une table basse avait été renversée, et quelques bibelots gisaient sur le sol, en miettes.

« Mary, Mary. Tu es blessée ? » Il se pencha vers elle.

Hagarde, elle leva vers lui un regard perdu.

« Walt ! Mon Dieu, Walt – nos petits anges, nos précieux anges. La baignoire... Nos petits anges... »

La nuit de la tempête

C'était un robot âgé de plus de cent ans, construit par d'autres robots dans une usine automatisée, qui produisait industriellement des robots depuis de nombreux siècles.

Ce robot s'appelait Curanov, et, comme c'était l'usage pour ceux de son espèce, il parcourait le monde en quête de choses intéressantes à faire. Curanov avait ainsi escaladé les montagnes les plus hautes de la planète, grâce à un équipement spécial (des crampons fixés à ses pieds métalliques, de minuscules crochets solidement arrimés au bout de chacun de ses douze doigts, une corde de secours et un grappin rangés dans le compartiment prévu à cet effet à l'intérieur de son torse, prêts à s'éjecter en cas de chute) ; les petits réacteurs antigravité avaient été supprimés afin de rendre l'ascension aussi dangereuse et, par conséquent, aussi intéressante que possible. Une fois, après s'être soumis aux tests de contrôle garantissant l'étanchéité de son équipement, il avait passé dix-huit mois sous l'eau, explorant une grande partie du Pacifique, jusqu'au moment fatal où même les amours de baleines et la beauté changeante des fonds marins ne le captivèrent plus. Curanov avait traversé de nombreux déserts, il avait exploré l'Arctique à pied, il avait pratiqué la spéléologie dans d'innombrables gouffres et autres réseaux souterrains. Il avait fait l'expérience des tempêtes de neige et du blizzard, d'une terrible inondation, d'un cyclone, et même d'un tremblement de terre qui aurait pu obtenir une note élevée sur l'échelle de Richter, si celle-ci avait toujours été utilisée pour évaluer la puissance des secousses sismiques. Il s'était même enfoncé presque jusqu'au centre de la Terre, se baignant dans des poches de gaz phosphorescent qu'on ne trouve qu'entre les amas de roche en fusion, se brûlant au magma originel sans ressentir la moindre douleur. Puis le spectacle, pourtant incroyable, avait fini par le lasser, et il avait regagné la surface.

Comme il n'avait encore vécu qu'un seul des deux siècles qui lui avaient été alloués, il se demandait comment il allait pouvoir supporter les cent années qu'il lui restait à vivre, si celles-ci se révélaient aussi fades que les précédentes.

Son conseiller personnel, un robot du nom de Bikermien, lui avait assuré que l'ennui qu'il ressentait était passager, et qu'il était facile d'y remédier. Si on savait s'y prendre, selon Bikermien, on trouvait aisément des tas de raisons de s'exalter, ainsi que d'innombrables occasions susceptibles d'enrichir son expérience personnelle et de fournir de précieuses données, concernant à la fois l'environnement dans lequel on se trouvait et ses capacités mécaniques, personnelles ou héritées. Bikermien, qui se trouvait dans la seconde moitié de son dernier siècle d'existence, avait accumulé une énorme quantité d'informations d'une telle complexité qu'on l'avait nommé conseiller permanent, détaché auprès d'un ordinateur central, et complètement sédentarisé. Toujours prompt à s'enthousiasmer, même par procuration, il avait définitivement fait le deuil de son ancienne mobilité, d'autant qu'il était en fait le supérieur spirituel de la majorité des robots, très repliés sur leur vie intérieure. Par conséquent, lorsque Bikermien lui donnait un conseil, Curanov l'écoutait, même s'il restait sceptique.

D'après lui, le problème de Curanov se résumait en quelques mots : dès sa sortie de l'usine, il s'était mesuré aux forces les plus puissantes de la nature – les mers les plus dangereuses, les climats les plus extrêmes, la pression la plus forte – et à présent, ayant tout conquis, il ne lui restait plus aucun défi à relever. Mais le conseiller avait affirmé que Curanov avait négligé certaines explorations, parmi les plus fascinantes. La qualité d'un défi dépendait directement des capacités de l'individu qui le relevait : plus on se sentait inapte, et meilleure était l'expérience, plus enrichissant l'affrontement, et plus belle la récompense, en terme de données recueillies.

Cela évoque-t-il quelque chose pour vous? demanda télépathiquement Bikermien.

Rien.

Il se lança alors dans une brève explication.

A première vue, un combat à mains nues avec un singe mâle adulte peut paraître totalement dépourvu d'intérêt, parce que trop facile, un robot étant mentalement et physiquement supérieur à n'importe quel singe. Pourtant, il était toujours possible de faire en sorte que l'issue d'un tel affrontement ne soit pas toujours une victoire acquise d'avance par le robot. Si celui-ci choisissait de ne plus voler, de ne plus voir pendant la nuit aussi bien que le jour, de ne plus courir aussi vite qu'une gazelle, de ne plus entendre ce qui se disait à des centaines de mètres de lui, bref, si toutes ses capacités normales étaient diminuées, à l'exception de son intelligence, un robot ne pouvait-il pas, dans ces conditions, se passionner pour le fait de combattre un singe à mains nues ?

Je vois ce que vous voulez dire, admit Curanov. *Pour comprendre la grandeur des choses simples, il faut savoir faire preuve d'humilité.*

Précisément.

Et ainsi, le lendemain, Curanov prenait le train express à destination du nord du Montana, pour une partie de chasse en compagnie de quatre autres robots, dont les facultés respectives, elles aussi, avaient été réduites à l'essentiel.

En temps normal, ils se seraient déplacés par leurs propres moyens, mais aucun d'entre eux n'était plus capable de voler, désormais.

En temps normal, ils auraient communiqué entre eux par télépathie. A présent, ils étaient forcés de s'exprimer dans cette curieuse langue cliquetante, conçue spécialement pour les machines, dont les robots se passaient depuis plus de six cents ans.

En temps normal, l'idée d'aller chasser le loup et le chevreuil dans le nord du Montana leur aurait inspiré un profond ennui. Pourtant, ils éprouvaient tous un étrange frisson d'appréhension, comme si ce voyage représentait une épreuve majeure, plus importante que tout ce qu'ils avaient expérimenté jusque-là.

Un robot énergique et efficace, nommé Janus, les attendait au poste de garde situé à la sortie de Walker's Watch, dans le nord du Montana. Pour Curanov, il était clair que Janus venait de passer plusieurs mois très ennuyeux, en mission dans ce coin perdu, et qu'il devait probablement approcher de la fin de ses deux années de service obligatoire à l'Agence centrale. En fait, Janus était *trop* énergique, *trop* efficace. Il parlait vite, et se comportait comme si l'activité incessante dont il faisait preuve l'empêchait de penser à tout ce temps gâché en poste à Walker's Watch. C'était l'un de ces robots qui ne rêvent que d'action et d'aventure ; un jour viendrait où il se retrouverait confronté à une situation à laquelle il n'avait pas été préparé, et c'en serait fini de lui.

Curanov jeta un regard à Tuttle, l'un des robots avec qui il avait prit le train, et qui avait lancé une discussion intéressante, quoique idiote, sur le thème du développement de la personnalité des robots. D'après lui, les robots ne possédaient une personnalité individuelle que depuis quelques siècles. Avant, prétendait-il, tous les robots, construits sur le même modèle froid et stérile, étaient dépourvus d'émotions et d'ambitions personnelles. Une théorie éminemment ridicule, que Tuttle avait été incapable d'expliquer, tout en refusant d'admettre qu'il avait tort.

Observant Janus qui leur débitait son interminable boniment, Curanov se dit qu'il était impossible que l'Agence centrale ait jamais pu produire dans ses usines des robots dépourvus d'intelligence. Le but essentiel de la vie, c'était d'explorer le monde et d'emmagasiner soigneusement les données collectées par chacun, même si ces dernières se récoupaient. Comment de simples robots mécanisés auraient-ils pu accomplir ce travail indispensable ?

Comme Steffan, un autre membre du groupe, l'avait rappelé, ce genre de théories correspondait à ce qu'on racontait à propos de la Seconde Conscience (certains croyaient, sans aucune preuve, que l'Agence centrale commettait parfois des erreurs avec des robots dont le temps de vie était achevé, dont elle n'effaçait que partiellement la mémoire, avant de les envoyer en révision à l'usine pour les remettre ensuite en service. Ces robots

– c'était du moins ce que prétendaient les superstitieux – avaient ainsi un avantage sur les autres, et faisaient partie de ceux dont la précoce maturité leur permettait d'accéder au rang de conseillers, voire d'entrer au service de l'Agence centrale).

Tuttle n'avait pas apprécié qu'on compare sa théorie sur la personnalité des robots à ces histoires rocambolesques de Seconde Conscience. Steffan, pour s'amuser, avait alors annoncé à la cantonade que Tuttle croyait aussi aux lutins et aux ogres, et même aux « humains ». En entendant ça, Tuttle, dégoûté, s'était mis à bouder dans son coin, tandis que tout le monde riait aux éclats.

« Et maintenant », poursuivit Janus, tirant Curanov de sa rêverie, « je vais vous distribuer des provisions, puis je vous indiquerai l'itinéraire que vous devrez suivre. »

Curanov, Tuttle, Steffan, Leeke et Skowski s'approchèrent, impatients de se lancer à l'aventure.

Janus remit à chacun des jumelles, d'une conception plutôt datée, une paire de chaussures de randonnée, un kit de survie contenant quelques outils et une réserve de lubrifiant, une torche électrique, une carte de la région, et enfin une carabine, ainsi qu'un millier de balles anesthésiantes.

« C'est tout ? » s'enquérit Leeke. Son expérience du danger était comparable à celle de Curanov, voire plus grande, mais on aurait pourtant dit qu'il ressentait une certaine peur.

« A part ce que je viens vous remettre, de quoi pourriez-vous avoir besoin ? » lui demanda Janus, d'un ton légèrement agacé.

« Eh bien, répondit Leeke, comme vous le savez, nos capacités ont subi certaines modifications. Notre vue, par exemple, n'est pas aussi bonne que d'habitude, et...

– Vous emportez avec vous une torche électrique, le coupa Janus.

– Notre ouïe a également été...

– Vous n'aurez qu'à écouter attentivement ce qui se passe autour de vous, et marcher le plus silencieusement possible, suggéra Janus.

– Notre puissance de locomotion a été réduite, insista Leeke. S'il nous fallait courir...

– Agissez en silence. Si vous approchez le gibier sans

qu'il puisse repérer votre présence, vous n'aurez pas à le poursuivre pendant des kilomètres...

– Mais affaiblis comme nous le sommes actuellement, poursuivit Leeke, si nous devions prendre la fuite...

– Ce sont des loups et des cerfs que vous allez chasser, lui rappela Janus. Les cerfs n'attaquent jamais, et les loups n'ont aucun goût pour le métal, rassurez-vous. »

Skowski, qui s'était tenu jusque-là particulièrement silencieux, s'abstenant même de se joindre aux moqueries dont Tuttle avait fait les frais dans le train, se manifesta.

« J'ai lu que cette partie du Montana faisait l'objet d'un nombre inhabituel de... de rapports signalant des faits inexpliqués.

– Quel genre de faits ? » s'enquit Janus.

Les récepteurs visuels de Skowski se portèrent sur les quatre autres robots, puis se fixèrent à nouveau sur Janus. « Eh bien... Certains rapports font état d'empreintes qui, bien que similaires aux nôtres, ne sont pas celles de robots. D'autres mentionnent la présence dans la forêt de formes de vie inconnues.

– En effet », dit Janus, balayant d'un geste de sa main étincelante les propos alarmants de Skowski, « Nous recevons une douzaine de rapports de ce genre tous les mois, signalant d'éventuels " êtres humains ", qui auraient été aperçus dans les zones désertiques du nord-ouest du Montana.

– Justement là où nous nous rendons ? demanda aussitôt Curanov.

– Oui, fit Janus. Mais à votre place, je ne m'inquiéterais pas. Chaque fois, les auteurs de ces rapports sont des robots comme vous : leurs perceptions ont été altérées de façon à rendre la chasse plus motivante. Il ne fait aucun doute que ce qu'ils ont vu peut s'expliquer de façon rationnelle : s'ils avaient vu ces choses dans des conditions normales, en étant en possession de leurs pleines capacités, ils n'auraient jamais inventé toutes ces histoires délirantes.

– A part des robots comme nous, qui se rend là-bas ? voulut savoir Skowski.

– Personne », fit Janus.

Skowski secoua la tête. « Ce n'est pas du tout comme

ça que j'imaginais cette expédition. Je me sens si faible, si... » Il lâcha son équipement. « Je ne crois pas que je veuille continuer. »

Les autres s'étonnèrent.

« On a peur des méchants lutins ? » s'esclaffa Steffan. C'était le rigolo de la bande.

« Non, répliqua Skowski. Mais je n'aime pas me sentir diminué, quel que soit l'intérêt que cela ajoute à l'aventure.

– Très bien, dit Janus. Vous ne serez donc que quatre à partir.

– La seule arme que nous emportons avec nous, c'est la carabine, n'est-ce pas ? » intervint Leeke.

Janus le rassura.

« Vous n'aurez pas besoin d'autre chose, croyez-moi. »

La question de Leeke était étrange, songea Curanov. La première de toutes les directives de l'Agence centrale – directement implantées dans leurs circuits à l'usine – interdisait justement aux robots de supprimer toute forme de vie qui ne puisse être rétablie par la suite. Pourtant, Curanov se sentait proche des préoccupations de Leeke, et partageait ses appréhensions. Mais si leurs perceptions avaient été altérées, il en allait sans doute de même pour leur facultés intellectuelles, ce qui expliquait peut-être la peur intense et irrationnelle qu'ils ressentaient.

« Maintenant, poursuivit Janus, je dois vous signaler que la météo prévoit pour demain une tempête de neige dans le nord du Montana, en début de soirée. Comme vous devriez déjà être arrivés dans le refuge qui vous servira de camp de base pour toute la durée de l'expédition, la neige ne devrait vous poser aucun problème. Des questions ? »

A supposer que certains en aient eu, aucun d'entre eux ne prit la peine de les formuler.

« Bonne chance à tous, fit Janus. Et puisse cette nouvelle aventure durer de longues semaines !... »

C'était la formule traditionnelle, mais Janus avait l'air de penser sincèrement ce qu'il venait de dire. Sans doute eût-il préféré partir avec eux, songea Curanov, même s'il fallait en passer par une sévère réduction de ses capacités, plutôt que de rester confiné dans le poste de garde de Walker's Watch.

Ayant consulté leurs cartes, et après l'avoir remercié, ils se mirent enfin en route.

Skowski les regarda s'éloigner. Lorsqu'ils se retournèrent vers lui, quelques dizaines de mètres plus loin, il leva le bras et agita la main en guise de salut.

N'éprouvant pas le besoin de se reposer, ils marchèrent toute la journée, et toute la nuit. Bien que la puissance de leurs jambes ait été considérablement réduite, et leur vitesse limitée, ils ne ressentaient pas la fatigue. En dépit des modifications sensorielles qu'on leur avait imposées, ils restaient littéralement infatigables. Même quand l'épaisseur de la couche de neige les obligea à s'équiper des chaussures spéciales que leur avait remises Janus, ils continuèrent à progresser sans ralentir l'allure.

Tout en traversant les larges étendues enneigées, avec leurs étranges reliefs sculptés par le vent, et en marchant sous les sapins des immenses forêts, Curanov ressentait une émotion dont ses récents exploits avaient été privé. Comme ses perceptions étaient très amoindries, il voyait du danger dans chaque ombre, redoutant à tout moment des obstacles et des pièges.

Cette expédition se révélait finalement tout à fait réjouissante.

Un peu avant l'aube, une neige fine se mit à tomber, s'accrochant au métal froid de leur revêtement. Deux heures plus tard, tandis que les premières lueurs du jour apparaissaient à l'horizon, ils atteignirent une petite crête. De l'autre côté de la vallée, séparé d'eux par une étendue de sapins majestueux, ils aperçurent le refuge. De ses parois métalliques bleutées et des hublots ovales se dégageait une impression d'efficacité.

« Nous allons pouvoir commencer à chasser dès aujourd'hui, annonça Steffan.

– Eh bien, allons-y », proposa Tuttle.

En file indienne, ils descendirent dans la vallée, traversèrent la forêt, et arrivèrent enfin devant la porte du refuge.

Curanov pressa la détente.

Le cerf, un très bel animal et dont les bois étaient

splendides, se redressa en battant l'air de ses antérieurs et, soufflant par les naseaux une épaisse buée.

« Touché ! » cria Leeke.

Curanov tira de nouveau.

Le cerf retomba sur ses quatre pieds.

Derrière lui, cachés dans les sapins, des biches s'enfuirent, bondissant le long de la piste que les animaux avaient laissée dans la neige.

Secouant son énorme tête, le cerf fit mine de les suivre et tituba sur quelques mètres. Puis, soudain, il s'effondra sur son arrière-train. Vaillamment, il tenta une dernière fois de se relever, avant de s'écrouler définitivement dans la neige, couché sur le flanc.

« Félicitations ! » s'exclama Steffan.

Dissimulés derrière une congère, les quatre robots quittèrent leur cachette pour s'approcher du cerf endormi.

Curanov se pencha vers l'animal, tâtant son pouls ralenti, et examina avec curiosité son muffle noir, dont les narines ne frémissaient qu'à peine.

Tuttle, Steffan et Leeke s'accroupirent à leur tour auprès de la bête, la touchèrent, s'émerveillèrent à la vue de la musculature parfaite, du poitrail noueux, des cuisses dures. Tous tombèrent d'accord sur le fait qu'abattre un animal de cette taille, alors qu'on ne disposait pas de toutes ses capacités, constituait en effet un exploit. Puis, l'un après l'autre, ils s'éloignèrent, respectant l'intimité de Curanov, afin qu'il puisse jouir de son triomphe et procéder à l'enregistrement des réactions émotionnelles provoquées par l'événement, autant d'informations précieuses qu'il lui fallait maintenant consigner dans sa banque de données personnelle.

Curanov avait presque terminé l'évaluation de son action et l'analyse comparative qui en résultait – le cerf, lui, était en train de reprendre conscience – quand Tuttle se mit à hurler, comme si ses circuits venaient de subir une surcharge accidentelle.

« Là ! Là, regardez ! »

Près de la masse sombre des sapins, deux cents mètres plus loin, Tuttle leur faisait de grands signes, les bras en l'air. Steffan et Leeke étaient déjà partis dans sa direction.

Etendu dans la neige, le cerf essayait en vain de se remettre sur pied et battait lourdement des paupières.

N'ayant plus de données à relever, Curanov se redressa, abandonnant l'animal à son sort, et s'en fut rejoindre ses trois compagnons.

« Que se passe-t-il ? » leur demanda-t-il en arrivant près d'eux.

Ils tournèrent vers lui leurs récepteurs visuels couleur d'ambre jaune, particulièrement brillants dans la lumière grise de cette fin d'après-midi.

« Là, fit Tuttle en montrant le sol devant eux.

– Des empreintes, constata Curanov.

– Ce ne sont pas les nôtres, remarqua Leeke.

– Alors ? lui demanda Curanov.

– Et ce ne sont pas non plus des empreintes de robot, ajouta Tuttle.

– Bien sûr que si.

– Regarde-les de plus près », lui conseilla Tuttle.

Curanov se pencha, et comprit aussitôt que sa vue, dont l'acuité était réduite de moitié, venait de lui jouer un tour. La forme des empreintes était celle d'un pied de robot, certes, mais c'était l'unique point commun. La plante des pieds d'un robot était garnie d'un croisillon en caoutchouc dont ces empreintes-là ne portaient pas la marque. Les pieds d'un robot comportaient deux ouvertures circulaires permettant la ventilation du système antigravité pendant le vol, et celles-ci n'apparaissaient nulle part sur ces empreintes.

« Je ne savais pas qu'il y avait des singes dans le nord du Montana, s'étonna Curanov.

– Il n'y en a pas, fit Tuttle.

– Mais...

– Ces empreintes ont été laissées par... par un homme, voilà tout, annonça Tuttle.

– Cette idée est absurde ! s'indigna Steffan.

– Comment expliquer leur présence autrement ? »

Tuttle ne semblait pas particulièrement content de son hypothèse, mais il était décidé à ne pas en démordre tant que personne ne proposerait une alternative acceptable.

« C'est un canular, lança Steffan.

– Qui donc aurait pu faire une chose pareille ? demanda Tuttle.

– L'un de nous quatre. »

Ils s'observèrent mutuellement, comme si la culpabilité éventuelle de l'un d'entre eux pouvait se détecter sur son visage, les quatre étant tous rigoureusement identiques.

Leeke finit par prendre la parole.

« Impossible. Nous sommes restés ensemble toute la journée. Ces traces sont forcément récentes, puisqu'elles n'ont pas été recouvertes par la neige. Aucun d'entre nous n'aurait pu venir jusqu'ici sans que les autres s'en aperçoivent.

– Je maintiens qu'il s'agit d'un canular, insista Steffan. L'Agence centrale a peut-être chargé quelqu'un de fabriquer ces traces, pour que nous les trouvions.

– Dans quel but l'Agence centrale ferait-elle une chose pareille ? fit Tuttle.

– Ça fait peut-être partie de notre thérapie, argumenta Steffan. Peut-être veulent-ils pimenter l'aventure, et rendre la chasse encore plus passionnante... »

D'un geste de la main, il désigna les empreintes, comme s'il espérait ainsi les faire disparaître.

« L'Agence centrale agit peut-être de cette façon avec tous ceux qui souffrent d'ennui chronique, afin de rétablir en chacun le sens du merveilleux qui...

– Voilà qui me paraît hautement improbable, l'interrompit Tuttle. Comme vous le savez tous, chaque individu est responsable : c'est à lui de monter ses propres expéditions et de générer les informations qu'il recueille pour son propre compte. L'Agence centrale n'intervient jamais, elle n'est qu'un simple juge, qui évalue nos compétences à l'issue des expéditions, et qui donne de l'avancement à ceux dont la banque de données personnelle se trouve particulièrement enrichie. »

Curanov ne souhaitait pas que la discussion s'éternise.

« Où mènent ces empreintes ? »

D'un doigt étincelant, Leeke désigna les pas inscrits dans la neige. « On dirait que la créature est sortie de la forêt, et qu'elle est restée ici pendant un certain temps, avant de rebrousser chemin. »

Les quatre robots suivirent les traces jusqu'à la lisière de la forêt, mais s'abstinrent de s'enfoncer plus avant sous les sapins.

« La nuit va tomber, fit Leeke. Comme Janus l'avait annoncé, la tempête est presque sur nous. Nos sens étant réduits à leur plus simple expression, je crois qu'il est plus sage de retourner au refuge pendant qu'il fait encore jour. »

Curanov se demandait si leur étonnant manque de courage était aussi flagrant pour les trois autres que pour lui. Ils soutenaient tous qu'ils ne croyaient ni à l'existence des lutins et des monstres ni aux mythes, mais pas un seul d'entre eux ne se serait risqué à suivre la piste qu'indiquaient pourtant clairement les empreintes. Toutefois, lorsqu'il tenta de visualiser la créature susceptible d'avoir laissé ces empreintes, – un *homme* – Curanov lui-même fut forcé d'admettre qu'il crevait d'envie de se retrouver en sécurité dans le refuge, le plus vite possible.

Le refuge ne comportait qu'une seule pièce, ce qui était précisément tout ce dont ils avaient besoin. Comme ils étaient tous, physiquement, identiques les uns aux autres, personne ne ressentait le besoin de s'isoler. Chacun pouvait obtenir une intimité bien plus gratifiante et se couper du monde extérieur en s'installant dans l'un des compartiments de désactivation installés dans le refuge, où il se retrouvait alors à l'intérieur d'un domaine strictement privé, son propre esprit. Là, ils recyclaient d'anciennes données, estimées négligeables, en cherchant d'éventuels rapprochements et en recoupant des informations jusque-là sans rapport évident. De fait, nul ne se plaignit des murs gris ni de l'extrême dépouillement de l'unique pièce du refuge, où ils allaient passer ensemble plusieurs semaines, et qui ne diminuait en rien l'intérêt de la partie de chasse en cours.

Ils déposèrent leur carabine sur l'étagère métallique qui courait tout au long de l'un des murs, puis ils décrochèrent leurs affaires, encore arrimées à diverses parties de leur corps en métal.

Debout devant le plus grand des hublots, ils regardaient la tempête de neige qui faisait rage à l'extérieur et rendait toute visibilité impossible, quand Tuttle se décida à parler.

« Si les mythes ne sont pas de pures inventions, imaginez les conséquences que cela pourrait avoir sur la philosophie moderne.

– Quels mythes ? lui demanda Curanov.

– Les mythes concernant les humains. »

Avec son habituelle rigidité intellectuelle, Steffan

para aussitôt les propos de Tuttle, s'en prenant à ce qu'ils impliquaient tacitement.

« Je n'ai rien vu qui puisse me faire croire à la réalité de ces mythes », affirma-t-il.

Tuttle fit alors preuve d'assez de sagesse pour éviter d'évoquer les traces de pas dans la neige. Mais il n'entendait pas abandonner le sujet.

« Nous avons toujours pensé que l'intelligence était une manifestation propre à l'esprit mécanisé. Si jamais nous découvrions qu'une créature humaine peut également...

– Aucune n'en serait capable », l'interrompit Steffan.

Curanov songea que Steffan était sans doute relativement jeune. Il avait dû sortir de l'usine trente ou quarante ans plus tôt, pas davantage, ce qui expliquait pourquoi il rejetait aussi promptement tout ce qui menaçait, même vaguement, le *statu quo* défini et établi par l'Agence centrale. Au fil du temps, Curanov le savait, on apprenait que ce qui était jadis tenu pour impossible devenait souvent une réalité reconnue par tous, voire un lieu commun.

« Dans certains mythes, continua Tuttle, on dit que les robots descendent des humains.

– Des humains ? Ces créatures de chair et de sang ? s'écria Steffan, incrédule.

– Je sais que cela peut paraître étrange, dit Tuttle, mais au cours de mon existence, j'ai vu des choses extrêmement bizarres dont l'existence finissait par être prouvée.

– Vos voyages vous ont emmené partout et vous connaissez le monde mieux que moi. Au cours de vos expéditions, vous avez dû voir des milliers d'espèces différentes, des animaux de toutes sortes... » Steffan fit une pause, ménageant son effet. « Avez-vous jamais rencontré une seule créature qui fût dotée d'une intelligence, même rudimentaire, comparable à celle des robots ?

– Pas une seule fois, reconnut Tuttle.

– Les êtres de chair n'ont pas été conçus pour abriter un système sensoriel perfectionné », conclut Steffan.

Ils restèrent silencieux un long moment.

Dehors, la neige tombait, et le ciel gris s'était comme rapproché du sol.

Aucun des robots n'aurait admis qu'en son for intérieur, il avait peur.

« Beaucoup de choses me fascinent », dit Tuttle, à la grande surprise de Curanov, qui pensait que le sujet était épuisé.

« Entre autres, l'origine de l'Agence centrale. Comment est-elle apparue, à votre avis ? »

D'un geste désobligeant, Steffan voulut mettre un terme au débat.

« L'Agence centrale a *toujours* existé.

– Ce n'est pas une réponse, le corrigea Tuttle.

– Pourquoi ? demanda Steffan. Virtuellement, nous acceptons que l'univers, les étoiles, les planètes et tout le reste ont *toujours* existé.

– Supposons, poursuivit Tuttle, que l'Agence centrale n'ait pas toujours existé. L'Agence se livre constamment à des recherches concernant sa propre nature, qui modifient la conception qu'elle a d'elle-même. Tous les cinquante ou cent ans, elle transfère d'énormes quantité de données mémorisées dans des archives gérées d'une façon de plus en plus sophistiquée. N'est-il pas possible que l'Agence perde parfois certaines informations, ou qu'elle détruise accidentellement des fichiers au cours d'un transfert ?

– Impossible, affirma Steffan. Il existe des procédures pour conjurer de telles éventualités. »

Curanov, au courant des nombreuses bourdes commises par l'Agence centrale au cours des cent dernières années, ne partageait pas les certitudes de Steffan. Quant à la théorie de Tuttle, elle l'intriguait.

« Si l'Agence centrale a perdu, d'une façon ou d'une autre, la plupart de ses plus anciennes banques de données, les informations concernant les humains ont pu disparaître avec tout un tas d'autres choses. »

L'idée parut écœurer Steffan.

« L'autre fois, l'idée d'une Seconde Conscience vous faisait hurler de rire, mais voilà qu'à présent vous prétendez croire à l'existence des *humains.* Vous m'amusez beaucoup, Tuttle. Votre banque de données doit être un ramassis d'informations débiles et contradictoires et de théories parfaitement inutiles. Si vous croyez vraiment à ces êtres humains, c'est que vous accordez également du crédit à tout le folklore qui s'y rapporte, n'est-ce pas ? Vous croyez qu'on ne peut les tuer qu'à l'aide d'un pieu planté dans leur cœur ? Vous croyez qu'ils dorment pendant la nuit dans des lieux où la lumière ne pénètre jamais ? Qu'ils *dorment,* comme les animaux ? Et vous devez penser aussi qu'il est impossible de les tuer, bien qu'ils soient faits de chair et de sang, et qu'ils se réincarnent dans un autre corps, un corps nouveau ? »

Confronté à ces superstitions intellectuellement inacceptables, Tuttle battit en retraite, dirigeant ses récepteurs visuels vers le hublot, et la neige qui tombait dehors.

« Je me livrais simplement à quelques suppositions fantaisistes, histoire de passer le temps. »

Steffan triomphait.

« Je vous signale que ce genre de fantaisie ne contribue guère à l'enrichissement de votre banque de données.

– Et je suppose que vous, vous attendez impatiemment que l'Agence vous accorde une promotion, fit Tuttle.

– Naturellement, répliqua Steffan. On ne nous attribue que deux cents ans de vie. Et à part les promotions, quel autre but pourrait donc avoir l'existence ? »

Tuttle ne tarda pas à se retirer dans l'un des compartiments de désactivation placés au-dessous de l'étagère sur laquelle étaient posées les carabines. Peut-être avait-il envie de réfléchir à ses étranges théories. Après s'être glissé dans son compartiment, les pieds en avant, il referma le panneau, s'isolant ainsi des trois autres.

Un quart d'heure plus tard, Leeke décida de l'imiter.

« Je crois que je vais suivre l'exemple de Tuttle. Il faut que j'analyse mon comportement pendant la chasse de cette après-midi. »

C'était un faux prétexte, Curanov le sentit. Leeke n'était pas un robot particulièrement sociable : il n'était vraiment à l'aise que lorsqu'on ignorait sa présence.

Avec Steffan pour seule compagnie, Curanov était dans une position désagréablement délicate. Il avait, lui aussi, besoin de s'isoler pour réfléchir, mais il n'avait pas envie de blesser Steffan, ni de lui donner l'impression que tout le monde le fuyait. D'ailleurs, Curanov ne détestait pas le jeune robot : Steffan avait une certaine fraîcheur, il était énergique, et visiblement doté d'un excellent mental. La seule chose qui l'énervait chez lui, était sa naïveté, et ce farouche désir d'être accepté en accomplissant de grandes choses. Bien sûr, le temps se chargerait d'assouplir son caractère et d'aiguiser son esprit, et il ne méritait pas qu'on lui fasse du mal. Comment Curanov pouvait-il se retirer sans pour autant le vexer ?

Le jeune robot résolut lui-même le problème, en annonçant que lui aussi avait besoin de se désactiver. Steffan disparu, Curanov se dirigea vers le quatrième compartiment, dans lequel il se glissa à son tour. Rabattant le panneau, il sentit aussitôt que ses perceptions sensorielles le quittaient, et il ne fut plus qu'un esprit flottant dans le noir. Il s'abîma dans la contemplation du contenu de sa banque de données personnelles.

A la dérive dans le néant, Curanov étudie la superstition qui commence à devenir le sujet central de l'expédition : l'être humain. L'homme.

1. *Etre charnel, l'homme pense.*
2. *Il dort pendant la nuit, comme les animaux.*
3. *Il se nourrit de chair, telle une bête.*
4. *Il défèque.*
5. *Il meurt et se putréfie, et sa chair est donc sujette à la maladie et à la corruption.*
6. *Il se reproduit d'une façon terrifiante et non mécanique, mais ses petits sont également dotés des cinq sens.*
7. *Il tue.*
8. *Il peut dominer un robot.*
9. *Il démonte les robots, bien que personne hormis d'autres hommes, ne sache ce qu'il fait des pièces détachées.*
10. *Il est l'antithèse du robot. Si le robot représente la vie au sens propre, l'homme la représente au sens impropre.*
11. *A moins d'être clairement vu et identifié comme tel, l'homme chasse en toute sécurité, repéré par les sens des robots comme étant un simple animal - jusqu'à ce qu'il soit trop tard pour le robot.*
12. *On ne peut le tuer définitivement qu'à l'aide d'un pieu en bois. Le bois est le produit d'une forme de vie organique, mais il dure pourtant aussi longtemps que le métal ; à mi-chemin entre la chair et le métal, il peut détruire le corps humain.*
13. *S'il est détruit autrement que par un pieu en bois, l'homme prend seulement l'apparence de la mort. En réalité, à l'instant même où il succombe, il*

revient instantanément à la vie, indemne et dans un corps nouveau, ailleurs.

La liste n'est pas terminée, mais Curanov abandonne cette voie mentale, parce qu'elle le perturbe profondément. Les fantaisies de Tuttle ne peuvent pas être autre chose que des conjectures, des suppositions, le produit de son imagination. Si l'humain existait réellement, comment pourrait-on continuer à croire l'Agence centrale, dont le premier principe est justement que l'univers, sous tous ses aspects, est parfaitement logique et rationnel ?

« Les carabines ont disparu », lui annonça Tuttle alors que Curanov s'extirpait de son compartiment. « Disparues. Toutes les carabines ont disparu. C'est la raison pour laquelle je vous ai rappelé. »

Curanov regarda l'étagère où avaient été déposées les quatre carabines.

« Elles ont disparu ? Mais où peuvent-elles être ?

– C'est Leeke qui les a emportées », répondit Steffan, qui se tenait près de la fenêtre, ses longs bras de métal bleuté couverts de gouttelettes de condensation.

« Leeke a disparu, lui aussi ? s'enquérit Curanov.

– Oui. »

Curanov réfléchit un instant.

« Mais où a-t-il pu aller, dans cette tempête ? Et pourquoi aurait-il pris *toutes* les carabines ?

– Je suis certain qu'il est inutile de s'inquiéter, dit Steffan. Il doit avoir une bonne raison, et il nous expliquera ce qui s'est passé quand il reviendra.

– En supposant qu'il revienne..., lança Tuttle.

– Tuttle, vous parlez comme si vous pensiez qu'il est peut-être en danger, lui dit Curanov.

– Considérant ce qui s'est passé récemment – ces empreintes que nous avons trouvées dans la neige – je dirais que c'est tout à fait possible. »

En entendant ces mots, Steffan s'esclaffa.

« Quoi qu'il en soit, protesta Tuttle, vous devez admettre que c'est inquiétant. » Il se tourna alors vers Curanov. « J'aurais préféré que nous n'ayons pas subi de modifications avant de venir ici. Je ferais n'importe quoi pour récupérer mes capacités habituelles. » Il hésita. « Je pense que nous devons partir à la recherche de Leeke. »

La voix de Steffan s'éleva aussitôt.

« Il va revenir. Je suis sûr qu'il reviendra quand il en aura envie. »

Tuttle était d'avis contraire.

« Je persiste à penser qu'il faut commencer les recherches le plus vite possible. »

Curanov s'approcha du grand hublot ovale et se plaça à côté de Steffan. Les deux robots regardaient la neige tomber en violentes rafales. Le sol était couvert d'une couche de poudreuse fraîche d'au moins trente centimètres, et les sapins, dont les branches se courbaient sous le poids de leur charge immaculée, avaient perdu de leur superbe. Curanov, au cours de ses innombrables voyages, n'avait jamais vu un tel spectacle.

« Alors ? lui demanda Tuttle.

– Je suis d'accord, dit-il. Nous devons partir à sa recherche, mais il ne faut pas nous séparer. Comme nous sommes affaiblis, nous pourrions facilement nous égarer. Si l'un d'entre nous endommage ses circuits en tombant, il est hors de question de courir le risque qu'il vide complètement ses batteries en attendant que les autres viennent le secourir. »

D'un hochement de tête, Tuttle l'approuva.

« Vous avez entièrement raison. »

Il se tourna vers Steffan.

« Et vous, que décidez-vous ?

– Oh, d'accord, répondit le jeune robot, visiblement agacé. Je vous accompagne. »

Les torches électriques enfonçaient dans la nuit leur rayon lumineux, sans parvenir à percer l'épais rideau de neige rabattue par le vent. Marchant côte à côte, ils procédaient méthodiquement, décrivant autour du refuge des cercles qu'ils élargissaient progressivement. Ils avaient décidé de fouiller la totalité du terrain à découvert et de ne pas pénétrer dans la forêt, même si Leeke restait introuvable. Ils s'étaient accordés à ne pas franchir cette limite, bien qu'aucun des trois robots – pas même Steffan – ne fût prêt à admettre que la raison pour laquelle ils évitaient la forêt relevait d'une peur purement irrationnelle. La peur de ce qu'ils risquaient de trouver parmi les sapins.

Finalement, ils n'eurent pas besoin de fouiller la

forêt, Leeke gisant dans la neige à moins de vingt mètres du refuge.

« On a mis fin à ses fonctions vitales », constata Steffan.

Ce dont les deux autres s'étaient déjà rendus compte.

Les jambes de Leeke avaient été arrachées.

« Mais qui peut bien avoir fait une chose pareille ? » s'écria Steffan.

Ni Tuttle ni Curanov ne jugèrent bon de lui répondre.

Comme elle n'était plus soutenue, la tête de Leeke pendait mollement, le gros câble cylindrique – son cou – ayant été tordu par un choc apparemment très violent. Ses récepteurs visuels étaient en miettes, et le mécanisme interne, placé au fond de ce qui restait de ses orbites, avait été arraché.

Curanov se pencha vers lui : on avait enfoncé un objet pointu dans ses tubes oculaires, détruisant les bandes de sa banque de données, dont les enregistrements étaient désormais inutilisables. Il ne restait qu'à souhaiter que le pauvre Leeke n'ait pas trop souffert.

« C'est horrible », fit Steffan. Tournant le dos à l'affreux spectacle, il prit la direction du refuge, avant de s'immobiliser, se souvenant soudain qu'il ne devait pas se séparer des autres. Un frisson mental lui parcourut l'esprit.

« Qu'allons-nous faire de lui ? demanda Tuttle.

– Le laisser sur place, suggéra Curanov.

– Et l'abandonner à la rouille et à l'oxydation ?

– Il ne sent plus rien, désormais.

– Peut-être, mais...

– Il faut rentrer », décréta Curanov, le rayon lumineux de sa torche balayant la neige autour d'eux. « Nous devons absolument nous mettre à l'abri. »

Restant groupés, les trois robots reprirent le chemin du refuge.

Tout en marchant, Curanov se souvint d'une information particulièrement pénible : *9. Il démonte les robots, bien que personne, hormis d'autres hommes, ne sache ce qu'il fait des pièces détachées...*

Ils étaient de retour dans le refuge, à l'abri du danger.

« A mon avis, dit Curanov, Leeke n'a pas pris les carabines. Quelqu'un – ou quelque chose – est entré ici et les a volées. Leeke a dû sortir de son compartiment au moment précis où le ou les coupables quittaient le refuge. Sans prendre le temps de nous réveiller, il s'est lancé à leur poursuite.

– A moins qu'ils ne l'aient forcé à venir avec eux, suggéra Tuttle.

– Je doute qu'on l'ait emmené de force, dit Curanov. La visibilité est suffisante à l'intérieur du refuge, et Leeke disposait d'assez d'espace pour pouvoir se défendre, même avec des capacités réduites. Par contre, une fois dehors, dans la tempête, il était vulnérable. »

Une rafale de vent passa en hurlant sur le toit du refuge, faisant vibrer le cadre métallique des hublots.

Immobiles, les trois robots se turent. Le vacarme était tel qu'on avait l'impression qu'une bête énorme, juchée sur le toit, avait la ferme intention de l'arracher.

Curanov enchaîna.

« Quand j'ai examiné Leeke, je me suis rendu compte qu'on l'avait frappé sur le cou, avec une telle violence que le câble était complètement déformé – le genre de coup qui ne peut se donner que par-derrière, et par surprise. Dans une pièce aussi bien éclairée que celle-ci, il est impossible que Leeke se soit laissé surprendre. »

Steffan se tourna vers lui.

« A votre avis, c'en était déjà fini de Leeke quand... » Sa voix se mit à trembler, mais il se ressaisit très vite. « ...quand ils ont démonté ses jambes ?

– Nous ne pouvons que l'espérer, répondit Curanov.

– Qui a pu commettre un tel acte ? demanda Steffan.

– Un homme, fit Tuttle.

– Ou plusieurs, corrigea Curanov.

– Non, c'est impossible », dit Steffan.

Mais il ne semblait déjà plus aussi incrédule qu'avant. « Qu'est-ce qu'ils ont pu faire de ses jambes ?

– Personne ne sait ce qu'ils font des éléments mécaniques qu'ils détachent, répondit Curanov.

– Tuttle vous a convaincu, on dirait. Vous aussi, à présent, vous croyez à l'existence de ces créatures », s'étonna Steffan.

Curanov sourit.

« Jusqu'à ce que j'obtienne une réponse plus satisfaisante, je pense qu'il est plus judicieux de croire à leur existence. »

Pendant un long moment, ils restèrent silencieux.

Puis Curanov se décida enfin à parler.

« Nous devrions retourner à Walker's Watch dès demain matin, le plus tôt possible.

– Si nous racontons que des hommes sont venus rôder autour du refuge pendant la nuit, ils vont penser que l'expédition a échoué, protesta Steffan. Vous avez vu avec quel mépris Janus parlait de ceux qui ont fait ce genre de rapport.

– Ce pauvre Leeke pourrait nous servir de preuve, suggéra Tuttle.

– Nous pouvons aussi prétendre que Leeke a eu un accident, et que nous sommes rentrés parce que la partie de chasse ne nous intéressait plus, proposa Curanov.

– Et nous n'aurions même pas à mentionner les... les créatures humaines ? lui demanda Steffan.

– Exactement, répliqua Curanov.

– Ce serait de loin la meilleure façon de s'en sortir, reconnut Steffan. En agissant ainsi, aucun rapport faisant état de notre accès passager d'irrationalité ne parviendrait à l'Agence. Nous pourrions ensuite nous désactiver pendant tout le temps que nous jugerions nécessaire, jusqu'à ce que nous soyons enfin capables de définir la cause *réelle* de ce qui est arrivé à Leeke, et qui, pour l'instant, nous échappe. Si nous méditons suffisamment longtemps, nous finirons par découvrir la véritable raison de sa mort. Et quand l'Agence nous convoquera pour la prochaine évaluation de nos banques de données, toutes les traces de l'histoire complètement illogique dont nous sommes actuellement victimes auront disparu.

– Mais il est possible que nous connaissions déjà les *vrais* motifs de la fin tragique de Leeke, intervint Tuttle. Après tout, nous avons *vu* les traces de pas dans la neige, et nous avons également *vu* ce qui restait du corps de Leeke... N'est-il pas possible que les coupables soient réellement des hommes – des êtres humains ?

– Non, affirma Steffan. Ce ne sont que d'absurdes superstitions, totalement irrationnelles.

– A l'aube, dit Curanov, même si la tempête dure encore, nous nous mettrons en route pour Walker's Watch. »

Comme il finissait de parler, le bourdonnement lointain du générateur électrique – un bruit de fond rassurant et permanent – s'interrompit brusquement. Aussitôt, le refuge fut plongé dans l'obscurité.

Tandis que les flocons s'incrustaient sur leur revêtement métallique, les trois robots braquèrent le faisceau de leur torche électrique sur le générateur, installé derrière le refuge. La plaque de protection avait été enlevée, et les mécanismes complexes du moteur se trouvaient à présent exposés aux rigueurs du froid et de la neige.

« Quelqu'un a sectionné l'alimentation, constata Curanov.

– Mais *qui* a fait ça ? » s'écria Steffan.

Curanov éclaira le sol à l'aide de sa torche.

Les deux autres firent de même.

Se confondant avec leurs propres empreintes, d'autres traces étaient visibles, semblables aux leurs. Mais les pas imprimés dans la neige ne correspondaient pas à ceux d'un robot : c'étaient les mêmes que ceux qu'ils avaient observés près des sapins, quelques heures auparavant. C'étaient les mêmes traces que celles qu'ils avaient relevées, en grand nombre, tout autour de la dépouille mutilée de Leeke.

« Non, cria Steffan. Non, non, non...

– Je crois que la meilleure chose à faire, c'est de partir immédiatement pour Walker's Watch, fit Curanov. Attendre jusqu'au matin ne serait vraiment pas prudent. »

Il se tourna vers Tuttle, sur qui la neige commençait à former de petits glaçons. « Qu'en pensez-vous ?

– Je suis tout à fait d'accord, répondit ce dernier. Mais j'ai l'impression que le voyage ne va pas être de tout repos. Comme j'aimerais pouvoir disposer de l'intégralité de mes capacités !

– Nous sommes toujours capables de nous déplacer rapidement, rappela Curanov. Et nous n'avons pas besoin de nous reposer, contrairement à ces créatures humaines. Si elles nous poursuivent, nous aurons l'avantage.

– En théorie, du moins, rétorqua Tuttle.

– Il faudra nous en contenter. »

Certains aspects du mythe revinrent alors à l'esprit de Curanov. *7. : Il tue. 8. : Il peut dominer un robot.*

De retour dans le refuge, éclairés par la seule lueur des torches, ils se hâtèrent de rassembler leur équipement de survie, chaussures et cartes comprises. Puis, précédés par les rayons lumineux des trois torches, ils quittèrent le refuge et s'enfoncèrent dans la tempête, s'efforçant de rester groupés.

Le vent fouettait sans relâche le large dos des robots, tandis que la neige les enveloppaient d'un manteau blanc de flocons glacés.

Suivant tant bien que mal les repères que leur révélaient les lampes électriques, ils avançaient presque à tâtons, chacun regrettant en son for intérieur l'excellente acuité visuelle et le radar intégré dont il disposait d'ordinaire. Ils atteignirent bientôt l'endroit où les sapins s'éclaircissaient, ouvrant un passage qui permettait de longer la vallée et de prendre ensuite la direction de Walker's Watch. Le trio fit une halte, et trois paires de récepteurs visuels se fixèrent sur le tunnel sombre qui s'enfonçait sous les sapins.

Ils hésitaient à continuer.

« C'est tellement obscur..., constata Tuttle.

– L'obscurité ne peut nous faire aucun mal », le rassura Curanov.

Depuis qu'ils avaient fait connaissance dans le train qui les emportait vers le nord du Montana, Curanov savait qu'il était le leader du groupe. Jusque-là, il avait exercé son autorité avec parcimonie, mais il fallait maintenant qu'il prenne le commandement du petit groupe. Il se mit en marche et s'enfonça sous les arbres, parmi les ombres mouvantes, en direction du fond de la vallée.

Après une brève hésitation, Steffan lui emboîta le pas.

Tuttle fermait la marche.

A mi-parcours, l'espace entre les sapins se rétrécissait considérablement, et les branches semblaient se baisser vers eux, comme pour les toucher.

Un endroit au cœur des ténèbres, parfait pour une embuscade.

Soudain, un hurlement de triomphe retentit, couvrant les rafales de vent.

Ne sachant pas d'où provenait le bruit, Curanov se tourna d'un côté, puis de l'autre, dardant le faisceau de sa torche sur les sapins qui l'entouraient de toutes parts.

Un peu plus loin, Tuttle poussa un cri.

Curanov et Steffan firent volte-face et braquèrent tous deux leur lampe sur le robot.

Tuttle était en train de se battre avec son agresseur.

« C'est *impossible* ! » s'écria Steffan.

Roué de coups, Tuttle était en train de succomber à l'attaque-surprise d'un bipède, qui bougeait presque comme un robot, bien qu'il fut évident qu'il ne pouvait s'agir que d'un animal. Vêtu de peaux de bêtes, chaussé de bottes, il brandissait une hache au-dessus de Tuttle, cherchant à atteindre le câble de son cou.

Levant le bras, le robot parvint à éviter le coup fatal, sauvant ainsi sa vie, mais pas l'articulation de son coude, sévèrement endommagée.

S'élançant vers Tuttle pour le secourir, Curanov fut alors victime, à son tour, d'un second bipède, qui se jeta sur lui par-derrière en lui assénant violemment un coup dans le dos. Le choc projeta à terre Curanov.

Roulant sur lui-même, il se releva aussitôt, enchaînant chaque geste avec une coordination parfaite, et se retrouva face à son adversaire.

A quelques mètres de lui, la créature humaine le fixait aussi, rejetant dans l'air glacé un nuage de buée qui s'échappait de sa bouche et de son nez. Sous le capuchon de fourrure qui recouvrait sa tête, le visage de la créature, était une parodie grotesque de celui d'un robot : ses yeux, bien plus petits que les récepteurs visuels de Curanov, ne brillaient pas du même éclat ambré, et ses traits n'étaient pas symétriques, mais horriblement disproportionnés, et comme bouffis par le froid. Pourtant...

Pourtant, la créature était douée d'une intelligence évidente. Une intelligence malveillante et sournoise, mais indubitable.

A la grande surprise de Curanov, le monstre se mit à parler. Sa voix était grave, et son langage avait des sonorités rondes, presque douces, sans aucun rapport avec les cliquetis caractéristiques qu'émettaient les robots lorsqu'ils s'exprimaient entre eux.

Soudain, la brute bondit. Poussant un cri de bête sauvage, elle brandit une barre de fer qu'elle abattit de toutes ses forces, visant le cou de Curanov.

Reculant de quelques pas, le robot esquiva élégamment l'attaque.

Le démon chargea à nouveau.

Jetant un coup d'œil sur ses compagnons, Curanov s'aperçut que le bipède qui s'était jeté sur Tuttle avait presque réussi à l'entraîner sous les sapins. Un troisième comparse s'était attaqué à Steffan, qui avait beaucoup de mal à s'en défaire.

L'homme qui se tenait devant Curanov fonça droit sur lui en vociférant, et enfonça la barre de fer dans le torse du robot.

Curanov s'écroula.

Levant à bout de bras son espèce de matraque, l'homme s'approcha.

Bien qu'il soit fait de chair et de sang, l'homme pense... *dort comme un animal, se nourrit de chair, défèque, se putréfie, meurt... Il se reproduit d'une façon non mécanique, et ses petits sont doués des cinq sens... Il tue... il tue... il domine les robots, il les démonte, et fait des choses monstrueuses (lesquelles?) avec les pièces qu'il a détachées... On ne peut le tuer définitivement qu'à l'aide d'un pieu en bois... et s'il est tué d'une autre façon, il ne meurt pas vraiment, mais se réincarne ailleurs, dans un autre corps...*

Au moment où le monstre allait abattre sa barre de fer, Curanov roula sur lui-même, bondit sur ses pieds, et le gifla à toute volée, sa main aux longs doigts déchirant la chair de l'humain.

Le visage de l'homme, profondément entaillé, se mit à saigner abondamment.

Stupéfaite, la brute recula.

La terreur de Curanov s'était transformée en une rage aveugle. Avançant vers l'homme, il le frappa une seconde fois. Puis une troisième. Se servant de son bras comme d'un fléau, avec toute la force qui lui restait encore, il brisa le corps du démon, le réduisant temporairement à l'impuissance. Autour du corps de l'homme, la neige rougissait.

Se détournant de son adversaire, il s'approcha ensuite de la brute qui s'était attaquée à Steffan. Se tenant derrière l'homme, il lui brisa la nuque d'un seul coup de sa main d'acier.

Curanov se porta enfin au secours de Tuttle, le débarrassant sans tarder de son agresseur. Mais l'homme avait eu le temps de détruire entièrement l'un des bras de Tuttle, de lui écraser une main, et d'endommager le câble de son cou, ce qui, heureusement, n'avait pas été fatal au robot. Avec un peu de chance, les trois compagnons survivraient à leurs blessures.

« J'ai bien cru que j'étais fichu », soupira Tuttle.
Sonné, Steffan avait les récepteurs visuels fixés sur Curanov.

« Vous les avez tués tous les trois !

– Je n'avais pas le choix », répliqua Curanov. Les deux autres ne s'en rendaient pas compte, mais il était bouleversé.

« Mais la première directive de l'Agence centrale interdit pourtant de supprimer toute forme de vie..., dit Steffan.

– Ce n'est pas tout à fait exact, protesta Curanov. Elle interdit de supprimer la vie quand celle-ci ne peut pas être rétablie. *Quand elle ne peut pas être rétablie.*

– Vous voulez dire que ces vies-là vont être rétablies ? » s'étonna Steffan, fixant les horribles cadavres. Il avait du mal à comprendre ce que Curanov entendait par là.

« Maintenant que vous avez vu des humains, poursuivit Curanov, croyez-vous aux mythes – ou persistez-vous toujours à en rire ?

– Comment pourrais-je en rire ?

– Eh bien, reprit Curanov, si vous croyez que de tels démons peuvent effectivement exister, vous devez également croire tout ce qu'on dit à leur propos. »

Il cita alors les informations qu'il avait lui-même recueillies concernant ce sujet : « S'il n'est pas détruit avec un pieu en bois, l'homme ne meurt qu'en apparence. En réalité, dès qu'il succombe sous les yeux de celui qui croit l'avoir tué, l'homme revient immédiatement à la vie, ailleurs, dans un corps nouveau, et il est parfaitement indemne. »

Steffan, qui n'avait pas envie d'entrer dans un tel débat, se contenta de hocher la tête.

« Et maintenant, que faisons-nous ? s'exclama Tuttle.

– Nous retournons à Walker's Watch, répondit Curanov.

– Et nous racontons ce que nous avons trouvé ?

– Non.

– Mais, protesta Tuttle, nous avons des preuves ! Nous pourrions très bien revenir chercher ces carcasses et les montrer à ceux qui refuseraient de nous croire.

– Regardez autour de vous, lui conseilla Curanov. D'autres créatures sont en train de nous observer, cachées derrière les sapins. »

On distinguait en effet une douzaine d'affreux visages blafards, déformés par d'horribles mimiques.

« Je ne crois pas qu'ils vont se risquer à lancer une nouvelle attaque. Ils ont vu ce que nous sommes capables de faire, et que nous avons découvert que la première directive de l'Agence centrale ne s'appliquait pas à eux. Mais dès que nous serons partis, ils viendront chercher les corps pour les enterrer.

– Nous pourrions quand même emporter une des carcasses, suggéra Tuttle.

– Non, dit fermement Curanov. Vous ne pouvez plus vous servir de vos mains, et le bras droit de Steffan ne lui obéit plus. Ne disposant moi-même que d'une puissance réduite, je me sens tout à fait incapable de transporter l'un de ces cadavres jusqu'à Walker's Watch. »

Tuttle parut extrêmement déçu.

« Nous ne raconterons donc à personne ce que nous avons vu dans ces montagnes ? »

Curanov secoua la tête. « Nous ne pouvons pas nous le permettre, Tuttle. Notre seul espoir, c'est de rester longtemps dans un compartiment de désactivation et de méditer, dans l'espoir d'apprendre à gérer les informations que nous avons collectées pendant notre séjour ici. »

Ils ramassèrent les torches qui gisaient dans la neige et se remirent en marche, en direction de la vallée.

« Marchez lentement et ne montrez surtout pas que vous avez peur », leur conseilla Curanov.

Mais les trois robots savaient que la peur qu'ils ressentaient n'échappait pas aux créatures sinistres accroupies dans l'obscurité qui régnait sous les sapins.

Ils marchèrent toute la nuit et presque toute la journée du lendemain avant d'atteindre le poste de garde de Walker's Watch. La tempête était finie, et le paysage immaculé paraissait serein et paisible. En contemplant la nature enneigée, on se sentait envahi par la certitude que l'univers était merveilleusement rationnel. Mais Curanov, lui, était hanté par une idée qui le glaçait : s'il croyait aux spectres et à d'autres créatures terrestres telles que les humains, il ne pourrait plus jamais penser à l'univers en terme de rationalité.

Le crépuscule de l'aube

« Tu te comportes parfois comme le plus grand crétin que la Terre ait jamais porté », me dit ma femme un soir, alors que j'avais passé l'après-midi à expliquer à mon fils que le Père Noël n'existait pas.

Nous étions couchés, mais elle n'était pas d'humeur à dormir, ni à roucouler.

« C'est horrible, ce que tu lui as fait, fit-elle d'une voix sèche et méprisante.

– Il a sept ans...

– C'est un petit garçon », insista Ellen, intraitable.

Pourtant, nous nous mettions rarement en colère. Notre vie de couple était globalement paisible et heureuse.

Dans la chambre, le silence retomba. Les rideaux de la porte-fenêtre donnant sur le balcon du premier étage étaient restés ouverts, et le clair de lune répandait dans la pièce une lueur très pâle. Même dans cette pénombre, et bien qu'Ellen fut enfouie sous les couvertures, sa colère se manifestait, sans aucune ambiguïté, par la raideur de son corps et la position dans laquelle elle prétendait dormir.

Au bout d'un long moment, sa voix s'éleva dans l'obscurité.

« Pete, tu t'es acharné à briser les illusions fragiles d'un petit garçon, des illusions absolument *innocentes*, tout ça à cause de ta fixation sur...

– Il ne s'agit pas d'innocentes illusions, fis-je patiemment. Et je ne fais aucune fixation.

– Si, tu fais une fixation là-dessus, me coupa-t-elle.

– Je crois seulement qu'il faut être rationnel et que...
– Oh, tais-toi donc.
– Tu ne veux donc même pas en parler avec moi ?
– Non. C'est parfaitement inutile. »

Je poussai un long soupir.

« Je t'aime, Ellen. »

Elle resta silencieuse pendant quelques interminables minutes.

Le vent sifflait entre les tuiles du toit, comme une voix revenue d'un lointain passé.

Perchée dans l'un des cerisiers du jardin, une chouette ulula.

« Moi aussi, je t'aime, dit enfin Ellen. Mais j'ai parfois envie de te botter les fesses. »

Je ressentis envers elle une certaine colère, parce que j'avais l'impression qu'elle se comportait de façon injuste, en laissant des émotions indignes d'elle prendre le pas sur sa raison. A présent, bien des années plus tard, je donnerais n'importe quoi pour l'entendre de nouveau me dire son envie de me botter les fesses, et pour me pencher vers elle en lui souriant.

Depuis sa naissance, j'avais appris à Benny, mon fils, que Dieu n'existait pas, quel que fût le nom ou la forme qu'on lui attribuât, et que la religion était le refuge des esprits faibles qui n'avaient pas le courage d'affronter l'univers tel qu'il était réellement. J'avais refusé que Benny fut baptisé, car je pensais que cette cérémonie représentait un rite initiatique primitif sacrifiant l'enfant au culte de l'ignorance et de l'irrationalité.

Ellen – mon épouse et la mère de Benny – avait grandi au sein d'une famille méthodiste, et conservait encore (de mon point de vue) quelques traces indélébiles de la foi familiale. Incapable d'aller plus loin et d'adhérer comme moi au club des athées, elle se prétendait agnostique. Je l'aimais tant que je tolérais tout à fait la position équivoque qui était la sienne. Néanmoins, je n'éprouvais que du mépris pour tous ceux qui étaient incapables d'affronter le fait que Dieu n'existait pas, et que la vie humaine n'était rien de plus qu'un accident biologique.

Je méprisais tous ceux qui s'agenouillaient avec humilité devant un Créateur imaginaire, et je ridiculisais tous les croyants, fussent-ils méthodistes, luthériens, catholiques, baptistes, mormons, juifs ou de n'importe quelle confession. Si les étiquettes variaient, toutes relevaient au fond du même obscurantisme.

Je réservais ma haine la plus farouche aux hommes et aux femmes doués de raison qui, comme moi, n'avaient jamais été contaminés par le virus de la religion, et qui pourtant quittaient soudain la voie de la rationalité pour tomber dans le gouffre de la pire des superstitions. Ces gens-là abandonnaient leurs biens les plus précieux – l'indépendance de leur esprit, leur autonomie intellectuelle, leur intégrité morale – au profit de vagues promesses leur assurant la vie éternelle au paradis où, vêtus de toges immaculées, ils joueraient de la harpe céleste entourés d'anges séraphins. J'étais plus écœuré par leur rejet d'une sagesse séculaire qu'ils avaient pourtant précieusement cultivée jusqu'à leur subite conversion, que je ne l'aurais été en entendant un vieux copain m'avouer que, devenu soudain zoophile, il venait de divorcer pour refaire sa vie avec une chienne.

Hal Sheen, mon associé, avec qui j'avais fondé Fallon & Sheen Design, un cabinet d'architecture, avait été, lui aussi, très fier d'être athée. A l'université, nous étions les meilleurs amis du monde, et nous formions tous les deux une équipe formidable, toujours prêts à débattre quand les conversations tournaient autour de la religion ; quiconque croyait en l'Etre suprême ou osait contredire notre vision d'un univers soumis à des forces naturelles, indifférentes au sort des humains, regrettait amèrement de nous avoir rencontrés, parce que nous réduisions à néant ses prétentions intellectuelles, en lui prouvant qu'il n'était qu'un gamin immature, voire taré. En fait, la plupart du temps, nous ne nous contentions pas d'attendre qu'au hasard d'une conversation le sujet de la religion fût évoqué, mais nous appâtions habilement, après avoir pris nos renseignements, les étudiants qui avaient la foi.

Nos diplômes d'architecte en poche, ni lui ni moi n'ayant envie de travailler avec personne d'autre que nous-mêmes, nous montâmes notre propre cabinet. Nous rêvions de créer des bâtiments robustes mais élégants, des immeubles fonctionnels mais beaux, qui raviraient et étonneraient le public, tout en nous valant l'admiration non seulement de nos pairs, mais aussi du monde entier. Armés de notre matière grise, de notre talent, et d'une détermination obstinée, nous commençâmes à atteindre certains de nos objectifs, alors que nous n'étions encore de très jeunes gens. Fallon & Sheen Design, le cabinet des deux jeunes prodiges, fut à l'origine d'une révolution en matière d'architecture qui passionna aussi bien les étudiants que les professionnels réputés.

L'aspect le plus important de notre immense succès était que notre athéisme en constituait le noyau : nous avions délibérément décidé de créer une architecture nouvelle qui ne devrait rien à l'inspiration religieuse. La plupart des dessinateurs ne sont pas conscients du fait que pratiquement toutes les structures existant autour d'eux, y compris celles qui sont conçues par les bureaux d'études modernes, incorporent des détails architecturaux initialement inventés pour renforcer subtilement l'autorité de Dieu et consolider la place de la religion dans la vie de tous les jours. Par exemple, les voûtes, utilisées d'abord dans les églises et les cathédrales, étaient originellement destinées à attirer le regard des fidèles vers le haut, induisant indirectement la contemplation du paradis et des récompenses divines. Les voûtes de plein cintre, les voûtes d'arêtes, les voûtes en berceau, les voûtes romanes, les coupoles, les dômes, les architraves, les voussoirs, les montants et les tirants ne sont pas seulement de simples arches : ils ont été conçus comme des agents de la religion, des publicités muettes les célébrant, Lui et Sa Haute Autorité. Dès le départ, Hal et moi étions résolus à n'incorporer dans les œuvres du cabinet Fallon & Sheen aucune voûte, aucune flèche, aucune arche, ni le moindre élément appartenant à l'architecture religieuse. Au contraire, nous nous efforçâmes de diriger l'œil vers la terre, et, par mille petites astuces, de rappeler aux passants leur origine terrestre, afin qu'ils se souviennent que Dieu n'est pas leur père, et que les êtres humains ne sont guère que de lointains cousins des singes, intellectuellement plus avancés, tout simplement.

Par conséquent, la reconversion de Hal au catholicisme de l'Eglise romaine de son enfance fut pour moi un véritable choc. A trente-sept ans, alors qu'il était au sommet de sa profession et que sa singulière réussite avait prouvé la suprématie de l'homme rationnel, débarrassé de l'oppression millénaire exercée sur l'humanité par d'imaginaires divinités, il retourna joyeusement se confesser, communia avec humilité, mouilla son front et son sein d'eau prétendue bénite, détruisant ainsi les fondations intellectuelles sur lesquelles, jusque-là, il avait entièrement bâti sa vie d'adulte.

J'en fus horrifié.

Parce qu'elle m'avait pris Hal Sheen, mon mépris pour la religion s'accrut plus que jamais. Redoublant d'efforts pour éliminer de la vie de mon fils la moindre pensée religieuse, la plus infime superstition, j'étais farouchement déterminé à ce que Benny ne me fût jamais arraché par ces tarés lobotomisés, brûleurs d'encens et sonneurs de cloches, tout juste bons à brailler des psaumes. Lorsqu'il se révéla un précoce amateur de lecture, je choisis moi-même soigneusement ses livres, écartant ceux qui présentaient la religion, même indirectement, comme un élément possible et agréable de la vie quotidienne, pour le diriger fermement vers des ouvrages strictement profanes, qui n'encourageraient pas son imagination de façon malsaine. Quand je vis qu'il était fasciné par les vampires, les fantômes et toute la panoplie traditionnelles de monstres qui semble intriguer tous lcs enfants, je m'acharnai à décourager cet intérêt, en m'en moquant ouvertement, et je lui enseignai les vertus du plaisir que l'on trouve à dédaigner ces enfantillages. Oh, je ne le privais pas des joies d'une bonne trouille de temps en temps, parce qu'il n'y a là-dedans rien d'essentiellement religieux. Benny eut donc la permission de savourer la peur provoquée par les histoires de robots tueurs, les films sur le monstre de Frankenstein, et autres dangers inventés par l'homme. Ce que je censurais, c'étaient seulement les monstres d'origine satanique et spirituelle, parce que le fait de croire au diable n'est qu'un autre aspect de la religion, où l'on adore le contraire de Dieu.

Je permis à Benny de croire au Père Noël jusqu'à l'âge de sept ans, tout en ayant des doutes sur l'indulgence dont je faisais ainsi preuve. La légende du Père Noël comporte un élément chrétien, évidemment. Le bon *saint* Nicolas, et tout ça. Mais Ellen avait insisté pour que Benny ne fût pas privé de Père Noël. A contrecœur, j'avais convenu que celui-ci était inoffensif, à la condition expresse que le jour de Noël fut scrupuleusement considéré comme une fête purement païenne n'ayant rien à voir avec la naissance de Jésus-Christ. Pour nous, Noël était une célébration familiale, au cours de laquelle nous nous abandonnions à un sain matérialisme.

Derrière notre grande maison, à Bucks County, en Pennsylvanie, il y avait deux vieux cerisiers, énormes. Quand il faisait beau, au printemps et en été, nous venions souvent nous installer sous les arbres, Benny et moi, pour jouer aux dames ou aux cartes. Par un jour d'octobre particulièrement chaud pour la saison, Benny et moi étions en train de disputer une partie de cartes, assis sous les cerisiers, déjà dépouillés de la plupart de leurs feuilles par le vent d'automne, quand il me demanda si je pensais que le Père Noël allait lui apporter beaucoup de cadeaux. Je lui répondis qu'il était encore trop tôt pour songer au Père Noël, et il m'annonça que *tous* les enfants étaient déjà en train d'établir leur liste de cadeaux. Et il ajouta : « Papa, il fait comment, le Père Noël, pour *savoir* si on a été sage ? Tu crois qu'il peut nous surveiller tout le temps ? Est-ce que ce sont les anges gardiens des enfants qui lui racontent ce qu'ils font ?

– Les anges gardiens ? » Je fus à la fois étonné et mécontent. « Tu sais ce que font les anges gardiens, toi ?

– Eh bien, ils font attention à nous, et ils nous aident quand on a besoin d'eux... Alors, je me suis dit qu'ils parlaient peut-être aussi au Père Noël. »

Quelques mois après la naissance de Benny, avec d'autres parents qui partageaient les mêmes idées, nous avions ouvert une école privée et laïque, dans laquelle, selon des principes humanistes, l'enseignement excluait totalement la religion. En fait, notre intention était de nous assurer que nos enfants, en grandissant, apprendraient l'histoire, la littérature, la sociologie et la morale, d'un point de vue anticlérical. Benny était inscrit dans cette école depuis la maternelle, et, ce mois d'octobre-là, se trouvait dans la section élémentaire, en deuxième année, en compagnie de camarades de classe dont les familles suivaient les mêmes principes que la nôtre. Je fus donc très surpris de constater que, dans un tel environnement, il fût encore soumis à la propagande religieuse.

« Qui t'a parlé de ces anges gardiens ?
– Des copains.
– Ils croient que les anges gardiens existent ?
– Ben... Oui, sûrement.
– Ils croient aussi à la petite souris qui laisse une pièce sous l'oreiller des enfants qui ont perdu une dent de lait ?
– Bien sûr que non !
– Mais alors, pourquoi croient-ils aux anges gardiens ?
– Ils les ont vus à la télé.
– A la télé ?
– C'était dans une des émissions que tu ne me laisses pas regarder.
– Et parce qu'ils les ont vus à la télé, ils y croient ? »

Benny haussa les épaules et se plongea dans la contemplation de ses cartes.

A l'époque, j'étais convaincu que la culture de masse – et spécialement la télévision – était un fléau, empoisonnant l'existence de tous les gens encore capables de raisonner, parce qu'elle encourageait – et ce n'était pas le moins grave – tout un tas de superstitions religieuses, auxquelles elle contribuait. En envahissant tous les aspects de la vie quotidienne, la télévision exerçait sur la population une influence si puissante qu'il était impossible d'y échapper. Les livres et les films comme *L'exorciste*, ajoutés aux émissions sur les anges gardiens, mettaient en péril les tentatives des parents les plus vigilants, désireux d'élever leurs enfants dans un climat privilégiant la raison, afin d'en faire des adultes intelligents.

La brise d'octobre, trop douce pour la saison, ne soufflait pas assez fort pour déranger la partie de cartes, mais elle ébouriffait gentiment les fins cheveux bruns de Benny. Installé sur un coussin, lui-même posé sur la chaise afin que Benny fût à la hauteur de la table, il avait l'air si jeune, si vulnérable... Le cœur débordant d'amour, ne voulant pour lui que la meilleure des vies possibles, une immense colère s'empara instantanément de moi. Ma rage n'était pas dirigée contre mon fils, mais contre l'odieuse propagande dont il était victime, contre les effets pervers d'une philosophie officielle et vicieuse que colportaient publiquement des adultes, contre les ravages intellectuels et émotionnels causées par tous ceux qui tentaient de manipuler un enfant innocent.

« Benny, écoute-moi, les anges gardiens n'existent pas, lui annonçai-je. C'est un mensonge, inventé par des gens qui veulent te faire croire que tu n'es pas responsable de la réussite de ta propre existence. Ils veulent que tu penses que les mauvaises choses de la vie sont la conséquence de tes péchés et qu'elles sont donc de *ta* faute, mais que tout ce qui t'arrive de bien t'est accordé par la grâce de Dieu. C'est une façon de te contrôler. Voilà ce qu'est la religion : un instrument de contrôle et d'oppression. »

Il ouvrait de grands yeux, l'air étonné.

« Grace qui ? »

A mon tour, je fus surpris.

« Quoi ?

– C'est qui, Grace ? Tu veux dire Mme Grace Keever, la marchande de jouets ? Et c'est quoi, cet instrument qu'elle va me presser ? » Il gloussa de rire. « Quand elle m'aura pressé, est-ce que je vais être aplati comme une crêpe ? Papa, tu ne dis que des bêtises, aujourd'hui. »

Il n'avait que sept ans, après tout, et j'étais en train de lui parler gravement de l'oppression qu'exerçait la religion comme si nous étions deux intellectuels attablés dans un bar. Rougissant devant l'étendue de ma propre bêtise, je poussai les cartes et m'efforçai de lui faire comprendre pourquoi le fait de croire à ces inepties d'anges gardiens n'était pas un jeu innocent, au contraire. Je lui répétai que c'était le premier pas vers un esclavage intellectuel et émotionnel particulièrement pernicieux. Il m'écoutait, et comme il faisait preuve, alternativement, d'un ennui flagrant, de la confusion la plus totale, d'une certaine gêne, et d'un profond étonnement – sans me montrer une seule fois qu'il comprenait ce que je lui disais –, je finis par m'énerver, et mon dernier argument (j'ai tellement honte de l'admettre aujourd'hui) fut que le Père Noël n'existait pas.

Soudain, il me parut évident qu'en le laissant croire à l'existence du Père Noël, j'avais moi-même induit dans l'esprit de Benny cette irrationalité dont je voulais à tout prix le préserver. Comment avais-je pu m'égarer au point de croire qu'on pouvait célébrer Noël dans un esprit uniquement païen, sans risquer d'accorder un certain crédit à la tradition religieuse qui se perpétuait en ce jour de fête. Je comprenais à présent que l'arbre de

Noël et l'échange de cadeaux, associés aux autres traditions, comme les crèches installées à l'extérieur des églises et les angelots en plastique doré des rayons décoration des grands magasins, avaient produit dans l'esprit de Benny l'impression que l'aspect spirituel de Noël était aussi pertinent que son apparence matérielle, ce qui l'avait préparé à accepter les histoires d'anges gardiens, de péchés mortels et de salut éternel, comme il acceptait les cadeaux du Père Noël.

Sous les cerisiers caressés par une brise automnale annonçant l'hiver et les fêtes de fin d'année, je dis à Benny toute la vérité concernant le Père Noël, et je lui expliquai que les cadeaux, en fait, seraient achetés par sa mère et moi. Il protesta : il avait la preuve que le Père Noël existait, puisque les biscuits et le lait qu'il laissait tous les ans à l'intention du vieux monsieur étaient invariablement consommés. Je lui démontrai que le gourmand, ce n'était pas le Père Noël, mais moi-même, qui mangeait les biscuits mais jetait le lait – que je déteste – dans l'évier. Méthodiquement, impitoyablement – mais avec ce que je croyais être de l'amour et beaucoup de gentillesse – je le dépouillai de toute la prétendue magie de Noël, ne lui laissant aucun doute sur le fait que toute cette histoire de Père Noël, qui partait d'une bonne intention, n'en était pas moins une vaste fumisterie.

Il m'écouta jusqu'au bout, sans protester davantage, et quand j'eus enfin terminé, il se plaignit d'avoir sommeil. M'assurant qu'il voulait piquer un petit somme, il se frotta les yeux et prit soin de bâiller plusieurs fois. Les cartes ne l'intéressaient plus, et il rentra, filant droit dans sa chambre.

La dernière chose que je lui avais dite, sous les cerisiers, c'était que les gens forts et équilibrés n'ont pas besoin d'amis imaginaires comme le Père Noël et autres anges gardiens.

« Nous ne pouvons compter que sur nous-mêmes, sur nos amis, et sur les membres de notre famille, Benny. Quand on veut quelque chose, dans la vie, ce n'est pas en s'adressant au Père Noël qu'on l'obtient, et encore moins en priant le Ciel. On n'obtient cette chose qu'en faisant ce qu'il faut pour l'avoir – ou grâce à la générosité d'un ami ou d'un parent. Se contenter d'*espérer* ou de prier, ça ne sert jamais à rien. »

Trois ans plus tard, alors que Benny était à l'hôpital en train de mourir d'un cancer généralisé, je compris pour la première fois pourquoi les gens ressentaient le besoin de croire en Dieu et cherchaient dans la prière un peu de réconfort. Nos vies sont frappées par des tragédies si terribles et si difficiles à supporter qu'il est en effet tentant de répondre à la cruauté du monde par le mysticisme.

Même si nous pouvons accepter l'idée de notre propre mort, même si nous acceptons que l'âme ne survit pas à la décomposition de la chair, nous sommes souvent incapables de supporter l'idée que nos *enfants*, frappés par la maladie en pleine jeunesse, sont condamnés, eux aussi, à passer de ce monde au néant. Les enfants sont des êtres spéciaux : comment tolérer qu'eux aussi disparaissent sans laisser de traces, comme s'ils n'avaient jamais existé ? J'ai vu des athées qui, tout en méprisant la religion, et incapables de prier pour eux-mêmes, invoquaient le nom de Dieu lorsqu'il s'agissait d'intercéder pour leurs enfants gravement malades – ils comprenaient alors, parfois honteux mais souvent avec de profonds regrets, que leur propre philosophie rendait impossible la folle supplique qu'ils entendaient déposer auprès du Divin.

Lorsque le cancer de Benny se déclara, je ne fus pas ébranlé dans mes convictions, et pas une seule fois, au cours de cette épreuve, je ne reniai mes principes pour implorer Dieu en pleurnichant. Je restai vaillamment inébranlable, stoïque, résolu à porter seul mon fardeau, bien que je me fus souvent senti fléchir sous son poids, comme si l'immense chagrin allait soudain me briser.

En ce jour d'octobre de la septième année de Benny, alors que, assis sous les cerisiers, je le regardais qui rentrait à la maison pour dormir un peu, j'ignorais encore jusqu'à quel point mes grands principes et mon assurance allaient être mis à l'épreuve au cours des années suivantes. J'étais fier d'avoir délivré mon fils de tous ces mensonges se rapportant à Noël, et j'étais certain qu'un jour viendrait où Benny, devenu adulte, finirait par me remercier pour l'éducation rigoureusement rationnelle qu'il avait reçue.

Lorsque Hal Sheen m'annonça qu'il était rentré au bercail, c'est-à-dire qu'il appartenait à nouveau à l'Eglise catholique romaine, je crus d'abord qu'il plaisantait. Nous nous trouvions dans le bar d'un hôtel près de notre cabinet d'architecture, en train de boire un cocktail après une rude journée de travail, et j'avais cru comprendre que cette réunion informelle avait pour but de fêter un contrat que Hal venait de décrocher.

« J'ai une nouvelle à t'annoncer », m'avait-il dit, énigmatique, le matin même. « Retrouvons-nous au bar du Regency à six heures. »

Mais au lieu de m'apprendre que nous avions été choisis pour concevoir les plans d'un bâtiment qui ajouterait un chapitre supplémentaire à la légende de Fallon & Sheen, il m'annonça qu'au bout d'un an et demi de réflexion, il s'était débarrassé de son athéisme comme d'un cocon devenu trop petit, et qu'il avait retrouvé la foi. J'éclatai de rire, attendant la fin de la boutade, et il sourit. Et dans ce sourire, je décelai quelque chose – peut-être de la pitié – qui suffit à me convaincre qu'il était tout à fait sérieux.

J'argumentai, d'abord calmement, puis moins calmement. Je ridiculisai sa prétendue foi enfin retrouvée, puis je tentai de lui démontrer qu'il aurait dû avoir honte d'offenser de la sorte sa propre dignité intellectuelle.

« J'ai décidé qu'un homme peut être à la fois un intellectuel et un croyant, fût-il chrétien, juif, ou bouddhiste », répliqua Hal, avec une maîtrise de lui-même qui m'irrita au dernier degré.

Je frappai du poing sur la table.

« Impossible ! » Je ne pouvais que rejeter en bloc cette assertion. Nos verres tressautèrent, et un cendrier, vide, tomba par terre, attirant sur nous l'attention des autres clients du bar.

« Prends l'exemple de Malcolm Muggeridge, dit Hal. Ou de C. S. Lewis. D'Isaac Singer. Deux chrétiens et un juif – et tous, indiscutablement, des intellectuels.

– Tu entends ce que tu es en train de me dire ? »

Je n'en croyais pas mes oreilles.

« Combien de fois ces noms – et bien d'autres – ont-ils été cités par ceux avec qui nous discutions de la supériorité intellectuelle de l'athéisme ? Et toi qui me soutenais, en démontrant que tous les Muggeridge, Lewis, et autres Singer n'avaient rien compris ! »

Il haussa les épaules.

« J'avais tort.

– C'est tout ce que tu trouves à dire ?

– Non, ce n'est pas tout. Pete, cesse de me prendre pour un idiot. J'ai passé une année entière à lire et à réfléchir. J'ai fait mon possible pour résister à l'appel de la foi, mais c'était plus fort que moi.

– Qui ? Quoi ? Un curé spécialisé dans la propagande, ou...

– *Personne* ne m'a fait changé d'avis. Le débat auquel je me suis livré était intérieur, Pete. A part moi, nul ne sait que je viens de passer un an sur la corde raide.

– Qu'est-ce qui t'a décidé à monter sur cette corde raide ?

– Eh bien, depuis deux ans environ, ma vie est sans intérêt...

– Ta vie, sans intérêt ? Tu es jeune et en bonne santé, tu as épousé une femme intelligente, et belle, de surcroît. Professionnellement, tu es parmi les meilleurs, si ce n'est le meilleur, tout le monde admire la fraîcheur et la vigueur de ta vision architecturale, et tu es riche ! Si c'est ce que tu appelles une vie dépourvue d'intérêt... »

Hal hocha la tête.

« Ma vie était vide. Mais je n'arrivais pas à comprendre pourquoi. Exactement comme tu viens de le faire, j'ai additionné tout ce que j'avais, et le total obtenu semblait indiquer que j'aurais dû être un homme comblé, peut-être même l'homme le plus heureux du monde. Mais je me sentais creux, et chaque nouveau projet me paraissait moins intéressant que le précédent. Progressivement, je me suis rendu compte que tout ce que j'avais réalisé et que tout ce que je réaliserais à l'avenir ne me satisferaient pas, parce que rien de tout cela n'était durable. Oh, bien sûr, il est possible que l'un des bâtiments que nous avons conçus soit encore debout dans deux cents ans, mais deux siècles ne représentent pas grand-chose dans le grand sablier de l'univers. Nos constructions en pierre, en acier et en verre ne supporteront pas l'épreuve du temps. Elles ne témoignent pas, comme nous avons pu le croire, du génie de l'humanité, mais plutôt du contraire : elles nous rappellent que même nos monuments les plus sacrés sont fragiles, et que les plus belles réalisations de l'humanité sont à la merci d'un tremblement de terre, d'une guerre, d'un raz de marée, ou tout simplement de la lente érosion provoquée par les effets conjugués du soleil, du vent et de la pluie. Dans ces conditions, quel intérêt ?

– L'intérêt », répliquai-je, en colère, « c'est qu'en érigeant ces structures, en construisant ces bâtiments toujours plus beaux, et d'une conception chaque fois plus habile, nous améliorons la vie de nos semblables, nous les encourageons à se fixer des buts, des objectifs qui leur sont personnels – et ainsi, tous ensemble, nous bâtissons un avenir meilleur, pour l'ensemble de la race humaine.

– Certes, mais quelle est la finalité de tout ça ? S'il n'y a pas de vie après la mort, si l'existence de chaque individu prend fin avec lui dans sa tombe, le destin *collectif* de l'humanité est précisément celui de l'individu : la finalité, c'est donc la mort, le vide, les ténèbres, le néant. Rien ne naît de rien. Tu ne peux pas prétendre que la race humaine obéisse à un dessein plus noble si tu ne l'accordes pas aussi à l'esprit individuel. »

Hal leva la main, me faisant signe de le laisser parler.

« Je sais, je sais. Tu as des arguments, et tu peux me démontrer que je me trompe. Au cours d'innombrables débats sur ce sujet, je t'ai soutenu, mais je ne peux plus continuer ainsi, Pete. Je crois que la vie *a* un sens. Et si je ne pensais pas ainsi, je quitterais le cabinet, je laisserais tomber l'architecture et les affaires, je passerais le reste de mes jours à m'éclater pour jouir du temps précieux qu'il me reste à vivre. Mais comme je crois à présent en l'âme humaine, et que cette âme survit à notre mort physique, je peux continuer à travailler pour Fallon & Sheen, parce que telle est ma destinée, ce qui signifie également que nous n'œuvrons pas en vain. J'espère que tu pourras l'accepter, Pete. Je n'ai pas l'intention de faire du prosélytisme, et tu ne m'entendras plus jamais mentionner ma religion, car je respecte ton droit, qui est de ne *pas* croire. Je suis convaincu que nous pouvons continuer à collaborer comme par le passé. »

Ce n'était pas vrai, et nous n'avons pas continué.

J'avais l'impression que la religion était une détestable dégénérescence de l'esprit, et la présence de Hal me mettait mal à l'aise. Je prétendais que rien n'avait changé, que nous étions toujours aussi proches l'un de l'autre, mais je sentais qu'il n'était plus le même.

Inévitablement, la foi retrouvée de Hal commença à infecter son excellente vision architecturale. Des voûtes et des ogives apparurent dans les plans qu'il dessinait, et les nouveaux bâtiments qu'il concevait encourageaient l'œil et l'esprit à monter vers les cieux. Ce changement de cap fut bien accueilli par certains de nos clients et lui valurent même les louanges des critiques de magazines prestigieux, pourtant j'y voyais le signe d'une régression par rapport à notre concept initial. L'originalité spécifique de notre architecture, qui mettait l'homme au centre de nos préoccupations, n'existait plus. Quatorze mois après la conversion de mon associé au catholicisme, je lui vendis mes parts, et, libéré de son influence, je montai mon propre cabinet.

« Hal, lui avais-je dit lors de notre dernière rencontre, même quand tu te proclamais athée, tu ne comprenais pas, de toute évidence, que le néant qui nous attend après la mort ne doit pas nous faire peur, ni susciter en nous aucune colère. Deux attitudes sont possibles : nous pouvons soit l'accepter à contrecœur, comme une chose naturelle... soit l'accueillir à bras ouverts. »

Dans mon cas, ce néant était le bienvenu, parce que le fait de ne pas me préoccuper de mon sort après ma mort me paraissait libérateur. N'étant pas croyant, je pouvais ainsi me concentrer entièrement à ma vie terrestre et aux bénéfices à tirer de *ce* monde, le seul et l'unique.

La nuit où Ellen m'avait dit qu'elle avait envie de me botter les fesses, alors que nous étions couchés, chacun de notre côté du lit, dans la chambre baignée par la clarté de la lune, elle m'avait dit autre chose.

« Pete, tu m'as raconté ton enfance, j'ai fait la connaissance de tes parents, et j'ai donc une assez bonne idée de la façon dont tu as été élevé. Je peux parfaitement comprendre pourquoi tu as réagi contre leur fanatisme religieux en devenant athée. Mais je dois avouer que, parfois... tu t'emportes. Tu ne te contentes pas seulement d'*être* athée, tu cherches à imposer ta philosophie et tes convictions à tout le monde, à n'importe quel prix, à tel point que tu finis par te comporter comme tes propres parents... sauf qu'au lieu d'essayer de convertir les autres à l'idée de Dieu, tu veux les convaincre que Dieu n'existe pas. »

Je me suis redressé, et j'ai regardé ma femme, ou du moins la forme qui se dessinait sous la couverture. Comme elle me tournait le dos, je ne distinguais pas son visage.

« C'est vraiment méchant, ce que tu viens de dire, Ellen.

– Pourtant, c'est vrai.

– Je ne ressemble pas du tout à mes parents. Pas du tout. Moi, je ne *force* pas Benny à ne pas croire en Dieu.

– Ce que tu lui as fait aujourd'hui, c'est exactement pareil.

– Ellen, un jour ou l'autre, tous les gosses apprennent que le Père Noël n'existe pas, et certains connaissent la vérité bien avant l'âge de Benny. »

Elle se tourna vers moi, et je vis soudain son visage, juste assez pour y lire la colère qu'elle ressentait, mais pas suffisamment pour apercevoir l'amour qu'il exprimait aussi, je le savais.

« Bien sûr, dit-elle, ils découvrent tous un jour que le Père Noël n'est qu'une invention, mais pas forcément par l'intermédiaire de leur propre père, qui se croit obligé de massacrer leurs illusions, bon sang !

– Je n'ai pas *massacré* ses illusions. Nous avons discuté, et je l'ai raisonné.

– Benny n'est pas un étudiant chargé de débattre du sujet avec son prof, répliqua-t-elle. On ne raisonne pas avec un enfant de sept ans, émotif et sensible. Cet après-midi, quand tu en as eu fini avec lui, Pete, il est rentré à la maison et il a filé dans sa chambre, et quand je suis montée le voir, une heure plus tard, il pleurait encore.

– D'accord, d'accord...

– Il pleurait.

– Oui, j'ai compris, je me suis conduit comme une ordure.

– C'est le terme exact, en effet.

– Et j'admets aussi que j'aurais pu faire preuve de davantage de tact. »

Ellen, sans ajouter un mot, me tourna le dos à nouveau.

« Mais j'ai fait ce que je devais faire, dis-je. Je veux dire par là que c'était une erreur de croire que nous pourrions célébrer Noël sans que la religion s'en mêle. Les illusions innocentes des enfants peuvent en créer d'autres, plus tard, qui le sont nettement moins.

– Oh, tais-toi, soupira-t-elle. Tais-toi et dors, ou je crois que je vais finir par oublier que je t'aime. »

Le chauffeur du camion qui a tué Ellen essayait simplement de gagner un peu d'argent supplémentaire pour s'acheter un bateau. Comme il adorait la pêche à la cuiller, il faisait des heures supplémentaires, histoire de payer son bateau. Et pour tenir le coup, il prenait des amphétamines. Le camion, c'était un Peterbilt, le plus gros modèle de la gamme. Ellen était au volant de sa BMW bleue. Les deux véhicules se sont percutés de plein fouet, et bien qu'elle ait apparemment tenté une manœuvre désespérée, elle n'avait aucune chance de s'en tirer.

Benny a été dévasté par la nouvelle. J'ai laissé tomber le cabinet, et je suis resté avec lui pendant tout le mois de juillet. Il avait besoin de câlins et de réconfort, il lui fallait quelqu'un qui l'aide tendrement à accepter la tragédie. Quant à moi, je ne valais pas mieux. Ellen avait été pour moi beaucoup plus qu'une épouse et une maîtresse : c'était mon critique le plus sévère, mon défenseur le plus acharné, ma meilleure amie, et ma seule confidente. La nuit, seul dans la chambre qui avait été la nôtre, j'enfouissais mon visage dans son oreiller, je respirais les dernières traces de son parfum, et je pleurais. J'ai gardé la taie de cet oreiller pendant des semaines, sans la laver, dans l'espoir de conserver son odeur un peu plus longtemps. Mais devant Benny, je faisais de mon mieux pour me contrôler, lui dissimuler mon chagrin, et lui donner l'exemple, lui qui avait tant besoin d'être fort.

J'ai refusé qu'elle soit enterrée, et Ellen a été incinérée, ses cendres dispersées au-dessus de l'océan.

Un mois plus tard, le premier dimanche d'août, comme nous commençions, tristement et à contrecœur, à accepter sa disparition, une cinquantaine d'amis et de parents sont venus à la maison, pour une discrète cérémonie à la mémoire d'Ellen. Une cérémonie dépourvue de toute allusion à la religion. Nous nous sommes rassemblés dans le patio, près de la piscine, et quelques amis, chacun à leur tour, ont raconté une petite histoire amusante au sujet d'Ellen, en expliquant l'influence qu'elle avait eu sur leur vie.

Benny est resté à mes côtés pendant toute la cérémonie, parce que je tenais à ce qu'il voit que sa mère avait été aimée par beaucoup de gens, et que sa disparition avait bouleversé leur existence aussi bien que la nôtre. Il n'avait que huit ans, mais il m'a semblé qu'il puisait dans cette réunion informelle le réconfort et la consolation dont il avait cruellement besoin. En entendant les amis de sa mère, il avait d'abord éclaté en sanglots, incapable de retenir plus longtemps ses larmes, mais on lisait à présent sur son visage autre chose que du chagrin. Il était fier de sa maman, et les tours qu'elle avait joués à certains de ses amis l'amusaient, tout en l'intriguant : il n'avait pas connu les divers aspects d'Ellen qu'on dévoilait maintenant devant lui. Avec le temps, ces émotions nouvelles allégeraient la peine qu'il ressentait encore, et l'aideraient à surmonter la perte de sa mère.

Le jour suivant, je me suis levé tard, et quand j'ai voulu voir Benny, je l'ai trouvé sous l'un des cerisiers, derrière la maison. Assis par terre, il avait les yeux fixés sur le versant de la vallée opposé à celui où nous vivons, mais j'ai eu l'impression qu'il regardait quelque chose qui se trouvait bien au-delà.

Je me suis assis à côté de lui.

« Comment tu vas, ce matin ?

– Ça va », m'a-t-il répondu.

Pendant un long moment, nous n'avons plus rien dit. Au-dessus de nos têtes, les feuilles du cerisier bruissaient doucement. Les éblouissantes fleurs d'un blanc délicatement rosé avaient disparu depuis longtemps, bien sûr, mais les branches étaient chargées de cerises encore vertes. La journée était chaude, mais sous les arbres, l'ombre dense était fraîche.

Enfin, il s'est décidé à parler.

« Papa ?

– Hmmm ?

– Si tu es d'accord...

– A propos de quoi ?

– Je sais ce que tu penses...

– Ce que je pense de quoi ?

– Tu penses que le paradis et les anges, ça n'existe pas.

– Ce n'est pas seulement ce que je pense, Benny. C'est vrai, ça n'existe pas.

– Alors... enfin, si tu es d'accord, je vais faire un dessin de maman au paradis, avec des ailes et tout ça. »

Un mois après la mort de sa mère, Benny était encore très fragile, et il avait encore besoin de beaucoup de temps, peut-être même des années, pour redevenir un être émotionnellement équilibré. Je me suis donc abstenu de lui répondre par l'une de mes déclarations habituelles concernant l'absurdité de la foi et de la religion. J'ai gardé le silence pendant un instant, puis j'ai dit : « Eh bien, laisse-moi réfléchir quelques minutes, d'accord ? »

Nous étions assis l'un près de l'autre, et je savais que ni lui ni moi ne regardions le paysage qui s'étendait devant nous. J'étais en train de revoir mentalement Ellen, telle qu'elle était le 4 juillet de l'été précédent : elle portait un short blanc et un chemisier jaune, et nous étions en train de jouer au Frisbee, tous les trois, en riant aux éclats. Je ne sais pas ce que le pauvre Benny voyait, mais je le soupçonne d'avoir eu l'esprit farci d'images mièvres représentant le paradis et des anges avec des auréoles, avec un escalier dont les marches dorées montaient jusqu'à un trône en or massif...

« Elle ne peut pas juste finir comme ça », dit-il enfin. « Elle était trop bien pour disparaître. Elle doit sûrement être... quelque part.

– Mais c'est exactement ça, Benny. Elle *est* quelque part. Ta mère continue à vivre à l'intérieur de toi. N'oublie pas que tu as ses gènes. Tu ignores ce que sont les gènes, mais tu possèdes les siens : ses cheveux, ses yeux... Et comme c'était quelqu'un de bien et qu'elle t'a appris plein de bonnes choses, tu vas grandir et devenir quelqu'un de bien, toi aussi, et lorsque tu auras des enfants à ton tour, ta mère continuera à vivre à travers eux, et ensuite, à travers *leurs* enfants. Ta mère est toujours vivante dans notre mémoire, dans nos souvenirs, et dans ceux de ses amis. Comme elle était gentille avec plein de gens, eh bien, ces gens la portent en eux, sa gentillesse les a marqués. Ils se souviendront d'elle régulièrement, et grâce à elle, ils seront peut-être un peu meilleurs, et c'est de cette façon que la gentillesse de ta maman continue à vivre. »

Il m'écoutait, l'air grave. Les concepts d'immortalité héréditaire ou transmissible par les amis lui échappaient certainement, et j'ai essayé de trouver une autre explication, plus simple.

Mais il m'a devancé.

« Non. Ça ne suffit pas. Que beaucoup de personnes se souviennent d'elle, c'est bien, mais ça ne suffit pas. Il faut qu'*elle* soit quelque part, pas seulement son souvenir. Il faut qu'*elle* continue à vivre. Alors, si tu es d'accord, je crois que je vais me dire qu'elle est au paradis.

– Non, je ne suis pas d'accord, Benny. »

J'ai passé mon bras autour de lui.

« La méthode saine, fiston, c'est qu'il faut affronter la vérité, même si elle n'est pas agréable. »

Benny secoua la tête.

« Elle va bien, papa. Elle n'a pas disparu, comme ça, n'importe où. Maintenant, elle est quelque part, je le sais. Et elle est heureuse.

– Benny... »

Le petit garçon se leva. Le regard fixé sur les branches du cerisier, il dit : « On pourra bientôt manger des cerises ?

– Benny, ne changeons pas de sujet. Nous...

– On pourrait aller en ville, manger un hamburger avec des frites, et un milk-shake ?

– Benny...

– On y va, Papa, s'il te plaît ?

– D'accord, on y va. Mais...

– C'est moi qui conduis ! » s'écria-t-il en s'élançant vers le garage dans un grand éclat de rire.

Au cours de l'année qui suivit, Benny refusa obstinément d'accepter la disparition de sa mère, ce qui fut d'abord difficile à supporter, puis très énervant, et enfin extrêmement exaspérant. Tous les soirs, dans son lit, il lui parlait avant de s'endormir, apparemment certain qu'elle l'entendait. Il lui arrivait souvent de se glisser hors des draps, alors que j'avais quitté sa chambre après l'avoir bordé et embrassé, pour se mettre à genoux à côté de son lit et prier pour sa mère, afin qu'elle soit heureuse et en sécurité là où elle se trouvait.

A deux reprises, par hasard, je l'entendis. Je décidai donc, un soir, après être sorti de sa chambre, de rester dans le couloir, sans faire de bruit. Pensant que j'étais redescendu, il se mit à prier Dieu, bien que ses connaissances en la matière se soient résumées à ce qu'il avait réussi à apprendre par la télévision ou quelque autre moyen illicite ayant échappé à mon contrôle.

J'étais résolu à patienter, persuadé que sa foi d'enfant expirerait naturellement lorsqu'il aurait compris que Dieu ne lui répondrait jamais. Comme les jours passaient sans qu'aucun signe miraculeux ne lui confirme que l'âme de sa mère avait bien survécu, Benny aurait dû commencer à comprendre que tout ce que je lui avais raconté au sujet de la religion était strictement vrai, et revenir prendre la place que je lui avais préparée – que je lui réservais patiemment – dans le royaume de la raison. Je ne voulais pas lui dire que j'avais découvert qu'il priait régulièrement, et je ne voulais pas non plus l'obliger à en parler, car je savais que par réaction à l'autorité paternelle, si celle-ci se révélait abusive, il risquait de s'accrocher encore plus longtemps à ses rêves irrationnels de vie éternelle.

Mais au bout de quatre mois, ses conversations quotidiennes avec sa mère disparue et avec Dieu n'ayant toujours pas cessé, je ne pus tolérer plus longtemps dans ma maison ses prières, même chuchotées. Je ne l'entendais que rarement, mais je *savais* qu'il priait, et cette certitude me rendait aussi fou que si j'avais entendu chacun des mots qu'il prononçait. Je lui annonçai donc que j'étais au courant de son manège. Nous eûmes ensemble de longues discussions, au cours desquelles je tentai de le raisonner. Je discutai, je suppliai, et j'essayai même la méthode classique de la carotte et du bâton, en le punissant chaque fois qu'il exprimait un quelconque sentiment religieux, et en le récompensant pour la moindre de ses déclarations contraires, même si elle était involontaire ou si, seule, la rendait antireligieuse mon interprétation personnelle de ses paroles.

Il ne reçut que quelques récompenses, et un grand nombre de punitions.

Je ne le frappai pas, et je ne le maltraitai pas physiquement, ce qui, je pense, peut être mis à mon crédit. En tout cas, je n'essayai pas d'extirper Dieu de sa personne en lui tapant dessus, comme mes propres parents l'avaient fait afin de m'inculquer la foi.

Constatant l'échec de toutes mes tentatives pour le ramener à la raison, j'emmenai Benny chez le Dr Gerton, un psychiatre.

« Il a du mal à accepter la mort de sa mère, dis-je à Gerton. Il... Il n'arrive pas à en prendre son parti, et je m'inquiète à son sujet. »

Après trois séances avec Benny, sur une période de deux semaines, le Dr Gerton me téléphona, pour m'annoncer qu'il n'était plus nécessaire de continuer la thérapie.

« Vous n'avez nullement besoin de vous inquiéter, monsieur Fallon, il va s'en sortir.

– Mais vous faites erreur, insistai-je. Il a besoin d'une thérapie. Il n'est toujours pas tiré d'affaire.

– Monsieur Fallon, vous me l'avez déjà dit, mais je n'ai pas encore pu obtenir de vous une explication cohérente concernant le comportement que vous décrivez comme étant la preuve de son incapacité à gérer la situation. Que *fait*-il donc qui vous inquiète tant ?

– Il prie, répondis-je. Il demande à Dieu de prendre soin de sa mère. Et il parle à sa mère comme s'il était certain qu'elle peut l'entendre, il lui parle *tous* les soirs.

– Oh, monsieur Fallon, si c'est tout ce qui vous inquiète, je peux vous assurer qu'il n'y a rien d'anormal à ça. Parler à sa mère, prier pour elle, tout cela est parfaitement courant et...

– Tous les soirs ! répétai-je.

– Même s'il priait dix fois par jour, ce ne serait absolument pas grave. Franchement, je ne vois là rien de malsain. Parler de sa mère à Dieu et parler à sa mère qui se trouve au paradis... il ne s'agit que d'un mécanisme psychologique grâce auquel il s'adapte lentement au fait qu'elle n'est plus avec lui. Tout cela est parfaitement normal. »

A ce moment-là, je crains d'avoir hurlé.

« Non, ce n'est pas parfaitement normal dans *cette* maison, docteur Gerton. Nous sommes athées ! »

Le psychiatre resta silencieux un instant, puis il poussa un profond soupir.

« Monsieur Fallon, il faut tenir compte du fait que votre fils n'est pas seulement votre fils – c'est un individu à part entière. Un *petit* individu, certes, mais que vous ne pouvez considérer comme votre propriété, ni comme un esprit à modeler selon vos propres désirs.

– J'ai le plus profond respect pour l'individu, docteur Gerton. Beaucoup plus de respect que tous ces gens qui chantent des psaumes et qui accordent moins d'importance à leurs semblables qu'à leur Dieu imaginaire, là-haut dans le ciel ! »

Le psychiatre, cette fois, observa un très long silence.

Puis il reprit la parole : « Bien. Vous devez savoir qu'un fils n'est pas forcément comme son père. Un fils a des idées et des désirs qui lui sont propres. Et les opinions religieuses constituent peut-être un sujet sur lequel vous n'êtes pas d'accord avec votre fils. Ce désaccord risque d'ailleurs de s'aggraver au fil des années. Dans le cas de votre fils, il est possible qu'il ne s'agisse pas *seulement* d'un mécanisme psychologique dont il se servirait pour accepter la mort de sa mère, mais de la naissance d'une foi personnelle qu'il conservera tout au long de sa vie. Il faut au moins que vous vous prépariez à cette éventualité.

– Il n'en est pas question », affirmai-je d'une voix ferme.

Le troisième silence du psychiatre s'éternisa.

« Monsieur Fallon, je n'ai pas besoin de revoir Benny. Je ne peux rien faire pour lui, parce qu'il n'a vraiment pas besoin de mes compétences. Mais peut-être devriez-vous envisager d'entamer vous-même une thérapie. »

Je lui raccrochai au nez.

Pendant les six mois qui suivirent, Benny continua à délirer à propos du paradis, ce qui me rendait furieux. Il ne parlait peut-être plus à sa mère tous les soirs, et il lui arrivait même d'oublier de dire ses prières, mais sa foi entêtée restait inébranlable. Quand je parlais de l'athéisme ou que je raillais l'existence de Dieu, quelle que fût la façon dont je tentais de le raisonner, il se contentait de me dire : « Non, Papa, tu as tort », ou « Non, papa, ce n'est pas comme tu le prétends », avant de s'éloigner ou d'essayer de changer de sujet. Parfois, il agissait même d'une façon qui avait le don de m'énerver encore davantage, en me disant : « Non, papa, tu as tort », pour ensuite jeter ses petits bras autour de moi, me serrer très fort, et me dire qu'il m'aimait. Dans ces moments-là, il émanait de lui une tristesse infinie, à laquelle se mêlait une sorte de pitié, comme s'il avait peur pour moi, comme si c'était *moi* qui avait besoin d'être guidé et rassuré. Rien ne me mettait plus en colère. Il n'avait que neuf ans, et voilà qu'il se prenait pour un gourou !

Pour le punir d'ignorer délibérément ce que je lui demandais, je lui interdisais la télévision pendant plusieurs jours d'affilée – et parfois même des semaines entières. Je le privais régulièrement de dessert et, une fois, je refusai de lui accorder la permission de jouer avec ses amis pendant tout un mois.

En vain. Rien ne marchait.

La religion, cette maladie qui avait fait de mes propres parents deux étrangers sévères et solennels, cette plaie qui avait transformé mon enfance en un interminable cauchemar et qui m'avait volé mon meilleur ami, Hal Sheen, au moment où je m'y attendais le moins, la *religion* s'était de nouveau frayé un passage jusque dans ma maison. Elle avait contaminé mon fils, le seul être qui comptait encore pour moi. Il ne s'agissait d'aucune religion en particulier, Benny n'ayant reçu aucune éducation en la matière. Sa conception de Dieu et du paradis ne correspondait à rien, tout en étant vaguement chrétienne, oui, mais vraiment vaguement. C'était une religion qui n'avait pas de structure, sans dogme ni doctrine, une religion entièrement basée sur une sorte de sentiment enfantin. De fait, on aurait pu considérer qu'il ne s'agissait alors pas du tout de religion, et que je n'aurais pas dû m'en soucier. Mais je savais que l'observation du Dr Gerton était juste : cette foi d'enfant risquait de semer en Benny la graine d'une authentique conviction religieuse, qui se développerait plus tard.

Le virus de la religion avait été lâché dans ma maison, prenant ses aises, et j'étais consterné, perdu, sans doute mentalement perturbé, aussi, par mon incapacité à l'éradiquer.

Pour moi, c'était l'essence même de l'horreur – pas celle d'une explosion, ni d'un accident d'avion, dont la brièveté relève un peu de la miséricorde, mais l'horreur chronique, quotidienne, permanente.

Le pire venait de me tomber dessus, j'en était sûr, et j'étais entré dans la période la plus noire de mon existence.

Et on a découvert que Benny était atteint d'un cancer des os.

Presque deux ans après la mort de sa mère, par un jour de grand vent, vers la fin du mois de février, nous nous trouvions dans le parc, près de la rivière, en train de faire voler un cerf-volant, quand que Benny se mit à courir en laissant filer la corde. Soudain, il trébucha, et s'écroula sur le sol. Pas seulement une fois. Plusieurs fois de suite. Je lui demandai ce qui n'allait pas, et il me répondit qu'il s'était froissé un muscle dans la jambe droite. « J'ai dû me tordre la jambe, hier, quand on s'est amusé à grimper aux arbres. »

Il prit soin de sa jambe pendant quelques jours, et lorsque je lui suggérai que son état justifiait une visite chez le docteur, il déclara qu'il se sentait beaucoup mieux.

Une semaine plus tard, il était à l'hôpital pour une série d'examens, et au bout de deux jours, le diagnostic fut confirmé : cancer des os. Trop de métastases pour espérer tenter une opération. Les médecins lui firent aussitôt subir une série de rayons et de séances de chimiothérapie.

Benny perdit ses cheveux, il maigrit. Il était si pâle que le matin, j'avais peur de le regarder, à cause d'une idée fixe que j'avais dans la tête : s'il pâlissait encore, il ne tarderait pas en devenir transparent, jusqu'à se briser en mille morceaux sous mes yeux.

Après cinq semaines, son état s'améliora soudain, et bien qu'on ne pût parler de véritable rémission, les médecins l'autorisèrent à revenir à la maison, tout en continuant les séances de rayons et la chimiothérapie. Je pense à présent que l'amélioration de sa santé ne s'expliquait pas par les traitements médicaux, mais simplement par le fait qu'il voulait voir une dernière fois les cerisiers en fleurs. Benny ne devait son retour qu'à la force de sa propre volonté, le triomphe de son esprit sur son corps malade.

A l'exception d'une seule journée de mauvais temps, il passa son séjour à la maison assis sous les cerisiers chargés de fleurs blanches, à jouir du printemps et du spectacle de la vallée qui reverdissait, à rire des ébats des écureuils venant se disputer jusque sur la pelouse du jardin. Je l'avais installé non pas sur l'une des chaises longues, mais dans un fauteuil confortablement rembourré que j'avais pris dans la maison, auquel j'avais ajouté un coussin et un tabouret sur lequel il allongeait ses jambes : maigre et fragile comme il était, il n'aurait pas supporté le contact d'une matière plus dure meurtrissant sa chair.

Nous jouions aux cartes et aux échecs chinois, mais il était très souvent trop fatigué pour se concentrer longtemps sur une partie. Nous restions alors assis là, à nous reposer, sous les fleurs blanches, sans rien faire. Nous parlions du passé, de tout le bon temps qu'il avait pris au cours de ses courtes dix années de vie, nous parlions de sa mère. Mais nous passions aussi de longs moments à nous taire, sans pour autant nous trouver gênés par le silence, parfois mélancolique, certes, mais jamais embarrassant.

Ni lui ni moi n'abordions le sujet de Dieu, des anges gardiens ou du paradis. Il était toujours convaincu que sa mère avait survécu à la mort physique, et qu'elle s'en était allée, sous une forme ou une autre, vers un monde meilleur. Mais il n'en disait jamais plus, et ne m'entretenait jamais de ce qu'il espérait pour lui-même, dans l'autre vie. Je reste persuadé qu'il évitait le sujet par respect pour moi, parce qu'il ne voulait aucun affrontement entre lui et moi pendant ces quelques derniers jours.

Je lui serai toujours reconnaissant de m'avoir évité ça. Car j'ai bien peur d'avoir essayé, même au cours de ses derniers jours, de le forcer à adopter ma philosophie rationnelle, agissant ainsi comme le pire des crétins.

Au bout de seulement neuf jours, son état se détériora et il retourna à l'hôpital. J'avais réservé pour lui une chambre privée à deux lits : il en occupait un, et moi l'autre.

Les cellules cancéreuses s'étaient propagées jusque dans le foie, et les médecins décelèrent une tumeur. Benny subit une intervention chirurgicale, et son état s'améliora pendant quelques jours. Puis il fut une rechute spectaculaire.

Les cellules cancéreuses avaient désormais atteint le système lymphatique, ainsi que la plupart des organes.

Son état s'améliorait, puis se détériorait, avant de s'améliorer à nouveau, pour décliner aussitôt. Chaque amélioration était moins encourageante que la précédente, et chaque détérioration, plus prononcée.

J'étais riche, intelligent, et j'avais du talent. Dans mon domaine, mon nom était célèbre. Mais je ne pouvais rien faire pour sauver mon fils, et je ne m'étais jamais senti aussi petit, ni aussi impuissant.

Tout ce que je pouvais faire, c'était me montrer fort,

pour Benny. Jamais je ne pleurais en sa présence, prétendant plutôt être d'humeur joyeuse, mais je passais mes nuits à pleurer en silence, couché dans mon lit en position fœtale, réduit à l'impuissance, tandis que de l'autre côté de la chambre d'hôpital, il dormait, assommé par les médicaments. Pendant la journée, lorsqu'il rendait à ses séances de radiothérapie, ou qu'il était en salle d'opération, je l'attendais, assis près de la fenêtre, les yeux dans le vide, le regard perdu.

Comme si on lui avait jeté un sort, le monde était devenu intégralement gris, et je n'avais conscience d'aucune couleur autour de moi. Le monde ressemblait à un vieux film en noir et blanc. L'air lui-même semblait gris, et comme contaminé par une substance toxique si légère qu'on ne la voyait pas. Les voix des infirmières et des médecins étaient brouillées, et les rares fois où j'allumais la télévision ou la radio, la musique semblait dépourvue de mélodie. Quant à mon monde intérieur, il était aussi gris que celui qui m'entourait, et cette même substance invisible qui polluait l'air s'étendait jusqu'au plus profond de mon être.

Dans cet abîme de désespoir, je n'abandonnai pourtant pas mes convictions pour me tourner vers Dieu ni pour, au contraire, le maudire de torturer un enfant innocent. Pas une seule fois je n'eus l'idée de m'adresser à un prêtre ni de demander conseil à un croyant.

J'endurais l'épreuve.

Si j'avais craqué, si j'avais cherché un soutien spirituel, personne ne m'en aurait blâmé. J'avais cessé de voir mon seul ami intime, je venais de perdre ma femme dans un accident de la circulation, et j'étais en train d'assister à l'agonie de mon fils que le cancer emportait sous mes yeux. On entend parler, parfois, de ces victimes de série noire, ou on lit des articles sur eux dans les journaux, et, bizarrement, ils racontent presque toujours que Dieu leur a imposé ces souffrances, mais qu'ils ont retrouvé la paix dans la foi. En lisant ça, on est toujours ému, et on manifeste une certaine compassion, si bien qu'on en arrive même à leur pardonner cette absurde dévotion. Naturellement, on se dépêche vite de les oublier, parce qu'on sait qu'on pourrait subir, nous aussi, de telles tragédies, et que ce genre de perspective est insupportable. A présent, il fallait non seulement que je supporte la tragédie, mais que je la *vive*, ce que je fis sans renier mes principes moraux.

Placé face au néant, je l'acceptai.

Après une lutte étonnamment longue et vaillante, mais douloureuse, contre le féroce cancer qui le rongeait, Benny décéda enfin, pendant le mois d'août. Deux jours auparavant, on l'avait emmené d'urgence dans l'unité de soins intensifs, et je n'avais plus eu le droit d'être avec lui qu'un quart d'heure toutes les deux heures. La dernière nuit, néanmoins, on m'accorda l'autorisation de rester à côté de son lit, parce ce que les médecins savaient qu'il n'en avait plus pour longtemps.

L'aiguille de la perfusion était plantée dans son bras droit, un tuyau sortait de sa narine, et il était relié à une machine qui indiquait le rythme de son activité cardiaque, traçant sur l'écran de contrôle une ligne lumineuse verte. Chaque battement était signalé par un léger *bip !* La ligne verte et les *bip !* devenaient de plus en plus irréguliers.

Je lui tenais la main, et je séchais la sueur qui lui mouillait le front. Je remontais la couverture jusque sous son menton dès qu'il avait froid, puis je l'ôtais quand il avait une poussée de fièvre.

Benny avait de fréquentes pertes de conscience, et même lorsqu'il était éveillé, il n'était pas toujours très cohérent.

« Papa ?

– Oui, Benny ?

– C'est toi ?

– C'est bien moi.

– C'est où, ici ?

– Tu es dans ton lit, ne crains rien. Je suis avec toi, Benny.

– On va bientôt manger ?

– Pas encore.

– J'aimerais bien un burger et des frites.

– C'est ce qu'on va commander.

– Mais où sont mes chaussures ?

– Tu n'as pas besoin de chaussures, ce soir, Benny.

– Je croyais qu'on allait se promener.

– Pas ce soir.

– Oh... »

Il poussa un profond soupir, puis il ferma les yeux.

Dehors, il pleuvait, et les gouttes de pluie ruisselaient sur les vitres de la fenêtre. La tempête renforçait encore l'humeur grise qui s'était emparée du monde entier.

Une fois, vers minuit, Benny s'éveilla soudain, parfaitement lucide. Il savait exactement qui il était, qui j'étais, et ce qui se passait. Il tourna la tête vers moi et me sourit, puis il essaya de prendre appui sur un bras, mais il était trop faible. Il n'avait même pas la force de lever la tête.

Je m'approchai de son lit, et je lui pris la main.

« Tous ces tuyaux... J'ai comme l'impression qu'ils essaient de faire de toi un super-robot.

– Ça va aller », fit-il d'une voix faible et mal assurée, mais pourtant étrangement confiante.

« Tu veux un peu de glace à sucer ?

– Non. Ce que je veux...

– Quoi ? Demande tout ce que tu veux, Benny.

– J'ai peur, papa. »

Ma gorge se serra, et j'eus peur de perdre le sang-froid que j'avais eu de tant mal à garder pendant les longues semaines qui venaient de s'écouler. Je déglutis.

« N'aie pas peur, Benny. Je suis avec toi. Ne...

– Non, me dit-il en me coupant la parole. Ce n'est pas pour moi que j'ai peur, c'est pour... pour toi. »

Je crus qu'il s'était remis à délirer, et je ne répondis pas.

Mais il ne délirait pas, et en quelques mots, il précisa très clairement sa pensée.

« Je veux que nous... tous les trois ensemble... comme c'était avant qu'elle meure... ensemble, un jour, quelque part... Mais j'ai peur que tu... que tu ne nous retrouves pas. »

Ce qui suivit me fait encore terriblement mal, quand j'y repense. J'étais en effet tellement obsédé par mes convictions personnelles que je ne parvenais même pas à consoler mon fils, d'un mensonge inoffensif qui aurait allégé la douleur de son agonie. Si seulement je lui avais promis de croire à son histoire, il serait parti dans de meilleures conditions, et surtout plus heureux. Ellen avait raison quand elle me disait que c'était une obsession. Je me contentai de serrer la main de Benny un peu plus fort, de ravaler mes larmes, et de lui sourire.

« Si tu n'es pas convaincu que tu nous retrouveras, souffla-t-il, tu ne nous retrouveras peut-être *jamais*.

– Ne t'inquiète pas, Benny », l'interrompis-je d'une voix apaisante.

Je l'embrassai sur le front, sur la joue, et je gardai

pendant un long moment mon visage contre le sien, essayant de compenser par l'affection ce que je me refusais à lui donner, la promesse de croire et d'avoir la foi qu'il me réclamait.

« Papa... si seulement... tu nous chercheras ?

– Ne t'inquiète pas, Benny.

– ... s'il te plaît, c'est tout ce que je te demande, *cherche* nous...

– Je t'aime, Benny. Je t'aime de tout mon cœur.

– ... si tu nous cherches... tu nous trouveras.

– Je t'aime, Benny, je t'aime.

– ... mais si... cherches pas... trouveras pas...

– Benny... »

La lumière grise de l'unité de soins intensifs, tombait sur les draps gris et sur le visage gris de mon fils.

La pluie grise ruisselait le long des vitres grises.

Il mourut dans mes bras.

Brusquement, le monde retrouva ses couleurs. Trop de couleurs. Des couleurs trop intenses, partout. Le brun clair des yeux de Benny, qui ne voyaient plus rien à présent, était la couleur la plus pure, la plus émouvante, la plus merveilleuse que j'eusse jamais vue. Les murs d'un bleu pastel, me paraissaient liquides, comme une mer agitée prête à m'engloutir. Le vert acide de l'écran luisait si brillamment que je fermai les yeux. J'entendis des pas dans le couloir : les infirmières et les internes accouraient, alertés par l'interruption des données télémétriques parvenant de leur petit patient. Mais juste avant qu'ils n'entrent dans l'unité de soins intensifs, je fus balayé par une vague bleue, qui m'emporta dans de profonds courants obscurs.

Je procédai aussitôt à la liquidation de ma société, et je fis en sorte que les contrats en cours puissent être transmis le plus rapidement possible à d'autres cabinets d'architecte, dont j'appréciais les compétences et que mes clients adoptèrent aussitôt. Je renvoyai tous mes employés, non sans leur verser de généreux dédommagements, et les aidai à trouver de nouveaux employeurs, le cas échéant.

Je plaçai mes capitaux, en choisissant des investissements qui ne demandaient pas, ou très peu, de surveillance de ma part. La tentation de vendre la maison fut presque irrésistible, mais après avoir longuement réfléchi, je décidai de la conserver, et je louai les services d'un gardien, chargé de l'entretenir pendant mon absence.

Des années après Hal Sheen, j'étais arrivé à la conclusion qu'aucun monument élevé par l'homme ne valait l'effort qu'il réclamait pour sa construction. Même les plus beaux édifices en acier ou en pierre de taille étaient pathétiquement vaniteux, et condamnés à disparaître, à long terme. Placées dans le contexte du vaste univers glacé dans lequel brillaient des milliards d'étoiles parmi des milliards de planètes, même les pyramides devenaient aussi fragiles que le papier des origamis. A la sinistre lueur de la mort et de l'entropie, même les efforts des héros et les œuvres des génies paraissaient futiles.

Quant aux liens familiaux et aux amis, ils ne duraient pas plus longtemps que les fragiles monuments de pierre de l'humanité. Une fois, j'avais dit à Benny que nous vivions dans le souvenir, dans les gènes, dans la gentillesse que provoquait et encourageait chez les autres notre propre gentillesse. Mais ces choses, telles des volutes de fumée emportées par le vent, me semblaient à présent vides de sens.

Contrairement à Hal Sheen, je n'ai pas cherché à me consoler avec la religion. Aucun coup dur n'était assez dur pour briser mon obsession.

J'avais toujours estimé que la religion était la pire des manies pathologiques, mais je découvrais à présent quelque chose de pire : l'horreur de l'athée qui, incapable de croire en Dieu, est soudain également incapable de croire en la valeur du combat de la vie et du courage des humains, incapable, par conséquent, de trouver un sens à quoi que ce soit, ni à la beauté ni au plaisir, ni même au plus petit acte de gentillesse.

Je passai l'automne dans les Bermudes, après avoir fait l'acquisition d'un yacht de soixante-six pieds, un Cheoy Lee, un bateau élégant et puissant, que j'appris à piloter seul. Je parcourus les Caraïbes en solitaire, visitant une île après l'autre, en m'arrêtant parfois quelque temps dans un endroit particulier, en parfaite synchronisation avec les rythmes paresseux de la vie des îles. Et quand me reprenait l'envie irrésistible de bouger et d'arrêter de perdre mon temps, je repartais, moteurs hurlants, filant dans les vagues avec une témérité gratuite, comme si j'avais eu quelque part un rendez-vous important, à une heure précise.

Lorsque j'en eus assez des Caraïbes, je partis pour le Brésil, mais Rio ne retint mon attention que quelques jours. Je devins peu à peu un riche vagabond, allant d'un palace à l'autre, sautant de ville en ville. Hong-Kong, Singapour, Istanbul, Paris. Athènes. Le Caire, New York, Las Vegas, Acapulco, Tōkyō, San Francisco. J'étais à la recherche de quelque chose, une chose qui aurait donné du sens à ma vie, tout en sachant avec certitude que je ne trouverais pas ce dont j'avais tant besoin.

L'espace de quelques jours, je crus pouvoir consacrer au jeu ce qui me restait à vivre. Dans le hasard des parties, ou quand la roulette tournait, j'avais un aperçu fugitif des formes étranges que prenait le hasard. Pris par le flot de cette étrange forme de prédestination, je me disais que j'étais peut-être en harmonie avec l'absurdité de l'univers et son désordre, et donc en paix. En moins d'une semaine, je gagnai et je perdis des fortunes, puis je me décidai enfin à quitter les tables de poker, une centaine de milliers de dollars en poche. La somme ne représentait qu'une minuscule fraction de ce que j'aurais pu ramasser, mais les quelques jours que j'avais passés dans le chaos des jeux de hasard ne constituaient pas une échappatoire par lequel fuir la conscience que j'avais de la nature limitée de la vie et de tout ce qui se rapportait à la race humaine.

Au printemps, je rentrai à la maison pour y mourir. Je ne crois avoir eu l'intention avouée de me supprimer. Ayant perdu le goût de vivre, je croyais peut-être qu'il me suffisait de m'étendre dans un endroit familier pour trouver la mort sans avoir à la chercher ni à lever la main sur moi-même. Mais bien que ne sachant pas comment procéder, j'étais certain que la mort m'attendait.

A Bucks County, la maison pleine de souvenirs me rappelant Ellen et Benny me fit mal, et lorsque j'entrai dans la cuisine, et que j'aperçus, par la fenêtre, les cerisiers du jardin, mon cœur se tordit de douleur. Les arbres étaient couverts de milliers de fleurs blanches délicatement rosées.

Benny avait toujours adoré les cerisiers à cette époque de l'année, et la vue des innombrables fleurs blanches me fit revenir à l'esprit des souvenirs de Benny si précis que j'eus l'impression qu'on me poignardait. Longtemps, je restai appuyé contre l'évier, incapable de respirer, et après avoir difficilement repris mon souffle, j'éclatai en sanglots.

Plus tard, je me rendis dans le jardin, et je me tins sous les cerisiers, admirant les branches lourdes de fleurs. Benny était mort depuis presque neuf mois, mais les arbres qu'il avait tant aimés vivaient encore. Curieusement, d'une façon qui échappait à mon entendement, leur présence signifiait qu'une partie de Benny vivait toujours. Je m'efforçais de saisir les implications de cette idée folle...

... quand les fleurs des cerisiers tombèrent subitement. Pas seulement quelques-unes, ni même des centaines. En une minute, toutes les fleurs des deux arbres tapissèrent le sol. Incrédule, je restai là, les bras ballants, tandis que les fleurs blanches tourbillonnaient autour de moi. Je n'avais jamais rien vu de pareil. Les fleurs des cerisiers ne tombent généralement jamais par milliers, au même moment, comme ça, alors qu'il ne souffle pas un brin de vent.

Quand l'extraordinaire phénomène fut terminé, j'ôtai les fleurs tombées sur mes épaules et dans mes cheveux, et les examinai attentivement. Elles n'étaient ni flétries ni desséchées, et elles ne portaient aucun signe de maladie.

Je levai les yeux vers les branches.

Il ne restait plus une seule fleur dans les arbres.

Mon cœur battait la chamade.

A mes pieds, les pétales blancs commençaient à s'envoler, emportés par une légère brise qui venait de se lever.

« Non ! », m'exclamai-je, effrayé au point de ne pas pouvoir admettre les raisons qui me faisaient dire *non*.

Tournant le dos aux cerisiers, je courus me réfugier dans la maison. Deux pétales se détachèrent de mes vêtements.

Une fois dans la bibliothèque, je saisis la bouteille de Jack Daniel's et je bus jusqu'à l'inconscience, refusant d'affronter les motifs de mon comportement. Je me répétais que ça n'avait rien à voir avec les cerisiers, que je buvais simplement parce que j'avais besoin d'oublier mes malheurs de ces dernières années.

Mon obsession était plus dure que le diamant.

Je dormis pendant onze heures d'affilée, et je me réveillai affligé d'une gueule de bois atroce. Après avoir avalé deux aspirines, je pris une douche brûlante, sous laquelle je restai un bon quart d'heure, et que je fis suivre par une aspersion d'eau glacée. Je m'essuyai ensuite vigoureusement, prit deux autres aspirines, puis me rendis dans la cuisine, pour y préparer du café.

Par la fenêtre au-dessus de l'évier, je vis que les cerisiers étaient de nouveau couverts de fleurs blanches.

C'était une hallucination. Soulagé, je me répétais que la tempête de fleurs d'hier n'était finalement qu'une hallucination, tout simplement.

Je me précipitai à l'extérieur pour examiner les cerisiers. Quelques pétales blancs étaient éparpillés sur l'herbe, ce qui n'avait rien de particulièrement étonnant.

A la fois apaisé et étrangement déçu, je retournai à la cuisine. Le café était prêt. Tout en m'en versant une tasse, je me souvins brusquement des pétales que j'avais laissés dans la bibliothèque.

Il me fallut avaler deux tasses de café, un excellent café colombien, avant de trouver la force d'aller dans la bibliothèque. Les pétales étaient bien là. La nuit les avait un peu flétris, naturellement, mais le doute n'était pas possible. Je les plaçai dans le creux de ma main, et je refermai les doigts par-dessus.

D'accord, me dis-je en tremblant, tu n'as pas besoin de croire en Jésus-Christ ou en Dieu le Père, ou au Saint-Esprit.

La religion est une maladie.

Non, non, tu n'as besoin de croire en aucun de ces rituels débiles, ni au dogme ni à la doctrine. En fait, tu n'as même pas besoin de croire en *Dieu* pour croire à une vie après la mort.

C'est irrationnel.

Non, attends, réfléchis : n'est-il pas possible que la vie après la mort soit parfaitement naturelle, qu'elle ne soit pas un don divin, mais une simple réalité, une chose naturelle ? La chenille vit sa vie, puis elle se transforme en un papillon, qui vit, lui aussi. Dans ces conditions, bon sang, ne peut-on concevoir que nos corps soient, comme les chenilles, une étape intermédiaire, et que nos esprits disposent d'une autre existence, lorsque nos corps ne nous sont plus utiles? La métamorphose humaine est peut-être seulement une transformation d'un ordre différent de celui de la chenille.

Lentement, inquiet mais plein d'espoir, je traversai encore une fois la maison, pour retourner dans le jardin en passant par la porte de derrière. Arrivé sous les cerisiers, j'ouvris la main, dévoilant les pétales que j'avais ramassés la veille.

« Benny ? »

Les fleurs se mirent de nouveau à tomber. Une pluie abondante de pétales blancs se déversa sur l'herbe et s'accumula sur mes cheveux et mes vêtements.

Interloqué, retenant mon souffle je répétai :

« Benny ? Benny ? »

Une minute plus tard, le sol était couvert d'un épais tapis immaculé. Les branches des cerisiers, elles, ne portaient plus une seule fleur.

J'éclatai de rire. Mais c'était un rire nerveux, susceptible de dégénérer en un ricanement de dément. Je ne me contrôlais plus.

Sans vraiment savoir pourquoi je parlais à voix haute, je dis : « J'ai peur. Oh, merde, j'ai vraiment peur. »

Les fleurs commencèrent alors à remonter vers les branches. Pas seulement quelques fleurs, mais la totalité. Elles revenaient dans les cerisiers qu'elles avaient quittés quelques instants auparavant. Une pluie inversée, quoi. Les pétales me caressaient doucement le visage.

Je me remis à rire, à rire sans pouvoir m'arrêter. Ma peur s'estompant rapidement, le rire sonnait mieux.

En quelques secondes, les cerisiers avaient repris leur apparence, et tout était calme.

Je sentais que Benny n'était pas dans l'arbre. Le phénomène auquel j'avais assisté ne correspondait ni au paganisme ni au christianisme traditionnel. Mais Benny était *quelque part.* Il n'était pas parti pour toujours, Il se trouvait actuellement quelque part, et quand mon heure viendrait d'aller là où étaient partis Ellen et Benny, il me suffirait de croire qu'il était possible de les retrouver, pour effectivement les retrouver.

Le bruit que fait une obsession lorsqu'elle se brise doit probablement s'entendre jusqu'au fond de la Chine.

Un bout de texte de H. G. Wells me revint alors à l'esprit. Admirateur de son travail depuis longtemps, rien de ce qu'il avait écrit ne m'avait jamais semblé aussi juste que ces quelques mots dont je me souvenais maintenant, seul sous les cerisiers en fleurs : « Le passé n'est que le commencement d'un commencement, et tout ce qui est et a été n'est que le crépuscule d'une aurore. »

Il écrivait ceci d'un point de vue historique, naturellement, se référant au long futur de l'humanité, mais ces mots semblaient s'appliquer aussi à la mort, et à cette naissance mystérieuse qu'elle précède. Un homme peut vivre cent ans, mais sa vie ne sera jamais que le crépuscule de l'aurore.

« Benny, soupirai-je. Oh, Benny... »

Mais aucune fleur ne tomba, et je ne reçus plus jamais d'autres signes. Je n'en avais d'ailleurs pas besoin.

A partir de ce jour, je sus que la mort n'était pas la fin, et que, de l'autre côté, je rejoindrai Ellen et Benny.

Et Dieu, dans tout ça ? Existe-t-Il ? Je n'en sais rien. Je crois à une autre forme de vie après la mort depuis une dizaine d'années, sans pour autant aller à l'église. Mais si, après ma mort, j'arrive dans cet autre monde et que je découvre qu'Il m'attend, je ne serai pas complètement surpris, et je Le regarderai avec une infinie reconnaissance et un immense bonheur, tout comme je retrouverai enfin Ellen et Benny.

POSTFACE

A l'intention des lecteurs.

1

A l'âge de huit ans, j'écrivais déjà des histoires sur un bloc-notes, je dessinais les couvertures correspondantes, et j'agrafais le tout, avant de coller sur la tranche du ruban adhésif, pour en parfaire la présentation. Ensuite, j'essayais de vendre ces « livres » aux membres de ma famille et aux voisins. Chaque ouvrage était vendu pour quelques sous, un prix extrêmement compétitif, qui l'aurait été, du moins, si d'autres écrivains de mon âge, obsédés comme moi par les livres, s'étaient également mis à faire travailler leur imagination. Mais les autres enfants étaient plus intéressés par le baseball, le football, les sévices infligés à divers insectes ou aux gamins plus jeunes, et les explosifs fabriqués à partir de produits ménagers courants, tels que la lessive ou l'alcool à brûler. Je vendais mes récits avec un tel enthousiasme et un tel acharnement que j'étais sans doute insupportable.

L'argent que me rapportait cette activité ne m'était pas réellement utile, et je ne rêvais pas spécialement de devenir millionaire. Je n'avais guère gagné que deux dollars quand ma famille et mes voisins organisèrent une réunion secrète, et illégale, dans le but d'interdire mon petit commerce. Cette décision entrava la bonne marche de mes affaires, tout en limitant sérieusement les droits que me garantissait pourtant le premier amendement de la Constitution. D'ailleurs, au cas où un représentant du ministère de la Justice américain serait intéressé par cette affaire, je précise que certains de ces conspirateurs sont toujours en vie, et donc passibles de prison.

Bien que je n'ai pas eu l'intention d'investir mon argent dans l'achat massif de bonbons, je savais instinctivement qu'il fallait que je fasse payer *quelque chose* pour mes histoires, si je voulais que les gens me prennent au sérieux (si Henry Ford s'était lancé dans la production d'automobiles *gratuites*, les gens les auraient sans doute utilisées comme pots de fleurs ambulants. Et nous n'aurions pas la chance de disposer aujourd'hui d'un réseau d'autoroutes tel que nous le connaissons, ni de restaurants *drive-in*, ni des milliers de cascades de voitures dont Hollywood nous abreuve, ni de ces chiens en plastique qui remuent la tête sur la plage arrière d'innombrables voitures). Néammoins, après la tentative du cartel des lecteurs de fiction pour m'empêcher d'écrire à l'âge de huit ans, j'ai continué à produire, distribuant gratuitement mes histoires dans le quartier.

Plus tard, devenu adulte (en admettant que je le sois), j'ai commencé à écrire des histoires que de vrais éditeurs new-yorkais se sont mis à publier, sans avoir à les relier avec du scotch, et à plus d'un seul exemplaire. Ces histoires ont également commencé à me rapporter un peu d'argent – au début, pas beaucoup plus que lorsque j'étais enfant. En fait, pendant des années, je suis resté convaincu qu'il n'était pas possible de gagner sa vie comme écrivain sans avoir une deuxième source de revenus. Conscient du fait que cette activité parallèle se devait d'être pittoresque, afin de constituer une biographie intéressante, j'ai successivement envisagé de me lancer dans une carrière de terroriste, et de détourner des avions en échange d'une rançon. Heureusement, grâce aux revenus de mon épouse, à sa frugalité et à son merveilleux bon sens, j'ai pu éviter la prison, voire une mort certaine causée par l'explosion fatale d'une bombe de ma fabrication.

Mes livres devenant finalement des best-sellers, on m'a offert un jour un contrat, portant sur quatre livres, aussi lucratif que n'importe quelle demande de rançon. C'était une tâche difficile, mais je n'avais pas à porter un gilet pare-balles en Kevlar, ni à m'encombrer de lourdes réserves de munitions, ni à travailler avec un associé répondant à un nom ridicule comme « Chien Fou ».

Le montant de ce contrat étant venu aux oreilles de nombreuses personnes, certains – y compris d'autres écrivains – m'ont alors dit : « Quand tu auras écrit les quatre livres exigés par ton contrat, tu n'auras plus jamais besoin d'écrire ! » J'avais prévu de rendre ces livres avant mon quarante-deuxième anniversaire. Et ensuite, qu'allais-je faire ? Commencer à fréquenter les bars spécialisés dans le lancer de nains ? C'est exactement le genre d'activité aberrante et socialement inacceptable auquel les types dans mon genre sont capables de s'adonner quand ils s'ennuient.

Disons plutôt qu'ayant passé la majeure partie de mon existence à écrire, même quand ça ne me rapportait pas grand chose, je n'avais pas envie d'arrêter, d'autant que j'avais, enfin, trouvé un public qui aimait ce que je faisais. L'argent n'est pas une motivation : ce que j'aime, c'est l'écriture elle-même, l'histoire, la création de personnages qui vivent et qui respirent, le plaisir d'aligner les phrases le plus musicalement possible.

Ecrire une œuvre de fiction peut être une tâche ardue, quand, par exemple, je suis en train de travailler sur, disons, le vingt-sixième brouillon d'une page (certaines n'ont pas besoin d'autant de brouillons, d'autres nécessitent plus de travail encore, selon mon inspiration quotidienne). Après avoir bataillé avec la syntaxe et le vocabulaire, après avoir passé dix heures d'affilée sur mon ordinateur, il y a des jours où je préférerais faire de la manutention dans un supermarché, ou la plonge dans un restaurant – ce que j'ai déjà fait, bien que ces expériences professionnelles aient duré aussi peu longtemps possible. Quand je suis vraiment déprimé, il m'arrive même de regretter ne pas être en train de vider des poissons sur un chalutier au large de l'Alaska, voire – Dieu m'en préserve – de servir d'assistant à ces extraterrestres qui semblent résolus à disséquer tous les Américains qu'ils enlèvent à bord de leur vaisseau spatial.

Comprenez-moi : écrire des romans est aussi une activité intellectuelle et émotionnelle très gratifiante – et aussi très *amusante*. Si un écrivain ne *s'amuse* pas quand il écrit, les histoires qu'il produit ne seront jamais agréables à lire. Personne ne les achètera, et sa carrière publique ne durera pas très longtemps.

Pour moi, c'est le secret d'une carrière réussie et prolifique. S'amuser, se distraire soi-même avec ce que l'on écrit, rire et pleurer avec ses propres histoires, frissonner en même temps que les personnages qu'on invente. Si quelqu'un est capable de faire ça, il est probable qu'il trouvera de très nombreux lecteurs. Et même s'il n'en trouve pas beaucoup, il mènera au moins une vie heureuse. La réussite d'un livre ne dépend pas du nombre d'exemplaires vendus, mais du plaisir que je prends à l'écrire.

Oh, oui, bien sûr, de temps en temps, un individu à l'esprit quelque peu dérangé entreprend de juger mon succès auprès du public à l'aune de ce que je gagne – ce qui le rend vraiment *fou.* Le fait que les gens aiment mon travail constitue pour lui une attaque personnelle, et il (ou elle) prend la plume pour rédiger – dans un style exécrable – de longs textes, assurant que le monde court à sa perte, simplement parce que j'ai du succès (je ne parle pas des critiques, qui sont différents, et dont quatre-vingt-dix pour cent apprécient mon travail ; les dix pour cent restants ne l'aiment pas, sans pour autant insinuer que je pue, ou que je suis un *serial-killer* refoulé). Bien que les dernières découvertes de la recherche médicale soient généralement reléguées en avant-dernière page, et qu'on ne parle jamais des millions d'actes de courage et de générosité qui sont accomplis quotidiennement, l'un des ces croisés de la littérature noircit des tonnes de papier sous prétexte que je suis, pour lui, l'Antéchrist du roman contemporain.

Je ne suis pas la seule cible de ces attaques, évidemment, *tous* les auteurs à succès sont victimes de cette engeance. Chez nous, comme nous sommes charitables, nous disons que ce sont de « méprisables créatures », « des ordures dépourvues d'humour » (jadis, à une époque plus éclairée que la nôtre, on estimait à juste titre qu'ils étaient possédés par le diable et ils connaissaient un sort amplement mérité).

Ce que je veux dire, c'est qu'écrire pour le plaisir d'écrire constitue une défense contre les attaques imméritées des forces du mal. Ce que ces scribouillards ne comprennent pas, c'est que même si leurs souhaits étaient exaucés, même si aucun éditeur ne publiait mes œuvres, je serais tenu d'écrire, quitte à agrafer moi-même les pages de mes livres – et je crois que je les leur *donnerais*, exprès pour les embêter. Je ne peux pas y échapper. Alors, tremblez.

2

La plupart des agents littéraires conseillent aux jeunes écrivains d'éviter d'écrire des nouvelles, qui sont considérées comme une perte de temps, une occupation improductive, voire destructrice de talent, un signe d'amateurisme, et une preuve de débilité mentale, vraisemblablement due à un mariage consanguin.

Cette mauvaise réputation vient du fait qu'il n'y a pas, ou très peu, de marché pour la nouvelle. La plupart des magazines n'en veulent pas, et seule une poignée d'anthologies en publie quelques-unes par an, toutes inédites. Si Edgar Allan Poe était encore vivant, son agent serait constamment en train de le houspiller, et lui reprocherait ses brillantes nouvelles et ses magnifiques histoires, en hurlant : « Des romans, imbécile ! Il me faut des romans ! Qu'est-ce qui ne va pas chez vous – vous êtes accro à l'héroïne, ou quoi ? Écrivez en fonction du marché ! Arrêtez donc de produire des choses d'une longueur bâtarde comme cette *Chute de la Maison Usher* ! »

De plus, le marché de la nouvelle n'est pas très lucratif. En général, une histoire courte ne rapporte guère que quelques centaines de dollars. Si l'auteur se débrouille pour la vendre à *Play-boy*, par exemple, il en tirera peut-être quelques milliers de dollars – et se consolera en se persuadant qu'elle sera lue par au moins l'un des millions de lecteurs qui achètent le magazine pour se rincer l'œil. Pourtant, il faut deux ou trois semaines pour écrire une nouvelle – voire deux mois ! – et même si l'auteur réussit à en placer une de temps en temps auprès d'une publication comme *Play-boy*, il risque fort, s'il s'entête à n'écrire que des fictions courtes, d'être réduit à un régime alimentaire composé essentiellement de riz et de légumes secs – et même d'avoine, qui coûte moins cher. Après avoir impitoyablement reproché au pauvre Edgar Poe d'écrire des nouvelles, son agent lui aurait ensuite crié : « Des romans ! Des romans, imbécile, voilà ce qui se vend ! C'est là qu'est l'argent, Eddie ! Ecoutez, cette chose bizarre que vous avez écrite, ce *Masque de la mort rouge*, il faut en raccourcir le titre, pour en faire quelque chose de plus frappant, comme *La mort rouge*, par exemple, et étoffer le texte pour qu'il soit beaucoup plus long, au moins trois cent mille mots, et là, vous tiendrez le bon bout ! Nous pourrons même en faire un scénario ! Et pourquoi n'écririez-vous pas un rôle pour Jim Carrey, bon sang ? Franchement, Eddie, ce personnage de la Mort Rouge ne pourrait-il pas être un peu moins solennel ? Un peu plus *rigolo* ? »

Au risque de déplaire à nos agents, et d'être pris pour des incapables par les autres écrivains, assez malins pour ne pas perdre leur temps à écrire des nouvelles, certains d'entre nous se débrouillent quand même pour pondre de temps en temps une histoire, ou un roman court. C'est parce que nous avons parfois des idées d'histoires qui ne nous fournissent pas de matière suffisante pour écrire un roman, mais qui nous hantent, nous obsèdent, et qui exigent d'être couchées sur le papier. Et nous nous mettons au boulot, attrapant nos bloc-notes, nos agrafeuses et notre rouleau de ruban adhésif...

Ce livre [1] contient quatorze histoires plus courtes que ne le sont habituellement mes romans. Beaucoup d'entre vous auraient probablement préféré un nouveau roman (auquel ils n'échapperont pas, puisqu'une nouvelle parution est prévue avant la fin de l'année), mais en attendant, je pense que vous allez apprécier ces quatorze nouvelles, qu'on me réclamait depuis longtemps. En tout cas, j'ai pris autant de plaisir à les écrire qu'à écrire un roman, et si ma théorie, mentionnée plus haut, est correcte, vous devriez également passer un bon moment. C'est ce que je souhaite. Ce sont mes lecteurs qui ont fait ma carrière, et quand vous payez pour mes histoires, vous avez le droit d'exiger en échange que mes histoires vous plaisent. Et puis, je ne voudrais surtout pas que vous ayez envie de me taper dessus avec ce livre, qui pèse environ un kilo : si on me tape dessus trop souvent, je risque de finir par écrire des histoires encore plus bizarres que celles que j'ai produites jusqu'à présent.

1. Le recueil américain *Strange Highways* dont la première partie est parue en français sous le titre *Étranges détours*.

3

Parmi ces quatorze histoires, deux sont en fait de vrais romans, puisqu'elles correspondent à la définition en vigueur, qui veut qu'on appelle « roman » toute œuvre de fiction de plus de cinquante mille mots. La première, *Etranges détours*, est inédite : la liste des histoires fantastiques que j'ai écrites au cours de ma carrière comprend seulement *Le rideau des ténèbres*, *La nuit du forain*, *Le masque de l'oubli*, *La cache du diable*, et peut-être aussi *L'heure des chauves-souris*. Bien que j'adore lire ce genre d'histoires, j'ai tendance à ne pas prendre comme thème les vampires, les loups-garous, les maisons hantées, ou les animaux familiers qui meurent et qui reviennent de l'Autre Monde pour se venger férocement d'avoir été contraints de manger dans un plat posé par terre au lieu d'être assis à la table familiale. *Etranges détours* est une longue nouvelle qui s'est imposée à moi, et je dois admettre que les histoires surnaturelles possèdent un certain pouvoir, qui les rend très amusantes à écrire.

Chase est une nouvelle d'une longueur similaire, dont une version a déjà été publiée par Random House. Je l'avais écrite sous le pseudonyme de K. R. Dwyer, alors que j'étais encore très jeune. Sous le nom de Dwyer, j'ai aussi écrit *La mort à la traîne*, qui a paru sous mon vrai nom il y a des années. Quand j'ai relu *Chase*, afin de l'inclure dans ce recueil, j'ai vraiment eu l'impression que les mots « débutant » et « bâclé » étaient inscrits en rouge à la fin de l'histoire – bien qu'elle ait obtenu de bonnes critiques lors de sa parution. Mais le personnage de Ben Chase m'intriguait toujours, et l'intrigue avait conservé sa puissance. Avant de l'envoyer à Warner Books, je l'ai donc revue, coupant au moins vingt-cinq pour cent du texte original, rajoutant des scènes, et épurant soigneusement les dialogues. Comme toujours lorsque je remanie un texte datant du début de ma carrière, j'ai eu envie de changer entièrement l'histoire, le style, les personnages, l'intrigue – pour en faire quelque chose ressemblant à ce que j'écris aujourd'hui. Mais ç'aurait été contraire au principe même d'un recueil de nouvelles comme celui-ci, qui est justement *censé* montrer l'évolution d'un auteur au fil des années. Par conséquent, je me suis retenu. *Chase* est un suspense psychologique, sans aucun élément surnaturel ou fantastique; l'histoire repose entièrement sur le personnage central, Benjamin Chase, et s'il ne parvient pas à vous intriguer, c'est raté. Un avertissement, toutefois : cette histoire est plutôt sombre, et il est possible que certains des choix moraux de Ben Chase vous surprennent, ô Gentil Lecteur – mais ce sont pratiquement les seuls qu'il pouvait faire.

Je ne vais pas commenter chacune des quatorze histoires. Si vous avez envie de vous ennuyer, vous n'avez qu'à vous inscrire à un cours d'analyse littéraire. Mais certaines méritent quand même quelques explications :

Les chatons est la première nouvelle que j'ai écrite. J'étais encore à l'université, et elle m'a permis de remporter un prix dans un concours réservé aux étudiants, sponsorisé par *Atlantic Monthly*. Elle m'a aussi rapporté cinquante dollars quand elle a été achetée par un magazine du nom de *Readers & Writers*, qui devait d'ailleurs disparaître peu de temps après. J'ai eu d'autres livres publiés par des éditeurs qui ont, eux aussi, fait faillite : Atheneum, Dial Press, Bobbs-Merrill, J. P. Lippincot, Lancer, et Paperback Library. J'en ai informé Warner Books, qui a gentiment accepté, malgré tout, de publier avec enthousiasme *Etranges détours*.

Bruno, une parodie futuriste d'histoire de détective privé, n'a pas d'autre but que de faire rire. J'ai revu et corrigé le texte initial, et je me suis bien amusé. Comme vous le savez, pratiquement tous mes romans, depuis *Chasse à mort*, contiennent des éléments franchement humoristiques, et comme la plupart des histoires retenues ici en étaient dépourvues, je me suis dit qu'il fallait rétablir l'équilibre, et que *Bruno* ferait parfaitement l'affaire.

De toutes les histoires courtes que j'ai écrites, *Le crépuscule d'une aurore* est ma préférée – c'est d'ailleurs celle qui m'a valu le plus de courrier, bien qu'elle soit parue dans une anthologie relativement méconnue du grand public. Je crois qu'elle plaît aux lecteurs parce qu'elle parle d'amour et d'espoir – tout en n'étant pas du tout sentimentale. Le narrateur fait preuve d'une grande froideur pendant presque tout le récit, mais à force de souffrir, il finit par devenir plus humain, et par reconnaître – à contrecœur – que la vie peut avoir un sens, ce qui rend l'histoire très efficace. C'était du moins mon opinion quand je l'ai écrite.

Pour finir, *Pris au piège.* Cette nouvelle est d'abord parue dans une anthologie intitulée *Stalkers*, avec une introduction que certains lecteurs ont beaucoup aimée. Voici ce que j'en disais à l'époque :

Un célèbre magazine, dont je tairai le nom, a demandé à mon agent si j'étais d'accord pour écrire une histoire en deux parties, sur le thème des manipulations génétiques, qui fasse peur tout en n'étant pas trop sanglante, et dans laquelle j'aurais incorporé certains éléments de *Chasse à mort* (l'un de mes romans qui traite du même sujet). Ils m'offraient beaucoup d'argent, et la publication de l'histoire dans deux numéros successifs du magazine me garantissait des millions de lecteurs, un chiffre considérable. J'avais depuis longtemps l'idée d'écrire *Pris au piège.* En fait, elle était même antérieure à *Chasse à mort*, et après avoir écrit ce roman, je m'étais dit que c'en était fini de la nouvelle, à cause des similitudes existant entre les deux. Mais voilà qu'on me la réclamait, précisément à cause de ces ressemblances.

J'étais donc destiné à écrire cette histoire, ce qui serait agréable, entre deux romans. Rien de plus facile, n'est-ce pas ?

Tous les écrivains sont optimistes, au fond. Même si leur matériau de base est le cynisme et le désespoir, même s'ils sont sincèrement dégoûtés par le monde actuel, les écrivains sont toujours sûrs qu'un arc-en-ciel apparaîtra le jour où sortira leur prochain roman. « La vie, c'est de la merde », disent-ils, comme s'ils le pensaient vraiment, alors qu'ils voient déjà leur nom inscrit au panthéon de la littérature américaine et sur la liste des best-sellers du *New York Times.*

Le magazine en question avait certaines exigences concernant la nouvelle. Celle-ci devait faire entre vingt-deux et vingt-trois mille mots, et se diviser en deux parties, la première étant légèrement plus longue que la seconde. Aucun problème. Je me mis au travail, et je rendis le manuscrit à la date prévue, sans avoir eu besoin de comprimer l'histoire.

La rédaction du magazine adora la nouvelle. Il fallait absolument la publier, et le plus vite possible. Le rédacteur-en-chef était si content qu'il me pinça virtuellement la joue, comme le font les grands-mères quand on leur apprend qu'on a eu de bonnes notes à l'école, qu'on n'aime pas le rock'n'roll satanique et qu'on ne s'est encore livré à aucun sacrifice humain, ce que font généralement les autres enfants.

Quelques semaines s'écoulèrent, et j'eus à nouveau des nouvelles de la rédaction : « Ecoutez, nous aimons tellement votre histoire que nous ne voulons pas diminuer son impact sur nos lecteurs en la publiant dans deux numéros différents. Il faut que le texte paraisse dans un seul numéro, mais nous n'avons pas la *place* nécessaire. Il va donc falloir que vous fassiez des coupes. » « Des coupes ? Combien ? ». « La moitié. »

Ayant été payé pour produire un texte en deux parties, chacune d'une certaine longueur, j'aurais pu réagir violemment à une telle suggestion, et un refus de ma part aurait été pleinement justifié. Au lieu de ça, je me frappai la tête contre mon bureau, le plus fort que je pus, pendant... oh, pendant au moins une demi-heure. Peut-être quarante minutes. Voire quarante-cinq, mais pas plus longtemps. Ensuite, légèrement étourdi, le front plein d'échardes, je téléphonai à mon agent, pour lui proposer une alternative. Si je travaillais encore une semaine sur la nouvelle, en faisant beaucoup d'efforts, je serais peut-être capable de la raccourcir considérablement, mais il ne fallait pas m'en demander davantage, au risque de perdre l'intérêt narratif qui m'avait poussé à me lancer dans l'écriture de *Pris au piège*.

La rédaction du magazine réfléchit à ma proposition, et décida d'imprimer la nouvelle dans un corps légèrement plus petit que celui utilisé habituellement, de façon à faire tenir le texte dans l'espace qui lui était alloué. Une semaine plus tard, j'avais achevé la nouvelle version – mais j'avais encore plus d'échardes plantées dans le front, et mon bureau était en piteux état.

Lorsque je soumis le texte à la rédaction, on m'annonça qu'il était encore trop long, et qu'il était trop compliqué de songer à l'imprimer dans un petit caractère. Il fallait couper quatre ou cinq mille mots de plus. « Ne vous en faites pas, m'assura-t-on, nous nous chargeons des coupes. »

Quinze minutes plus tard, mon bureau s'effondra sous les coups répétés que je lui assénais (et jusqu'à ce jour, je suis obligé de me cirer le front une fois par semaine, à cause de la quantité d'échardes qu'il contient. La partie supérieure de mon visage est d'ailleurs classée par la loi fédérale comme élément de mobilier).

Apparemment, les magazines font souvent subir le même sort à la prose qu'ils choisissent de publier, sans que les auteurs concernés ne s'en inquiètent. Mais je ne supporte pas de déléguer cette responsabilité. Par conséquent, j'ai demandé qu'on me rende le manuscrit, j'ai annoncé à la rédaction du magazine en question qu'elle pouvait garder son argent, et j'ai rangé *Pris au piège* sur une étagère, en me répétant que je n'avais pas vraiment perdu mon temps, et que c'était, au contraire, une excellente leçon. (*Nota Bene :* ne jamais écrire de texte payé à l'avance par un magazine sans retenir en otage l'enfant préféré du rédacteur-en-chef jusqu'à la publication du numéro contenant le texte en question).

Quelque temps après, Ed Gorman, un écrivain de talent spécialisé dans le suspense, me téléphona pour m'informer qu'il était en train de préparer une anthologie de terreur intitulée *Stalkers*. *Pris au piège* me vint immédiatement à l'esprit. L'éternel optimisme des écrivains est peut-être justifié, après tout.

En tout cas, c'est comme ça que *Pris au piège* a vu le jour, et c'est pour cette raison que cette nouvelle contient des éléments déjà connus des lecteurs de *Chasse à mort*. Et c'est pour ça que certains jours, mon front brille d'un ravissant éclat patiné.

Cet ouvrage a été réalisé par la
SOCIÉTÉ NOUVELLE FIRMIN-DIDOT
Mesnil-sur-l'Estrée
pour le compte des Éditions Pocket
en mai 1997

POCKET - 12, avenue d'Italie - 75627 PARIS CEDEX 13
Tél. : 01-44-16-05-00

Imprimé en France
Dépôt légal : mai 1997
N° d'impression : 38413